염 상 섭 문 학

미망인
未亡人

염상섭 장편소설

미망인

해설 시라카와 유타카(규슈산업대)

글누림

小說과 現實

「未亡人」을 쓰면서

廉想涉

小說은 첫째 자미있어야할 것이기는하다。그러나 一般讀者는 너무나 興味만을 追求한다。더욱이 新聞人 雜誌人까지 하나에서 열까지 興味、人氣만을 노리는 것은 讀者에 迎合하려는 販賣政策을 主眼으로 하는 것뿐이지 眞正히 文學에 理解가 있고 文學과 讀者層의 水準을 높인다는 未來의 使命의 一端에는 等閑한 때문인가 한다。

이 小說은 題目부터 讀者의 興味를 끌수있으리라고 新社長 自身이 골어 준 것이거니와、나 亦 題目을 고르기에 苦心하던 끝이라 아무 異議는 없었으나 宣傳傳單에는 「家庭戀愛小說」이라고 註까지 내었기에 賤俗한 感이 없지 않아서 다한층 그때야 人氣를 끌것이라 한다。그만큼 文學에 대한 理解가 있는 新聞人이면서、亦是 人氣를 더 念頭에 두는 것이다。結局 讀者와 新聞社에 妥協하고 말았지마는、果然 얼마나 滋味있는 小說을 쓰게 될께? 그러나 興味에 偏한 小說、讀者의 비위부터 맞추려는 作品만 쓴다면 文學은 體面을 잃고 다락한 것이다。

진실로 藝術的인 表現을 찾은 作品이면 절로 讀者의 感興을 일으키고 자미있는 것이 되지 않대도、자미있는 것이 되겠지마는、作家로서 創作에 勞心하고、作品에 追求하는 것은 興味보다 먼저 眞實한 生活相과 時代相을 끌들이 如實히 讀者의 눈앞에 내밀어놓는데 있는 것이다。興味主는 藝術美라는 것은 그 이야기에 줄거리가 진 部分도 있겠지마는 作者의 修鍊이나 才能에서 오는 表現過程에서 左右되는 部分이 더 많은 것이라고 믿는다。아무리 아름다운 表現으로 戀愛를 그려서 興味는 끈다할께라도 그것이 眞한 實感을 주지못하는것이라면 무지개의 아름다운 色彩는 본떠놓은것같아서 그것은 實生活과 거리가 먼 架空的 假想的의 幻影에 그치고 말것이다。要컨대 興味 또는 藝術美는 眞과 서로 表裏하여 眞에서 美를 찾고 美에서 眞을 發見하여야 참다운 小說도 되고 따라서 참다운 人生을 發見하고 거기에 津津한 人生과 人情의 妙味를 맛볼수 있을것이다。그러므로 나는 언제나 讀者의 선탁이나 비胃는 맞추어서 여러분이 손벽을 치며 깔깔대는 그런 才藝산의 小說은 쓰려는 생각은 없다。한때 깔깔대고「아자미있어!」하고 마시는 瞬間 벌써 아무것도 남는것이 없고 마음속에 처지는것이 업다던 人生生活에 別도 움이 된 것이 없겠기 때문

차 례

소설과 현실 – 「미망인」을 쓰면서 / 6

명신이의 환도 / 11

조 씨 부인의 경우 / 34

첫 취직 / 48

새 환경 / 74

교제 / 92

간선 / 108

중매 / 126

반발 / 147

또 바뀐 환경 / 171

혼란 / 198

새 각도에서 / 219

혼인 / 245

부자 / 261

사주단자 / 288

집 한 채 / 299

어머니의 마음 / 310

두 갈래 길 / 331

새 살림 / 360

담판 / 391

해설 _ 시라카와 유타카(규슈산업대)
      과부 문제의 '발견'과 모색 / 407

소설과 현실
- 「미망인」을 쓰면서

　소설은 첫째 재미있어야 할 것이기는 하다. 그러나 일반 독자는 너무나 흥미만을 추구한다. 더욱이 신문인, 잡지인까지 하나에서 열까지 흥미·인기만을 노리는 것은 독자에 영합하려는 판매정책을 주안으로 하는 것일 뿐이지 진정으로 문학에 이해가 있고 문학과 독자층의 수준을 높인다는 본래의 사명의 일단에는 등한한 때문인가 한다.

　이 소설은 제목부터 독자의 흥미를 끌 수 있으리라고 장 사장 자신이 붙여준 것이거니와, 나 역시 제목을 고르기에 고심하였던 끝이라 아무 이의는 없었으나 선전 전단에는 '가정연애소설'이라고 주까지 내었기에 저속한 감이 없지 않아서 싫다한즉 그래야 인기를 끌 것이라 한다. 그만큼 문학에 대한 이해가 있는 신문인이면서 역시 인기부터 염두에 두는 것이다. 결국 독자와 신문사에 타협하고 말았지마는, 과연 얼마나 재미있는 소설을 쓰게 될지? 그러나 흥미에 편한 소설, 독자의 비위부터 맞추려는 작품만 쓴다면 문학은 체면을 잃고 타락할 것이다.

　진실로 예술적인 표현을 갖춘 작품이면 저절로 독자의 감흥을 일으키고 재미있는 것이 되지 말래도 재미있는 것이 되겠지마는, 작가로서 제작에 노심하고, 작품에 추구하는 것은 흥미보다 먼저 진실한 생활상과 시대상을 붙들어 여실히 독자의 눈앞에 내밀어 놓는데 있는 것이다. 흥미 또는 예술미라는 것은 그 이야기에 줄거리가 가진 부분도 있겠지마는 작자의 수련이나 재능에서 오는 표현과정에서 좌우되는 부분이 더 많을 것이라고 믿는다. 아무리 아름다운 표현으로 연애를 그려서 흥미를 끈다 할지라도 그것이 핍진(逼眞)한 실감을 주지 못하는 것이라면 무지개의 아름다운 색채를 본 떠 놓은 것 같아서 그것은 실생활과 거리가 먼 가공적 가상적의 환영에 그치고 말 것이다. 요컨대 흥미 또는 예술미는 진과 서로 표리하여 진에서 미를 찾고 미에서 진을 발견하여야 참다운 소설도 되고 따라서 참다운 인생을 발견하고 거기에 진진(津津)한 인생과 인정의 묘미를 맛볼 수 있을 것이다. 그러므로 나는 언제나 독자의 선탁이나 비위를 맞추어서 여러분이 손뼉을 치며 깔깔대는 그런 재롱감의 소설을 쓰려는 생각은 없다. 한때 깔깔대고 '아 재미있어!' 하고 돌아서는 순간 벌써 아무것도 남는 것이 없고 마음속에 처지는 것이 없다면 인생생활에 별 도움이 된 것이 없겠기 때문이다. 참된 것은 아름다운 동시에 저절로 도덕적 가치를 가진 것이 된 것이다.

○

이 「미망인」은 종래의 미망인 형의 심리작용이나 생리현상을 붙들어 쓰자는 흥미에 그 주제를 둔 것은 아니다. 이번에 겪은 전란은 여러 각도로 보아야 하겠지마는 그 부작용의 하나로서 나타난 전쟁미망인의 생활과 그 사회적 위치라든지 의의를 무시할 수는 없다. 전몰장병은 대개가 삼십 전후의 아까운 청년들이니 그 미망인도 젊은 청상들이다. 그 청춘과 닥쳐오는 생활고를 어떻게 처리하고 수습할 것인가? 거기에 어린 자녀를 품에 안고 헤매는 경우, 그가 없고 딱한 사정은 과연 어떠한 것인가?

또 하나 이와 동병상련의 처지에 놓인 납치인사의 가정이 있다. 그 주부는 물론 미망인은 아니나 경우에 따라서는 미망인 이상으로 정서적 타격과 생활고에 시달릴 것이다.

일편, 고개를 돌려보면 시대와 연치(年齒)의 차가 있고 사상, 관념의 대립은 있을지 모르지마는 구습, 구도덕의 질곡에 짓눌리면서라도 이십 년 삼십 년의 수절로 깨끗하고 굳센 신념과 실생활을 쌓아 자녀의 교육과 '성취'에 행복을 누리는 과수댁이 있는가 하면, 그와는 대체적으로 방종과 윤락의 구렁을 헤매는 늙고 젊은 '전전(戰前) 미망인'도 얼마든지 거리에 볼 수 있다. 이러한 각양각색의 미망인 혹은 준미망인의 생활양상과 생활태도와 그들이 걷는 길과 생각하는 바를 비교하여 관찰하고 그려보고자 이 붓을 든 것이다.

물론 '모델'이 있는 것도 아니요 그네들의 생활에 접촉이 있는 것도 아니니 얼마나 그 실상을 포착할 수 있을지? 또는 얼마나 그네들의 호소와 희망과 신념을 대변할 수 있겠는지 의문이다. 그러나 문학이 설교가 아니요 작품이 지남서(指南書)가 아닌 이상 그네들의 갈 길은 어디며 그네들의 생활은 반드시 이리저리 하여야 할 것이라는 것을 가르치려거나 어떠한 현실을 작자의 할 바 의무가 아니로되 작가가 한 대리자(代理者)일 수도 있고 또한 그들의 걷는 길과 생각하는 바가 자기 자신의 새로운 운명을 개척하고 사회의 새 질서와 윤리를 세우는데 도움이 되도록 어떠한 희망을 가지고 암시를 주는 것은 긴요한 일이요 작가의 한 임무일 수 있다고 믿는다.

미망인

명신이의 환도

"앗! ······."

명신이는 반갑고 신기한 생각에 하마터면 소리를 지를 뻔한 것을 참고 같은 열중(列中)의 앞에 섰는 모친에게

"어머니 저기 홍식이 오는군요"

하고 속삭였다.

"엉? ······."

모친도 이 판에 아는 사람을 만난다는 것이 어쨌든 반가워서 북적거리는 사람 틈을 눈으로 허둥지둥 찾는다.

"저기 문 옆 오른편 구석으로 보세요"

딸이 일러 주는 대로 눈을 돌리니 딴은 초콜릿빛 가죽 잠바의 앞을 풀어 헤치고 옆구리에 낀 묵직해 보이는 손가방을 손깍지를 껴서 받치고 섰다. 누구를 찾는 것은 아니나, 우글대는 광경을 멀거니 바라보며 땀을 들이고 있는 모양이다. 어젯밤은 그렇게 풍세가 세더니 오늘은 봄

날같이 따뜻하여 한나절은 털붙이가 더울 지경이다.

모친은 자기 딴에는 반가우나 자기 딸과의 사이보다도 좀 더 설면한 이 청년을 쫓아가서까지 알은체를 하기가 자제도 되고, 주제꼴이 사나와서 창피한 생각이 들었으나,

"저 사람도 서울 가나 보다. 잠깐 만나 보고 오마."

하고 모친은 옆에서 빠져나갔다. 언제 팔지도 모르는 차표를 사려고 삼등객들은 벌써 한 시간 전부터 이렇게 늘어서 있는 것이다.

"나 좀 보슈. 학생도 서울 가슈?"

마나님은 홍식이의 성도 어정쩡해서 이렇게 말을 걸었다. 무심코 섰던 청년은 획 고개를 돌리며,

"아, 여길 어떻게 나오셨어요? 그래 댁은 무사하셨나요?"

청년은 일변 놀라며 반색을 한다. 마나님은 그 반색을 하여 주는 것이 얼마나 고마운지 몰랐다.

"무사한 게 뭐요. 그저 제 식구 목숨 건진 것만 천행이지……"

"그러지 않아도, 저도 아까 아침에 방송국을 한 바퀴 돌면서 댁이 그 근처란 말씀을 들었는데 어떻게 되셨나? 하고 궁금하던 차인데! 그래 내친걸음에 그대로 서울로 올라가시렵니까?"

사실 홍식이는 간밤에 그 무시무시한 불길을 바라보면서 첫대 머리에 떠오르는 것은 명신이네 집이 어쩌나 되었누? 하는 걱정이었다.

"아, 그럼 옷 보따리 두엇쯤 간신히 끌구 알몸뚱이로 나와서 갈 데가 있수…… 물밥 사 먹고 앉았을 수도 없고…… 밤낮 서울 쪽만 바라보며 뚝 떠날 엄두도 내지 못하고, 이왕이면 겨울이나 나고 일어설까 하였더

니 이 지경된 바에야 죽어도 고향에나 가서 죽자고 이 김에 그대로 나
선 것이죠."

환도(還都) 바람에 그리 많지도 않은 친척과 아는 사람이라고는 모조
리 서울로 올라가고, 판잣집 구멍가게를 모녀가 그대로 붙들고 앉아서
먹으며 굶으며 하던 판인데 그나마 간밤 화재에 홀짝 날아가 버리고 말
았으니, 고향이라고 찾아든대야 집칸이 있나 반가워할 사람이 있나 앞
이 캄캄하건마는 그래도 그 수밖에는 없다고, 구미구미 모아 둔 돈푼이
라도 있는 덕에 그것마저 말라 버리기 전에 서울로 가자는 것이다.

"핑계 김에 잘 됐습니다. 전화위복(轉禍爲福)으로 서울 가시면 또 무슨
도리라도 나서겠죠"

홍식이는 빙그레 웃으며 위로를 하여 주었다.

"아, 그런데 댁은 다 안녕하세요?"

"네, 집에서는 벌써 올라가셨죠 공장도 다 옮겨갔는데 뒷수습으로
아버지 심부름을 왔다가 이 지경을 당했습니다그려."

홍식이는 보수동(寶水洞) 친구의 집에 묵어서 이번 부산대화에 무사는
하였지마는, 하도 참담하고 어마어마한 꼴에 머리가 아파서, 볼일도 대
충 끝났기에 한시 바삐 떠나려고 나선 길이었다.

여기는 부산역에서 초량역을 하나 걸러 부산진이다. 간밤 불에 부산
역이 홈빡 탔으니 차가 떠나는지 않는지, 떠나기야 하겠지만 어디서 떠
나는지, 오정 때까지도 본부의 지시가 없어서 막연하였으나, 밤차부터
부산진에서 태운다 하여 이리로 몰려든 것이다. 명신이 모녀는 불이 삽
시간에 걷잡을 사이도 없이 휩쓰는 바람에 입고 누웠던 채로 뛰어나와

13

서 금침 하나 건지지 못하고 이리 밀리고 저리 피하고 하다가 초량역 앞마당에까지 간신히 빠져 나와서 밤을 꼬박 밝히고 아침결에 불탄 터를 다시 한 번 가 보았으나 어디가 어딘지 분간도 못할 지경이라 헤매 본들 소용이 무어랴고 단념하고 이렇게 나선 것이다.

"지금부터 표를 사시려구요? 아직 표 팔리면 멀었습니다. 오늘은 삼 등도 좌석 지정권을 발행한다니까 그걸 타야 표를 살 걸요 염려 마세요 제가 사는 길에 사드릴게."

홍식이는 명신이가 열중에 어디 끼어 있으려니 싶어 그편을 건너다 보며 이렇게 일러 주었다.

"네 그래요? 그럼 미안하지만 좀……."

하며 마님은 표를 사게 되기나 할지 몰라서 초조하던 판인데, 사 주마는 말에 반색을 하며 홍식이는 내버려 두고 허둥지둥 사람 틈을 비집고 딸이 서 있는 데로 뛰어갔다.

"애 거기 서 있을 것 없다. 이리 나오너라 저 사람이 표 사 준단다."

등에서 잠이 푹 들어 곤드레가 된 어린것을 업고 서서, 이때껏, 모친이 수작하는 이편만 골똘히 바라보고 있던 명신이는, 눈치로 보아서도 홍식이가 그만한 호의쯤은 보일 듯싶다고 무언지 모를, 의지하고 싶은 막연한 기대를 가지고 있었기는 하였다. 그러나 그 말을 듣고 나니 명신이는 반발적으로

"그만두세요, 조금만 참으면 살 걸 남한테 기댈 거 뭐 있어요. 그리고 그이는 이등 탈 걸!"

하며 도리질을 하였다. 두 가지 표를 따로따로 살 재주는 없을 것이오

삼등 찻값을 내 놓고 이등 차표를 받게 된다든지 하면, 갑절을 물자니 자라목인 노자에게 객쩍은 짓이요, 모른 척하고 받자니 안 져도 좋을 신세만 질 것이다. 피난살이에 찌들고, 저도 모르는 사이에 과부가 되고 한 명신이는 무엇에나 의지할 데가 있어야만 살 것 같은 허전한 생각이면서도, 그와는 정반대로 누구에게나 손톱만치라도 끼치지 않고 자기는 자기대로 살겠다는 고깝고 꼬장한 감정에 옥죄인 자기 마음을 펴지 못하는 그런 모순된 심정에 사는 것이었다.

"안녕하세요? 어제는 얼마나 놀라셨어요?"

어느 결에 홍식이가 마님 곁으로 와 서며 명신에게 꾸벅 인사를 한다.

모친과 이야기에 팔려 무심했던 명신이는, 미처 입은 아니 떨어지고 살짝 상기가 되는 것을 깨달으며, 손부터 가슴께로 올라가서 벌어진 저고리 앞부터 여미었다.

"서울 가신대죠?"

물으나 마나 한 소리를 입 밖에 내면서도 명신이는 주제 꼴 사나운 것이 마음에 켕겼다. 스웨터를 들쓰기는 하였지마는 그 위로 내다보이지마는 동정이 얼마나 새까말까? 그런 것도 머리에 떠올랐다.

남편이 살았을 때에는 홍식이가 저의 형의 심부름이거나 뭐나 해서 간혹 들르고, 거리에서 만나고 하여도 심상히 대할 수가 있었는데, 아직 학생이라 하여도 홍식이가 삼사 년 동안에 이제는 훨씬 어른 티가 박여진 데 눌려서 그렇겠지마는, 홀몸이 된 뒤로부터는 명신이는 이런 젊은 남자와 딱 마주치면 무안쩍은 생각부터 앞을 서고 공연히 쭈뼛쭈

뻣해지는 것을 어찌하는 수가 없었다.

"밤 여덟 시 반에나 떠나는 차인데 어디가 좀 쉬시죠."

길바닥에서 밤을 새고 어린애에게 시달리고 하여 그렇겠지마는 뒤로 달린 눈이 깔딱하고 입술에는 핏기 하나 없이 얼굴이 해쓱한 것을 가만히 바라보고, 홍식이는 저번 위령제 때 만났을 적보다도 못되었다고 생각하였다.

지난 가을 삼군 합동 전몰장병 위령제 때에, 명신이는 물론이지마는, 홍식이도 형수를 앞세우고 모친과 함께 유가족으로 참석하여 오래간만에 명신이와 만났던 것이다.

"그래. 아직 시간 멀었으니 어디 가 우선 좀 앉았자꾸나."

모친은 홍식이 말끝에, 이때껏 세수도 못 하고 까칠한 딸의 얼굴을 쳐다보며 끌었다.

"어머니나 가 쉬세요. 지정권이라도 곧 나올지 뉘 알아요?"

하고, 명신이는 다시 홍식이더러

"우리 염려 마시고 어서 가 볼일 보세요."

하며, 어서 가라고 하였다. 친절히 보살펴 주려는 것은 고마우나 명신이에게는 그것이 도리어 괴로웠다. 피차에 아무 의미가 있는 것이 아니지마는 자기의 너절하고 군색한 꼴을 보이기가 여성의 본성으로 싫었다. 남자의 눈에 가엾이 보여서 불쌍하다고 동정을 해 준다면 더구나 머리가 숙고 창피한 노릇이다.

그보다는 저번에 위령제 때 부산 내려와서 몇 해 만에 만났을 적에도 그런 생각이었지만은, 세 살이나 위인 이 노총각 앞에 자기 꼴을 보이기가 왜 그런지 싫은 것이다. 도대체 이 지경이 된 뒤로는 누구 앞에 나 나서고 싶지 않고, 사람을 대하기가 싫어졌고, 동리 여편네들이 지나가는 자기를 보고 수군대는 눈치만 보아도 얼른 몸을 감추고 마는 명신이었지마는, 더구나 젊은 남자 눈앞에 나서기가 싫었다. 그것은 주제가 사나운 오늘만의 일이 아니라, 남편이 전사(戰死)하였다는 통고를 받은 뒤로부터 차차 변하여진 명신이의 심경이었다.

"아, 벌써 늘어서나 보군. 잠깐 이대로 계세요"

담배를 꺼내서 라이터를 켜 대며, 문께를 바라보던 홍식이는, 한마디 일러 놓고 휙 사람 틈을 비집고 밖으로 나갔다. 대합실 문밖에 거리로 난 유리창을 열고 거기서 이등차 지정석권을 준다 하여 벌써 웅기웅기 사람들이 모여선 것이다. 여기는 사람들이 적어서 일렬로 늘어서지 않아도 쉽사리 석 장을 얻을 수 있었다. 그러지 않아도 오늘같이 불소동이 있은 뒤에는 그리 붐비지 않을 것 같아서 홍식이도 나섰던 것이다.

"표 맡았습니다. 이제 염려 말고 이리 나오세요"

홍식이는 한시름 잊은 가벼운 기분에 대합실로 와서 두 모녀에게 소리를 쳤다.

역 앞 전찻길로 나오며 홍식이는 어디로 갈까 궁리를 하였다. 길에서 한둔을 하고 이때까지 세수도 못한 모양이니 아무래도 여관으로 데리고 가서 저녁만 사 먹고 나서는 것이 좋겠다고 맞은골로 들어서 값 쌀듯한 조그만 여관을 찾아 들어갔다.

"이런 데까지 뭘!"

하며, 모친은 인사를 하였으나, 명신이는 이제는 기운이 푹 지쳐서 기

17

력도 없이 잠자코 따라섰다. 어머니 셈속과는 따로, 얼마는 못 되나마 자기의 봉창 돈도 몸에 지녔으니 비용을 같이 물면 그만이라고 담이 커지기도 하였다.

방을 잡고 나자, 우선 아이를 내려놓고 모녀는 세수부터 하러 나갔다.

네 살이 되었다는 명신이의 딸은 저 어머니 닮아서 말뚱한 새파란 눈이 시원하고 눈찌가 예쁘다. 갸름하니 뽀얀 살갗이 곱고 예쁘장한 것도 저 어머니 모습이요 귀염성스러웠다. 어린애 생각에도 간밤에 그 곤경을 지내고 이때까지 업혀 다니고 한 끝이라 널따란 장판방에 앉아보니 기분이 좋은 모양이라 엄마를 따라 나가려고 보채지도 않고 창문께로 마루로 콩콩거리며 들락날락 기죽을 펴고 논다.

"이리 와. 네 이름 뭐냐?"

"옥진이!"

"응, 네 얼굴같이 이쁜 이름이로군."

"그래, 지금 어딜 가니?"

"서울!"

"서울 아버지한테 가나?"

아이는 대답이 없이 번듯이 누웠는 홍식이를 멀뚱히 바라다만 본다. 홍식이는 잠바 포켓에서 동그란 캔디 봉지를 꺼내서 부리만 뜯어 옥진이의 손에 쥐어 주었다.

여자들이 세수를 하고 들어오니까, 홍식이도 고단은 하건마는 벌떡 일어나서 마루로 나섰다.

"왜. 그대로 누워 계시우. 고단하실 텐데……."

마나님이 알은체를 하며 주춤 서는 틈을 타서, 명신이는 고개를 떨어뜨리고 살짝 빠져 방으로 들어갔다.

"아뇨 ……차표를 미리 팔지도 모르니까 정거장에를 잠깐……. 참 그런데 점심은 어떡하셨어요? 시장들 하실 텐데……."

"좀 있으면 저녁 먹을 걸요. 하도 고단하고 얼이 빠져서 먹고 싶은 생각도 없고요."

장국밥 두어 그릇 시켜 주려는 생각도 없지 않았으나 딴은 시간이 어중되다. 홍식이는 잠자코 훌쩍 나와 버렸다. 옷들도 갈아입으려 할 것이고, 마음 놓고 한잠들 자라고 피해 나온 것이다.

요사이의 선머슴 같은 젊은 애면야 이런 체모 저런 체모 볼 여지도 없이 한방 속에서 뒹굴고 비비대며 시시덕거리고 할지 모르지마는, 그 점에 가서는 홍식이는 인사성도 있고 몸 가지는 것이 의젓하였다. 원체 무식은 하여도 엄격한 부친 밑에서 군색한 것이라고는 모르고 깨끗하게 자라난 기질도 있거니와, 여직공을 많이 부리는 부친의 피복공장 일을 거드는 동안에 젊은 여성 앞에서 점잖게 처신하는 틀거지가 어느덧 몸에 배인 것도 사실이다.

홍식이는 한 시간이나 기다려서 표를 사 가지고 나와서도, 여관에 들어가면 겨우 눈들을 붙였을 텐데 곤히 자는 사람들을 깨워 놓기나 할 것이 안된 생각이 들어서, 다방에 찾아 들어가 한참 쉬어 가지고 다시 거리를 빙빙 돌며 찻간에서 군입정질이라도 할 과자며 과실 나부랭이를 사 가지고 천천히 돌아왔다.

꼭 닫힌 방문 앞에 가서 큰 기침을 한번 하였으나 괴괴하니 소리가 없다. 손에 든 봉지를 방문을 열고 들여놓을까 하다가 그대로 들고, 지금 들어올 제 보이들이 지껄이는 소리가 나던 문간방으로 들어서며,

"야, 고단해 죽겠다. 한잠 자자."

하고 베개를 달래서 따뜻한 방바닥에 그대로 쓰러졌다.

보이가 와서 저녁 먹으로고 깨울 때는 벌써 전등불이 들어온 지도 오래되었다.

이편 방으로 건너와 보니, 명신이 모녀는 옷들을 말끔히 갈아입고 밥상을 기다리고 앉았다.

"아주 세상모르고 곯아떨어져서 들어오신 것도 모르구⋯⋯아 들어와예서 주무시면 대수라구, 온⋯⋯."

하며 마나님은 인사를 한다.

"뭘요 ⋯⋯고단하시죠?"

하며 홍식이는 들고 들어온 과자 봉지를 어린애 앞으로 밀어 놓고, 지갑에서 두 사람 몫 차표와 급행권을 꺼내 마나님에게 주었다.

"아이 수고하셨군요 이게 모두 얼마예요? 삼등이죠?"

혹시 이등을 타게 되면 어쩌느냐고, 난생 처음 타게 되는 이등이라, 점잖은 손님들 틈에 주제가 너무 사나워도 안 되겠다고 가지고 나온 보따리를 풀고 옷까지 갈아입고 앉은 모녀였다.

"그 걱정 마세요 친구의 집에 묵느라고 출장 여비가 남아서 아직도 주머니 속이 두둑합니다. 한턱 쓰죠. 하하하."

하고 이때까지 사무적으로만 대거리를 하던 홍식이는 비로소 껄껄 웃는다. 잠을 자고 나서 신기도 좋아졌었다.

"에그 그래서 안돼요"

명신이는 새침하니 정색으로 한마디 하고는 모친에게서 차표를 뺏어서 속셈으로 따져보고 앉았다. 아직 남편의 대상 전이라 하얀 무명치마 저고리로 소복을 하고 머리를 곱게 빗고 하니, 잠자고 나서 고단이 풀려서도 그렇겠지마는 아까와는 딴사람이 된 듯이 혈색도 제법 오르고 전에 보던 상큼하고 예쁘장한 그 모습이 희끗하고 눈에 띄운다.

"그만두시라니까."

명신이가 겉셈을 따져 보고 보따리에서 손가방을 꺼내서 돈을 세려니까. 홍식이는 또 말렸다. 그 목소리가 무심코 좀 날카롭게 핀잔주듯이 나와서 무안해 할까 보아 홍식이는 미안한 생각이 들었다.

그래도 명신이는 모른 척하고 돈을 세어서 홍식이 앞으로 밀어 놓았다.

"그래 이걸 꼭 받아 넣어야 하겠습니까? 이왕이면 품삯까지 얹어서 '야미' 시세로 셈을 해 주시지요"

홍식이는 지금 말소리가 좀 모가 난 듯싶어서 이렇게 껄껄 웃다가,

"아, 이재민이면 구제도 받는데, 내가 힘에 겨운 일을 하는 것도 아니요, 그까짓 것 모른 척해 둡쇼그려. 전의 형님네들 생각을 하기로, 안 만나 뵀으면 모르지만 이런 급한 처지에 만나 뵙고 어떻게 가만있겠습니까? 또 내게야 뭐 창피하실 게 있나요. ……"

그의 말은 순탄하면서도 점점 열이 올랐다. 솔직한 진정에서 우러나온 말 같아서, 그것이 반가워, 마나님은 얼른 대꾸도 하지 못하였다. 명신이는 형님네들 어쩌고 하는 소리에 끌려서 그런지 눈시울이 뜨거워

졌다. 피로 끝에 신경이 더 가냘파져서 그렇겠지마는, 눈물이 핑 도는 것을 감추기에 애를 썼다.

"애, 그만둬라. 모처럼 그러시는 걸……."

모친은 방바닥에 놓인 돈 뭉치를 한 옆으로 치우고, 마침 들어오는 교자상을 거들어 받아 놓으려고 발딱 일어섰다.

여관에서는 어린애가 끼었으니 맞겸상 둘을 해 들어오기가 거북하겠다는 짐작으로 그랬는지, 아이를 데린 젊은 내외와 시어머니의 한 가족인 줄 알았는지 둥그런 식탁에 넷 겸상을 하여 들어왔다. 홍식이는 아무렇지도 않았으나 명신이는 상 앞으로 다가앉기가 열적고 거북했다. 어린애부터 상으로 달겨드니까 젊은 어머니는 시중을 들어 주며 자기는 좀체 수저를 들려하지 않았다.

"어서 너도 먹어라. 시간 없는데."

모친도 다가앉으며 딸에게 권하였다.

"어서 잡수세요. 난 나중에 먹겠어요"

명신이는 돌아앉아 보따리를 다시 꾸리며 어색한 시간을 어름어름 보내려 하였다.

"아, 식기 전에 어서 같이 잡수시죠"

하고 홍식이도 돌아앉은 명신이 뒤에다 말을 걸며,

"지금도 엊그제 일같이 생각이 납니다만, 결혼 갓 하셨을 때 저의 형제가 댁에 가서 밥 먹지 않았습니까? ……."

하고 옛이야기를 꺼낸다. 이렇게 함께 상을 받고 앉으니, 그때 일이 머리에 떠오른 모양이다. 돌아앉은 젊은 과수댁의 얼굴은 울상으로 뒤틀리며 입가에 미소가 떠오르다가 스러져 버렸다.

"아, 그랬던가? ……."

마나님은 어정쩡한 소리로 대꾸를 한다. 사위를 데리고 산 이 마나님은 물론 그때도 이렇게 홍식이 형제 앞에서 시중을 들어 주었으나, 혼인 갓 해서는 하도 여러 친구들을 틈틈이 청해서 저녁 대접을 하였으니 누가 누군지 기억에 어렴풋한 것이다.

명신이 집안은 서울 사람이지마는 남편은 사리원 사람이었다. 해방 후에도 남편은 단신으로 대학에 다니다가 군인이 된 뒤에 결혼을 하였던 것이요, 이내 가족들은 올라오지 못하고 말았으니, 데릴사위나 다름없이 처가에서 살았고, 명신이는 시집이라고 구경도 못 하였던 것이다. 사변 이후에는 시부모의 생사조차 모르고 있다가 이렇게 되었으니, 옥진이를 앞에 놓고 보니까 시집을 갔었나 싶지, 꿈결 같은 허무한 노릇이다.

"그래 서울 댁은 무사해요? 올라가시면 어디로 가시겠어요?"

홍식이는 혼인 갓 했을 때 이야기를 과부댁 앞에서 괜히 꺼냈나 보다 하는 생각이 들어서 얼른 말을 돌렸다.

"집이 뭐요. 셋집 들었다가 내주고 와서……뭐 막연하지. 집커녕 첫째 모녀가 벌이구멍부터 뚫어야 할 텐데……."

이 마님은 이 사람의 부친의 피복공장도 서울로 옮겨 갔다는 말을 들었을 때부터 머리에 떠오르는 생각이 있어서 하는 말이다.

"그래도 우선 자리를 잡으셔야 하지 않겠습니까?"

홍식이는 우물우물 밥을 씹으면서도, 맞은편 대접의 말뚱하니 맛깔스럽지도 않은 동태국이나마 이제는 김도 나지 않고 식어 빠진 것을 건너다보고, 명신이가 예사롭게 얼른 먹어 주었으면 좋지 않을까 하는 생각을 하며 말을 이었다. 꼬장꼬장하고 쌀쌀한 품이 집의 누이와 같다는 생각도 들었다. 스물 셋, 나이도 누이와 같은데, 벌써 네 살짜리 딸자식을 깽깽하며 업고 다니는 것이 가엾기도 하다.

"그야 몸담을 곳부터 마련해야 하겠지만, 안암동 내 이종사촌동생이 있죠. 우선 그리로나 가 볼까 하는데요"

이 모녀를 놓고 보면 그 어머니의 딸이요, 이 딸의 어머니라고 누구나 짐작할 수 있을 만큼 자그마하니 얼굴에 주름살은 잡혔어도 어딘지 모르게 예쁘장한 젊었을 적 모습을 생각하게 하는 이 마나님은, 약한 마음에 부조를 받았다 해서 그런지, 이 선머슴 같은 젊은 애한테도 아까보다 말공대가 차차 달라져 갔다.

"그런 데라도 있으니 다행이군요 서울은 요사이 집값이 여간 올랐어야 말이죠."

"웬 집을 얼러 보겠어요 하지만 내 이종사촌은 역시 소년과수로 남매를 남부럽지 않게 기르면서 집칸이나 지니고 살기에 저번에 부산서 올라갈 제, 나도 올라가거든 방 하나만 빌리라고 부탁은 해 두었지만 뉘 알아요."

마나님은 따분한 신세를 기다랗게 늘어놓는 것이었다.

홍식이는 명신이가 미안해서 밥 한 그릇을 후딱 먹고 선뜻 일어서며,

"그야 어떻게든 되겠죠 아무튼 서울 올라가기 전에 한번 가 뵌다 가 뵌다 벼르면서 못 가구 말았는데, 이렇게 만나 뵈니 참 반갑습니다."

하고, 무슨 생각이 났는지 이런 소리를 하며 마루로 나간다. 홍식이로 서는 저번 위령제 때 명신이를 만나서 집을 배우고 한번 가마고 하여 놓고도, 집안이 서울로 죄나 올라가면서 모른 척한 것이 마음에 걸렸던 것이다. 그러나 실상 성의가 없어서 못 찾았다기보다는, 자기보다도 나이 어린 누이동생 같은 새파란 과부댁을 찾아간대야 별로 긴한 할 말이 있는 것도 아니요, 좀 어색하고 거북한 생각이 앞을 서서 마음에는 있으면서도 내버려 두었던 것인데, 이렇게 만나서 서울까지 데려다 주게 되니 무슨 빚이나 갚은 듯이 마음이 후련해서 하는 말이었다.

명신이가 밥을 먹고 나기를 기다려서 일행은 곧 정거장으로 나왔다.

이런 날은 승객도 별로 없으려니 하였더니 찻간은 꽤 붐비었다. 그래도 지정석 덕에 한 박스에, 맞은편에는 명신이네 세 식구가 앉고, 이쪽에는 홍식이 옆에 늙수그레한 아낙네가 앉게 되었다. 이 부인도 이번 화재의 이재민인지, 옥진할머니와 사투리를 써 가며 불 이야기를 주거니 받거니 신이 나서 떠들어 놓았다. 그러나 덥다고 털배자를 벗어 걸고 마디가 붉어진 손가락에는 굵다란 금반지를 둘씩이나 낀 것을 보면 이재민도 이재민 나름이지, 명신이 모녀의 그림자는 한층 더 엷어 보이고 쓸쓸한 행색이었다.

이야기가 간간이 끊기면 옥진할머니는 맥을 놓고 얼빠진 사람처럼 원광을 멀거니 바라보는 눈치가, 당장 서울에 들어서면 어떻게 할지 혼자 궁리에 팔려 있는 모양이다. 그래도 명신이는 생기가 나서 아까 여관에서보다도 훨씬 명랑한 낯빛으로, 어느덧 잠이 들은 옥진이를 무릎에 누이고 마주 앉은 홍식이의 시선을 피해 가며 호기심에 찬 눈으로 두리번두리번 차 안을 둘러보며 앉았다.

"에그 그 어린애 어머니 무릎 아프겠수다. 애 아버지한테 좀 주시구려."

옆에 앉은 마나님이 소복한 애 어머니를 물끄러미 바라보다가, 내외인지 무언지 좀 떠보려는 생각으로 부전부전히 불쑥 이런 소리를 하며 곁눈으로 홍식이를 슬쩍 본다.

명신이는 얼굴이 새빨개지며 고개를 푹 숙였으나 홍식이는 천연히 빙긋 웃기만 하였다.

구름이 축 처진 쌀쌀한 날씨가 눈이라도 금시로 뿌릴 것 같다.

사 가지고 탄 과자며 과일로 눈을 뜬 어른 아이가 입정질을 하고 아침밥은 정거장에 내려서 따뜻한 것을 사 먹든지 하려는 생각이었으나, 워낙이 부산을 제 시간에 떠나지 못한 차가 몇 시간 연착이 될지? 수원 못 미쳐서부터는 역마다 서며 십 분 이십 분씩 지체를 하였다가는 절면서 가는 것이었다. 앞서 가는 군용차에 막혀서 그렇다는 것이었다. 오정 가까이나 되어서 간신히 안양역을 지나면서 벽돌담만 우뚝우뚝 선 파괴된 공장지대의 끔찍끔찍한 꼴을 비로소 자세히 보는 명신이 모녀는 가뜩이나 심란한 마음이 한참 더 무겁고 어두워졌다.

서울역에를 내리니, 부연 햇발이 비치기는 하나 부산 있던 사람에게는 아무래도 추운데, 시장기에 뱃속이 오그라붙는 것 같고 사지가 결박을 풀어 놓은 것 같아서 더구나 명신이 모친은 발이 헛놓이고 정신이 얼떨떨하였다.

"우선 우리 집으루 들어가시죠"

홍식이는 대꾸도 듣지 않고 택시부터 붙들었다.

"에그, 우린 우리대로 가야 해요"

명신이가 몸을 빼치듯이 바당기었으나, 마나님은 자동차까지는 너무 황송해서 허둥지둥하면서도 떠다미는 대로 먼저 올라탔다. 당장 치친 몸을 쉬고도 싶지마는, 머릿속에는 홍식이 집의 공장이 잔뜩 들어앉아서 따라가 그 공장을 보고 싶은 생각이 더 골똘하였던 것이다. 안암동 사는 이종사촌 집이라야 누가 오라는 것 아니요, 불쑥 달겨든댔자 반가워할 사람이라고는 없다. 서울이 고향이지마는 뺑뺑 돌아보아야 발길 둘 곳 하나 만만치 않은 이 처지에, 피복공장이라니 자기 모녀를 이눌러 써준다면 거기에서 더 고마울 데가 없을 것이다. 딸에게는 아직 그런 의논도 해 볼 사이가 없었지마는 모친은 이런 궁리에 몸이 바짝 달았다.

홍식이 집은 서대문 전차 길에서 얼마 아니 들어간 조그만 주택가에 있었다. 여기도 군데군데 폭격을 맞아서 빈터대로 훤히 내버려 둔 곳도 눈에 띄나 조용한 골목 속이었다. 대문 안에 들어서자 문이 꼭 닫힌 데가 사랑이요, 구옥은 아니지마는 옛날식으로 중문이 있고 넓은 마당에 안채만도 방이 넷이나 눈에 띈다. 명신이 모친은 방부터 탐이 났다. 안방에서 앞서 나오는 젊은 댁은 저번 가을 부산에서 위령제 때 만난 이 집 맏며느리다.

"인제 오세요?"

하고 시아재비에게 인사를 하고는

"어서 옵쇼 동행이 되셨군요"

하며 명신이에게 알은체를 하면서도 의외라는 듯이 깜짝 놀라는 표정이요, 반가워할 사이는 아니지마는 뜨악해 하는 눈치다.

"어떻게 오니? 부산은 큰 불이 휩쓸었다는데, 그래 너 있던 집은 괜찮았니?"

모친이 아들을 맞으러 뒤따라 나오는 것을 명신이가

"안녕합쇼?"

하고 인사를 하였으나 위령제 때 보고도 어정쩡한 모양이다.

"형의 친구 김택희 대위 아시죠? ……."

아들의 소개를 듣고 모친은

"응, 응……."

고갯짓만 하면서 그리 반기는 기색도 없다.

원체 이 마님은 몽총하니 말수가 있을까, 나들이를 좋아할까, 부전부전히 누구와 사귀려 드는 성미가 아니기 때문에 명신이는 혼인 때도 안가고 도무지 왕래가 없었지마는, 이 어린 과수댁을 보자 아들 생각부터 나고 홀며느리를 앞에 놓고 속이 타는 터에 조금도 신기하고 반가울 것이 없다. 또 며느리는 며느리대로 자기의 꼴을 이 여자에게서 보는 것 같아서 동정은 가면서도 설면하니 싫은 생각이 드는 것이었다.

"어서 올러가세요"

뜰에 내려선 며느리가 권하였으나 보따리나 하나씩 낀 명신이 모녀는 따라올 때와는 딴판으로 쭈뼛쭈뼛해지며 망설였다. 명신이는 창피한 생각에 괜히 왔다고 후회하였다.

"얘, 금순아, 세숫물부터 좀 놔라. 저 할머니 아주머니께루 놔드리구."

홍식이는 아랫방 윗간을 열어젖뜨리고 잠바와 가방을 들여놓고 세수 제구부터 꺼낸다.

　"저 있던 덴 무사했지만 이 아주먼네 홀깍 태 버리구 알몸뚱이루 이렇게 나서셨답니다. 당장 가실 데두 없는 딱한 사정이니까 어떻게 사랑 건넌방에라두 며칠 묵어 가시게 해야 하겠는데요."

　홍식이는 구두도 안 벗고 칫솔을 들고 나며, 이런 소리를 모친에게 하였다. 우선 마루 끝에 앉고 서고 하였던 명신이 모녀는 서투른 집에 와서 세수를 하자고 부산을 떨 수도 없어 권하는 대로 어린 것을 데리고 안방으로 따라 들어갔다.

　"온 딱해라. 몇 번 피난살이세요. 서울 올라오실 제마저 쫓겨 오셨으니……."

　이재민이란 데 고식(姑息)은 그래도 아까보다는 친절히 말을 붙인다. 마루세간은 양식이었으나 방세간은 조선식으로 피난 갔다 온 집 같지 않게 앙그러지다.

　세수를 하고 난 홍식이가 아랫방에는 불을 아직 아니 땠으니까 자연 안방으로 들어와서

　"어서 나가 세수를 하세요."

하며 신기가 좋아서 서둘러대고 하는 것을 모친이나 형수나 좀 유난스러운 듯이 눈치를 말끔히 바라보고 있다. 그러나 명신이는 젊은 남자와 마주 앉았기가 안되어서 살짝 피해 나갔다. 홍식이 모친은 명신이의 깔끔하니 여모지면서도 안존한 생김새와 몸매를 보고 저건 더구나 과부로는 늙을 수도 없고 억지로 늙힐 수도 없으리라고 자연 그런 생각부터

떠올랐다. 네 살짜리 어린 것이 달린 애어머니라고는 곧이들을 수 없는, 어떻게 보면 자기 딸보다도 살갗이 얇고, 애 티가 있어 보이는 그 얼굴을 보고 아들의 노창한 거무튀튀한 상판을 보면 아들을 그런 주착없는 아이라고 의심하는 것은 아니지마는 어쨌든 그 젊은 것들을 끌고다니는 것이 마음에 좋은 것은 없었다. 딸아이가 학교 동무를 데리고 와서 노는 것은 별문제요 어느 자식이거나 젊은 여자고 남자를 이 집 문 안에 데리고 들어와 본 일이 없더니만치 좀 예사로이 보이지는 않았다.

명신이가 뜰에 내려가서 대야를 들고 부엌 문 밑에 가서 더운물을 얻어다가 수채 옆의 세수 터전에 놓고 막 손을 담그려니까, 문간에서 큰 기침소리가 나며 주인영감이 들어선다.

공장에 나갔다가 점심을 자시러 들어오는 모양이다. 부엌에서 며느리가 나오고 안방에서는 모자가 나온다. 명신이는 모른 척하고 세수를 할 수도 없어 주춤 뒤로 물러서며 고개를 살짝 굽혀 경의를 표하였다.

불그레한 양복 위에 유엔잠바를 입고 회색 모자를 쓴 양이 오십이나 넘은 나이 보아서는 젊게 차렸지마는 큼직하니 풍신이 좋은 늙은이가 공장에 나가서 전진(前陣) 지휘를 하니 그럴 듯싶다. 부산 가서는 지방 선거에도 참섭을 하고 차차 방향이 말라져 가지마는 예전에는 노지 가옥 중개업으로, 말하자면 거간노릇을 하여 자수성가한 사람이라 돈에 무섭고 일에 염증을 모르는 정력가이다.

"응, 염려를 하였더니, 너 왔구나."

하며 안방으로 들어가며, 마루 구석에 피해 나와 섰는 낯 서투른 마나님을 본체만체하고

"그 누구들이냐?"

하며 아들더러 물어본다. 대강 설명을 듣고 나자,

"점심이나 대접해서 어서 보내라."

영감도 뜰에 섰던 해끔무레한 새색시가 맏아들 친구의 아내로 과수댁이라 하니 귀에 반갑게 들리지는 않았다. 자리를 잡을 때까지 며칠 묵혀 보내겠다던 홍식이도, 부친 앞에서는 다시는 개구도 못 하였다.

"얘, 어서 밥 한술 얻어먹구 가자."

명신이 모친은 주인영감을 보자, 무슨 위압을 느끼는 것 같아서, 홍식이 말대로 며칠 기대어보자는 생각을 쏙 들어가고 말았다.

주인 영감이 안방에서 아들과, 점심을 자시는 동안에 건넌방에서는 명신이 세 식구가 더운점심을 시장 끝에 달게 먹었다. 주인마님은 부자의 시중에 꼼짝 못하고 건넌방에서는 며느리가 두어 번 들여다보고 알은체를 할 뿐이다. 여기도 다섯 살 세 살짜리 아비 없는 남매가 있어 세 살짜리 아들놈은 안방에서 할머니가 업고 있고, 다섯 살짜리는 옥진이와 노느라고 밥도 변변히 안 먹고 법석들이다. 이 집 며느리는 나이도 스물예닐곱 되고, 인제는 아주 구식가정 색시의 티가 박여 보였지마는 남매를 기르자면 수월치 않아 보였다.

명신이도 거성을 입게 된 뒤부터는 파마라는 것을 모르고, 머리가 길어지면 어머니더러 잘라 달래서 핀으로 아무렇게나 쪽지고 산 지가 벌써 삼 년이나 되었지마는, 이 집 며느리는 아주 옛날식으로 흑각비녀를 꽂고 있다. 으레 학교를 나온 사람이겠지마는 그런 것도 젊은 것이 가엾어 보였다. 어쨌든 소복을 입은 젊은 것 둘을 한 집에 넣고 보는 것

31

이 저희들 신세를 마주 보여주며 일깨우는 것 같아서 보기 싫고, 이 집 공기가 쌀쌀하니 뻑뻑한 것 같아서 늙은 명신이 어머니에게도 싫었다.

밥을 후딱 먹은 뒤에 떠드는 옥진이를 끌고 나서자니까 홍식이가 모친의 뒤를 따라 안방에서 뛰어나온다.

"왜 이렇게 서두르세요? 어디로 가시겠어요"

"가야지. ……너무 수선을 떨어 미안합니다."

뜰에 내려서며 이 집 모자에게 인사를 하는 명신이 모친의 말소리는 구슬펐다.

"천만에……."

마당 끝까지만 나온 주인 마나님의 대꾸는 냉랭하였다. 다만 며느리가 가엾은 생각이 들었던지 명신이를 쫓아 나오면서

"애기나 잘 기르세요."

하는 은근한 한마디에 과부 설움을 과부가 알아주는가 싶은 고마운 생각이 들었다.

"또 오세요 자리를 잡으시면 기별도 하시고……."

홍식이의 인사도 지나는 말밖에 안 될 상싶이 모녀에게는 데면데면히 들렸다. 그러나 홍식이가 펄펄 뛰는 선머슴 학생이 젊은 과부댁 모녀를 그 이상 더 친절히 할 형편도 안 되고 또 더 바라는 사람은 저 아쉬우니까 그러한 것이었다. 명신이 모친은 공장 취직 이야기는 꺼내지도 않고 말았다. 홍식이 집에서 나온 명신이 모녀는 왜 그런지 숨을 시원히 쉴 수 있고 어깨가 거뜬하니 기분이 가벼워졌다.

잠시 한때라도 눈치가 보이고 설면설면한 것이 싫기도 하였지마는,

명신이는 철나서부터 남자라고는 없는 집에서 어머니 그늘 밑에서 자라났고, 시집을 갔대야 남편 밑에는 단 일 년 지냈을까, 기죽을 훨훨 펴고 살아온 이 사람들에게는 그렇게 규모가 째이고 거북살스러운 영감의 눈앞에는 잠깐도 지내기가 벅찬 것이었다.

조 씨 부인의 경우

안암동 이종 아우의 집에서는 생각하였더니보다는 반갑게 맞아주었다. 손을 쓸지 몰라도 자기가 스물일곱에 일곱 살, 네 살짜리를 데리고 오랜 병구완 끝에 다만 집 한 채만 남기고 간 남편의 뒤를 받아 가지고 기막히던 경상을 생각하기로 괄시는 할 수 없었다.

이 집 주인마님 조 씨는 홀로 된 지가 열일곱 해, 이제야 마흔댓밖에 안 되는 싱싱하고 곱게 늙는 두 남매의 어머니다. 널따란 설설 끓는 방이 덥다고 겹저고리만 입고 밭틀에 매달려서 손짓 발짓은 쉬지 않고 입으로만 대객이다. 옆에서는 재단상(裁斷床)을 놓고 곱다랗게 양장을 한 두 처녀가 앉아서 가위를 놀리며 거들고 있는 것은 제자든지 조수인 모양이다. 이 조 씨야말로 금비녀를 꽂은 것만 보아도 문밖에를 별로 나가는 일이 없는 구식 부인인 것이 뻔하지마는, 그래도 열심히요 손재주가 있어서 신식 양재를 배워 가지고 십칠 년 동안 저 재봉틀 앞에서 늙었고 이 재봉틀 하나로 두 남매를 대학까지 보내며 남부럽지 않게 사는 것이다.

이야기가 한소끔 끝나니까, 조 씨 부인은 실제 문제로 말을 돌려서,

"우리 집 마나님이 좋아하진 않더라도 우선 저 아랫방에서 계실 수는 있지마는⋯⋯."

하며 혼자 궁리를 한다.

우리 집 마나님이란 홀로 되면서부터 데리고 사는 식모 마누라 말이다. 바깥일 부엌일을 도틀어 쓸어 맡고 온종일을 뜰에서만 사는 아이들에게는 동생 할머니나 다름없이 고맙고 직실스러운 마님이다. 안방은 모녀, 건넌방은 아들 차지요, 아랫방은 겨울이면 찬간도 되지마는 이 마나님 방이다. 그러니 사람이 좋다 해도 늙으면 괴팍해지는 법인데 군식구가 세 식구나 들이닥쳐서 끼아치자는 것도 어려운 일이다.

주인 마나님은 명신이 모녀가 따뜻한 방바닥에 녹으려져 붙어서 눈에 잠기가 어리는 것을 힐끗 보자

"형님 거기 좀 누우시구려. 애 어멈도 고단할 텐데 한잠 자구 나지."

하고 다시 말을 붙인다.

그러나 남은 열고가 나서 급한 일을 하는 옆에서 씩씩 잔다 할 수도 없고, 약약한 분수 보아서는 방 한 칸이 이렇게도 아쉬울까 싶었다. 어느덧 옥진이만은 옆에 쓰러져 곯아떨어졌다.

"형님야 어디 가 끼어 지낸들 못 지내실 거 없겠지마는, 명신이는 다 길러 놓았다 해도 저거나 없었더라면."

하고 조 씨 부인은 자는 아이에게로 잠깐 눈을 돌리며 말을 잇는 것이었다.

"그야 내 손에 기른 거나 다름없으니까 에미가 없더라도 못 기를 건 아니지만……."

조 씨 부인은 명신이 모친의 말을 듣고 나니 아뿔싸! 자기나 저의 모친이나 당자에게 들려주어서 안 될 말을 꺼냈다고 후회하면서,

"저만큼 길러 놓은 것을 없었더라면……이란 말은 죄받을 소리지 어린애에게도 가엾은 노릇이요 ……나도 첫 서슬에 두 어린것을 데리구 어쩔 줄을 몰랐을 때는 그런 악독한 말도 입가에 올랐었지만 지금 저렇게 다 길러 놓고 나니 그때 그런 말을 한 것을 저의들이 듣고 기억하고 있지나 않을까? 해서 부끄럽구 미안한 생각두 듭디다요"

하고 휘갑을 쳐 버린다.

명신이는 제 신상 일이니, 졸리던 눈이 번쩍 띄우며 정신 차려 들었으나 무슨 뜻인지 알쏭하다. 모친도 젊은 게 저대로 지낼 수 없을 거니 이왕이면 얼른 개가(改嫁)를 시키라는 권고인가 하였더니, 나중 말을 들으면 자기는 어린것을 둘씩이나 데리고도 뼛골이 빠지게 벌어서 길렀는데, 하나쯤 데리고서야 무얼 못하겠느냐고 취직 이야기를 하는 것같이 생각이 들자, 그 길에 달아서,

"아우님야 남다른 결기와 특별한 재주가 있으니까 비교도 안 되지만, 얘두 아우님이 데리고 일을 가르쳐서 제 벌인 되두룩 해 줬으면 한시름 잊으련마는……."

하고 슬며시 비쳐 보았다. 넓은 방에 재봉틀을 세 대나 놓고 두 계집아이를 데리고, 불푼이 나게 와이샤쓰를 제격제격 지어내서 죽으로 쌓은 것을 보니, 어느 상점 일을 맡아서 바치는 것인 모양이나 그것이 모두

돈으로 보여서 부럽기도 하다.

"글쎄 한가한 시간만 있으면 가르쳐 주어도 좋겠지마는 보시다시피 눈 코 뜰 새가 없구먼요. 웬만큼 눈을 뜨고 틀일에 익숙하면 모르지마는, 그래도 어린 게 딸리면 반일밖에 안 되고, 게다가 틀 하나는 따루 장만해야지! 옆에서 보기에처럼 수월한 줄 아슈."

"어린거야 내가 맡지. 여간 거야 나도 거들고……."

"아, 형님은 형님대로 버세야지, 어린것 데리고 앉아서, 양재 견습생도 못 되는 딸더러 세 식구 벌어 멕이라실 작정이슈?"
하며 주인마님이 웃으니까 두 계집아이들도 생긋 따라 웃는다.

모녀는 머쓱해지며, 명신이는 이 두 계집애들에게 모욕이나 당한 듯이 얼굴이 발개졌다. 모친도 생각해 보니 양재 가르쳐 주면서 세 식구 먹여 살리란 셈이니, 사람이 하도 다급하고 허욕에 띄면 그런가 보다하며 열적은 생각이 들었다.

"형님은 그저 구멍가게라두 붙들구 앉으시구, 애는 취직시켜야 할 텐데……."

이 이력이 찬 늙은 과수댁은 또 말을 돌린다.

명신이 모친은 귀가 반짝해서

"그러지 말구 떡장수라두 할 밑천이나 좀 대주구려."
하고 대들었다. 그러면서도 빌붙으려니 말공대가 금시로 달라졌다.

"댈 밑천이 내게 왠 있겠나요마는, 대어드리기로 세 식구가 파먹구 않았으면 메칠 가겠기에요. 밑천만 날라갈 거니 아무래도 명신이가 취직부터 해 놓고 말이죠"

근년에 살이 올라서 그렇겠지마는 우둥퉁하니 부엏게 생긴 부잣집 실내마님 같은 이 부인은 거죽이 부드러운 것 보아서는 속은 날카롭고 듣기 싫어하거나 말거나 경우를 따져 콕콕 쏘는 소리를 하는 것이었다.

"취직 취직 하지만 어디 공부가 있어야 말이지, 소학교 교원 자격만 있어도 좋으련만……"

이 말에 명신이는 속으로 발끈 성이 났다. 공부 못한 것은 누구 탓인데, 이 색시들 앞에서 그것까지 폭로를 시키나 싶어 창피하고 분했다.

만주에서 일본인 여자 중학교를, 이년도 못 마치고 해방이 되어 나온 명신이는, 부친이 새로이 취직이나 하면 내년부터 보내지 하고 미루어 두는 동안에, 경찰 계통인 부친이 취직도 못 해 보고 갈팡질팡 초조히 굴다가, 오십이 넘어 혈압이 높은 관계이겠지마는 뇌일혈로 갑자기 돌아가고 보니, 옷가지나 추려 가지고 돌아온 처지에 학교는커녕 두 입 치기에 당장 바빴었다.

명신이가 군정청 엘리베이터 운전수로 들어가서 한 삼 년 썩은 것이 세상에 나와서 쌓은 경험의 전부였다. 그 후 요행이랄까 불행이랄까, 군정청 시절의 동무의 소개로 군인이 된 김택희를 알게 되어 피차 고독한 터라 서로 의지 삼아 작수성례(酌水成禮)로 결혼을 급히 서둔 결과가 오늘날 요 꼴이 된 것이다. 그래도 김택희란 사람은 진실하고 명신이의 남편으로도 끔찍했었다.

"어쨌든 무슨 도리든지 나설거니 그리 걱정들 말고 편히 쉬세요"

주인댁은 당장 해결이 될 문제도 아닌 것을 가지고 뇌까릴 필요가 없으니 위안이나 해 주는 수밖에 없었다. 그러나 명신이 모녀는 말만이라도 고맙고, 무엇을 조력해 줄 듯한 기미가 보이는 것 같아서 훨씬 마음이 가벼워지기도 하였다.

저녁때 남매가 학교에서 차례차례 돌아오니까 집안은 좀 더 환해진 것 같았다.

인웅이가 제 방에 들어가서 책가방을 두고 잠바 바람으로 안방으로 건너오니까 모친은 틀 소리를 멈추고 반가운 얼굴빛으로 인사 대답을 하며,

"너, 이 아주머니 알아보겠니?"

하고 말을 붙인다.

"네, 언제 오셨에요?"

하고 인웅이는 어떻게 되는 아주머니인지는 좀 어정쩡하고 인사를 하며 곁의 명신이에게로 눈이 갔다.

"왠 날 알아볼라고 하지만 참 몰라보게 됐는데. 뭐 이제 노총각이구면. 어서 장가를 가서 어머니 편히 해 드려야지."

이 말에 저편 재단 상에, 이리로 향해 앉았던 회색 원피스를 입은 처녀가 이때까지 거들떠보지도 않던 얼굴을 살짝 쳐들어 인웅이를 바라보고는 고개를 다시 다소곳이 숙인다.

잽싸게 그 눈치를 본 명신이는,

'어쩌면 저 애가 이 집 며느릿감인 게다.'

고 생각하였다.

"그래 지금 어느 대학 다니누?"

"서울대학 공과랍니다. 내년이 졸업이죠"

잠깐 손을 쉬고 앉았던 어머니가 자랑삼아 대신 대꾸를 하였다.

"공과대학이세요? 그럼 신홍식이란 이 아세요?"

이때까지 입을 봉하고 있던 명신이가, 아무리, 따져보면 오라버니뻘은 된다 하여도, 자라서는 처음 보는 이 학생에게 불쑥 말을 붙이는 데에 모두들 좀 놀랐다. 그만큼 당돌한 데가 있는 명신이기도 하였다.

"예, 알죠. 그 사람과는 과(科)는 다르지만. 어떻게 아세요?"

인웅이는 간단히 대꾸를 하며 슬며시 명신이의 기색을 살피었다.

기색을 살핀다기보다는 위인을 가만히 관찰하는 것이었다.

"응, 어제 우연히 만나서 신세를 많이 졌지. 그 집 가서 밥까지 얻어먹고 온 길인데, 애 아범 친구의 동생이거든."

서울대학교 공과대학이란 말에 반가워서 불쑥 물어 놓고, 길게 수작을 하는 것이 좀 열적고 싫은 생각이 들어서, 명신이가 미처 대답을 못 하니까, 모친이 대신 대거리를 하는 것이었다.

"사람 똑똑하죠. 응용화학과에서 성적이 아마 제일일 겁니다. 나하곤 잡지 관계로 늘 만납니다만……."

인웅이는 이 사람들의 친지요 신세를 진 사람이라 해서 듣기 좋게 말하는 것이 아니라, 칭찬하는 폼이 상당히 친한 사이이기도 한 모양이다.

"그 형도 그런 사람이었지만, 요사이 젊은 애 같지 않게 수수하니 듬직하고 인사성도 있고 하더군."

명신이 모친도 장단을 맞춘다.

"애, 위인이 정말 그렇구, 너구 친한 새라면, 네 매부 삼자구나."

하며 인웅이 모친은 웃음엣소리로 떠본다. 이 마나님은 며느릿감은 마음에 드는 것을 잡아놓았으나, 스물한 살이나 된 딸의 사윗감을 고르기에 은근히 상성이다.

"어머닌 급하시기도…… 그 애가 학교를 마치자면 아직두 삼 년이 남았는데, 동네 집 색시 밑구 장가 안 가는 놈이나 있다면 몰라두!"

하고 인웅이가 껄껄 웃으니까, 모두들 따라 웃는다.

"그거야 뭘 연분만 나서면 언제고 상관없겠지만, 요사이는 그 이력이 무서워서……."

이 홀어머니는 아들을 보나, 사위 본 생각을 하나 먼저 머리에 떠오르는 것이 이 걱정이다.

"어머닌! 그런 걱정 마시라니까! 그런 걱정까지 하구 어떻게 하룬들 마음 놓구 살겠어요 연분을 말씀하시듯이 신수니 팔자니 하는 것이 있다면 팔자대루 신수대루만 살면 그만 아녜요 걱정을 한다구 피할 수 없는 일이 피해지나요."

그는 유산태평이다. 모친은 오랜 인고(忍苦)와 경난에 저절로 원만한 낙천가가 되었지마는, 인웅이도 낙천적 성격이요, 지금 마루에서

"다녀왔습니다."

하고 소리를 치며 올라오는 인임이도 명랑한 폼이, 어디 애비 없이 편모슬하에서 자란 아이 같은 데라고는 손톱만큼도 없다. 이 '다녀왔습니다'라는 인사가 소학교 일년부터 대학 이년생이 된 오늘까지 하루도 빠져 본 일이 없다.

"어머니 다녀와요"

"어머니 다녀왔에요"

하는 상냥하고 고운 목소리를 들을 때, 나갈 적엔 등을 쓰다듬어 주고 싶고, 들어올 적엔 안아 주고 싶은 기쁨과 행복을 느끼는, 이 홀어머니의 마음도 십삼사 년 동안 한결같은 것이었다.

인임이는 방문을 보자 손님이 앉았는 것을 보고 주춤하였으나, 사붓 들어가며 책가방을 놓기가 바쁘게 손에 든 종이 봉지를 내밀며,

"어머니 이것 좀 잡숴 보세요 오늘은 학교 식당의 도너츠가 어찌나 맛있게 되었는지……."

하며 어린애처럼 어머니 앞으로 대드니까, 모친은 웃으며,

"얘 거기 놔라. 저 아주머니께 인사부터 드리구."

하며 인사를 시킨다.

과자 봉지를 한가운데 풀어 놓고 방 안 식구들이 쭉 둘러앉으니까, 누이 책상에서 책을 뒤적거리던 오라비도, 모친이 오라는 대로 와서 한 개 덥석 집으며,

"내, 너 효성이 지극한 줄은 안다마는……."

하고 웃음엣소리를 꺼냈다.

"왜? 또 공 없는 소릴 하려구? 오빠 생전 가야 이런 거나마 사 와 보셨기에!"

하고 누이도 웃으며 대거리를 한다.

"그래 넌 무슨 돈에 이런 걸 날마다 사 가지구 다니니?"

"남만 업신여기네."

누이는 좀 토라져 보인다.

"오, 그럼 너 약제사실에 들어가서 약을 집어다 파는 거지? 요새 의사들은 대개 그런가 보더라."

하고 오라비가 또 놀리니까, 인임이는 선뜻 바지 포켓에 손을 넣더니,

"오빠 그러지 맙시다. 이거 줄께."

하고 손가락 같은 울긋불긋한 조그만 캔디 봉지를 꺼내서, 하나는 오라비를 주고 하나는 어머니 손에 쥐어준다. 방 안이 간간대소를 한다. 모친은 과부댁이건마는 담배를 피울 줄 모르고, 오라비도 스물넷이나 되면서 단것밖에 술 담배라곤 손에 대지를 않으니, 이 집 모자의 취미에 맞는 군것은 언제나 인임이가 물색을 하여다가는 보급을 하는 것이다.

"응, 사탕발림을 하면 될 줄 알구! 아까 아침에두 보니까 용돈은 용돈대루 타 가지구, 어머니 뒷간 가신 동안에 어머니 지갑에다 손을 대드라. 그리구서 이 따위나 사다드리구 알랑알랑……."

하며 오라비가 껄껄대는데 따라서 또 웃음들이 터져 나오려니까 인임이는 얼른, 포켓에 감춰 두었던 초콜릿 캐러멜갑을 꺼내서 서슴지 않고 옆의 색시에게 내밀며

"언니! 내 이거 줄께, 오빠 입 좀 틀어막아 주우."

하고 참다란 얼굴로 응원을 청한다. 그 하는 양이며 얼굴 표정이 우스워서 또 방 안은 한바탕 깔깔대었다.

그 언니라는 색시는 약간 감숭하니 새침한 얼굴이 살짝 붉어지는 듯하면서도, 입귀에 웃음만 띄우고 잠자코 캐러멜갑을 받아서 찬찬히 한가운데 놓인 과자봉지에 뜯어서 쏟아 놓았다.

"그러지 말구 오빠두 효자가 되려거든 혼자만 다방에 가지 말구, 가

끔 어머니 모시구 가서 맛있는 케이크두 사드리구, 그 덕에 언니하구 나하군 레코드나 들려주면 이렇게 떠받들지."

인임이는 여자의과대학에 다니면서도 음악과 문학에 취미가 깊은 해방 뒤의 신여성이다.

"하지만 오라비가 돈푼 들면 책 사들이기에 뭔 다방에를 다닌다던!" 하며 어머니는 아들 역성을 들어준다. 그 말이 구수해서 또 모두들 웃었다.

"참 아우님 팔자 좋수!"

명신이 모친이 부러운 듯이 화락한 기분에 취한 듯이 이런 소리를 하니 조 씨 부인은 꼭 닫은 입가에 웃음만 띠워 보이며 재봉틀 앞 교의로 선뜻 일어나 가 앉는다. 그 미소는 만족한 □정이면서도 꼭 다문 입술은 오늘이 있기를 위해서, 청춘과 반평생을 아낌없이 바쳐 지금도 이렇게 싸워 나가는 그 고충을 뉘 알랴는 듯한 무언중의 호소같이 보였다.

인임이가 하얀 에이프런을 두르고 부엌에 내려가서 식모 마나님을, 거들어서 저녁밥상을 보아 올려올 때쯤 되니까, 두 처녀는 제각기 하던 일감을 보자기에 싸들고 나섰다.

"어머니 안녕히 주무세요."

아까 인임이가 언니라고 부르던 처녀의 인사였다.

"그 앤 누구요? 메누리감요? 수영딸요?"

명신이 모친은 계집애들이 나간 뒤에 이때껏 궁금하던 것을 묻는다.

"어때요? 메누리감 되겠어요?"

주인댁은 웃어 보인다.

"좋구먼. 얌전들한데!"

"한 애는 그 애 사춘예요 상당한 집 아이들이죠. 저 아버니도 이북으루 납치를 당해 갔지만……."

"온, 저런 나이는 몇이나 되는지 이건 또 생과부구려. 귀양살이도 아니고 포로도 아니니 생산들 알 수 있나."

명신이 모친은 자기가 중년과수로 고생한 것은 고사하고, 딸을 옆에 놓고 보니, 과부라면 상성이 나는 것이었다.

"나이야 나보다두 젊지만, 생과부 된 게 걱정요 아들 딸 데리고 밥 굶지 않으니 그만이지만, 끌려간 영감이 가엾지!"

이 부인은 과부란 말이 반발적으로 듣기 싫었다. 자기의 반생을 돌아볼 제, 과부 과부하고 겁을 벌벌 낼 것이 뭐냐는 것이다.

"그러니 죽었으면 아주 단념이나 하지만, 딱하지 않은가?"

"인제 납치인 교환한답니다. 와야 오나 보다 하겠죠만……."

부엌에서 올라온 인임이가 둥그런 밥상을 들여오며 한마디 참견을 한다.

"아, 참, 형님, 그이가 전쟁미망인만 모아 가지고 직업소개소도 하구 원호사업을 한다는데 거기 저 애를 좀 물어볼까?"

인임이 모친은 밥상으로 다가앉으며 이런 말을 꺼냈다.

밥상은 오라비만 아랫목에 외상을 받고 앉고 여자들은 윗목에 둘러앉았다.

"아 그런 길이 있다면 작히나 좋을까! 내일이라도 꼭 좀 물어봐 줘요.”

“뭐 신통할 거 없대요. 간판만 걸어 놓구 원조가 있을까 했더니 그것
두 시원치 않구 해서 쩔쩔 맨다던데요.”

인임이는 화숙이에게 들은 대로 하는 말이다. 화숙이란 이 집 며느릿
감으로 정한 아까 그 처녀 말이다.

“거기가 안 되면 아무래두 아까 얘기하던 그 사람 부친이 피복공장
을 하는데 게나 가서 부탁을 해 볼까 봐.”

“그게 첩경일지 모르죠. 어디 내일 신 군을 학교에서 만나건 내라두
초벌 물어볼까요?”

“응, 좀 그래 봐 주게.”

“아니 무슨 피복공장예요?”

인임 모친이 귀가 번쩍해서 묻는다.

“군복이죠. 큰 회사의 일을 맡아다가 하는 조고만 공장인가 보드군
요.”

아들이 대신 대꾸를 한다.

“사는 건 어때요?”

“집도 좋고 살림이 앙그러지던데!”

“그 어머닌 어때요?”

“어머닌 말수 없이 안존하니 구식 사람이요, 영감두 봤는데, 마나님
과는 아주 딴판으로 괄괄하고 무서운 영감일 것 같더군. 신랑감야 그만
하면 됐지만, 이런 의사 선생님이 들어가서 살림할 데는 못 될 거요. 따
루 산다면 모르지만……”

당장 혼인이 되거나 하는 듯싶이 이 마나님은 인임이를 쳐다보며 직통을 쏜다.

"난 무슨 소리라고. 어머니 이 언니 못 보세요? 전쟁미망인을 또 하나 만드시렵니까? 젊은 청년은 전장으로 나가구 여자들은 직장으루 나가구 할 일이지 혼인은 하면 뭣 한다는 거예요"

인임이는 참다랗게 이런 소리를 하다가 아랫목을 돌려다 보며,

"오빠 들으란 말은 아냐. 오빠는 특별이니까."

하고 놀려 주었다.

"그러게 내가 언제 장가 간다든? 어머니께서 일꾼 하나 데려 오시는 거요. 내가 없드라두 의지 삼아 데리구 사시란 말이지."

하며 인웅이는 껄껄 웃는다. 모친은 아들의 입에서 이런 소리를 듣기가 처음이요 고마운 생각까지 들었으나,

"애, 사위스럽다. 그런 소리 마라."

하고 나무랬다. 자기가 없더라도 의지 삼아 살라는 그 말이 뼈에 저리게 싫은 것이었다.

"옳은 말야. 속이 깊은 소리야."

명신이 모친은 이런 아들이 없는 자기 신세가 가엾은 생각이 들어서 모든 것이 부러웠다.

첫 취직

이튿날 인임이 모친은 화숙이더러

"너 어저께 그 마님 식구를 봤지? 그 젊은 애가 진정 미망인이란다. 내가 그러드라구 어머니께 무슨 취직자리든 세 식구 먹구살게 한자리 줍시사구 여쭈어 봐라."

하고 일렀다.

"네. 사업이 잘 안 된다군 하시죠만……"

그 다음날 아침에 화숙이는 모친과 함께 왔다.

"아유, 이건 바쁘신데 어떻게 이렇게 오세요"

인임이 모친은 반갑게 맞아 올렸다.

"어떻게 지내세요? 늘 애한테 소식은 듣습니다만……"

구제물자인 듯싶으나 탁 아울리는 감숭한 외투를 벗으며 안방으로 들어서는 화숙이 모친은 날씬하니 바스러져 가는 듯한 중년부인이었다.

주인마님은 자기보다도 젊다 하여도 심□로 그런지 얼굴에 검은 진이 벌써 끼어 가는 듯하다.

"나가는 길에 오랜만에 좀 뵙구 가구두 싶구 말씀해 보내신 그 사람을 만나두 볼까 해서 잠깐 들렀죠."

이 두 마나님은 해방 후에 격장에 살았고 사변 때 석 달 동안을 서로 경난하는 사이에 친해진 것이요, 부산 내려가서도 연신이 끊이지 않아서 마침 고등학교를 졸업하고 난 화숙이를 떠맡기듯이 하여 벌써 이태나 데리고 지내는 터이다.

아랫방에 있는 명신이 모녀를 불러 올려 선을 보였다.

"수산장(授産場)을 하나 조고맣게 꾸며 볼 계획인데 그게 되면 마님두 나와 거들어 주시면 좋겠지만 아이가 달려서 어려우시겠죠?"

인제 계획이라니 이 두 모녀에게는 청처짐한 수작이거니와, 이 마님도 당장 데려가지도 않을 텐데 애가 달린 것부터 걱정을 한다.

화숙이 모친의 눈에 비친 명신이는 넘치고 처져서 쓰기 어렵다는 생각이었다. 얼굴이 저만큼 반반하니 수산장에 들어가서, 괴로운 것을 참아가며 일을 배워 직업부인으로 자립하려는 꿋꿋한 결심이 있을지 모르겠고, 사무원으로 채용해서 바깥교섭에 심부름꾼으로 내세우자니 남의 인상은 좋을지 몰라도 일본사람 중학교를 이 년쯤 다닌 정도로는 그것도 좀 어려운 일이다.

"아무튼 자필루 이력서나 하나 써서 재 줘 보내우."

화숙이 모친은 자기 사무소가 수도극장 위 ××빌딩 이층이란 것도 일러주고 갔다.

해방 이후 근 십 년 동안 붓이라고 들어 본 일이 없는 명신이는 자필로 이력서를 쓴다는 것이 큰일이었다. 직업이라곤 군정청 시절에 엘리베이터를 운전하다가 타이프 강습을 몇 달 해 가지고 타자실로 옮아가서 어물어물하다가 나와 버린 것밖에는 별 이력이 없으니 이력서를 쓴대야 쓸 건덕지도 없다.

"어머니 암만해두 신홍식이한테나 가서 의논을 해 볼까 봐. 학교두 졸업 못한 이력서를 써 간대야 소학교 졸업쯤이면 여급밖에 더 될 게 뭐 있어요?"

자필로 쓰라니 글씨 취재를 보자는 것일 텐데 그것이 또 큰 걱정이었다.

"그래두 누가 아니. 그이가 우릴 찾은 것은 아니지만 일부러 와서까지 일러주고 간 것을! 아무렇게라두 한 장 써 가지구 사무소루 가 봐라. 홍식이를 찾아가 본다기로 거긴 꼭 되란 법 있다던."

마님은 살살 달래 가며 종이를 사 오고 주인마님의 만년필을 빌려 오고 하여 간신히 이력서를 써는 놓았으나 사무소로 가지고 가기는 아예 싫다면서 화숙이 편에 보내면 그만 아니냐는 것이다.

그러자 저녁 때, 인웅이가 들어오더니,

"신홍식이한테 부탁해 놓았습니다. 자기 아버지께 의논해 봐야 하겠지만 염려 없다고 곧 오시라는군요."

하며 활수 있는 소리를 하는 바람에, 모녀는 금시로 무슨 수나 난 듯이 눈에 번해 하였다.

"어디루 오래요? 언제 가면 만날 수 있을까요?"

"지금 나하구 헤졌으니까, 집으루나 공장으루 갔을 겁니다. 공장은 못 가 보셨겠지? 그 집에서 좀 더 올라가다가 수통백이 골목을 꼽들여서 집 무너진 빈터에다 새로 지은 하얀 판잣집이죠 삼창피복공장이라면 동리에서 다 알아요."

뜰에서 수작을 하던 인웅이가 안대청으로 올라가자 명신이는 방으로 들어와서 식모 마님의 석경을 버티어 놓고 부리나케 머리를 빗는다.

얼굴에는 생기가 돌고 새 기운이 뻗치는 것 같다. 갑갑한 아랫방 속에서 기죽을 못 펴고 사흘이나 들어앉아서 한정 없는 눈칫밥을 먹다가 취직이 되나나 다름없으니 좋고 위선 훨훨 나가서 행기라도 하게 되어 신기가 좋지마는 그렇게 친절히 해 주는 홍식이를 어서 만나서 인사라도 하고 싶은 생각에 마음과 몸이 가벼워졌다.

후딱 머리를 빗고 못에 걸린 치마저고리를 갈아입고 회색 스웨터를 들씌웠다.

"그럼 나가는 길에 저 이력서 아주 갖다 주구서 서대문으로 가렴."

모친은 이만큼 생긴 딸을 남의 모에 내세워 부끄러울 것 없고, 여러 사람이 모인 사무소에를 보내서 혹 누구 눈에 띄어 사무원으로 채용이 된다면 피복공장의 여직공보다는 낫다는 생각이다. 그러나 명신이는 그런 번잡한 데에 가기가 싫고 모두 자기보다 지식이 높고 행세하는 젊은 여성들 앞에 나서기를 꺼리었다. 그동안 안방에 올라갈 일도 없지만, 일체 얼씬도 안하는 것 역시, 인임이나 화숙이들과 어울리기가 거북해서 그런 것이다.

"여기만 결정되면 그 이력서두 찢어버리겠에요."

글씨를 보이기가 창피하고 석 줄 넉 줄쯤 쓴 이력을 남의 앞에 내놓기가 낮이 뜨뜻할 듯이 화끈하였다.

　문밖을 나서니 몸이 너무 가벼워서 허전할 지경이다. 도대체 그 집에서 빠져나왔다는 것이 무슨 짐이나 벗어 논 듯싶이 시원하다. 아직 동짓달도 들어서지는 않았지마는 오늘은 유난히 봄날같이 저녁때건마는 따뜻하다.

　차를 서대문에서 내려서 홍식이 집 골목을 찾아들며 명신이는 마음이 설레었다. 집으로 가야 할지 공장으로 바로 갈지 어디로 가나, 차라리 모친과 함께 나섰더면 좋았겠다고 뉘우쳐도 보았다.

　꼭 닫힌 홍식이 집 대문을 바라보며 도망구니처럼 슬슬 피해서 얼른 지나쳤다. 마침 누가 나오다가 마주치기로 해 줄까마는 그 집에 들어가서 고식을 만나 인사를 하고 어째서 왔다는 변명을 해야 할 것이 성이 가시고 싫었다. 공장으로 가서 영감을 만난대도 구직하러 온 사람이니 사무적으로 일은 간단히 취급될 것이다.

　공장은 인웅이가 일러준 대로 곧장 찾아 들어갔다. 판잣집이라 해도 꽤 탄탄히 지은 이층집이다. 이층에서 재봉틀 소리가 요란히 기운차게 흘러나오는 것도 시원스럽게 들린다.

　명신이는 열린 문 안을 기웃기웃 하면서도 분주히 오락가락하며 자기 얼굴을 힐끔힐끔 보는 남자들에게는 말을 못 걸고 섰다가, 이층에서 통통거리고 내려오는 예닐곱쯤 된 여직공을 붙들고 홍식이를 찾아 달라고 부탁을 하였다.

　"모르겠는데요. 저 사무소로 들어가 물어보세요."

하고 계집아이는 홱 달아나 버린다. 아무쪼록 여러 사람이 있는 사무소에는 안 들어가고 홍식이를 불러내서 물어 보자는 작정인데, 사무소란데가 바로 문턱에 있으니 한발 들여놓으며 유리창으로 들여다보았다.

의외에 아무도 없이 혼자 앉았던 영감이 알아차리고, 몸도 가볍게 쪼르르 나와서 손수 문을 열어 주며 마치 기다렸던 손이나 맞아들이듯이

"김택희 군 부인이시지? 지금 막 집의 아이한테 얘길 들었는데 하여 간 들어오슈."

하고 소탈하게 말을 붙인다.

사무실에 아무도 없으니 그렇겠지마는, 홍식이 부친이 댓바람에 이렇게 마주 나와서 알은체를 해 주는 데에 명신이는 황송도 하고 고마워서 얼떨떨하였다.

테이블이 단 두 개만 놓인 좁아터진 사무실에 들어와 명신이는 권하는 대로 이만치 떨어져 앉았다.

"그래 우리 공장엘 와 보겠다고요? 한데 전에 이런 일 해 본 경험이 있는지? 발틀 일은 할 줄 알겠구려?"

영감은 단도직입적으로 말을 붙인다.

"그거야 알죠만……."

명신이는 사실은 발틀을 써 보지 못해서 자신이 없었다.

"하지만 여기선 전기로 돌리는 것이기 때문에 기술이 있어야 하는데……."

이 영감이 생김새 보아서는 자상하고 친절하다고 생각했더니 지금 말하는 눈치가 슬며시 사람을 뒤흔들며 제풀에 나가자빠지게 하는 것 같다. 명신이는 다 틀렸고나 하고 첫 서슬에 기대가 컸더니만큼 맥이

풀렸다.

"기술이 없으면 마름질 한 것을 붙여나 주구, 잔심부름이나 해 주거나, 단추 구멍을 뚫고 단추를 달고 하는 따위 일인데 그것도 여간 익숙하지 않으면 수입이 별로 신통치 않은데, 그거라두 해 보시려우?"

명신이는 다시 일루의 희망을 얻었다.

"아무거나 해 보죠. 놀고 있느니……."

비로소 명신이의 입가에 웃음기가 떠올랐다.

"하지만 어머니 모시구, 어린 게 딸렸다죠? 그러니 그까짓 것 가지고 세 식구 살아 나갈 수 있을라구. 아이가 딸렸으니 두 분이 다 나오실 수는 없겠죠?"

의외로 매우 이편 사정을 걱정해 주는 말눈치가 반갑고 고맙다. 기술이 없다고 편잔주듯이 할 때와는 또 딴판이다. 명신이는 이 영감님이 변덕쟁인가 싶고 사람을 들었다 났다 하는가 싶어 은근히 경계하는 눈으로 말끔히 그 뻘건 우락스러운 얼굴을 바라보고 앉았다.

"어쨌든 사정이 딱한데…… 우선 몸 붙일 데부터 만들어야 할 텐데……."

하고 영감은 일단 말을 끊었다가,

"이런 얘기를 꺼내면 혹 실례일지는 모르지만, 이왕이면 아주 발 벗구 나서서 식모살이라두 가시겠소?"

하며 눈을 커닿게 뜬다. 마치 이만 나이, 이런 처지의 딸자식이나마 며느리에게 명령하는 듯한 위세를 무언중에 보이는 것이었다.

"아, 아무건 어떻습니까. 그런 자국이 있에요?"

명신이는 무언지 모르게 또 다시 믿음직한 생각이 들면서, 식모라는 직업이 천덕구니같이 여겨지지 않으며 좋은 자리만 있으면 나서 보겠다고 반색을 하였다.

"누가 내게 부탁을 하는 자리가 하나 있는데, 당신 같은 젊은이는 안 될 거나, 자당께서 가 보시면 어떨까? 하는 생각이 지금 드는구먼. 신식 여자로 홀몸이야. 집 간이나 지니구 있구 부리는 계집애두 있지만 누가 나이 지긋한 사람이 와서 뒷배를 봐 주었으면 좋겠다는 건데, 위선 방을 하나 줄께니 조건이 좋고, 만일 당신이 우리 공장에 다니게 된다면 손주새끼 데리구 집이나 지키면서 밥 시중만 들어 주시면 될 거 아닌가 싶은데, 글쎄 어떨지?"

영감은 기다랗게 늘어놓는 것이나, 명신이에게는 지루하지도 않고 반색을 하며,

"그러면 좀 좋겠습니까. 전 아무래두 여기 다니고 싶어요. 써 주시겠죠?"

하고 매달렸다.

"글쎄 써 주는 게 문제가 아냐. 어떻게 살아나갈 도리를 차려야지."

영감의 말은 냉연하면서도 어딘지 모르게 온정이 풍기었다.

"그러면, 이렇게 하면 그만 아닙니까. 어머니는 그 집에 들어가 사시구, 저는 여기 다니구 방세 안 물구 하면 그럭저럭 위선 살지 않겠습니까."

"글쎄 그런 방도를 차려보면 몰라두!"

하며 영감도 웃어 보인다.

"독지가가 있어 탁아소(託兒所) 같은 것을 만들어 놓으면 당신네 같은 분은 큰 도움이 되련만……."

홍식이 부친은 사정이 딱해서 하는 말이겠지만 이런 소리를 하며 골통대를 들고 미국 담배쌈지에서 썬 양담배를 담는다.

영감은 전쟁미망인의 원호 사업이니 구제 사업이니 하지마는, 일자리를 주는 동시에 어린애 문제도 해결해 주어야 할 것이라고 혼자 생각을 하다가 자기가 본격적으로 공장을 경영한다면 유치원 삼아서 그러한 탁아실 같은 것도 부설해야 할 것이라는 공상을 진심으로 하여 보는 것이었다.

영감은 이 코딱지만 한 공장을 자기의 사업이라거나 본업으로 여기지는 않는다. 부산 내려가서 작다란 밑천 가지고는 당장 할 만한 일이 없는 판에 길이 있어 시작한 노릇이지만은, 또 하나는 큰아들을 잃고 나서 둘째아들마저 또 뺏기지나 않을까 겁이 펄쩍 나서 이 군수품 공장 속에 아들을 숨겨두자는 생각이었다. 대학에는 다니지만 그래도 안심이 안 되는 시절이었었다. 물론 홍식이 자신은 그따위 간판 뒤에 앉아서 징용증(徵用證)이나 얻어 가지자는 그런 요량은 꿈에도 없고 그럴 필요도 없었지마는 부친의 하는 일이니 잠자코 돕는 것이다.

"내게야 언제든지 한두 자리 내어드릴 거니 염려 마슈마는, 기위 나선 길이니 그 여자두 한번 만나 보고 가시려우?"

명신이는 반색을 하였다. 영감이나 명신이나 늙은 어머니가 공장에를 나선대야 지지리 일을 감당해 나갈 수도 없고 역시 어린것 때문에 식모살이밖에 나설 수가 없다고 생각하는 것이다.

"바쁘신데 죄송은 합니다만 그래 주셨으면……아마 살 길이 나서려나 봅니다."

"가 봐야 알겠지만 나두 이번 올라와서 이 땅 때문에 알게 됐는데 일전에 거리에서 만났더니 공장에서 쓰다가 내보내는 늙스구레한 사람이 있건 자기께 진권해 달라는구면. 지금 부리는 계집애는 내보낸다나 봅니다."

땅 때문이란 것은 이 공장을 지을 집터가 그 여자의 소유인 것을 샀다는 말이다. 사변 전에는, 여기서 살았는데 폭격에 날려 보내고 지금은 저 길 건너에서 산다는 것이었다.

"다섯 시 넘어서야 퇴근해서 집에 있다니까, 조금 이를 거요."

영감은 팔뚝의 시계를 보고 일어나 나간다. 아까 집에서 나올 제는 해가 꽤 높은 줄 알았더니, 어느덧 사무실 안은 우중충하고 저물어가는 햇발과 함께 위층의 틀 소리는 한층 더 신경질적으로 재빨라 가는 것 같다. 힐끗 보기에 바로 옆방은 널따란 재단실이요 구석으로 창고들이 있는지 위층에서는 지은 양복을 죽죽이 날라 내려오고 아래층에서는 마른감을 여직공들이 한 아름씩 안고들 올라간다. 어두워 가는데도 일감을 올려 가는 것을 보면, 아마 밤일도 하는가 싶어, 명신이는 어정쩡하니 신바람이 나서 환한 불 밑에서 일을 하는 직공들의 모양을 그려 보며,

'야업까지 하면 수입두 많을 거 아닌가? 어머니만 이리 떠나오시게 되면 첫째 가까우니 좋지 않은가? ……'

하고 공상에 팔려 앉았으려니까, 문이 펄쩍 열리며 홍식이가 손에는 책

을 들고 고무신을 끌고 들어선다. 부친과 교대해 나오는 모양이다.

"어! 언제 오셨에요? 왜 집에 좀 들르시지 않구……."

명신이는 깜짝 놀라 일어서며,

"여기 계신 줄 알구 바루 왔더니, 영감님께서 부르세서."

하고 반색을 해 보였다.

"그래, 뭐래세요? 다 잘 됐에요?"

"네. 너무 걱정들을 해 주신 덕분에……."

그러자 공장을 한 바퀴 돌아보고 온 영감이 들어서더니 모자부터 매어 쓰며

"어서 가 보십시다."

하고 앞장을 선다.

영감의 뒤를 따라 나가는 명신이를 오락가락하는 젊은 남직공들은,

"딴은 직공으로는 아깝지."

"그럼 뭐야. 설마 영감이 바람야 났을라구!"

하며 바쁜 중에도 입을 놀린다. 더구나 소복이 눈에 띄우고 호기심을 끌어서 아까부터 실없은 소리들을 했지마는, 영감은 수십 명 여자를 거느리고 있느니만큼 그런 점은 엄격한 것을 부하들도 잘 아는 터이다.

잠자코 걷는 영감의 뒤를 적당한 거리를 두고 명신이는 따라갔다. 어슬녘이 되니 바람이 쌀쌀하고 뺨이 시렸다. 골목을 빠져나와 전찻길을 건너서 맞은 골로 들어서며 바로 초입에 후락은 하였으나 문화주택인 조그만 이층집 앞에 와서 섰다. 문패도 없다. 다방의 출입구 비슷한 현관문을 두드리는 소리에 의외로 위층에서 문을 여는 소리가 나며 현관

위에 내민 베란다에서 내려다보는 기척이 난다.

"안녕하십니까?"

"어서 옵쇼 들어오세요"

혼자 있는지 바로 주인 여자의 목소리다. 문 안에 들어서자 저편 구석 층계에서 주인 여자가 가죽 슬리퍼를 끌고 내려온다. 몸에 달걀 빛 재킷을 걸치고 있다. 언제 비 맛을 보았는지 먼지가 뿌옇고 깡통이며 걸레조각이 널려 있는 마루를 들여다보면 슬리퍼도 신어야 할 것이라고 명신이는 구살머리쩍은데 눈살이 찌푸려졌다.

가까이 온 주인댁을 자세히 보니 동글납대대한 감숭한 상이 퍽 영리해 보이고 눈이 날카롭게 신경질로 움직였다.

"접때 말씀하던, 사람 구하셨나요?"

"아직 못 구했어요 어디 마땅한 사람 있에요?"

하며 뒤에 섰는 명신이를 멀끄미 바라보며 이것은 가당치도 않다는 생각이 들었는지 현관에서 수작을 해 보내려는 눈치로 올라오라는 말도 없었다.

"마침 알맞은 사람이 나섰는데 어떡허시려나요?"

좀 거간 구변 같다.

"나이 몇이나 됐어요?"

"한 오십……."

하며 영감은 명신이를 돌려다 보았다. 명신이가 고개를 까딱까딱하여 보이니까 주인댁은 이 여자가 아닌 데에 안심이 되었는지

"그럼 당자를 보내 주세요 아 이거 일부러 미안합니다."

하고 비로소 인사를 하면서도 들어오라는 말은 없다. 아래층은 더럽고 불을 안 땠고, 자기 방에는 불러올리기가 싫은 것이었다.

"한데, 좀 얘기가 있는데 아무 데나 잠깐 들어갈 데가 있을까요?"

늙은 영감은 흉허물 없이 자청해서 올라가려 한다.

"아, 참 바쁘신 것 같애서 실례했군요. 올라오세요."

주인댁은 슬쩍 돌려댄다.

"뭘, 내일 어머니하구 다시 와 봬요."

명신이는 부득부득 올라가기 싫었다. 또 잠깐 보니 유엔 마담 비슷한 데 쌀쌀한 품이 생각하고 왔더니보다는 좀 뜻밖이라는 생각도 들어 고개가 외로 꼬이기도 한다. 허나 마루 안을 쑥 들여다보기에도 안방과 마주 방이 두엇 있는 모양이니 그 방이 탐도 난다.

"아니, 자세한 이야기를 아주 하구 가야지."

하고 올라서는 영감의 뒤를 따라 명신이도 이층으로 올라갔다. 이층도 낭하의 마루가 더럽기는 마찬가지다. 그러나 방문을 열고 들어서니 훈훈한 난로 기운이 첫대 언 몸에 좋거니와 팔조나 되는 다다미방에는 푸근푸근한 양탄자를 깔고 새로 장만한 듯한 응접세트가 놓여있다. 불그레한 휘장이 늘인 그 안에는 침대며 의걸이 양복장들 세간이 놓였을 것이다. 전기 스토브와 경유 스토브 두 개가 양편으로 갈라져 있고 스위치를 트니 꼭 전등불이 환히 들어왔다.

전등불을 몇 달 만에 보는가싶이 반갑다. 이 집에는 미군 덕에 특선(特線)이 들어와서 스토브로 밤새껏 때는 모양이다. 그러나 어쩐지 버터 냄새가 짙은 것 같고 분홍빛 침대 휘장을 보면 부산에서 보던 뒷골목

양갈보 집 들창에 친 커튼이 머리에 떠올라서 미군부대 다닌다니 그렇겠지마는 어째 주인댁의 잔주름 잡힌 얼굴이 빤히 쳐다보인다. 영감과 수작을 하여 가며 새새로 건너다보는 주인댁의 눈치도 그리 호의 있는 표정은 아니었다. 자기보다 훨씬 젊고 남자의 눈에 띌 만하다는 데에 시기를 느끼기도 하는 것이요 그 어머니라는 노파는 알맞을 듯하나 이 예쁜 젊은 딸이 혹을 달고 세 식구가 와야 한다는 데는 속으로 머리를 내어젓는 것이었다.

영감은 세세한 사정을 이야기하고 나서, 주인댁의 글쎄요, 하는 듯한 낯빛을 보자,

"아니 계집아이 하나를 둬도 방 하나는 내주어야 하겠고 한 식구 먹이지 않소? 이분 모녀는 어머니 방에서 잠만 빌어 자는 셈이니까 성이 가시거나 개갤 일은 조금두 없을 거외다. 집 깨끗이 거두고 조석 해 받들고 하면 그만 아닌가요?"
하고 다시 권하여 보았다.

"생각해 보죠 하여간 당자끼리 만나 보아야 얘기가 될 거니까 내일 이맘 때 어머니하고 오슈."
하고 비로소 명신이에게 말을 붙이더니

"한데 방세 대신으로 집 거둬 주구 나는 아침저녁 두 끼만 붙여 먹게 했으면 어떨지 그것두 미리 의논해 봐 주시구려."
한다. 군식구를 두면 아무래도 밥 한술이라도 축이 날 것이니 그것을 꺼리는 것이요 이러한 미모의 젊은 과수댁을 한 집에 둔다는 것이, 무슨 남편이 있어서 그런 것이 아니라 덜 좋을 뿐 아니라, 아주 마구치기

도 아니니 계집애처럼 만만히 부리기 어려울 것도 이 여자는 생각하는 것이었다.

헤어져 나오다가 층계에서 마주치는 그 부엌 속을 힐끗 들여다보니 구제물자겠지마는, 반코트만한 검정양복 저고리를 입은 열댓 살 된 계집아이가 머리를 파마를 하고 통로 앞에 서서 무엇을 끓이고 있다. 주인댁은 따라 나오지도 않았다.

"저런 것한테 맡겨 놓았으니 집 꼴이 이럴 수밖에!"

하며 영감은 혀를 찬다. 그것은 고사하고 주인만 나가면 빈집 속에서 어린것이 혼자서 용히 배겨낸다고, 명신이는 동정도 간다. 그나마 갈 데도 없는 애가 쫓겨나가는 자리를 뒤물려 들어오려고 이 애를 쓰는 것이나 아닌지? 하는 생각을 하면 아까 올 젠 이젠 아주 살 길이 났나 보다고 좋아하던 기분은 쑥 들어갔다.

영감이 집에 들어가 밥을 먹고 가라는 것을 마다하고 명신이는 집으로 곧장 왔다.

집에 와서 대충 이야기를 하니, 모친과 안방 아주머니는 이제는 한시름 잊었다고 여간들 좋아 하는 게 아니었다.

"그런 입에 맞는 떡이 어디 있을꾸? 아래층에는 온돌방이 셋이나 있다니, 그걸 빌어서 하숙을 쳐두 좋지 않겠소 동사루 하자지. 제 입 하나 거저 멕여 주구."

이것은 안방 아주머니의 의견이었다.

"허지만 성미가 팽팽하구 제멋대루 날뛸 것 같애요"

명신이는 썩 마음에 내키지 않는 자기의 인상을 말하는 것이었다.

"그거야 비위를 슬슬 맞춰 주며 살려 줍쇼 하구 지내야지 별 수 있니."

양갈보 따위나 아닌지 모르겠다는 말에도 모친은 귀를 기울이려 안 했다.

이튿날 저녁때 명신이 모녀는 어린것을 안방에서 놀게 하고 어제 말하던 식모자리를 귀정 지으려 나섰다.

오늘은 홍식이 부친을 앞세우고 올 필요도 없고, 바로 문패 없는 이 층집으로 찾아왔다.

마침 부엌에서는 손수 반찬을 만들고 있던 주인댁은 고개만 내밀고
"들어오슈."

하고 대꾸를 하는 것이었다. 계집아이는 심부름을 갔는지 눈에 안 띄었다. 주인댁은 부엌 마루에 앉아서 하던 일을 하고 명신이 모녀는 그 옆에 서서 수작을 하였다. 식모살이를 오려는 사람을 상빈 대접으로 모셔들이라마는, 한때는 사병들에게 사모님 소리를 듣던 명신이는, 추운 데 와서 방에도 못 들어가고 이렇게 쉰네를 개울리고 섰는 모친이 가엾었다.

"나두 혼자 몸이래두 얼마 안 되는 월급에 참 어려워요. 방을 세나 놔 먹자니 성이 가시구 해서 그러는 건데 방은 안방을 써도 좋지만, 한 달에 한 이천 환 내놓을 테니 두 끼 먹여 주구 점심 싸 주구 하시겠수?"

자기가 결정한 대로 자기 말만 한다.

거품이 부글부글 끓어오르는 풍로 위의 기름 냄비에서 둥둥 떠오르는 것은 양요리인지 청요리인지 쇠 그물로 만든 국자로 떠서 기름을 빼

어서는 접시로 옮기고 있다. 입은 짧을 텐데 이천 환으로 매일 저런 요리나 해내라고 앙짜만 부리면 큰일이겠다고 명신이 모녀는 멀거니 끓는 기름 냄비만 바라보고 섰다.

"솜씨두 없지만 식성은 어떠신지? 이천 원으루 뭐 변변히 반찬이나 해드릴 수 있을라구요"

잠자코만 있을 수 없으니, 차마 못 하겠다고는 할 수 없고 어리뻥뻥한 대답을 하였다.

"뭐 날마다 고기만 반찬 해 달라겠어요 댁에서 자시는 대로 먹는 거죠마는, 그 대신 집이나 잘 거둬 주세요"

주인댁은 첫눈에 명신이 모친이 참하니 좋을 성싶어서 이러니저러니 다시 물을 것도 없지마는, 명신이 모친도 나중에 돈을 찔러 넣어서 밥을 해 먹이는 한이 있더라도 맡는 수밖에 도리가 없었다.

"오시겠거든 오늘이라두 오세요"

이렇게 서두는 것은 자기가 아쉬워서 그렇겠지마는, 올 듯싶은 눈치에 차차 말공대도 달라지고 친숙한 기색을 보인다.

"오늘야 어둬서 어렵죠마는, 이때까지 있던 애는 어디 갔나요?"

"저 어머니가 와서 데리구 나갔는데, 아주 그 길에 보내 버릴까 해서 말예요"

"그래두 그 애 용하군요 어린 게 혼자서."

명신이가 보지도 못한 아이를 칭찬한다.

"부산서부터 두었던 걸 내가 먼저 데리고 왔는데, 뒤처졌던 부모가 올러와서 어서 데려가겠다는 거라우."

그 말을 듣고 나니 모친은 명신이에게 눈으로 의향을 묻고, 명신이도 곧 와도 좋겠다는 생각이 들었다.

"내일 와서 말끔히 치우구 옮겼으면 좋겠구 당장 금침두 걱정이지만, 그럼 오두룩 해 보죠"

"금침은 그 애 덮이던 것두 있구, 모포 몇 장 빌려드릴게 불이나 따뜻이 때면 지낼 겁니다."
하고 풍로 앞에서 일어나 나와 보여주는 안방을 들여다보니 냉기가 휙 끼치나 널찍하니 그만하면 으레 외풍이 셀까 보아 걱정이다.

그럼 갔다 오라고 문간까지 주인댁이 따라 나온 것은, 어제 홍식이 부친을 보내면서도 방문까지만 나오던 것 보아서는, 마음이 내켜서 융숭한 대접을 하는 것이라 할까? 명신이 모녀는 어둑어둑한 거리로 나서며 한편으로는 귀정이 곧 났으니 시원하고 한편으로는 무엇에 홀린 것 같이 얼떨하다.

홍식이 부자에게 인사도 하고 오게 되었다는 기별도 하러 집으로 들르니, 저녁 자시러 온 영감이 마침 들어앉았다.

"하여간 잘됐군요 고생야 되시겠지만……."
하며 영감은 인사를 하는 것이었다. 오늘도 내외가 저녁밥 먹고 가라고 붙드는 것을 뿌리치고 나와서, 장작을 사 이고 다시 이층집으로 올라갔다.

명신이 모녀가 다녀온 뒤에, 홍식이가 공장에서 들어와서 부친에게 모녀가 지금 막 다녀갔다는 말을 듣더니,

"그럼 무슨 덮개를 빌려 주어야 할걸요 어린애 덮일 포대기도 없이

온 사람들인데요.”

하고 신경이 거기부터 쓰였다. 인웅이의 친척이라는 데에 더 마음이 가는 것이었다.

“글쎄⋯⋯. 마누라 뭐 있겠소?”

부친도 그렇겠다고 생각하였다. 영감의 승낙에 마나님은 이의가 없었다.

“그거 지독한 여자군요. 월급으루 이천 환쯤 주고 밥을 해 달래두 신통치 않을 텐데, 당장 무얼 먹구 살라는 겁니까?”

하며 홍식이는 분해 한다. 엊저녁에 부친이 돌아와서,

“김금선이가 우리 공장에서 식모를 구해 달라기에, 내 지금 가서 그 모친을 말해 놓구 왔다. 아마 될 거라.”

하며 큰 좋은 일이나 하고 왔다는 듯이 말할 제, 홍식이는 부친이 명신이를 데리고 어디를 가나? 하고 의아해하던 끝에 안심이 되면서도,

“급한 대루 잘되긴 했습니다만, 식모루 갈까요. 원체 그 여자가 뭐시 깽일지도 모르겠구요⋯⋯.”

하고 덜 좋은 얼굴빛이었다. 홍식이도 공장 터를 살 때 수속관계로 몇 번이나 심부름을 가서 만나 보았기 때문에 김금선이를 잘 안다.

저녁밥 후에 설거지가 끝나기를 기다려서 홍식이는 모친이 싸 주는 금침을 금순이에게 이어 가지고 김금선이 집으로 갔다. 부친이 서둘고 친한 학교 동무의 친척인 것을 알게 되었다는 바람에 정거장에서 들어올 때처럼 집안에서도 유난스럽게 보지는 않았다.

“아, 이건 누구시라고! 부자분이 날마다 오시구⋯⋯우리 집 대객(大客)

모셨구면."

현관에 나와 맞는 금선이는 깔깔 웃으며 명신이 모녀가 이제 곧 올 테니 좀 올라와 기다리라고 권한다. 명신이 모녀는 안방에 불을 때고 말끔히 치워 놓고 한 뒤에 안암동으로 간 것이다.

"이따라두 또 오죠. 요기서 요긴데."

하고 홍식이는 이불보만 맡기고 돌쳐서려니까, 금선이는

"이따 또 오실 바에는 밤중에 두 번 걸음 하실 거 뭐 있에요."

하고 한사코 붙든다. 처녀는 아니지만 혼자 있다 하니 거북하고, 혼자 있는 여자의 파적(破寂)하러 다니는 것은 아니지마는, 홍식이는 어디 어떤 꼴로 사나 구경을 하고 싶은 호기심이 나서 데리고 온 금순이는 보내고 올라가 기다리기로 하였다. 밤은 들었는데 아래층은 비었으니 주인댁은 현관문에 쇠를 찌르고 둘이 이층으로 올라갔다.

"그래 공장일은 잘 돼요?"

금선이는 상좌로 안락의자의 자리를 매만지며 인사를 새로 붙인다.

"난 직공 아녜요. 학생예요."

노티가 있어 보이는 것 보아서는 순직한 목소리다.

"호호호. 학교 도련님을 못 알아 뵈어 미안하군요."

토지 문권 이동으로 해서 몇 번 만났지마는 언제부터 친했다고 별안간 이렇게 친숙히 구는지 싫고도 좋고도 하였다. 주인댁은 안락의자에 주저앉으며,

"그래, 그분네들은 무슨 친척이 되신대죠? 난 상전뎅이나 아닐지 실상은 걱정예요."

하며 이번에는 정색으로 말을 붙인다.

"친척은 아닙니다마는 좀 잘 봐 주세요"

홍식이는 은근히 부탁을 하였다.

주인댁은 우선 차라도 낼까 하는 생각으로 일어서다가 옆의 탁자에 놓인 앨범을 집어다 앞에 놓으며,

"곧 올 거니 이거나 보시며 기다리세요"

하고 아래로 내려간다. 젊은 학생을 대하여 그런지 신기가 나서 팔팔하고 얼굴에는 화색이 돈다.

사진첩은 백날에 박은 것인지 돌에 박은 것인지 갓난아기 적부터 시작된 데에 흥미를 끌었다. 누구의 앨범에서나 생활의 단편을 엿보이고, 한 풍속도이기도 하지마는, 이것처럼 김금선이의 반생의 기록을 요령 있게 모은 것은 드물 것이다. 머리를 충충 땋아 늘인 소학교 때의 사진을 보면 귀엽게도 자란 모양이지만 한 세대 전 사람 같다. 소학교 때 머리를 땋고 다녔으면 삼십은 훨씬 넘었을 것이다. 여학교 시절에는 꽤 예쁘장한 모습이요, 그 다음 것은 아마 일본 가서 박은 것들인 모양이다. 그러나 동무들과 함께 박은 것이나 동무들의 사진은 간간히 끼워 있어도 가족들의 사진이라고는 한 장도 없다.

'어떤 집 딸이던구? 결혼은 했을 텐데……'

그렇게 생각하니 남자의 사진도 눈에 안 띄운다. 여학교 사진인 듯한 것은 아래를 싹뚝 잘라버렸다. 웬일일구 싶다.

"괜히 그런 걸 보여드려서 흉이나 보지 마세요"

금선이는 아래층에서 더운 물주전자를 들고 올라와서 탁자에 놓인

찻제구(커피세트)를 내놓고 차 끓일 차비를 차리며 웃는다. 그 목소리며 말 붙이는 수작이 홍식이 연갑네밖에 안 되는 듯싶이 앳되고 간드러지다. 깔끔하고 암팡진 반면에 이런 곰살맞은 데도 있는 여자다.

"아니 훌륭한 김 여사의 일대기(一代記) 아닌가요. 어떤 학교 나오셨에요?"

홍식이는 사진첩을 되풀이로 또 뒤적거리며 대꾸를 하였다.

"×× 나왔죠."

자랑삼아 선뜻 대꾸를 한다.

"네. 우리 누님도 ×× 나왔는데, 언제 졸업하셨어요?"

"바루 해방 되던 해죠. 누님은 언제 졸업하셨는데요?"

"우리 누님은 벌써 이십 년이나 되니까요."

그러나 해방되던 해 졸업하였다면 이 여자의 나이 고작해야 스물여섯 일곱일 것이다. 이 여자가 정신이 나갔나? 하며 홍식이는 속으로 코웃음을 치다가, 졸업 사진인 듯한 것의 아래를 잘라 버린 것이 무심히 생각나며, 짐작이 든다. 기념사진에는 으레 졸업 연월일과 회수(回數)를 음각으로 찍는데 그것을 없애 버린 것이다. 그렇게까지 해서 나이를 숨기려 들 것은 뭐요, 또 연월일을 오려내고까지 졸업사진을 앨범에 붙일 것은 무엇인구? 이상한 여자라고 홍식이는 흥미를 느꼈다.

"이건 일본서 백이신 건가 본데 일본에는 언제 가셨어요?"

홍식이는 자기의 어투가 마치 알리바이나 문초하는 듯한 데에 혼자 웃었다. 금선이도 말이 탁 막히는 듯이 생글 웃기만 하다가,

"그건 해방 후 요전에 비행기루 유람 갔다가 찍은 거예요."

하고 또 한 번 농치듯이 소리를 내어 웃으며, 전기 스토브에서 끓는 차를 따른다.

"여학생으루 변장을 하고 가셨던 게로군? 이런 시절에 만나 뵀더라면 나두 가만 안 있구 프로포즈 하는 걸! 하하하."

하고 홍식이가 비양대듯이 놀리니까, 금선이는 좋아라고 따라 웃다가,

"아니 지금 얼굴하구 어디가 달라요?"

하고 정색으로 달라 들었다. 홍식이는 또 한 번 커닿게 웃고 말았다.

이 앨범은 이 여자의 추억과 자랑을 담은 보물로서, 누구나 이 집에 온 손이면 한 번은 떠들쳐 보아야 할 의무를 지는 것이나, 자랑은 하고 싶고 나이는 감추고 싶으니 금시로 웃음거리가 되지마는, 다만 외국 손님만은 그런가 보다 할 뿐이다. 외국 손님 위해서 만든 것이기도 하다.

아래에서 문을 두드리는 소리에,

"아, 이제 왔구먼."

하고 홍식이가 먼저 일어서려는 것을 앉았으라고 말리고 금선이가 앞질러 나간다.

명신이는 아이를 업고 모친은 이불보퉁이를 이고 숨이 턱에 다서 들어오다가 주인댁 뒤에 홍식이가 따라 나와 섰는 것을 보고 깜짝 놀랐다.

"아, 어떻게 오셨수?"

마나님은 보퉁이를 마루에 쓰러지듯이 내려놓고 씨근씨근 알은체를 한다.

"새집 드시는 데 집알이 왔죠"

하고 홍식이가 웃으니까 아이를 내려놓고 난 명신이는 잠깐 치어다보고 올라서며 이불보를 끌어안으려는 것을 홍식이가 선뜻 뺏어 들고 난다. 뒤를 따라 들어가는 모녀는, 홍식이가 와 있어 준 것이 마음에 좋았다.

'어떻게 친한 샌지는 모르지만 젊은 것들이 어쩌면 문을 걸구 들어앉았누?'

하며 밤중이니까 그럴 것이라고는 생각하면서도 공연한 데 신경이 쓰였다.

주인댁이 앞질러 전등의 스위치를 틀어 주니까 환한 속에 금침 한 벌이 아랫목으로 부푸하게 놓인 것이 눈에 띄운다.

"아, 이건 또 웬일이슈."

하고 모친은 놀랐다.

"얻은 떡이 두레박이라구."

하며 주인댁은 입이 잽싸게 말을 꺼내다 말고

"아, 그래야 이재민두 얼어죽지 않지! 불나던 날 깔구 누웠던 걸 운임 안 물구 부산서 가져온 셈만 치시구려."

하며 휘갑을 친다.

"난 갑니다. 그래 내일부터 공장에 나오시겠어요?"

하고 홍식이가 명신이에게 말을 붙이니까 아직도 얼음장 같은 문 밑에 맥맥히 섰는 명신이는 얼떨하며 대답이 없다.

"아니, 올라가 얘기하십시다. 아주머니 올러오슈. 나두 얘기할 게 있구 하니."

몇 해 만에 불길이 들어갔는지 모으는 이 간 방에, 성냥개비 같은 것을 네다섯 개비 묶어 놓고 이십 환씩 하는 장작을 두서너 단 때어야, 간에 기별도 안 갔을 것이다. 주인댁도 찬바람을 쏘이고 온 사람을 보기에 딱하든지 자기 방으로 끌고 올라갔다. 가려는 홍식이를 이번에는 모친이 할 말이 있다고 붙들었다.

주인댁 방에 들어 선 어린애가 보지 못하던 세간과 찬란한 색채에 눈이 휘둥그레지듯이, 마나님도 딴 세상에 온 듯이 휘황해 하였다.

홍식이는 처음 왔을 때부터 어디서 긁어모은 세간인구 하고 규격이 맞지 않은 양가구와 야비해 보이는 취미를 경멸하는 눈으로 보던 방 치장도 이 마님에게는 모두 찬란하고 부러워 보였다.

'우리 딸두 영어나 가르쳐 놓았더면 이 고생은 안 하는걸……'

이번에는 또 이런 후회가 났다.

주인댁과 홍식이가 아까 앉았던 자리에 마주 앉으니, 홍식이가 방주인인 듯이 의젓하니 명신이에게는 보기에 좋으면서도 시기 비젓한 생각이 들었다.

옆으로 의자에 앉은 명신이와 홍식이가 공장에 갈 의논을 해 주고 있는 동안, 주인댁은 가만히 말눈치와 얼굴 표정을 보기에 골똘하였다. 어쩐지 저절로 정신이 그리로 씌워지며 무엇을 찾으려 애를 쓰게 되는 것이었다. 무엇보다도 임자 없는 저런 젊은 것을 어느 놈은 가만 두랴 싶어 더 유심히 바라보는 것이다.

"잘 놀고 갑니다. 그런 좋은 차를 올 때마다 주신다면 다방에 갈 거 뭐 있나요. 날마다라두 오겠습니다."

하고 껄껄 웃으며 인사를 하니까, 명신이는 무심코 눈이 똥그래지며 홍식이를 치어다보다가 제 무안에 질겁을 해서 고개를 떨어뜨렸다.

"에, 에, 심심할 때마다 건너오세요. 커피쯤야 얼마든지 드릴께."

금선이도 마주 웃으며 매우 좋은 기분이다. 명신이는 고개를 갸우뚱 꼬았다.

이러한 정체를 모를 여자와 친숙히 기롱을 하는 것이 이때까지 보아온 홍식이에게는 어울리지 않는 일이라도 생각하였다. 그것이 본바탕이라면 의외이기도 하다.

새 환경

"아니 얘, 어쩌면 우리가 꼭 오늘 올 줄 알았더란 말이냐? 그 계집애를 살짝 보냈니?"

자리에 누워서 모친은 무슨 생각을 하다가 말을 꺼낸다. 방바닥은 미지근도 안 하지마는 불이 환한 이 간 방에 이부자리를 두 채나 펴고 어린것을 가운데 뉘고 누으니 하여간 피난 이래 삼 년 만에 처음으로 기죽을 펴는 듯싶다.

"글쎄 말예요. 그 애나 있으면 좀 내력을 들어보는 걸……."

명신이도 모친과 같은 안심과 불안이 뒤섞인 생각이었다.

"그래두 홍식이는 친한 모양이던데?"

"누가 압니까."

명신이는 핀잔주듯이 대꾸를 한다. 그 친한 모양이 못마땅하기 때문이다.

"아마 그 계집애가 우리하구 맞부딪치면 제 흉이 드러날까 봐 얼른 배송을 냈는지두 모르지."

모친은 이 집 주인댁의 내력이 궁금해서 곰곰 생각하는 것이다.

집 한 채를 혼자 지니고 게다가 이층에는 호화로운 양실을 꾸미고 있으면서 어린 계집애 하나만 두고 살아왔다는 것이 이상스러워서 그러는 것이다. 어제 딸이 처음 만나 보고 와서, 양갈보나 아닌지 모르겠다고 걱정할 때는 귀담아 듣지도 않았으나, 와 보니 역시 궁금하다.

"이왕 온 바에야, 아무렇거나 누가 압니까."

명신이는 꿈결에 대꾸를 하며 그만 곤드라 떨어졌다.

이튿날 동틀 머리에 눈을 떠보니 모친이 옆에 앉았다가 벌써 밥이 다됐으니 어서 일어나라고 한다.

오늘 공장에 첫 출사이기도 하지마는 어젯밤에 주인아씨에게 쌀을 소두 한 말쯤 남았고 고기 통조림도 있고 하니 아침 일곱 시 반까지 밥을 먹게 하고 벤또도 싸 놓으라는 분부를 받았던 것이다. 주인댁이 세수를 하고 올라가며 재촉하는 바람에 찬장을 뒤져서 되는 대로 밥상을 보아 올려가니까 벌써 화장을 하고 양복을 갈아입고 앉았었다.

뒤미처 밖에서 빵 빵 빵 하고 자동차의 클랙슨 소리가 나자, 어느새 아침진지를 잡수셨는지 주인아씨는 외투에 팔을 꿰며 황급히 내려온다.

명신이 모친은 인사라기보다도 구경삼아 뒤따라 나가보았다. 그러나 문전에 선 지프차로 뒤도 안 돌아보고 들어가니까 차는 획 떠났다. 무슨 대관이나 출근하는 것 같은 위풍이 좋고 시원스러웠다. 부럽기도 하였으나, 한편으로는 무거운 짐을 벗어놓은 듯이 마음이 거뜬하였다.

"애, 미군차가 와서 모셔 가드라. 쫓아가 들여다보니까 운전수는 조

75

선 사람이더라마는, 그 속에두 난로를 피었는지 훈훈한 기운이 나오며, 애 팔자 좋더라."

어머니는 들어와서, 부엌 마룻바닥에 앉아서 되는대로 급히 밥을 떠 넣는 딸에게 무슨 큰 감격이나 한 듯이 말을 붙인다. 그러나 명신이는 잠자코 밥술만 입으로 떠 넣는다. 공장에 첫출사하는 딸을 내보내고 들어와서 이층에 올라가 보니, 밥상을 마루에 내놓고 방문은 잠그고 나갔다. 어쩐지 마음에 불쾌하였다. 명신이 모친은 아침 설거지를 한 뒤에 구데기쌀 같은 집안을 치우기에 바쁘면서도, 아무래도 안방에 구공탄 아궁지를 해야 하겠다는 궁리를 하였다. 장작 값이 하도 비싸니 한시가 급하였다. 곧 사람을 부르러 나가고 싶건마는 집을 비고 나갈 수가 없었다. 그러자 낮께쯤 되어 대문을 삐걱 하고 누가 들어오는 기척이더니

"계세요?"

하고 나이찬 여자의 목소리가 난다.

마루 걸레질을 치던 명신이 모친이 알은체를 하며 나가니까, 아이를 업은 육십이나 된 마나님은 물끄러미 쳐다보며,

"여기 이사 오셨나요? 계집애는 어디 갔나?"

하고 묻는다.

"저의 집 보냈대요. 왜 그러세요?"

"응. 고년 가면서 나두 좀 안 들여다보구……난 바루 요 위 살죠"

말은 눈치이기에 올라오라하니 어린것을 내려놓고 올라서며,

"만날 가야 쓰레기통 같더니 아주 부신 듯하구먼! 살림은 늙은이 손이 가야 하는 거야. 어떻게 일가가 되슈?"

"아뇨 부산서 불벼락을 맞구 와서 당장 갈 데가 있어야죠. 식모살이루 떨어졌죠."

명신이 모친은 걸레를 빨아 쥐어짜 놓고 방으로 들어왔다.

"허어, 그거 안됐구먼? 메누리 데리구 살아야 할 나이에 호된 시집살이 오셨구려."

마나님도 따라 들어오며 대신 걱정을 해준다. 그러지 않아도 이 마나님 입에서 무슨 말을 들을까 하여 끌어들인 것이지마는, 호된 시집살이라는 말에 뜨끔해서,

"아는 사람 지시루 오긴 왔지만 대관절 어떤 사람예요?"
하고 말을 걸어 보았다.

"아, 보면 알 일 아뇨 돈은 벌어서 어디 쓰는지 계집애만 죽두룩 부려 먹구, 그저 저만 위하라니까."

부리던 계집아이가 손주딸이나 되는 듯이 기가 나서 하는 말이었다.

"서울사람이겠죠? 친척은 없대요?"

"누가 아우, 찾아오는 사람이라곤 구경을 못했으니까. 밤중이면 온다는 코주부 영감은 코빼기도 못 봤지만……남편은 일본서 전쟁 통에 죽었대던가 헤졌대던가? 해방이 되자 미군을 따라 왔더라는구면요."

이것은 주인댁에 대한 새로운 지식이다. 좀 더 자세한 것이 알고 싶었으나, 말이 무서워 그런지, 그 이상 더 아는 것이 없어 그런지 마나님은 우물우물 하기만 하였다.

"이거 발이 사뭇 제리구먼, 올같이 비싼 장작에 무얼루 당하시려우. 어서 구멍탄 아궁지를 해야지."

말은 마나님은 아이를 다시 들쳐 업고 양지로 나선다.

"글쎄 그래야 하겠는데 아직 동리가 서툴러서요……"

"뭐, 요기 석다리께만 나가면 수두룩한데요"

명신이 모친이 나갈 차비를 차리는 동안 한참 주거니 받거니 새로 만난 사람들의 호기심으로 잔말들을 하다가, 옥진이를 걸려 앞세우고, 아침에 주인댁이 일러준 대로 문설주에 걸린 열쇠로 문을 채우고 나섰다.

어젯밤에 주인댁이 준 이천 환에 천오백 환을 보태서 쌀 한가마니부터 샀다.

올에는 쌀값이 싸니 한 부조이었지마는, 부산서 구멍가게로 푼푼히 모아 두었던 것이 여간 생색이 나는 것이 아니었다.

구멍탄을 한 짐 지어가지고 아주 미장이까지 달고 돌아왔다.

한참 석탄 아궁지를 만드느라고 미장이의 흙일꾼에 부산한 통에 오정이 뚜우 불더니 조금 있다가 명신이가 달겨든다. 퍽 신기가 좋은 양을 보고 모친은 우선 마음 놓였다.

"어떻던? 감당할 만하던?"

비쓸비쓸하는 위인은 아니지만, 몸이 튼튼한 편은 아닌 딸이 일을 이겨낼지? 그것부터 걱정인 것이다.

"가만히 앉어 손만 놀리는 일인데 뭐 그까짓 것…… 한데 어머니, 이 웃 입군 안 되겠어요. 이루 흰옷을 맬 수두 없지만 남의 눈에 띄어서, 일일이 말대꾸하기 성이 가셔요"

"그럴 거다. 아무거나 바꿔 입으렴. 한데 누가 뭐라던?."

"뭐라진 않지만 일을 잠간 쉬는 동안에 뎀벼들어서들 미주아리 고주아리 캐는 수가……"

"뭐라구?"

"주인하구 일가가 되느냐? 어젠 영감님하구 어디를 갔었으냐? 홍식이하군 부산서 올라올 제 갓 만났느냐? 예전부터 친했느냐? ……하고들 뭐 문초나 하듯이 야단들이구먼요"

"홍식이하구 아는 것은 어떻게 저희들이 아누."

"어제 공장에 가서 여직공을 붙들구 물어봤거든요 그게 벌써 소문이 돈 데다가 부산서 올라왔다니까 그럼 출장 갔던 홍식하구 같이 올라왔느냐구 뭐 짐작이 여간 빠르게요……"

하며 그래도 명신이는 새로 만난 동무들에게 그렇게 쪼들린 것이 그리 불쾌치는 않은 기색이었다.

입이 싸고 체면불고인 젊은 여자들은 명신이를 옆에다 앉혀놓고

"저만 인물에, 언제 시집갔더냐 싶은데 뭘 하자 이런 델 왔을꾸? 알쪼지! 보는 데가 있으니까 끌어왔구, 바라는 게 있으니까 끌려왔겠지."

하며 차마 들을 수 없는 소리를 마구 터놓고 숙설거릴 제 명신이는 귀밑까지 발개지는 듯싶었으나, 이 말까지 모친에게 할 수는 없었다.

"주인하구 친하다니까 시기가 나서 그러는 거지."

모친은 심상히 대꾸를 하였다. 명신이도 처음에는 안 올 데를 왔나 보다 하고 불쾌도 했으나 집에 오면서 곰곰 생각하니 그저 웃어 버릴 일이다.

명신이가 밥을 데워다가 먹는 동안 모친은 전에 입던 검정 세루치마

를 찾아내서 부리나케 허리를 달고 앉았다. 옥진이는 저희 어머니가 밥을 함께 먹자 해도 할머니하구 먹는다고 부엌으로 마루로 뛰어다니기에 부산하다. 원체 할머니 품속에서 자라난 셈이지마는 서울에 와서부터는 가는 집마다 집이 좋고 넓으니 신기가 좋아서 혼자서라도 뛰고 놀기에 공장에 간다는 엄마는 생각지도 않는 것이다. 모친은 옥진이가

"싫어. 난 할머니하구 먹을 테야."

하는 그 말이 새삼스레 귀여워서가 아니라, 벌써부터 속으로

'요년은 내가 길러서 내 손으루 시집을 보내련다!'

하는 결심을 가지고 있는 것이다. 외손녀도 귀엽거니와 귀여운 딸의 몸을 가볍게 해 주려면은 그밖에 도리가 없다고 생각하는 것이다.

저고리는 그대로 흰 것을 입게 하고 급한 대로 치마만 갈아 입혀 내보냈다. 모친도 딸의 뒷모양을 보고 거성을 벗긴 것 같으나 명신이도 오랜만에 무색치마를 입은 것을 내려다보며 서먹하고 이상해 보였다.

남편이 일선에 있을 때는 가다가다 꿈에 보여서, 어디가 몸이 아픈가? 후방으로 보내오려나? 하고 마음에 키우고 며칠씩 애를 태우기도 하였지마는, 전사한 것을 안 뒤에는 한 번도 꿈에 보이지를 않는 것은 혼령도 잘 가 있으니 마음 놓고 살라는 말인지? 요새 와서는 혼인 전후의 일이 먼 꿈처럼 추억될 뿐이다.

삼 년 동안 그만큼 고생을 하면서 아이를 길러 놓고 이태 동안 거성을 입었으니 간 사람만 가엾지마는 자기로서는 그만하면 할 도리는 다 했다는 생각도 드는 것이었다.

공장에서는 오늘도 밤일이 있다기에 명신이도 할 작정으로 자기 이

름도 적어 넣게 했더니 낮일이 끝나자 사무실에서 부른다고 사환애가 올라왔다. 명신이가 자리를 뜨려니까 옆에서 저의끼리 눈짓들을 하며 피 피 웃는 눈치였다.

사무실에는 영감이 부르는 줄 알았더니 의외로 홍식이가 혼자 있었다.

"밤일을 하신다구요? 첫날이요 고단하실 텐데 그만두시죠."

홍식이는 사무적으로 명령하듯이 이런 소리를 한다.

몸을 아껴 주어서 그러는지 지나는 인사인지 하여간 말은 반가웠으나, 한푼이라도 더 벌려는 욕심에 주저주저하니까

"겨울 들어선 연료 땜에 밤일두 별루 없습니다만 춘데 어서 가세요 그리구 이거 어머니 갖다드리시구."

하고 책상 서랍에서 조고만 봉투를 하나 꺼내서 어서 받으라고 재촉하듯이 내밀고 있다.

"그건 뭐예요?"

돈 봉지 같아서 선뜻 받지를 못했다.

"어머니께서 부탁하신 거예요. 갖다 드리세요. 이천 환 가지구 네 식구가 한 달 살겠습니까."

하며 홍식이는 싱긋 웃는다. 모친이 돈을 취해 달랬나 하고 깜짝 놀랐으나, 누가 보니 어서 받아 넣으라는 통에 잠자코 받아서 치마 허리춤에 끼웠다.

"그리구 어머니께서 말씀하신 일거리는 '시아게 반'에 일러났으니 언제든지 가져가세요."

명신이는 사무실에서 나오며 너무나 고마워서 감격에 가슴이 부풀어 오르고 얼굴이 홧홧해졌다. 나오는 길에 위층에 올라가서 반장더러 밤 일은 고만두겠다고 하니까 또 한 번들 눈이 면해서 치어다들 보았다.

집에 가서 모친에 봉투를 내 뵈며 돈 꿔 달랬느냐고 좀 핀잔주듯이 물으니까

"그거 무슨 소리냐?"

고 깜짝 놀라다가

"응, 속이 깊은 사람이라, 내가 어제 주인댁한테 이천 환 받는 걸 보구 딱해 하는 눈치더니 네 월급을 다가 쓰라는 조건이든지 하여간 돌려주는 게로구나, 온 너무 염치없지 않은가."

하고 봉투를 받아서 돈을 꺼낸다. 명신이는 잠자코 방으로 들어가며

"에구 방이 이렇게 더워요!"

하며 딴전을 하여 버린다. 석탄 아궁지를 하더니만 방이 금시로 더운 것이 신통도 하지마는, 그보다도 홍식이의 그 호의가 무던하고 고마운 것만이 아니라, 마음속에 아지랑이 같은 아리숭아리숭한 무어라고 꼭 집어 말할 수 없는 감정을 일으켜 놓은 것 같아서 부끄러운 생각도 들어서 돈 문제는 일체 아랑곳도 하고 싶지 않았다.

"삼천 환이다. 이건 네 첫 월급이나 다름없으니 예서 네 저고릿감이나 한 감 끊자꾸나."

모친이 돈을 헤어서 들고 따라 들어온다.

"에그, 난 아무 것두 싫어요"

명신이가 질색을 하는 말눈치에 모친은 말끔히 딸을 치어다보았다.

명신이는 모친이 자기의 심중을 눈치채는가 싶어서 얼굴이 살짝 붉어지며 외면을 하였다. 동시에 아까 사무실에서 돈 봉지를 받아서 허리춤에 찌르던 자기의 거동이 머리에 떠오르며 또 부끄러운 생각이 들었다. 그러나 저편은 당장 굶을 어려운 사정을 피어 주려는 호의밖에 없는 것을 그대로 솔직히 받아들이지 못하고 이리저리 머리를 쓰는 자기가 다시 부끄러운 생각이 들자 명신이는 비로소 마음이 차차 가라앉아 갔다.

주인댁이 들어오며 문간서부터 집안을 말끔히 치운 것을 보고 신기가 좋아서 부엌을 들여다보며

"수구하셨군요."

하고 인사를 하다가 석탄 아궁이에 솥이 걸리고 부뚜막이 깨끗한 것을 보더니,

"인젠 우리 집 살림, 자리 잡혔군요 그래 방 잘 더워요"

하고 반색을 한다.

"슬슬 끓으니 들어가 보세요."

방에 들어간 주인댁은

"이거 얼마만야. 나 예서 밥 먹어요"

하고 소리를 치며 위층으로 올라간다.

금선이는 옷만 후딱 갈아입고 내려와서 안방 아랫목 차지를 하였다.

"애구 뜨뜻해라. 속이 다 시원하이. 아주머니 나두 여기 내려와 자겠어요."

"아무려나 하시구려."

하루 동안 일이지마는 명신이 모친은 주인댁 앞에서라도 떳떳하니

말씨가 차차 호락호락해졌다.

밥도 아래에서 먹겠다. 잠도 안방에서 자겠다. 하니 이런 고질이 있나 하고 모녀는 생각하였다. 지금도 명신이는 주인댁이 안방에 들어오니까 스르를 피해 나와서 부엌에서 배돌고 있다. 밥상 하나 없이 명신이네 식구는 방바닥에 놓고 먹는 판인데, 예반에 차려 올려다가 테이블 위에 놓고 먹으면 그만일 것을 구멍탄 때문에 군 성화를 받게 되었다. 잠마저 자자고 아랫목 차지를 하게 되면 그야말로 다 늙게 시어머니 모시라는 팔짠가 보다고 한탄을 하였다.

'그건 고사하구 코주부가 찾아온다는데, 그땐 어쩌려구?'

모친은 딸에게 아직 아무 말도 안했지만 속으로 이런 걱정도 해 보았다. 사실 걱정이 되었다. 젊은 것을 데리고 무슨 꼴을 보게 될지 애가 씌웠다.

"아니, 같이 잡숩시다그려. 건넌방의 자리 싼 밑에 상이 하나 있는데……."

아랫목에서는 예반에 밥상을 받고, 윗목에서는 세 식구가 방바닥에 늘어놓고 앉은 것을 보니, 주인댁은 자기부터 을씨년스러운 생각이 들었다.

"내일 꺼내죠"

명신이 모친은 한마디 대꾸만 했으나, 밥상이 생긴대야 한 상에 놓고 같이 먹기는 거북하고 싫었다.

"애 어머니, 우린 친하지는 못했지만 한집에 사는데 형제같이 지냅시다. 우리 동생 삼읍시다."

예반에 고개를 파묻고 콩나물 국물을 퍼 넣으며 주인댁은 명신이에게 말을 건다.

명신이는 생긋 웃어만 보였다. 처음 만나서 시기 비슷한 감정과, 홍식이하고는 어떤 사이인가 하는 눈치 보기에 설면히 굴었으나 무슨 생각이 들었는지 태도가 돌변하여 매우 명랑한 기색이다. 약은 사람이 이 모녀의 연삽삽하고 쓸모가 있는 점에 금시로 홀깍 반한 것인지도 모른다. 하여간 한 달에 돈 이천 환 내놓고서 집안 꼴이 달라지고 몇 해 만에 가정적 기분에 싸이게 된 것이 이 여자에게는 고맙고 실없이 사람 잘 만났다고 생각하는 것이다.

이날 밤에 주인댁은 안방에 내려와서 자겠다고 하지도 않고 밤이 깊어 가도록 모친이 혼잣속으로 걱정하던 코주부가 달려들지도 않아서 세 식구는 오랜만에 따뜻한 방에서 자고 났다.

'……오늘은 또 어떠려누?'

날이 밝으니 어머니는 어머니대로 익숙해지지 않은 새 환경에 대한 걱정부터 머리에 떠올랐다. 모녀는 무슨 마굴에나 들어와 있는 것 같아서 위선 몸은 편하나 마음이 아니 놓이는 것이었다.

그러나 요행히 며칠 동안 아무 일도 없고 주인댁이 말한 대로 마장상 같은 것을 건넌방에서 꺼내다가 한 상에서 밥을 먹게 되어 대단히 가정적 화기가 돌게 되었다. 올해는 날씨가 의외로 따뜻하니 금선이가 위층에서 전기 스토브만으로 여전히 지내고 안방으로 기어들지도 않아서 한시름 잊었다.

"얘 인젠 웬만큼 손도 났으니 오늘은 일감 좀 가져 오렴."

모친은 공장에 나가는 딸에게 일러 보냈다.

명신이가 공장에 나가는 길로 사무실을 기웃해 보니, 홍식이가 학교에 가기 전에 나와 앉았다. 들어갈까 말까 망설이려니까, 안에서

"들어오세요 뭐예요?"

하고 홍식이가 나와서 알은체를 한다. 저번 돈을 받은 뒤로 처음 만나는 것이니 속으론 인사를 하고 싶었으나 모른 척하고 모친의 부탁만 전갈하였다.

"염려 마세요 댁으루 보내드릴께."

하며 선선히 대답을 하고는 잠깐 쳐다보다가

"마담 요새 잘 있나요? 내 이따 놀러 가죠"

하고 싱긋 웃는다. 명신이도 인사로 웃어만 보이고 나오자니, 영감이 마주 들어오고, 뒤따라 직공들도 우르를 몰려든다. 명신이는 영감에게 무어나 들킨 듯이 살짝 놀라는 얼굴빛으로 꼬빡 인사만 하고 위층으로 달아 올라갔다.

일감을 보내 준다는 것이 고맙고, 놀러 가마는 말도 반가우나, '마담 요새 잘 있나요?' 라는 말이 지나는 인사겠지만 귀에 거슬려서 명신이는 재봉실에 올라와도 머리에서도 스러지지를 않았다. 자기네를 만나러 오는 게 아니고 마담과 놀러 온다는 말인가? ……아니, 마담을 팔고서 자기를 만나러 온다는 말인가? 불관한 말이건마는 마음에 걸리도록 명신이는 요새로 신경이 부쩍 예민해졌다.

"이쁜 아주머니 날마다 사무실에 들어가서 도장 찍구 나오더구먼!"

뒤따라 올라온 처녀애가 여러 사람 들어 보라고 커단 소리로 비양거

린다. 웃는 낯도 아닌 것을 보면 가시를 품은 말인 듯싶다. 출근표는 인원수가 얼마 안 되니까 반장들이 가지고 처리하는 것이었다.

명신이는 생글 웃어만 보였다. 그러나 불쾌하였다. 들어오던 첫날부터 그랬지마는 모든 눈이 자기만을 감시하는 것 같아서 마음이 무거웠다.

"괜히 샘이 나서 그러지만 네 따위는 소용없어! 이쁜 아주머니 눈에나 봐라. 먹국야. 하하하."

예닐곱 여덟쯤 된 한 또래의 또 한 아이가 받는다.

어느새 누가 지어냈는지 요새로 명신이를 '예쁜 아주머니'라고 부르게 되었으나 실상은 은근히 미워하며 골탕을 먹이려 한다. 명신이는 둘째 계집애의 말에도 웃어만 보이고 탓하지는 않았다. 탓했다가는 자기만 창피한 꼴을 당할 것 같고 웃음엣소리로 넘기는 것이 점잖다고 생각하는 것이었다. 도대체 이 애들이 왜 그러나? 생각해 보니, 남녀 직공 간에 홍식이의 평판이 좋은 중에도 여직공들의 인기가 더 좋은 모양이었다. 엄전하고 순후한 총각 학생이라서 처녀 아이들 사이에는 저만큼 치어다보이는 한 은근히 사모하는 공상의 상대자이기도 한 것이었다. 그러던 것이 예쁜 아주머니가 들어오더니 여러 계집아이의 공동으로 마음속에 가질 수 있는 공상의 애인을 갑자기 뺏긴 것 같아서 시기가 나는 것이었다. 그러나 예쁜 아주머니가 주인 부자와 친한 사이니 함부로 건드리면 자기에게 불리하다는 생각이 있어서 마구 굴지는 못하는 대신에 공연히 집적거리며 까닭 없는 분풀이를 하면서도, 한편으로는 남직공들은 물론이지마는 여직공들까지 곁에 놓고 보는 화초처럼 마음으로 귀여워하고 소중히 생각하는 것이었다.

"그러지들 마라. 이제 이쁜 아주머니 덕 볼 날 있을 거니. 이쁜 아주머니는 얼굴이 이쁜 게 죄지, 맘씨는 더 이쁘단다."

재봉틀 위에 앉은 젊은 아주머니가 한마디 하니까 모두들 깔깔대었다. 명신이는 얼굴이 발개지며 속으로 이 눔 데를 그만둘까? 하는 생각이 들었다. 그러나 이상하게도 화가 나고 우울하면서도 그런 소리를 듣는 것이 그리 싫지는 않았다. '이쁜 게 죄'라는 말은 듣기 싫어도 '맘씨는 더 이쁘단다'는 말은 듣기 좋았다.

명신이는 이런 입씨름 속에서 부대끼다가 공장에서 풀려나와 집으로 오니 마음이 후련하니 기죽을 편 것 같았다. 어머니 일감인 단추 구멍 뚫을 위아랫복(服)이 한 아름 방 안에 쌓여있다.

"에그, 말괄량이 같은 것들하구 성이 가세서 못 다니겠어!"

비로소 모친의 앞에서 하소연으로 눈살을 찌푸려보였다.

"왜 또 그러니? 누가 뭐라든 그저 잠자코만 있으려무나. 이런 데가 또 다시 어디 있겠니? 이건 네 복야!"

모친은 펄쩍 뛰며 딸을 위로하였다. 부산에서는 자기가 앞장을 서서 서둘렀지마는, 이제는 살기 위하여는 딸을 모시듯이 하여야 하겠다는 생각이 들었다. 명신이는 '네 복야!'라는 모친의 말에, 머리에 대뜸 홍식이 생각이 떠오르는 것을 고개를 흔들어서 마치 칠판에 쓰여진 홍식이란 이름을 쓱쓱 지워버리듯이 생각지도 않으려 하였다. 그러면서도 저도 모르게 모친더러

"이따 그이 온대!"

하고 말이 불쑥 나왔다.

홍식이는 저녁을 먹고 나서 명신이 집을 향하여 나섰다. 기위 조력을 해 주는 바에는 명신이의 첫 월급이 나오기까지 돈 이천 환으로야 어떻게 살까 싶어서 부친에게 의논을 할까 하다가 제게 있는 것을 긁어모아서 오늘 저녁에 가지고 가려던 차인데 마침 명신이가 사무실에 들렀기에 주어 보내며 놀러 가마고 했던 것이다. 명신이의 공장 생활이 어떤가 이야기도 듣고 싶었고, 주인 여자의 정체가 대관절 무엇인지 저번에 만난 후로 새삼스레 흥미도 없지 않아서 심심파적으로 놀러 가자는 것이다.

홍식이는 큰 길로 나서며 아침에 부친이 꾸지람하던 말이 머리에 떠올랐다.

"사무실에 직공이 드나들게 하면 안 돼. 할 말 있건 반장을 통해서 하게 하라니까. ……."

명신이와 사사로이 친한 것은 별 문제요, 공장 문 안에 들어서면 직공이니 직공으로 취급하라는 것이었다. 홍식이는 그 말 뒤에 또 한 가지 뜻이 숨겨 있는 것을 알아차렸다. 좀 억울한 생각이 드나 부친의 말이 옳지 않은 것은 아니었다.

지금 홍식이는 명신이에게 대한 자기의 감정을 자기 마음에 물어보는 것이었다. 언제 보나 반가운 얼굴이요 가엾다고는 생각하나, 그 이상 깊이 생각해 본 일도 없고 자기와는 딴 세상 사람이거니 생각해 온 것이 사실이다. 다만 학생다운 안팎이 없는 기분으로 동정은 하지마는 그 이상 더 생각할 여지는 없다. 그보다는 일전에 우연히 만나서 생활이면에 잠깐 부딪쳐 본 김금선이가 더 깊이가 있어 보이고 생활이나 성격이 복잡해서 흥미를 느끼는 것이었다.

"에구, 바쁜데 어떻게 오슈? 아까는 또 그건 뭐요? 염체 없이 받기는 했지만……."

설거지를 하고 있던 모친은 뛰어나가서 현관에 들어서는 홍식이를 맞아들였다. 밥 먹은 자리를 훔치고 있던 명신이는 아랫목의 주인댁이 어찌 볼까 싶어 마주 나가지도 못하고 방에 들어설 때야 일어나 인사를 하였다.

"어, 인젠 이 방에 내려와 계신가? 커피 한 잔이 그리워 왔습니다."

"커피가 그리운지? 사람이 그리운지. 옥진 어머니 우리 다방이나 내 볼까?"

하고 금선이는 아랫목을 인사로 조금 비켜준다. 차 먹는다는 핑계로 명신이를 만나러 오는 게 아니냐고 빗대 놓고 하는 말이었다. 명신이는 홍식이가 자기네 손님이라기보다도 금선이가 앞질러 나서서 대객을 하니 가만히 앉았기가 물색이 없어서 모친이 하다가 둔 공장 일을 붙들었다.

"아, 고단하실 텐데 집에 와서두 그걸 하십니까."

홍식이는 비로소 말을 걸었다.

"밤일을 그만두시라니까 집에 와서라두 해야죠."

하고 명신이는 상긋 웃는다. 그것은 홍식이가 아껴 주는 그 맘씨에 대한 감사의 뜻도 있었지마는, 금선이는 벌써 말눈치를 채었다. 또 삼천 환을 보냈더라고 명신이 모친이 밥을 먹으며 자랑삼아 하던 말을 들을 때부터 금선이에게는 짐작이 드는 것이 있었다.

'저의끼리 놀려 오면서 차는 날더러 대접하라구?'

금선이는 슬며시 심사가 나서 곧 자리를 뜨고 싶었으나, 쓸쓸한 방에 혼자 떨어져 가기도 싫었다. 전에도 그렇게 보았지마는 부숭부숭하니 넙죽넙죽 말대꾸를 하는 이 청년이 마음에 들어서도 함께 앉아 놀고 싶었다.

"얘는 공장에를 가면 부자분이 너무 돌보아 주세서 동무들이 시샌다는군요 인젠 이만하면 굶지 않게 됐구, 일도 손에 익어 지내니 염려 말구 가만 내버려 두세요."

모친은 부엌에서 올라와서 이런 인사를 하였다. 물론 너무 미안해서 하는 말이나 홍식이는 가만 내버려 두라는 말에 좀 얼굴빛이 달라졌다. 명신이도 귀가 선뜻했다.

교제

"영감님이 왜 어서 장갈 안 보내구 공장 색시들이 놀아나게 하는 건구?"

금선이가 일어서며 웃는다.

"내 걱정 말구, 미스 김 뭣 땜에 혼자 늙으시는 거요?"

"늙긴 내가 왜 늙어! 잔말 말구 차 잡숫구 싶거던 올러오세요 의논할 일두 있구 하니."

하고 나가려는 것을,

"무슨 의논예요? 예서 아주 하시지?"

하며 홍식이는 붙들었다.

"나두 학교엘 좀 가구 싶은데 되겠죠? 어쨌든 올러오세요"

하고 위층으로 올라갔다.

"학교? 저 나이에 무슨 학교를 다니겠다는 건구? 아 밤중이면 코주부만 찾아다닌다던데! 공부는 어느 틈에 한다는 건구?"

하고 명신이 모친은 놀라는 눈으로 코웃음 친다. 홍식이도 의외의 소리에 놀랐지마는 코주부 어쩌고 하는 말에는 귀를 막고 싶었다. 그럴 듯도 한 말이지마는 듣기에 괴란쩍고 금선이가 가엾었다. 아직은 젊고 앨범을 보면 일본에 가서 공부까지 하고 온 지식 있는 여자인 듯한 점으로 그렇게 밀어붙이기가 가엾은 것이다.

가는 길에 홍식이가 아래층에서 소리만 치니까 금선이는 뛰어 내려와서 한사코 붙들어 올라갔다.

"저러다가 남 귀한 아들 병통이나 내지 않을까."

모친이 혀를 찼다. 명신이도 홍식이가 여기를 오지 말았으면 좋겠다고 생각하였다.

"그래 학교는 어떤 학교요?"

전기풍로 위에서는 차가 끓고 있었다.

"정치외교과를 해 볼까 하는데……"

홍식이는 또 한 번 놀랐다.

"우리 학교에는 정치외교과는 없구 정치과가 있지만."

지금 아래층에서 듣던 말과는 이렇게 왕청뜬 수작을 하는 데에 홍식이는 실소를 하였다.

"미국 갈래요 풀 스칼라십을 한 자리 얻을 수는 있는데 여기 학적이 있어야죠."

금선이는 정색으로 수작을 한다.

"길이 좋군요 어디 나두 덕 좀 볼까요?"

"그러세요 나 다니는데 다녀 보시겠어요? 석 달만 고생하세요 그 동안에 착실히만 뵈면 내 어떻게든지 주선해 드리죠."

아주 선선하다. 실없은 수작인지 무에 언턱거리가 있어 하는 말인지 종을 잡을 수가 없다. 그러나 영어 할 줄 아니 그런 길을 뚫을 수도 있을 것이요 집터 판 돈도 있을 것이니 가고 싶어도 할 것이라고 생각하였다.

홍식이는 학교에 가서 알아 봐 달라는 부탁을 받고 헤어졌으나, 아무리 생각해도 믿음직스럽지가 않고 새 학기나 돼야 할 일이니 흐지부지 내버려 두었다. 요새는 명신이네를 찾아 갈 일도 없고 간대야 이상스럽게나 보이고 까닭 없이 감정상 성이 가신 듯한 점도 있어 자연 발이 멀어졌다. 공장에서도 홍식이는 여간 일 아니면 재봉실에를 올라가는 일이 없고 직공은 사무실에 마구 드나들지 말라니 명신이를 만난 지도 퍽 여러 날 된 것 같다.

그러자 하루는 저녁때 금선이가 불쑥 찾아왔다. 마침 부친은 없었다.

"웬일이세요? 아직 퇴근 시간도 안 됐는데."

"요새 며칠 놀아요. 공장 구경 왔죠"

집에서 입은 대로 진자줏빛 치마에 흰 저고리를 입고 외투를 들썼다. 머리와 화장을 곱다랗게 하고 고무신을 신었다. 이렇게 꾸미니 양장보다 더 젊어 보이고 품이 있어 보였다.

"근데 물어봐 달라는 거 어떻게 됐어요? 내일 내 학교루 쫓아갈 테예요. 몇 시에 계시겠어요?"

앉으란 대로 앉으며 나무라듯 조르듯 다시 말을 하였다.

심심하니까 놀러오는 핑계로 그러는지? 서울대학 같은 데서 이런 여자 청강생을 받아줄 것 같지도 않지마는, 미국에를 간다기로 청강생쯤 다녀서 무엇을 한다는 것인지 알 수 없다.

내일은 알아다 주마 해도 함께 가자고 졸라서 시간 약속을 하고 난 뒤에, 공장 구경을 시키라는 대로 홍식이는 마지못해 위아래층으로 데리고 다녔다. 금선이 같은 여자를 여직공들 앞에 내세워서 반감을 사기는 싫었다. 재봉실에를 들어가니까 명신이가 눈이 똥그래지며 낯빛이 변하였다. 옆의 직공들도 의외의 손님에 속으로 픽 하면서 섰는 두 남녀와 모른 척하고 고개를 숙이고 손을 놀리는 명신이를 번갈아 보았다. 금선이의 화려한 인상에 비하여, 일감의 솔기를 맞추어서 틀 위에 앉은 재봉사의 시중을 들고 있는 명신이의 쪼그리고 앉은 모양은 쓸쓸해 보였다. 금선이는 아는 체도 아니하였다.

저녁때 풀이 없이 돌아온 명신이는

"어머니 나두 정말 돈벌이가 될 자국을 찾아봐야 하겠어요"

하고 한탄 비슷이 한다. 금선이가 아니꼽고도 부럽고, 공장에서 나오는 것은 얼마 아니 되는데 공연히들 눈여겨보는 것이 성이 가셔서 공장이 벌써 싫어져 가는 것이었다.

"그런 자국이 있어야 말이지. 그만큼 신세를 졌구 들어간 지두 며칠 안 돼서 무슨 소리야."

모친도 그 뜻은 알겠으나 예사로이 나무랬다.

이튿날 금선이는 약속대로 세 시를 대어서 연건동 문리과대학으로 들어섰다. 기다릴 것도 없이 저만치서 서성거리던 홍식이가 친구와 함께 웃으며 이리로 다가온다. 날씨는 오늘도 따뜻하였다.

"난 가겠네."

그 학생은 금선이의 얼굴을 빤히 치어다보고 붙들 새도 없이 휘죽휘죽 가 버린다. 인웅이었다.

청량리 학교에서 작반이 된 인웅이는 집에 와서 묵던 아주머니 모녀가 가 있는 집 주인 마담이 온다는 바람에 길동무 삼아 함께 와서 기다리다가 선을 보고 가는 것이었다. 화장도 안 하고 조선 옷으로 차린 금선이는 결코 양부인으로 보이지는 않았으나 인웅이는 첩감이로군 하고 생각하였다.

"다 알아봤는데 청강생으로는 학적이구 학력(學歷)이구 인정을 받는 게 아니니까 소용 없구, 검정시험 같은 것이, 수속상 되레 좋을 듯하다는군요."

홍식이는 학교에 들어가 볼 것도 없다고 끌었다.

"그러니 어느 해가에 공부를 해서 그런 걸 맡겠기에!"

금선이는 그다지 낙심도 안 하는 눈치였다.

"어떻게든지 되겠지요."

위로삼아 한마디 하였다.

"일본 경도서 영어학숙 졸업한 증서는 있지만……"

금선이는 의기양양한 눈치다.

"아, 그만하면 됐지 전문학교 아닌가요. 영어 선생님 한 분 모셨군."

실상은 경도는 폭격이 없었던 덕으로 삼년까지 다니다가, 소개 통에, 중퇴(中退)한 것이었다. 그러나마나 홍식이는 이 여자가 그만한 정도로 되는 것이 반가웠고 함께 다녀도 창피치 않다는 생각이 들었다.

"하여간 수고하였으니 어디 가서 차나 한 잔 하십시다."

혜화동 정류장에서 차를 기다리고 섰다.

"아녜요. 아르바이트 하는 학생 신세가 어서 공장엘 가야죠."

피차에 깔깔 웃어 버렸다.

을지로 사가에서 차를 내려서 두 남녀는 걸었다. 홍식이는 빠져 가고도 싶고 쫓아가 보고 싶은 호기심으로 있었다.

버젓한 젊은 아이와 걷는 것이 금선이에게 오래간만의 호강인 듯싶이 마음이 들먹거리기도 하였다. 햇발은 아직도 허물어진 집터에 쨍하니 쓸쓸히 비춰었다.

명동으로 넘어가는 초입 문전이 조촐한 조그만 다방으로 들어섰다.

이맘때면 빽빽할 텐데 좁다란 홀 안은 잠잠하니 이 구석 저 구석에서 소곤 소리만 나고 빈자리가 많다. 스토브의 불도 낮추고 침침한데 조용하다.

"아, 이 집은 이러다가 문 닫지 않으려냐? 왜 이리 쓸쓸해?"

스탠드 안에 섰는 마담인 듯한 해끄무레한 여자를 보고 친숙히 말을 건다. 이것을 보고 홍식이는 속으로 혀를 내둘렀다. 일본에서 영어학숙을 다녔다기에 조금은 존경을 했는데 지금 수작은 마치 저녁때 출근하는 '레지'나 '여급' 같다.

"어서 올라가요."

마담은 웃어는 보였으나 시원치 않은 표정이다. 위층으로 올라왔다. 고만고만한 방이 너덧 있고 화로불은 껌벅거리었다.

"아, 선선해. 위스키 티나 우선 한 잔 하실까?"

이편의 대답을 들을 사이도 없이 방석을 정돈하고 시중을 드는 여급더러 명하고서는, 정식을 이인분 청하였다. 집에서 식비 이천 환을 내놓는 바타운 여자로서는 활수가 좋고 신기가 명랑하였다.

홍차에 위스키를 곁들여 올려 왔다. 홍식이는 조금 자신이 없지마는 섞어서 따뜻한 맛에 마시려니까 층계에서 퉁퉁거리며 올라오는 기척이더니 미닫이를 쓱 밀고

"허어 오래간만이로구려."

하고 껄껄 웃으며 모자를 쓴 채 들어선다. 나이 금선이 연갑세다.

이편이 저보다 젊은 학생이라서 그런지 주기가 있어 그런지 알은체도 안 한다.

"바빠서 들를 새가 있어야지. 그러기루 우리 집엔 왜 좀 놀러 못 왔습디까?"

이건 마치 노는계집의 수작이었다.

"아, 이 추위에 어둬서나 들어오는 사람을 뭘 먹자구 찾아갈꾸? 게다가 계집애 하나만 데리구 굴속 같은 데서."

하며 남자는 껄껄 웃는다. 이 사람이 브로커인지 이런 데로 돌아다니는 어깨인지 알 수가 없었다.

"아니 인젠 우리 집두 살림이 늘어서 아주 꽃 같은 미인 식모도 두구……."

양주 기운이 피어난 김에 금선이가 무심코 이런 소리를 하니까,

"뭐, 꽃 같은 미인 식모를 뒀다구? 그건 분수에 넘치군. 우리나 주구려. 우리 집에는 지금 손이 모자라건만 구할 도리가 있어야지."

방에 들어와 앉으니 주기가 더 오르는지 혼자 떠들어댄다. 인제야 홍식이는 이 사람이 누구인지 짐작이 들었다. 그러나 명신이를 두고 하는 말일 텐데 우리를 달라는 그 말에, 아무리 취담이라도 눈살이 찌푸려졌다.

"아니, 실상 그 미인은 이 양반 공장에서 맡은 건데, 이 양반한테 부탁해 보시지……."

하며 금선이는 비로소 두 청년을 인사를 시켰다. 그러나 박창규라는 주인은 그 말에 취흥이 빠진 눈치로 머쓱해지다가 손바닥을 쳐서 맥주통을 올려 오라고 명하였다. 금선이와 홍식이가 식사를 하는 동안에 주인은 혼자 맥주를 먹으며 가만히 홍식이를 관찰하는 것이었다. 어디서 붙은 젊은 애인지? 이 바자원 금선이 솜씨에 한턱내는 것을 보니 단단한 봉을 붙들었는가 보다고 이모저모 뜯어보는 것이었다.

그러자 아래층에서 마담이 올라왔다. 술을 어떻게 먹나 눈치를 보러 온 모양인지, 금선이에게는 실미지근한 내색이었다. 이런 자리에 와 보지 못한 홍식이는 이 정치외교과의 입학 지원자 그룹에서 어서 빠져나가고 싶었다. 미인이란 말만 듣고 남의 집 딸을 덮어놓고 요릿집 접객부로 보내라는 수작이 아무리 생각해도 괘씸도 하였다.

나올 제 아래서 금선이가 셈을 치르려는 것을 창규가 막으며 내 셈으로 치부하라는 것을 들으면 이 집 주인은 아닌 모양 같다. 그래도 홍식이 앞에서 면이 있어 그런지 금선이는 셈을 치르고 나섰다.

"자, 어딜 갈꾸? 오랜만이니 ××구락부나 가 볼까?"

창규가 어슬한 거리로 따라나서며 앞장을 선다.

"아무려나!"

둘이 놀러가려는 눈치에 홍식이는 잘되었다 하고 먼저 가겠다고 해도 금선이가 놓지를 않았다.

"꼭 한 시간만 추구 갑시다. 내, 택시루 모셔다드릴게."

창규가 어떻게 생각할까 하는 생각도 없지 않았으나, 창규도 그 미인 식모를 끌어가자면 이 양반께 청을 하라 해서 그런지, 친절히 굴었다. 홍식이는 그예 끌려가고 말았다.

홀은 좀 이른 편이었다. 드문드문 테이블을 차지하고 앉은 남녀들은 전등불이 들어오기만 기다리며, 찻종을 노려보고들 앉았다. 맥이 풀려 앉았는 것 같지만 실상은 좀이 쑤시는 것을 참고 있는 것이다.

금선이의 테이블에도 맥주가 나왔다. 여섯 시 정각이 되어 색 유리를 낀 드높은 천정이며 사벽의 불이 확 들어오자 레코드 소리가 나니까, 지각을 할까 보아 문전에 대령이나 하고 있었던 듯이 어깻바람에 욱신 거리는 남녀가 떼를 지어 쏟아져 들어왔다. 금시로 가장자리로 둘러놓은 테이블은 초만원이 되었다.

'어유……하루저녁에 몇 백 명이나 들구 나는지, 큰 벌이 되겠다.'

어두침침한 불 밑에, 그리 유쾌하거나 화려할 것도 없는 웅성대는 모양을 바라보며 홍식이의 머리에 떠오른 것은 이런 생각뿐이었다. 초면인 사람에게 입장료 오백 환 신세를 지고서 이 구경하러 붙어 왔던가 하는 생각을 하면 쑥스럽고 아깝다.

어느덧 두 패 세 패 슬슬 돌며 무도장으로 나서니까 삽시간에 이 넓은 홀이 반은 찼다.

그러나 아직 열이 오르지 않고 흥이 안 나서 그런지, 간단한 한 곡조가 끝나자 살짝들 테이블로 자취들을 감추고 잠잠하여졌다. 두 번째 곡이 시작될 때 이번에는 옷 스치는 소리만 나며 와짝 일어나 어깨를 비비며 맴을 돌고 있다.

홍식이의 눈에는 그렇게밖에 아니 보였다.

인제는 금선이도 흥이 났는지, 홍식이한테 잠깐 기다리라는 듯이 고갯짓만 하고, 마주 일어선 창규와 얼싸안고 나갔다. 창규는 이 두 남녀를 눈으로 쫓아다녔으나 가다가다 사람 틈에 잃어버렸다. 꼭 붙어서 뺨이 닿을 듯이 하며 추는 양이 퍽 정다워 보인다.

'예전 애인인가? 지금두 연애를 하는 건가? ……'

홍식이가 이런 얼뜬 생각을 하며 바라보자니까, 어느덧 사라졌던 한 쌍이 옆으로 슬쩍 와서 미끄러져가며 금선이가 생그레 웃어 보인다.

홍식이는 이 여자에게서 비로소 애교란 것을 본 것 같았다. 마음에 근실하며 설레하는 것을 느꼈다.

자리로 돌아온 금선이는, 발그레 상기가 된 얼굴에 웃음을 또 한 번 띄워 보이고 목을 축이려 맥주잔을 들며

"좀 드십시다요."

하고 홍식이에게 권한다. 홍식이도 맥맥히 앉았기가 심심하고 선뜻선뜻한 맛에 잔을 들었다.

"나가 보실까?"

"에그, 난 출 줄 몰라요"

홍식이는 질겁을 하였다.

"호호호. 요새 학생 아니시군. 내게루 오세요 속성으루 가르쳐드릴
께."

"그건 배워 뭘 하게요."

홍식이는 껄껄 웃는다.

"아직 맛을 못 들여 이러시지만, 좀 있어 봐요 늦게 배운 도둑질이
밤 가는 줄 모르게 될 거니!"

"이런 악우(惡友)의 유혹에 빠져선 안돼요"

창규는 샌드위치를 안주해서 양주잔을 연해 들며 껄껄댄다.

이번 재즈에도 두 남녀는 일어섰다. 처음부터 얼싸안고 나가는 양이
퍽 흥분한 것 같더니, 차차 가운데로 밀고 들어가면서 몸짓 손짓 발짓
이 야단스러워지면서, 주기가 올라서 함부로 기껏 추는 것 같았다. 홍
식이 눈에는 음란해 보이기도 하였다.

다 추고 땀이 촉촉이 배어 와 앉는 금선이더러, 그런 춤도 있느냐니
까 금선이는 화려한 웃음을 입가에 띠며 숨을 돌려서,

"지르박이란, 전후(戰後)에 유행되는 거라우."

하고 웬일인지 또 깔깔 웃는다.

이 취한 남녀는 그 후에도 몇 번을 저의끼리만 추었는지 모른다.

홍식이는 어서 일어서고 싶어서 끝나기를 기다리기가 지루하였다.

아홉 시 조금 전에 겨우 자리를 뜬 일행은 택시를 몰고 서대문으로
나와서 홍식이를 먼저 내려놓고 금선이는 창규와 함께 자기 집 골목 안
으로 차를 대게 하였다.

창규는 맥주에 위스키에 혼돈주를 하여 그런지 상당히 취기가 올라

서 비틀거리며 차에서 내려서 택시를 보냈으나 금선이는 가만 내버려 두었다. 아홉 시가 실히 넘었으니 통행금지 시간도 얼마 남지 않았지만 재워 보내도 좋다는 생각이었다.

"어디 그 미인 식모를 좀 배관하고 가야지."

택시가 백을 하여 가니까 둘이 문전으로 다가서며 창규는 이런 실없은 소리를 하였으나, 금선이는 그러라는 듯 잠자코 말았다.

자기 침대에서 재워 보내려는 남자가, 만나던 첫눈에 시기를 하던 여자를 보고 싶어 애가 말라 하는 소리를 듣고도 금선이는 아무렇지도 않았다. 문을 열러 나온 것은 마침 명신이었다. 모친과 공장 일을 맞붙들고 있다가 문밖의 자동차 소리에 벌써 뛰어나와서 문을 여는 것이었다.

"허, 이거 늦게 미안하군요."

제 집에 들어가듯이 주인보다 앞장을 선 창규는 취안(醉眼)이 몽롱해서도, 첫눈에 속으로 고개를 끄덕이며 신기가 좋아서 명신이에게 말을 붙였다. 명신이는 고개만 살레해 보였다. 인사성으로라도 웃어도 보이지 않는 품이 몹시 쌀쌀한 여자라고 창규는 생각했다. 그러나 이것은 과부가 된 후부터의 버릇이었다. 이층으로 올라가 방에 들어앉자 창규는

"어이, 시장해, 무어나 좀 시켜오라구."

하고 일렀다. 금선이도 이른 저녁을 조금 뜨고 '노동'을 하느라고 출출하였다. 금선이는 옷도 벗다 말고 나가서 아래다 대고

"동생, 나 좀 봐요."

하고 소리를 쳤다. 같이 산 지가 아직 반달도 안 됐고 동생을 삼자고는

하였으나 이편에서 대꾸가 없으니까 그대로 '옥진 어머니'라고 부르던 것인데, 이 자리에는 어린애 어머니라는 것이 어울리지 않는 것 같아서 '동생'이라고 부른 것이다.

'동생'은 올라왔다. 검정 세루치마에 흰 무명 저고리 옷은 보잘것없으나, 옷맵시만은 앙그러지다. 창규는 선을 흠뻑 보았다. 금선이도 내려가서 일러도 좋겠지마는, 생각이 있어 일부러 불러 올린 것이다.

딸이 청요리를 시키러 간다는 말에 모친은

"애, 내가 가마."

하고 하던 일을 놓고 부리나케 나섰다. 바로 동구 밖이지마는 밤중에 젊은 것을 내놓기가 싫었다.

그래도 요리가 오니까 마님은 자기의 주제꼴이 양실의 공기와 어울리지 않는 것을 생각하고, 한사코 마다는 딸을 달래서, 명신이가 시중을 들게 되었다.

어디서 끌고 온 남자인지 밤늦게 두 남녀가 노는 자리에 드나들기가 명신이에게는 죽기보다도 싫었다. 남자의 눈이 자기의 몸을 쓰다듬을 때마다 전신이 스멀스멀 하고는 근지러웠다.

음식을 날라 올려 가니까 금선이는 찬장인지 책장인지 파란 깁으로 막은 장 속에서 양주병을 꺼내 온다. 아마 밤이면 온다던 코주부가 먹던 것인가 보다고 명신이는 생각하였다.

"대령은 갔어?"

창규도 술병을 보고 생각이 났는지 불쑥 묻는 말이다.

"아, 갔기에 내 몸이 이렇게 한가하지."

금선이는 태연히 대답을 하면서도 명신이가 듣는 것이 싫은지 잠깐 치어다본다.

"따라 나설 일이지."

하고 남자는 픽 웃는다.

"미국 가서두 통역이 필요하던가."

"그는 그래. 허지만……."

"허지만 뭐야?"

창규는 더는 대꾸도 하지 않고 젓가락만 들었다.

"아무 대학에나 소개해서 공부는 시켜 주마더군."

하며 금선이는 잔에 술을 친다.

명신이는 좀 더 듣고 싶었으나 손이 끝났기에, 함께 먹자고 붙드는 것을 뿌리치고 나와 버렸다.

무슨 대령인지 그 이야기를 들으니, 명신이는 모든 것을 알겠다. 출퇴근 차가 며칠 안 오기에 웬일인가 했더니 대령이 자기 차를 보내던 것인데 임자가 가 버리니까 부대에서는 그다음에는 모른 척해 버린 것이요, 금선이도 대령이 간 뒤에는 재미가 없어 안 나가고 노는 모양이다. 하고 보니 별안간 미국에를 가느니 대학에를 다니겠느니 하는 것도 아주 엉터리없는 수작은 아닌 모양이나 그 대령이 갈 제 한때 위안이나 말막음으로 미국 데려다가 공부시킨다고 한 것인지 모른다.

먹고 난 요리상을 치우라 하여 너저분한 요리접시를 내려다가 버리기는 아깝고 출출한 김이기에 모녀가 마주 앉아서 달게 먹고 있으려니까, 위층에서는 가냘프게 레코드 소리가 들려온다. 사방으로 방장을 꼭

친 사이로 새어 나오는 소리 같다. 천정이 우쭐우쭐하는 것을 보면 밤 참을 먹고 내리라고 레코드를 틀어 놓고 댄스를 하는 모양이다. 아마 아까 ××구락부에서 추던 지르박을 또 추는지도 모른다.

잠잠해지기에 인제는 자는가 보다 하고 명신이 모녀도 하던 일을 치우고 깔아 놓은 자리에 들어 누웠으려니까, 자정이나 들어갈 텐데, 또 위층에서 문 여는 소리가 나더니,

"동생 자우?"

하고 부른다. 딱 질색이었으나 어쩌는 수 없이 명신이는 일어나서 치마를 두르고 버선을 신고 올라갔다.

주정꾼이가 침대를 뺏어 자니, 자기 자리를 안방에 갖다 깔아 달라고 침대 발치께 쌓아 두었던 여벌 금침 한 벌을 내어준다. 아랫방에서는 모녀의 금침을 윗목으로 밀고 아랫목에는 주인댁 자리를 깔기에 한참 부산하였다. 통행금지 시간이 지난 지도 얼만데, 이왕이면 일찌감치 자리를 깔랄 일이지, 제 딴에는 체면 차리려는 것인지 '싱글 베드'에서 끼어 자기가 귀찮아서 그러는 것인지 모르지마는 성이 가신 일이었다.

아침은 언제나 공장에 가는 딸 때문에 새벽밥을 먹게 되지마는, 아직 일곱 시도 안 돼서 컴컴한 때인데 명신이가 세수를 하고 방에 들어가 보니까, 벌써 주인댁은 자리에서 쏙 빠져서 위층으로 올라가 버리고 말았다. 그럴 것을 유난을 떨고 자리를 아래다가 깔게 하고 잘 것은 무언구 싶었다.

여덟시 반에 대어 나가면서도 위층에서 까드락 소리 하나 없는 것을 보고 명신이는 머리에 무슨 납덩이같은 것이 처져 있는 것만 같았다.

남의 일이니 모른 척하면 그만이겠건마는 웬일인지 마음이 가는 것이었다. 열 시나 가까워서 부스스 일어나더니 계집은 내려와서 세수를 하고 위층에 더운 물을 떠올려 가라 한다. 명신이 모친은 남자의 세수 시중을 들면서 팔자에 없는 사위 시중을 드나 보다 하였다.

"이거 어젠 너무 취해 와서 폐가 많았습니다."

창규는 더운 물에 손을 잠그며, 명신이 모친에게 인사를 하였다. 이 능갈진 젊은 애는 역시 뒤를 두고 싶었다. 뒤에는 장모가 될 노인이라는 생각은 아니지마는 잘 보여 두고 싶었다.

천상 팔자가 입 하나를 팔아먹고 살라고 났든지, 해방 전부터 일본 사람 브로커 밑에서 고용살이를 하다가 해방 후에는 제법 제 혼잣손으로 벌어먹겠다고 날뛰더니 피난통에 부산 내려가서야 한 밑천 잡고서 이제야 큰소리치게 된 판이다. 금선이가 홍식이를 데리고 어제 갔던 고원(高苑) 다방도 실상은 이 사람이 경영하는 것이다. 부산에 있을 때부터 어제 보던 그 마담 문옥이를 시켜서 경영하던 다방 겸 요릿집이다. 부산에서 하던 규모를 그대로 서울로 옮겨 온 것이다. 제 살림이야 굼튼튼히 하지마는 매일 추축하는 친구나 거기에 딸린 계집들을 상대만 해도 영업은 되겠다고 문옥이가 조르는 대로 시작한 것이다.

그중에도 씨·에이·씨에서 만난 금선이는 색다른 여성이요, 제간에 인텔리라고 아니꼬운 점도 있으나, 한참 동안 이용하기 위하여 데리고 다니던 여자이다.

오늘도 아침을 먹으러 고원으로 갔다.

간선

"그 맥주 한 통 올려 오구, 아침 얼른 해 와."

올라올 제 마담은 눈에 안 띄우고 주방(廚房)에 젊은 식모만 있기에 창규는 소리를 쳤다. 문옥이는 아마 아직 안 나온 모양이니, 언제나 이런 경우에 걱정될 것은 없으나, 한편으로는 잘됐다 싶었다. 그러나 맥주는 서너 통 올려 와서 마른안주로 대작을 하고 앉았어도 다시는 아무런 소식이 없다. 원체 이 집 밥이 열 시나 넘어서 되지마는 '대장'의 분부인데 너무나 늦다.

"어떻게 됐어? 아침을 올려 보내야지? 마담은 입때 안 왔니?"

창규는 역정을 냈다.

"계서요"

불러올린 여급은, 금선이 눈치만 보면서 대꾸를 하였다. 여급이 내려간 뒤에도 얼마 만에 문옥이가 암상이 잔뜩 난 얼굴로 스르를 올라왔다.

"밥 좀 달라는데 웬 거레야? 이래 가지구 장사하겠나."

창규는 문옥이의 금방 터질 듯한 그 기세에 눌려서 그런지, 제 죄가 있어 그런지 말씨가 금시로 고분고분하여졌다.

"댁에 가 자시구려. 남편을 아침두 안 먹여 내보내는 마누라는 없겠지."

문옥이는 콧날이 상큼해서 흥! 하고 콧소리를 쳤다.

"이거 왜 이래? 아 이러기야?"

남자는 좀 핏대를 올렸다. 밤이나 아침결이나 계집을 데리고 와서, 밥 먹자기가 예사이었는데 오늘은 유난스럽다고 창규는 생각하는 것이다.

"이러기나 저러기나 밥 없으니 깡통 차구 빌어먹으러 나가거나 말거나……."

문옥이는 한마디 던지고 홱 나가 버린다.

신수도 좋고 돈도 잘 쓰고 하자는 대로 해 주는 창규가 싫은 것은 천만에 아니지마는, 걸리는 계집이면 끌고 다니며 헐렁헐렁하는 것이 싫은데다가, 지난여름부터 드나드는 이 양갈보가 문옥이에게는 더 싫었다. 한국 여자도 서양 사람과 교제를 하고 접촉해야 할 것 아닌가? 하는 이야기가 주석에서 날 제 문옥이도 물론 찬성하였다. 그러나 이 여자는 싫다. 천해 보이고 남편이 끌고 다니는 것이 시기도 나는 것이지마는 자기는 선배요 일본 가서 영문학 연구도 했다고 내세우는 것이 더럽게 보이느니만치 더 아니꼽던 차인데 둘이 가서 자고 와서 아침밥을 내라 하니, 누구는 이렇게 만만히 볼 사람이더냐고 화를 버쩍 낸 것이다.

금선이는 발끈했으나 코웃음을 치며 잠자코 말았다. 열 시는 넘었어도 아침결이요 남의 영업 터니 큰소리를 내기가 미안하였다. 그러나 제 서방을 하루쯤 데리고 가 잤기로 뭐냐는 배짱이기도 하고 만일 미국에를 못 가면 영업 터를 뺏어 가지고 살 궁리를 해 볼까 하는 공상도 하고 있는 금선이었다.

"이거 안됐군. 체! 다른 데루 갈까."

홧김에 창규가 이런 소리를 하니까.

"뭘요 가만있어요"

하고 금선이는 말렸다.

아닌 게 아니라 조금 있으려니까 밥상이 올라왔다.

여기서 이러는 동안에 저 청량리 공과대학에서는 점심시간이 되자 인웅이가 홍식이를 찾아와서 식당으로 끌고 가며,

"어제 바루 잘 갔나? 어쩐지 늙은 갈보하고 랑데부나 하는 것 같애서 난 피해 가면서두 애가 씌우데."

하고 놀려 주었다.

"주착없는 소리. ……하지만 요릿집으로 껄려다니구 댄스홀엘 가구 아주 호강했다네."

이것은 자랑이 아니라 자조(自嘲)에 가까운 소리였다.

"어쩐지 그럴 것 같더라니……허허허. 그런데 내일 우리 어머니 좀 가 보신다는데, 어쩌면 너의 집두 들를 거야."

하며 인웅이는 의외의 소리를 꺼낸다.

"아니, 그 바쁘신 마님께서 어떻게 나들이를 다 하실 생각이 나셨단

말인가? 우리 집에까지 오신다니 점심은 우리 집에서 잡숫기루 하지."

홍식이는 무두무미하게 인웅이 모친이 명신이 모녀를 보러 가는 길에 자기 집에도 들르리라는 말에 좀 얼떨하기도 하였다.

"이 사람아, 우리 어머니께서 알지두 못하는 자네 댁에를 왜 가시겠나마는, 자네만은, 이번 일이 하두 고마워서 만나 보구 인사를 하시겠단 말씀일세. 내일 오후에 집에 있겠지?"

하며 시간을 맞춘다. 어제 인웅이가, 집에 들어가서 모친더러 명신이가 가 있는 집 주인댁을 만났다는 이야기를 하니까, 조 씨 부인은 몸을 빼쳐낼 새가 없는 명신이 모녀를 한번 가 봐 주어야 하겠다고 벼르던 끝이다.

"애 내일 모레가 일요일 아니냐? 나하구 좀 같이 가 보자꾸나."

하고 발론을 하면서, 그 길에 홍식이도 만나 보고 싶다고 하였던 것이다.

조 씨 부인은 많지 않은 본가붙이에, 그 지경으로 찾아 온 것을 사흘이 못 되어 내밀듯이 보내놓고는 마음에 늘 걸려서 어떤 꼴로 사는가 한번 가 보고도 싶었지마는, 학교에를 다니겠다고 홍식이를 따라다닌다는 그 주인댁이 어떤 위인인지 궁금도 하고 잔뜩 마음에 먹은 사윗감을 자세히 보고 싶기도 하였던 것이다.

"그러나 여보게 나두 그 틈에 한 대리 끼어 볼 수 없을까? 학교에 입학 지원을 왔다가 댄스홀로 안내를 해드리구……그만 하면 됐지 뭔가!……허나, 정신 차리게!"

인웅이가 코웃음을 치는 데는 홍식이도 할 말이 없었다.

"하지만 공교롭게두 그 헐렝이 같은 주정꾼을 만나서 그렇게 된 거지……."

하고 홍식이는 변명도 하고, 금선이를 그리 못된 축으로 밀어 붙이는 것은 가엾다고도 생각하였다.

돌아오는 길에 홍식이는 어제 일이 궁금도 하고, 모레에는 조 씨 부인이 찾아온다더라는 이야기도 할 겸 명신이 집에 들렀다. 공장 시간이 안 됐으니 명신이야 없겠지마는, 금선이는 어제 와서 잔 손님과 함께 점심 전에 나갔다 한다.

"자정까지 자지들을 않구, 명신이가 시중 들기에 난생 첨으루 곡경을 치렀죠"

어제 술김에도, 창규가 명신이를 선을 보러 오는 거나 아닌가 의심했지마는, 명신이를, 시중을 들리면서 진창 놀고 갔다 하니, 홍식이는 심사가 좋지 않았다. 자기는 그 남녀들에게 끌려서 하룻밤 난봉이 났고, 명신이는 고생을 시켰다는 것이 미안하고 가엾은 생각이 든다.

집에 돌아온 홍식이는 공장이 파할 시간을 기다려서 문밖으로 나섰다. 부친과 교대를 하러 가는 것이지마는, 혹시나 명신이가 지나지나 않을까 하는 생각으로 잠깐 어정거리려니까, 저편 수토배기 골목에서 여공들이 사오 명 앞서고 조금 뒤떨어져 명신이가 다음 패에 섞여 나온다. 홍식이는 슬슬 마주 가면서 지나치는 여공들의 인사를 받고 명신이에게

"나 잠깐……."

하고 말을 붙였다. 다른 직공들 사이에 시새느니 어쩌느니 하지마는,

공명정대하다고 생각하는 홍식이는, 주인 된 위신으로도 그까짓 것은 개의(介意)할 필요도 없었다. 그러나 명신이는 얼굴이 발개지며 주저주저하다가 마주 서며 뒤쳐졌다.

"아까 내, 댁에 갔었죠 ……."

하며 홍식이가 반대 방향으로 발을 떼어 놓는다. 명신이는 어슬해 가는 거리를 젊은 남자를 따라 거닐기란, 전에 없는 일이요 누가 볼까 무서웠지마는 그래도 따랐다.

"어때요? 지내실 만해요? 어젠 밤중에 주정꾼을 데리구 들어갔대죠?"

홍식이는 호젓한 길을 나란히 걸으며 다시 입을 놀렸다.

금선이를 그다지 나쁜 여자로 생각하지는 않았으나, 남자를 끌어들여 재우고 술집 서방 놈에게 명신이를 선을 보이고 하였을 것이 불쾌하여, 그런 여자 밑에 명신이를 두는 것이 가엾고 안됐다는 생각이 드는 것이었다.

"싫으면 어쩌구 좋으면 별수 있겠나요 그저 방 한 간이라두 얻게 되면 후딱 빠져나오는 게 수죠"

"어제 그 사람 무슨 소리 안 해요?"

"그건 어떻게 아세요?"

하고 명신이는 깜짝 놀란다. 그 남자가 자기 집 영업 터에 와 달라고 시룽거리기에, 실없는 소리로만 여겨 두었던 것이었다.

"나두 그자를 어제 처음 만났지만, 무슨 말끝에 당신 얘기가 나오더군요"

이 말에 명신이는 기가 나서 캐어물었다. 홍식이는 어디로 데리고 들어가기도 무엇하고 하여 번화한 길을 피하여 걸으면서 어제 지낸 일을 쫙 일러 주었다.

"아, 그런 델 왜 따라 다니세요. 인젠 우리 집에두 놀러 오지 마세요"

이 말에는 홍식이도 찔끔하였다. 그러나 그것은 타락한 여자와 상종을 말라는 권고인 동시에 질투의 그림자도 어리어 있는 것이었다. 홍식이는 그 말이 고맙고 반가웠다. 그러나

"뭐 내가 댁에 가는 것은 그 여자 만나러 가나요?"

하고, 핀잔을 주는 어조이었다. 명신이는

"그럼 누구 보러 오세요?"

하고 한마디 대거리를 해 주려다가 거기까지는 용기가 없어서 입을 닥쳐 버렸다.

"어쨌든 그 수단에 넘어가진 마세요"

도리어 이편을 권고하는 사람에게 더 말할 것도 없지마는 홍식이는 한마디 하였다.

명신이는 남자의 그 은근한 권고가 고마웠다. 뱅뱅 돌던 골목을 나와 큰길로 나서자 두 남녀는 선뜻 헤어졌다. 그러나 피차에 서운하였다. 이런 감정은 이때까지 느껴 보지 못하던 것이다.

"응, 동생 오우? 어제는 수구했어."

뜨뜻한 아랫목에 앉았는 금선이는 무심코 방에 들어서는 명신이에게 전에 없이 친절히 알은체를 한다. 옥진이는 찬바람을 쏘이면서도 부엌에서 할머니 곁을 안 떠나다가 따라 들어왔다. 남의 자식이지마는, 어린애를 알은체를 해 주거나 하는 성질이 아니니 금선이가 안방 차지를

하고 앉았으면 옥진이는 밖으로 피해 나가는 것이었다. 그것도 추위에 성이 가신 노릇이었다.

"동생, 어제 그이가 얘기하던 것 생각해 봤수?"

명신이가 옷을 벗을 새도 없이 말을 건다. 어젯밤부터 아주 동생이 되어 버렸다.

"글쎄요……."

명신이는 코대답을 하였으나, 금선이는 아까 고원(古苑) 다방에서 문옥이에게 톡톡히 욕을 보고 왔느니만큼 더 조급히 구는 것이다. 처음에는 의미 없이 무심코 말이었으나, 하루 동안에 형세는 또 좀 달라졌다.

'그깐 년 내밀구 내가 들어앉지! 내가 딴 소리가 생기면 명신이를 들여앉혀두 좋지…….'

금선이는 분김에 이런 생각이 불현듯이 가슴을 치받치는 것이었다. 명신이가 귀여운 것이 아니라, 앞에 내세우고 이용할 만한 가치가 있으니 말이다. 그것은 영업에도 그렇고, 남자를 꼬여서 문옥이를 내쫓게 하는데도 첫눈에 들어서 허겁지겁하는 명신이를 떼어 맡기는 것이 상책이라고 아까 당장으로 생각한 일이었다. 창규쯤 그저 가다가다 만나면 좋아지내는 것이지 내놓기가 아까울 것은 없다. 그 대신 홍식이를 놓치면 안 되겠다는 공상을 하고 있다. 홍식이와 우선 떼놓기 위해서도 명신이를 '고원'으로 보내자는 어렴풋한 생각도 없지 않았던 것이다.

"그이가 어제 술이 취해서 자세한 말은 못 했지만 지금 맡겨 보는 사람을 내보낼 작정이거든. 그래서 사람을 구하는 판인데, 우리 셋이 가서 차지를 하자구. 내가 미국으루나 떠나면 동생 차지 아뉴. 아무러면 공장에다 댈까……."

　창규와 의논이 된 것도 아니요 문옥이를 내쫓겠다는 다짐을 받은 것
도 아니나, 금선이는 제 혼자 생각으로 명신이 모녀를 데리고 들어가서
고원다방을 뺏어 차고앉으면 된다는 공상이다. 아니, 그 악지 그 수단
에 되지 말라는 법도 없을 것이다. 적어도 어제 오늘만은 금선이가 문
옥이 앞에서 우뚝하였고, 창규도 문옥이를 차차 내대는 눈치였다.

　"아주머니 생각엔 어떠세요? 저기선 와 줍쇼 와 줍쇼 하는데 얼마든
지 조건을 붙일 수 있지 않아요. 지금 있는 사람을 내보낸 뒤에 가겠다
고만 한다면 싹 쓸구 몸만 들어 갈 거 아네요. 그렇게 되면 아주머니를
놓치구 내가 아쉽겠지마는, 나두 덧붙이루 따라가서 시중이나 들까…
…."

하고 금선이는 깔깔 웃는다.

　"글쎄, 우린 어디가 어딘지, 뭐 뭔지 알 수가 없으니까, 쥔댁에서 채
를 잡구 하시는 일이라면 도와는 드리죠만 차차 생각해 봐야죠."

　명신이 모친은 어름어름해 두었다. 금시로 다방 한 채가 공으로 굴러
떨어진 듯이 서둘러대고, 명신이를 올려 앉히고 하는 품이, 결국에는
놈팽이가 눈에 든다 하니 몇째 첩으로 가라는 말로밖에 안 들린다. 몇
째 첩커녕 어젯밤의 저처럼 하루 저녁 놀아주라는 말인지도 모르겠다.
명신이 모녀는 밥맛도 썼다. 이따위 집에 드난살이를 와서 넘볼 대로
넘뵌 것이 분하였다.

　이튿날은 다녀 들어와서 며칠만 있으면 귀정이 난다고 좋아서 하는
눈치가 창규와 만나서 구체적으로 무슨 의논이 된 모양 같기도 하나,

명신이는 무슨 유혹의 함정에나 빠져 들어가는 것 같아서 모른 척하고 대꾸도 않았다.

그래도 모친은 차차 솔깃해 가는 눈치였다.

"정말 이 집 문 닫구 그리루 떠나신다면, 우리두 따라 나서는 수밖에 없죠마는, 쟤가 수줍어서 손님 앞에 나서서 그런 일을 척척 해낼라구."

주인댁에게 이런 소리를 하는가 하면, 명신이더러는,

"아무튼지 공장보다는 몸이 매지 않구, 세 식구 매달려 먹구, 돈푼이라두 떨어지지 않겠니?"

하고 의논을 하는 것이었다.

"어머니나 가세요. 난 싫어요"

"너 안 가면 난 뭘 바라구 가겠니."

"하지만, 그렇게 된다면 당장 가실 덴 있어요. 난 그런 데 갈 수 없지만 어머닌 되레 이런 데보담 나을 겁니다."

"그래 내가 간다기루, 넌 어떡할 작정이냐?"

명신이는 말이 딱 막혀 버렸다. 혼자 생각이나 감정으로는 홍식이 부자에게 매달리는 수밖에 없다는 의뢰심도 나나

"정 갈 데 없으면 저년 데리구 아주머니 댁으로 잠깐 또 들어가 있죠"

하고 태연하다. 어제 저물녘에 홍식이와 길을 헤매며, 유혹에 빠지지 말라고 서로 권고를 주고받고 한 뒤로는, 명신이는 컴컴한 속에 갇혔다가 환한 데로 빠져나온 것 같고 금시로 무슨 큰 힘이나 얻은 듯이 자신이 생기고 마음이 든든하였다.

"애, 내일은 아주머니가 온다는데, 공일이구 하니 하루쯤 놀럼."

자리 속에 누워서 모친은 이런 소리도 하였다. 내일 안암동 마님이 오신다는 것이 이 모녀에게는 큰 영광이요, 잔칫날이나 돌아온 듯이 기뻐하는 것이다.

"허지만 오후에 오신대죠? 갔다 오겠어요."

모친이 대접해 보낼, 마련을 하는 것을 듣고, 집에서 좀 거들며 놀고 싶은 생각은 있으나, 공장을 놀기가 안되기도 했다.

오늘도 결국에 공장에를 나갔다가 점심시간에 오후에는 놀겠다 하고 이층에서 내려오려니까 홍식이가 현관을 나서다가

"아!"

하고 알은체를 한다.

"오늘 안암동 아주머니 오신대죠? 나두 인웅이한테 초대를 받았는데 ……."

하며 홍식이의 얼굴에는 저절로 반겨 하는 웃음이 떠올랐다.

"네."

하고 대꾸를 하면서도 명신이는 주위를 돌아보며, "그럼 같이 가세요." 하는 말은 못 하고 말았다. 타고난 성질이 그런 것이 아니라 과부라는 말과 처지에 짓눌려서 냅뜰힘이 없어진 것이었다.

"김인웅 군이 왔을 텐데 같이 가십시다요."

홍식이는 꾸역꾸역 나오는 여공들이 보거나 말거나 큰 소리를 치며 앞장을 선다. 홍식이는 엊그제 댄스홀에 다녀온 뒤로부터 확실히 여자 앞에서 대담하여졌다. 그뿐만 아니라 그저께 거리를 같이 돌아다닌 뒤

로 어쩐지 명신이가 저절로 그리워졌다. 좀 있다가 집으로 가면 만날 것이건마는, 요기 큰 길 하나 건너가는 것이나 잠깐 동안이라도 둘이만 거니는 시간이 아까워서, 문간에 나와 기다리고 있었던 것이다.

명신이도 의외의 반가운 생각에 몸이 오싹하는 것을 깨달았으나 입가에 피어오르는 웃음을 감추며 고개를 숙이고 뒤를 따랐다. 동무들이 히죽히죽 웃으며 바라보는 것도 인제는 아무렇지도 않았다.

두 남녀는 잠자코 걸었다. 무슨 말을 꺼내려야 할 말이 없었다. 할 말이 하도 많아서 가슴에 꽉 차 버렸기 때문인지 모른다. 가장 엄숙한 시간이 두 사람의 침묵을 지켰을 뿐이었다. 큰 길을 건너서 명신이 집골목으로 들어설 때 비로소 그 긴장이 차차 풀리었다. 동시에 그 후락한 이층 문화주택의 문전에 후리후리한 양복 신사가 서 있는 것을 보고 두 남녀는 주춤하며 깜짝 놀랐다.

"어! 이거 두 분이 어딜 갔다 오시는 길요?"
하고 박창규는 문 열기를 기다리고 섰다가 호들갑스럽게 인사를 하며 홍식이와 악수를 하고 나서는 가만히 명신이를 살펴본다. 그러자 문이 열리며 금선이가 내다보며

"오! 천객만래(千客萬來)! 어서들 들어오세요."
하고 호들갑을 떤다. 금방 위층에서 내려다 볼 때에는 창규만 혼자 왔었는데, 어느새 홍식이가 명신이를 따라 왔으니, 홍식이가 온 것은 싫지 않았으나 둘이 붙어 다니는 것이 못마땅하고 창규와 마주친 것도 귀치않았다.

"여! ……"

안방 문이 열리며 인웅이가 뛰어 나왔다.

"그래 어머니 오셨나?"

홍식이도 이 친구의 어머니를 한두 번밖에는 못 보았지마는 마음으로 존경하기 때문에 우선 인사를 하는 것이었다.

"응! 내 누이두. 어서 들어가세."

안방으로 두 청년의 뒤를 따라 명신이가 뒤도 안 돌아보고 들어가는 것을, 창규는 한마디 무슨 인사라도 못 받은 것이 섭섭한 듯이 힐끗 돌아다보고는, 금선이를 따라 위층으로 올라갔다. 어제, 창규가 저번 밤에는 취중에 명신이를 분명히 보지도 못했고 자세한 이야기를 못 했으니 또 한 번 만나겠다고 하여, 오늘은 공일이니 집에서 놀지도 모를 거요, 놀지 않더라도 점심 때 오면 만날 수 있다 하여서 온 것인데 공교롭게도 아래위층 손님이 마주친 것이었다.

"아, 어서 오너라. 추위에 얼마나 고생이냐."

조 씨 부인은 방에 들어서는 명신이에게 알은체를 하고 나서, 우중우중 들어선 아들 옆의 홍식이에게로 눈을 돌리며

"아, 집에두 왔었지? 참, 이번엔 너무나 고마워서……."

하고 인사를 하였다.

"그런데 춘데 어떻게 이렇게 나오셨어요?"

홍식이는 아랫목에 대방마님처럼 버티고 앉았는 조 씨 부인에게 꾸벅 인사를 하며 눈이 저절로 그 옆에 일어섰는 인임이에게로 갔다.

오늘 인임이까지 데리고 오려는 생각은 없었다. 저도 학교(여의대)의 의무실로 연락 전화가 있었다든지 해서, 유·피 통신의 최와 만날 약속

만 되어 있더라면 모친을 따라 나서지는 않았을 것이다. 그러나 공일날 별로 할 일도 없는데 모처럼 하는 어머니 나들이에, 너는 집 지키고 들어앉았으라니, 인임이는 심사가 나서 멋도 모르고 앞장을 서서 따라 나선 것이었다.

모친은 홍식이가 놀러 온 것을 두어 번 보아서 그래도 낮이 익지마는, 인임이는 홍식이를 처음 보는 것이었다.

선을 보러 온 것인지? 보이려 온 것인지? 피차에 아무 영문도 모르고 물끄럼말끄럼 마주 바라보는 것이었다.

"거기들 앉으라구"

아들딸에 젊은 사람들이 옹위를 하고 섰는 가운데 앉은 조 씨 부인은 팔자가 근검스러워 보였다.

"얘가 우리 누이야. 혹 고뿔이라두 걸리거든 쫓아가서 진단두 받구 약이나 얻어먹으라구,"

인웅이는 앉으면서 홍식이에게 제 누이를 비로소 소개하였다. 모친도 따라 웃어 보였다. 홍식이가 눈에 들어서 이 마나님의 신기는 매우 좋았다.

부엌에서는 모녀가 점심 차리기에 바빴다. 이 김에 신세만 지고 대접한 번 못한 홍식이도 청하려고 마련해 둔데다가, 손님이 아주 자기네 점심거리를 마련해 가지고 왔으니 잔치가 늘어지게 벌어졌다. 그 덕에 위층 손님도 국수에, 고기에 점심 한 상을 떡 벌어지게 잘 얻어먹게 되었지마는, 명신이는 오늘은 한사코 시중을 안 들고 모친을 올려 보냈다.

"그동안 얘기하던 다방 조건으루 오신 양반인데, 옥진 엄마 틈나면 좀 올려 보내세요. 구체적으루 결정을 짓게."

명신이 모친이 점심상을 차려 가지고 올라가니까, 금선이는 창규를 소개하며 명신이를 불러 달랬으나 명신이는 끝끝내 올라가지 않았다. 창규는 또 한 번 자세히 선을 보고 당자의 의향을 직접 듣겠다고 온 것이지마는, 명신이로서는 더구나 홍식이가 와 있는데 위층에를 올라가다니 말이 안 됐다. 그보다도 명신이는 딴 생각에 좀 심난하였다. 손님 대접에 바쁘고 엉정벙정하는 것이 좋기는 하면서도 이 아주머니가 우리를 보러 왔다기보다도 홍식이 선을 보러 온 것이려니 하는 생각에, 시기는 아니나 자연 눈치가 보이는 것이었다. 인임이의 남편으로는 과다하거나 아깝다는 그런 생각도 아니요, 총각이 으레 장가는 가야 할 것이거니 생각하면서도 왜 그런지 인임이와 홍식이가 마주 앉았는 것이 보기에 실쭉하다.

"아니, 저 자는 다방만 뒷배를 봐 주는 게 아니라 이 집 살림두 해 주는 게 아닌가?"

인웅이는 홍식이에게 아까 들은 말이 있는지라, 점심까지 차려 올려 가지고 하는 눈치를 보고 위층을 턱짓으로 가리키며 한마디 하였다. 홍식이는 그 내평을 이야기하기가 거북해서 웃고만 마니까, 상 옆에 앉아서 권하고 있던 명신이 모친이 말을 받아서,

"참 그런데, 무슨 다방이라나 공장보다는 수입이 좋다구, 명신이를 끌어봤다, 제가 나설 테니 우리 식구더러 따라오라 하구요, 며칠 새루 부쩍 서둘더니, 오늘은 아주 귀정을 지려 왔다는구먼……."
하고 의논삼아 실토를 이야기 하였다.

"딴은, 직업부인으루 나서서 생활 안정을 얻자면 그런 자국이 낫기야 하지만."

이것은 인웅이의 의견이었다. 홍식이는 여전히 잠자코 국수만 먹는다.

"애, 쓸데없는 소리 마라, 그런 데 내났다가 사람만 버리지."

조 씨 부인은 머리를 내둘렀다.

"자네 가 봤다지? 어때?"

"어떠나 마나 당자의 의사에 맡기지."

홍식이는 코웃음을 쳐 버린다. 명신이는 부엌에서 귀를 기울이고 다 들었다.

점심 후에 금선이는 아랫방으로 내려왔다. 명신이를 데리러 왔는지? 홍식이를 끌러 왔는지? 점심을 잘 먹어서 신기가 좋은 판이라, 인사를 시키는 대로 인임이 모녀와도 한참 조잘대다가 자기 방으로 놀러가자고 두 학생을 끌고 올라갔다. 홍식이나 인웅이나 놀러간다기보다도 다방 내용을 캐어보자는 생각으로 서로 눈짓을 하여 따라 올라간 것이었다. 그러나 젊은 학생이 둘이나 달겨드니 기운께나 쓰는 창규도 심리적으로 눌리는 데가 있는지 머쓱해지며 풀이 죽었다. 그런 눈치를 보자 금선이는 기분전환을 시키느라고 얼른 전축의 스위치를 틀고서 홍식이한테 두 손을 벌리며 덤벼들었다.

"자, 내, 댄스 가르쳐드릴게."

의외의 습격에 홍식이는 앉도 서도 못 하고 어물어물하다가 기어코 끌려 나서고 말았다. 스텝을 떼어 놓는 것부터 찬찬히 가르치며 신이

나서 끌고 돈다. 마음에 드는 젊은 애에게 가르친다는 데 흥미가 나고, 손길을 잡고 장단을 맞추며 몸을 놀리는 데에 새로운 생리적 쾌감을 느끼는 것이었다.

음악의 선율과 몸짓의 율동이 빚어내는 미감(美感)에 인웅이도 마음이 설레며 부러운 생각이 들었다.

"아주 빠른데! 내일두 저녁에 오세요. 이삼 주일만 하면 될 텐데……."

한차례 추고 나서 금선이는 숨에 겨운 듯이 자리에 와 앉으며 칭찬을 하였다. 그것이 가만히 구경만 하고 앉았는 인웅이와 창규에게 심상치 않아 보이기도 하였다. 그러나 그보다도 서름질을 하면서 귀를 위층에 기울이고 있는 명신이는 천정이 우쭐우쭐하는 대로 어깨에 벼락을 치는 것 같고 날마다 오라고 금선이의 목소리가 새어 올 제는 정녕 홍식이와 춤을 추고 난 듯싶어 몸이 오싹하였다. 홍식이 같은 숫보기 학생이 그런 여자에게 끌려서 타락할까 보아 애도 쓰이지마는, 도대체 여자와 접촉하는 것이 싫었다.

"형님, 그 김 씨 집에 좀 물어봐주세요, 슬며시 운자만 떼어 말눈치를 물어봐 주세요"

위층에서 레코드 소리가 흘러나오는 동안 조 씨 부인은 명신이 모친에게 이런 부탁을 하였다.

"그거야 어렵지 않지만 당자끼리 뜻이 맞아야지. 넌 어떠냐?"

명신이 모친은 인임이한테 직통대고 묻는다. 이 구식 마님도 민주주의 시대가 되었대서 그런지 매우 자유사상에 물들은 수작이다. 처음에

는 무슨 소리인지 무심하였던 인임이는 깜짝 놀라서,

　"뭔 말씀예요?"

하고 눈이 똥그래졌다.

　"그 걱정은 마세요. 애야, 키만 엄부렁하지 아직 어린애요 나하게 있지 무슨 별일 있겠에요."

　조 씨 부인이 가로막았다. 그러나 인제야 말눈치를 챈 인임이는 또다시 눈이 똥그래지며 얼굴이 확 취해 올랐다. 이것은 꿈에도 생각지 않았던 일이다. 첫대 오늘, 선을 뵈러 왔다는 것이 불쾌하지마는, 머리에 먼저 떠오르는 것은 최명식이다. 이것은 실상은 화숙이 때문에 알게 된 사람이다. 전란에 와서 고생하던 미군 장성의 환송을 위하여 시공관에 예술제 비슷한 것이 개최되었을 때 표가 생겼다 하여 화숙이가 끄는 대로 같이 갔다가 그 표를 주었다는 최명식이를 만났던 것이다. 화숙이 오빠와 함께 다니는 유·피의 통신원으로 영어가 미국 사람보다도 더 났다는 한참 날리는 외국 통신의 기자지마는 그보다도 인물이 산뜻하고 똑똑한 점으로 홍식이에게 댈 것이 아니다.

　'어머니께 한번 봬 드려야지.'

　인임이는 혼잣속으로 이렇게 생각하는 것이었다. 그것은 홍식이에게 싫고 좋고가 없으나 모친이 너무나 눈치도 안 보이고 독단적으로 한 데의 반심을 가진 때문이었다.

중매

위층에서 젊은 애들이 내려오니까 조 씨 부인은,

"애 인제들 가자."

하고 일어서면서 아까 이야기하던 부탁을 넌지시 또 한 번 하였다.

손님을 겪어 보내고 명신이 모녀는 마악 국수 상을 차려다 놓고 마주 앉아 먹으려니까, 금선이가 내려와서,

"잡숫구 잠깐 올라오세요"

하고 또 재촉이다.

상을 치우고 설거지는 어머니에게 맡겨 놓고 명신이만 올라갔다. 그러는 동안도 모녀간에 다시 의논은 없었다. 일이 헛소리 같기도 하고 너무 절박한 것 같기도 하여 되어가는 대로 하는 수밖에 없다고 생각하는 것이다.

"아, 이리 앉으세요"

창규는 자기 옆의 소파를 가리키며 정중히 맞는다. 금선이는 생긋 웃

어만 보이는 양이 한통이면서도 구경이나 하자는 눈치 같았다.

"말씀 들으셨겠지마는 시험 삼아 무조건 하구, 우선 와 보시죠 대우는 힘자라는 데까지는 할 겁니다."

창규는 눈을 내리 깔고 앉았는 명신이를 이모저모 뜯어보며 점잖게 말을 붙이는 것이었다.

"이 공장에 와서 한 달두 못 되는데 신세만 지구 어떻게 금시루 몸을 빼쳐 날 수 있어요. 그러니 형님이 가시게 되거든 어머니하구 먼저 가세요. 나중에 가서 거들어드릴 거니."

나중에라도 간다는 말에 칠팔분은 되었다고 창규는 입이 헤에 하였다.

"이건 실례의 말 같지만 한 달두 못 된 미숙공(未熟工)을 공장에서 뭘 놓치기가 아까워할라구요. 하지만 우리께 오시면 하루 세 끼 식사 하시구 화장품대로 만 오천 환을 드릴 겁니다."

자기가 정면에 나서서 하는 일은 아니니까 중간에 들어 소개하는 듯한 말씨다. 하여간 세 끼 먹이고 일만 오천 환이라니 명신이는 귀가 번쩍 하였다. 그러나 말눈치가, 금선이가 서둘 듯이 당장 지금의 마담을 내몰고 모친을 데리고 갈 수 있는 것은 아닌 모양이니, 그리 급히 썩 마음에 내키지 않았다. 그보다도 전날 홍식이와 주고받고 한 말을 생각하고 홍식이의 말을 듣지 않고는 혼자 결정할 수가 없다는 생각이 들었다.

"어쨌든 이 형님하구 어머니가 가시게 되면 가죠"

명신이는 그만큼 분명하게 계획적으로 한 말은 아니나, 금선이에게는 퍽 듣기에 반가운 조건이었다. 금선이는 미국 간다고 큰 소리를 키고 다니지마는 실상은 문옥이를 내쫓고 고원다방이라도 채어 가지고 알맞은 명신이 모녀를 부려가며 우선 돈벌이도 하고 싶은 것인데 '형님'을 앞장을 세우니 좋다.

"글쎄 그렇게 하자니까 우선 명신 씨부터 나오시란 건데!"

한참 옥신각신해야 귀정이 나지 않고 말았다.

명신이는 지금 와서는 창규나 금선이를 의심하는 것은 아니나 모친과 홍식이한테 의논해 보지 않고는 확답을 할 수가 없다.

"글쎄……아무래두 홍식이 말두 들어보아야 경우가 되지 않니."

모친도 그런 의견이었다. 저녁을 해치우고 모친은 잠깐 홍식이 집에 다녀오마고 나섰다.

마악 나가자 숨바꼭질하듯이 홍식이가 왔다.

"어머니 지금 댁에 가셨는데요"

"예? 나두 지금 집에서 나오는 길인데……무슨 할 말씀 있어서요?"

"어머님 뵈러 가셨에요 어쨌든 올러오세요"

방에는 옥진이만 있었다.

"나갔나요?"

위층을 손짓으로 가리켰다.

"네 아까 그 사람 따라……. 댄스 하러 오셨군요?"

하고 명신이는 좀 비꼬아 주었다.

"그래, 아까 그 사람 뭐래요?"

홍식이는 실상 그것이 궁금해서 건너온 것이다.

"그러지 않아두 그 말씀을 좀 하려던 찬데, 어떻게 했으면 좋겠에요? 세끼 먹구 일만 오천 환이라니 가구두 싶은데요……?"

명신이는 모로 앉아서 고개를 떨어뜨리고 대꾸를 한다.

"그래, 이 집 마담을 따라가는 거예요?"

"나 혼자만 먼저 와 달라는 거죠"

하고 잠깐 눈을 들어 남자의 기색을 살피었다.

"난 찬성 못 하겠는데요. 전번에 우리 뭐랬어요? ……설혹 이 집 마담이 간다기루 방 한 칸 얻으면 이 집에서 쫓겨나두 걱정 없지 않은가요?"

역시 살림을 못 해 본 학생의 말이라 말은 쉬웠다. 그보다도 좀 지나치게 참견이요 어떻게 들으면 제 말대로 안 한다고 화를 내는 어기다. 명신이는 깜짝 놀라서 홍식이를 가만히 치어다보면서 그래도 고마운 생각이 들었다. 그 열(熱)이 있는 말소리가 듣기 좋았다.

"그리게 꼭 가기루 결정한 건 아녜요"

명신이는 꾸지람이나 만난 듯이 얼른 말막음을 하여 웃어 보였다.

"차차 좋은 도리가 나서겠죠. 좀 기다려 보세요"

말만이라도 고마웠고 일루의 희망을 주기도 하였다. 모녀가 밤중까지 공장 일에 매달려도 만 환이 못 될 것을 생각하면 아까운 자국이기는 하나, 홍식이의 말이 옳다고 생각하였다.

"그런데 어머니께선 무얼 이야기하러 가셨나요?"

명신이는 생긋 웃기만 하고 대답이 없다.

"뭐 좋은 일이 있는 게로군요?"

129

"네 좋은 일이에요 이제 차차 아세요"

홍식이는 궁금은 하나 마주 웃어만 보이고 말았다. 마나님을 기다려서 만나 보고 갈까 하는 생각도 있었으나, 아이도 자려는 눈치고 하기에 일어서려는 판인데, 문소리가 나며, 금선이가 통통 올라와서 안방으로 달겨든다. 아이를 가운데 누이고 둘이 마주 앉았는 것을 보고 덜 좋은 빛이더니 앉지도 않고

"열심이시군. 기특한 생도야. 그래서 내 빨리 왔지."

하고 쌕쌕 웃으며 어서 올라가자고 재촉이다. 아까 낮에 댄스를 장난으로 조금 가르쳐 주고는 밤에도 배우러 오라고 일러 주었던 것이다.

"아니, 난 곧 가 보아야 해요"

하고 홍식이는 앞을 서 방문을 열었다.

"부지런히 배워 둬요 내 인제, 크리스마스에 파티에 데리고 갈께."

이런 실없은 소리를 하며 그래도 끌고 올라가려 하였으나, 명신이에게 미안한 생각이 들어서 그대로 나와 버렸다.

'정 급하면 방이라두 한 간 얻어 줘야 할 텐데……'

홍식이는 큰 소리만 해 놓고, 공장 수입 외에 무어 도와줄 능력이 없는 것이 걱정이었다.

동구 밖을 나서니까 명신이 모친이 이리로 오는 것이 훤한 가게 불빛에 보인다.

"집에 가셨드라죠?"

"엉, 놀러 왔었어? 근데 왜 이리 일찍 가우. 할 말두 있구 하니 다시 들어가자구."

마나님은 구제물자에서 나온 것인지 부유스름한 외투를 걸치고 있다.

"에그 싫어요 그 여편네 댄스 가르쳐 주마는데 골치예요 한데 무슨 얘기세요?"

명신이가 좋은 얘기니 인제 안다느니 한 말을 들은 끝이라, 모친에게 무슨 의논을 하러 갔었나 궁금하였다.

"내가 홍식이를 장가를 보내려구……."

하며 명신이 모친은 생글 웃었다.

"온 천만에!"

홍식이는 질색을 하는 소리를 하며 껄껄 웃었다.

요새는 야업도 없어 영감도 들어앉았기에 늙은이 내외 앞에서 톡톡히 중매 노릇을 하고 반가운 소리를 들어서 이 마나님은 신기가 매우 좋았다. 홍식이 부친은,

"그런 갸륵한 부인 밑에서 자란 규수면야 얌전할 거요 친한 친구의 누이면야 더 말할 것 없으나 졸업이 아직 멀다니 좀 안됐군요 하여간 한번 간선도 해야 하겠지만 첫째 저의끼리 의합하다면 우리 늙은이들야 별 의견 없죠"

하며 그러지 않아도 졸업이 가까워 오니 장가를 보낼 걱정을 부처끼리 하던 터에 무척 반가워하는 기색이었다. 홍식이 모친도 그런 학문 있는 의사 며느리는 좋기도 하고 벅찰 것 같기도 하나, 인물이며 인품이 좋다는 데에 솔깃했었다.

명신이 모친은 무에 그렇게 시각을 다투는 일이라고 무학재 고개에서 불어오는 겨울바람에 추운 줄도 모르고 밤거리에서 한바탕 잔소리

를 늘어놓고 나서,

"……자, 그러니 다 된 일 아닌가! 당자끼리만 의합하면 그만이라시던데, 친한 친구의 누이요 그만한 인물에, 장래는 독립해서 살 수 있는 의사 선생이겠다!"

하고 이 거리에서 당장 다짐을 받으려는 듯이 시급히 군다.

"두었다 얘기하세요 추운데 어서 들어갑쇼"

홍식이는 마나님을 골목 안으로 들여보내고 돌아서며, 이때까지의 이야기는 다 잊어버린 듯이 무심코 머리에 명신이의 얼굴이 떠올랐다.

'……인물야 명신이가 몇 길 위지.'

무심코 이런 생각도 하였다. 집에 돌아와서 홍식이는 제 방으로 들어가려다가, 모친이 내다보고 불러서 안방으로 올라왔다.

"지금 저 집 마님이 다녀갔는데……."

부친이 말을 꺼내니까,

"네 금방 조기서 만났에요 얘기두 대강 듣구요"

하고 홍식이는 부친이 하려는 말을 짐작한다는 눈치를 보였다.

"그래, 네 친구의 누이루, 의과대학 다닌다는데 만나 봤다지?"

"네, 잘 알아요. 하지만 지금 그렇게 서두를 거 없에요 하여간 졸업하구 병역이나 치르구 나야죠."

"그두 그렇지만 가합만 하면야, 정해라두 두자꾸나. 하여간 잘 생각해 봐 둬라."

이만 정도로 이야기는 끝났다. 그러나 홍식이는 제 방에 내려와서도 이때까지 그리 생각해 보지도 않던 결혼 문제를 곰곰 생각하여 보았다.

인임이의 인상으로 성격을 따져도 보고, 자기의 아내나 가정부인으로 들어앉혀 놓고도 상상해 보았다. 그러나 실답게 생각되는 것은 하나도 없었다. 구체적으로 머리에 떠오르는 것은 결혼을 한다면 따로 나서 살고 싶다는 것이었다.

젊은 과수댁인 형수 앞에서 신혼 생활을 하는 꼴을 보이기가 가엾다는 것이 첫째 이유이기도 하였다.

'그러나 내놓으시려 들까……? 하지만 내놓아만 주신다면…….'

공상은 꼬리를 물고 딴 데로 번져 나가면서, 명신이의 얼굴이 아까보다도 더 또렷하게 눈앞에 클로즈업해 왔다. 따로 살 수만 있다면, 경제적으로도 독립할 수 있다면 명신이 모녀를 맞아들이지 못할 것이 무언가? 하는 이때까지 멀리, 희미하게 어리어 가던 공상이, 인제는 대담하게 뚜렷한 정체를 나타낸 것이었다.

'어린애 있는 과부댁이면 어떻단 말인구? ……'

물론 여간한 반대가 아닐 것이다. 더구나 똑같은 정경에 놓인 과부 형수를 옆에 두고 안 될 일이다. 그러기에 따로 살게 되어야 할 것이요. 경제적으로도 독립을 해야 될 노릇이라고 궁리궁리하는 것이었다.

홍식이는 매사에 조바심을 하는 성질도 아니요 퍽 이지적이기도 하지마는, 한 가지 궁리에 꿍꿍하며, 매일 저녁 밥 뒤에는 명신이 집에를 들여다보았다. 밤출입도 해 나면 좀이 쑤셔서 들어앉았지를 못 하듯이 그만 습관이 되어 버렸다. 명신이 모녀 앞에는 금선이한테 댄스를 배우러 온다느니 커피를 얻어먹으러 온다느니 하고 실없은 소리로 변명을 해 가며 놀러오는 것이었다. 한 식경 이런 이야기 저런 이야기 하다가는, 목소리를 듣고 놀러 내려온 금선이에게 끌려 올라가기도 하고 어떤 때는 제 풀에 스르를 올라가서 놀다가 가곤 하였다. 명신이 모녀는 와 주었다는 것은 좋지만 그것이 보기 싫고 애가 씌웠다.

"인젠 놀러 오지 말어요 신랑이 바람나면 어쩌자구."

명신이 모친은 웃으면서도 참닿게 주의를 하는 것이었다.

"나 바람날 때까지만 사세요. 하지만 신랑은 무슨 신랑!"

"참 댁에 사진 가져간 것 봤우?"

"뉘 사진요?"

홍식이는 말귀가 어둔 듯이 물었다.

"어머니께서두 보시자지만 당자끼리두 자세 보라구 가져가구, 가져 오구 했지."

"중매 드시기에 수고하십니다. 하지만 그런 사진결혼 일 없어요. 하하하."

"어디 색시가 있는 게로군?"

"있으면 이만저만하게 있어요?"

하고 명신이를 힐끗 건너다보다가, 무심코 눈길이 마주치자 명신이는 손에 든 일감으로 고개를 푹 숙여 버린다.

"사진결혼은 아주머니 시대에나 유행했겠지만, 대관절 중매란 직업여성이 지금두 있나요?"

"아, 예 있지 않수. 괜히 좋거든 그저 좋다고 해요. 내게 절을 할 테니."

"글쎄 절을 할 때가 오기만 바랍니다."

홍식이의 이 말에는 자기 혼자의 뜻이 있었다.

"근데, 다방 얘기는 인젠 쏙 들어갔나요?"

이야기는 바뀌었다.

"글쎄, 요샌 잠잠하군."

"어디 내가 좀 물어봐야."

하고 홍식이는 위층으로 올라갔다. 댄스로 조금 눈을 뜨니 맛을 들여서 하루라도 빠지기가 섭섭하여 명신이에게는 은근히 미안한 생각이면서도 자연 끌리는 것이었다.

"그래, 공작은 다 틀렸나요?"

홍식이는 레코드를 틀려고 일어서는 금선이에게 말을 붙였다.

"무슨 공작?"

"아니, 중매는 들다 마느냔 말예요"

하고 웃었다.

"예이, 미친 소리!"

하고 금선이는 새새 웃었다. 요새로 금선이의 말씨는 점점 체모 없어져 갔다. 그만큼 친숙해졌다는 표시였다.

"아니, 이 집은 중매 도가(都家)인지? 아래층에서는 장가가라구 총각을 못살게 굴구 위층에서는 과부댁 놀려내려구 기가 나서 꼬여내구."

"아니, 날 어떻게 보구 실없은 말이라도 그런 소릴 하슈? 젊으나 젊은 사람이 어린것을 끼구 고생을 하는 게 가엾어서 길을 터 주려는 걸⋯⋯암만 봐두 당신이 희살을 놓는 거야. 암만해두 격리를 시켜야 하겠어. 날마다 대령을 하는 눈치가 달라! 내일부터 오지 말아요"

위아래층에서 오지 말라고 구박이다. 홍식이는 껄껄 웃고만 말았다.

금선이 말을 들으면 문옥이가 물러나지를 않고 옥신각신하지만 새해 들어서면 해결을 짓고 명신이 식구를 데리고 가게 될 거니 두고 보라는 것이다.

시험도 끝나고 방학 하던 날 인웅이에게 끌려 다방에 다녀 나오다가 홍식이는,

"여보게 국수는 언제 멕이려나?"

하고 놀려 주었다. 다방에를 가는 일이 좀체 없는 인웅이가 이렇게 한턱 낸 것은 혼담이 벌어졌으니 무슨 의향을 떠보려는 것인지? 무슨 말이 나오기를 기다리는 것 같기도 하여, 일부러 꺼내 본 것이다. 인웅이가 약혼을 해 놓았다는 말은 일전에야 명신이 모친한테 들었다.

"내 걱정 말구, 자네는 언제 멕일 텐가?"

"난 자네 경우와는 다르니까 급할 건 조금두 없네. 적어도 서너 식구 먹여 살릴 건 마련해 놓구 얘기니까."

홍식이는 슬며시 혼담을 거절한다는 의향을 보이고 싶어서 꺼낸 말이나, 그 이상 노골적으로는 무어라고 하기가 거북하였다. 잘못하다가는 우의가 상치 않을까도 염려하였다.

"허허……이거, 큰일 났군. 우리 어머니께선 자네가 탐이 나구 그런 부자댁이니 천금 같은 딸을 내놓아두 아깝지 않다고 서둘러 대시는데."

하며 인웅이는 껄껄 웃었다. 빤히 아는 일을 변죽만 울리는 것이 안되어서 까놓고 이야기다.

"고마운 말씀이나 나 같은 놈은 언감생심(焉敢生心)이지, 그래 고작

이따위 매부감을 골라잡았단 말인가?"

하고 홍식이도 시원히 터놓고 이야기하게 되어 따라 웃었다.

"하지만 누가 낳지도 않은 자식 먹여 살릴 것까지 벌어 놓고 장가를 간다던가. 더구나 자네야 무슨 걱정인가."

삼사 식구 살 수 있게 되기까지는, 장가를 안 간다는 말은, 막연히 명신이에 대한 공상에서 무심히 나온 말이었으나 이것을 인웅이가 짐작인들 할 수 있으랴.

"워낙 아무것두 없지만 내 차례에 올 거라군 없으니까, 눌 자리를 보구 대리를 뻗어야지."

어느덧 실제 생활 문제로 화두가 옮아갔다. 졸업은 가까워지고, 결혼 문제는 나오고 하니 심각히들 생각하는 것이었다. 헤어질 때 인웅이는

"이번 크리스마스에 아무 것두 없지만 놀러오게."

하고 청하였다.

"미안하이. 선약이 있어서……."

하며 거절하였다.

"누구하구? 그 이층 여자하구?"

"그래 댄스를 가르쳐 가지구 파티엘 데리고 간댔으니까."

"무척 귀염을 받네그려! 허허허."

"생각을 해 보게그려. 그런 말 안 났으면 얼마든지 가겠지만, 어떤 의미로든지 내가 자네 댁엘 갈 것 같은가?"

어떤 의미로든지란, 이 혼담을 거절을 하거나 응낙을 하거나 간에 말이다.

"그러지 말구 와. 내 누이 보러 오냐? 날 만나러 오는 거지."

인웅이는 헤어져 오면서도, 일을 잘못했다고 후회하였다. 서서히 저의끼리 교제를 할 기회를 주고서 어느 시기에 부모의 의향을 떠보게 할 것을, 부모의 입을 거쳐서 당자의 귀에 들어가게 하는 수밖에는 없다 해도 선후가 바뀌었다. 인임이 역시 제 의사는 완전히 무시되고 속아가서 선이나 뵈고 온 것 같은 것이 분해서 도리질을 하는가 싶다.

또 하나는 명신이 모친이 너무나 서둘러서 그날 밤으로 쭈르를 가서 말을 전하고, 사진을 가져가고 한 것이 잘못이기는 하나, 홍식이 부모로서도 얼른 임자를 구해서 떼어 맡기자는 생각에 가합하니 사진이라도 우선 보자 해서 그렇게 된 일이다.

인웅이가 집에 돌아와 보니 서대문 아주머니가 와서 앉았다. 명신이 모친을 여기서는 이렇게 부른다. 모친 앞에는 방학 하고 집에 있는 인임이도 앉았다.

"오빠, 글쎄 그렇지 않수? ……어머니께서 그 고생하시구 우릴 길러 놓신 걸 생각하면, 뭐든지 어머니 하라는 대루 하겠지만, 이번 일만은 왜 이렇게 서두시는지? 난 모르겠어요"

하고 인임이는 방에 들어선 오라비를 치어다보고 응원을 청한다.

"어디 어머니께서 서두신거냐? 저편에서 귀가 번쩍해서 놓칠까 봐 서두는 거지."

하고 인웅이는 태평으로 웃는다.

"네 말이 옳다."

서대문 아주머니가 자기편이나 들어준 것같이 좋아한다.

홍식이 집에서는 규수의 사진을 보고 마음에 든다고 하여, 우선 정혼만이라도 할 수 있을지? 약혼을 해 놓고라도 규수가 졸업할 때까지 기다리자고 하는 것인지? 그런 자세한 이편 사정과 의향을 알아 오라 하여 오늘 온 것이다. 이것은 홍식이의 천천히 하자는 의사를 존중하여 모든 조건이 구비되면 그때 가서 아들에게 승낙시키자는 간단한 생각으로이었다.

"이왕 말이 난 것이니 정해만 놓구 일 년 후에 하든 졸업 후에 하든 네 소원대로 하라는데 내가 뭘 잘못했단 말이냐? 모든 게 너 잘되란 것이지."

모친은 역정을 내면서도 순탄히 타일렀다.

"가만 내버려 둡쇼 차차 잘 되겠죠"

인웅이는 홍식이의 말을 들어 보아도 시원치 않으니 아직은 뜸을 들이는 것이 좋겠다고 이런 소리를 하고 제 방으로 건너갔다.

명신이 모친은 문을 잠그고 아이를 걸려 가지고 왔기에 늦기 전에 허둥허둥 가고, 해질 머리에는 화숙이가 오늘 일을 마치고 사촌동생과 나왔다.

화숙이 일행이 큰 길까지 나오자니까, 어느 틈에 미리 나와서 기다리고 있었는지 인웅이가 잠바에 두 손을 찌르고 어정버정하고 있다. 약혼한 사이지만, 할 말이 있어도 집안에서 모친 앞에서는 어려워서 여간해선 말을 서로 붙이지 않고 지내는 터이라, 할 말이 있으면 이렇게 길에서 만나는 것이었다. 집안에 들어가면 옛날 신혼부부가 어른 앞에서 지내듯이 하는 것이요, 길에 나와서 만나면 연인 같은 은근한 애정을 느끼는 것이었다.

사촌동생은 벌써 알아차리고 인사를 꼬박하고 돌쳐서 갔다.

"고단하죠? 날마다 같은 일을……여기두 방학이 있어야지."

둘이 나란히 신설동 쪽으로 발을 옮기며 인사말을 붙였다.

"어머니께서두 배겨 내시는데 뭐 고단해요. 그래두 아직두 서툴러
요."

화숙이는 그 위로하는 말에 입가를 방긋하며 대꾸를 하였다. 가다가
다 이렇게 숨어 만나서 위로도 해 주고 웃는 소리로 놀리기도 하는 것
이, 이 집 형편으로나 자기 집 사정으로 최대의 행복이지, 남처럼 놀러
다닌다든지 하는 것을 바랄 엄두도 없었다.

"그런데 인임이는 어떤 눈칩디까? 무슨 말 못 들으셨수?"

이 말이 묻고 싶어서 앞질러 나온 것이었다. 인임이가 대학에를 들어
가면서부터 떨어졌지마는, 사변 전에는 한 동리에서 살며 여학교를 조
석으로 만나서 같이 다니던 동창이니만큼 이런 것은 남매간보다 화숙
이가 더 잘 아는 것이 사실이다.

"당자두 아직 생각해 볼 여유두 없고 얼떨하니까 그런 게죠. 실상야
인제 겨우 얘기가 난 시초밖에 안 되지만……."

보는 바와 말하는 것이 분명했다.

"그는 그래. 하지만 첫밗에, 문제두 안 된다는 듯이 쾌쾌히 나오는 태
도가 이상해서 말이지."

거기 가서는, 화숙이는 대답하기가 곤란하였다. 짐작은 없지 않지만
섣불리 말을 꺼낼 수가 없었다.

"내 누인 아직 어린애지만, 혹 저 좋아하는 사람이 있어서 그러지나 않은지? 해서요"

"그거 내가 어떻게 알겠어요, 전과 달라서 노는 방향이 다르니까요. 하지만 가끔 집엔 잘 와요"

하고 화숙이는 생글 웃는다. 인웅이는 무슨 뜻인지 몰라서 치어다만 보았다.

"큰오빠가 데리구 계신 부하에 최명식이라구 있죠 요샌 그 사람하구 잘 놀러 오더군요"

"음……"

궁금해서 물어는 놓고도, 누이에게 교제하는 남자가 있다니 그리 좋을 것도 없다.

"어머니가 들으셨다가는 큰 야단인데!"

하고 인웅이는 싱글 웃었으나, 사실 모친이 그런 것을 알았다가는 놀랄 것이요 이때까지 절대적으로 지녀온 모녀간의 애정에 틈이 벌 것이다. 단 세 식구의 가정의 단란한 공기가 깨어진다는 것은 상상만 해도 무서운 일이다.

"집에 좀 들어가세요"

"그건 뭘 하러. 난 좀 더 산보나 하구 가겠어요"

"누가 있나. 들어가 차나 한잔 잡숫구 가세요 어쩌면 오늘쯤 그이 올지두 모르는데 일주일에 두 번은 와서 저녁 먹구 놀다 가죠"

저녁밥 때는 되었지마는 최명식이라나 하는 청년이 올지도 모른다는 바람에 잠깐 들여다보고 가려는 생각도 났다.

"오빠 들어오셨어? 손님은 누구요?"

화숙이는 부엌에서 나오는 큰 오라범댁에게 말을 걸며 인웅이더러 올라가라고 손짓을 한다.

"아, 마침 잘 왔군. 들어와."

주인 마나님은 회에 나가서 없고 젊은 주인 내외가 안팎에서 권하여 이 장래의 백년손을 맞아 들어간다.

"어머나! 이 양반이 왜 날 쫓아다니누? 처가댁이 되기 전부터 말뚝에 절하러 다니시는군."

문길에 앉았던 인임이가 알은체를 하며 새새거린다. 화숙이 큰오빠는 고등학교 시절에 영어 선생이었더니만치 아주 무관하다.

명식이와 오라비가 인사할 기회를 가진 것이 인임이에게는 좋았다. 명식이에게는 오빠를 자랑하고 싶고 오빠에게는 명식이를 자랑하고 싶었다.

인웅이 눈에 비친 명식이는 좀 경박할 듯한 똑똑한 청년이라는 인상을 줄 뿐이었다. 친구를 골라도 홍식이 같은 듬직한 무게가 있는 사람을 좋아하는 인웅이로서는 그리 탐탁지 않았다.

홍차가 올라오고 다락에서 양주병이 나오고 하니까 인임이는 일어서 버렸다.

"왜 차라두 먹구, 저녁 먹구 가지."

"어머니 혼자 계신데요."

인임이는 눈짓으로 명식이에게 작별 인사를 하고 나가 버렸다.

화숙이의 오빠 진호는 삼십을 훨씬 넘은 노창한 청년이었다. 화숙이와는 한 어머니가 아니다. 그래도 납치당해 간 부친의 뒤를 받아서 칠팔 식구를 끌고 꾸준히 살림을 버티어 나가고 있다.

모친이 원호회에서 돌아오는 기척에, 인웅이가 안방에서 나오며 맞으니까, 반색을 한다.

"방학했겠지? 방학을 하니까 놀러를 다 오구."

하고 대접해 보낼 것부터 궁리에 팔렸다.

"아, 전 가겠습니다. 산보 나왔던 길에 뭐 물어 볼 말이 있어서 잠깐 들렀어요"

"가는 게 뭔가. 아무리 지척이지만 이왕 들렀으니 저녁이나 같이 자시구 놀다 가는 거지."

마님은 인웅이를 안방에 들여보내고, 자기 방인 건넌방으로 옷을 벗으러 들어갔다.

마님이 돈 지갑을 들고 나와서, 부엌을 들여다보며 반찬이 무엇이 있나 물어보고는 손수 장에를 나가고 부산하였다. 화숙이는 모친이 서두르는 데에 마음이 웅성웅성 좋았다.

"사모님, 원님 덕에 나발 붑니다."

젊은 주인댁이 식모아이와 상을 맞들고 들어오니까 명식이가 인웅이를 쳐다보며 웃는다. 모친은 뒤따라 들어와서 상을 보살피며 권하였다.

식사가 끝나자 명식이는 야근을 하여야 한다고 파카 위에 카메라를 걸쳐 메고 먼저 나섰다. 객지요, 동생같이 귀여워하는 터이니 야근하는 날은 교통이 불편한 신교동에까지 갈 것 없이, 이리로 데리고 와서 저녁을 먹여 보내는 때가 많다. 오늘도 통신사의 지프차를 얻어 타고 돌아오다가 여자 의과대학 앞을 지나며 명식이가 들르자고 하여 데리고 왔던 것이었다.

인임이는 화숙이 집이 육칠 년 동안 동무의 집이지 장래의 올케의 집이거나 사돈집은 아니었다. 그만치 무관히 가자면 따라섰었다.

"똑똑하지? 매부 안 삼으려나? 내 중매 들까?"

명식이가 나간 뒤에 진호는 이런 소리를 한다. 어쩐둥 해서 둘이 사귄 뒤로는 서로 퍽 좋아하는 눈치기에 오라비의 의향을 떠 보는 것이었다.

"난 몰라요. 당자들 의사대로 하라죠."

진호가 중매 든다는 말이 못마땅하다는 것은 아니나 홍식이 사단이 있은 뒤니만치 신푸녕스러운 소리를 하였다.

집에 돌아온 인웅이는 모친더러,

"진지 잡수셨어요? 전 잘 얻어먹구 왔습니다."

하고 인사를 하였다.

"괜히 가서 남 폐만 끼치구……."

모친은 그런 것이 좋지 않게 생각되어 좀 나무라는 어기이었다.

"아무러면 어떱니까. 크리스마스에 청해서 대거리를 하면 그만이죠."

큰소리는 쳤으나 인웅이는 제 능력이 없이 모친이 하여 주기를 기다려야 할 것이 걱정도 되고 싫었다. 그래도 동짓날이 되니까 차츰차츰 무슨 마련을 하는 기색이었다.

이튿날이 되어 크리스마스이브가 되자 인임 모친은 재봉틀에서 내려와 버렸다. 이 마님은 예수교인도 아니건마는 아들이 크리스마스를 큰

명절로 여기니 거기에 따라가고 싶었다.

저번에 한턱낸 장래 처남 진호에게 대거리도 하고 싶고 최명식이도 청해 놓았다는 말에 인임이는 신바람이 나서 부엌에 내려가 시중을 들고 하였다.

인웅이는 그동안에 서대문으로 나가서 홍식이를 끌어오기에 무진 애를 썼다.

고지식한 홍식이는 영 도리질을 하며 마다는 것이었다.

"아니, 우리 어머니 대접을 해서라두 잠깐 다녀가라니까. 아주먼네한 테 너무 고맙게 해 주었다고 그러시는 건데……, 그 길에 우리 누이 애 인두 좀 봐 두게그려. 허허허."

하고 인웅이는 실없이 웃었다.

"가세. 가! 홍식이도 인웅이 모친의 이야기에 마음이 움직였고, 인임 이의 애인이 온다는 실없은 말에 호기심이 나서 따라 나섰다.

"아, 어서 오게. 요샌 댁에 다 무고하신가?"

걱정거리는, 어머니는 홍식이를 반색을 하여 맞아들이고, 인임이는 진호와 함께 오는 명식이를 은근한 웃음으로 마중서 데려 들이는 것이 었다. 그러나 인임이는 음식상에 다시는 나타나지를 안 했다. 오라비가 좌우 쪽 손님을 청한 것이 못마땅했다.

'날더러 두 남자 사이에 어떡허란 말인가?'

하고 화를 바락 내었다. 그것은 두 신랑감을 한자리에 앉히고 모친도 보고 당자도 보라는 말이지마는 인임이에게는 일종의 모욕으로밖에 해 석이 안 되었다.

진호는 누이에게 인임이의 혼인을 이른다는 말을 들었기에 짐작이 나서 빙그레 웃었으나, 명식이는 인임이가 식탁에 일체 나타나지 않는 데에 어리둥절해서 눈치만 멀거니 보고 앉았다.

반발

인임의 동무가 둘이 와서 건넌방으로 들어가니까 명식이는 놀리는 어조로,

"미스 김! 우리 합칩시다. 지금 세상에두 내외 있나요? 잔칫상을 둘씩 차리시기에 아주머니만 바쁘실 테요."

하고 소리를 커다랗게 지르며 깔깔대고 하였다.

주인마님은 바쁜 분수로는 한방에 몰아넣고 한상에서 먹으라 했으면 좋을 것 같았으나 명식이가 처음 오는 집에 와서 처녀들에게 실없이 말을 붙이고 아주 친숙하게 아주머니 어쩌고 하는 소리가 좀 귀에 서툴렀다. 어른 없는 집이라고 넘보고 조심성 없이 구는 눈치가 싫었다.

"어머니, 또 하나 젊은 애 좀 잘 봐 두세요."

인웅이는 방에 앉아서 바쁜 모친에게 차 시중까지 들리기가 어려워서, 제 손으로 가지러 아랫방에 내려왔던 길에 한 말이었다. 아랫방에는 화숙이도 와서 있었다. 실상은 오늘 청자를 받은 것이나 어제 오늘

147

와서 일을 돕고 있다.

"음……누군데?"

"유력한 후보자예요"

아들의 이 말의 뜻은 알아듣겠으나, 모친은 홍식이를 제쳐 놓고 유력한 후보자라는 말에 눈이 둥그레졌다. 마님은 다 된 혼인이라고 찰떡같이 믿고 있는 것이다.

식모 마나님과 함께 시중을 들면서, 모친은 넌짓넌짓이 명식이의 거동을 보았으나 아무래도 홍식이에 비할 위인은 못 된다고 고개를 저었다. 해사하고 재주가 있어 보이고 재미는 있을지 모르지마는, 듬직하고 믿음성스런 점으로는 역시 홍식이이라고 생각하였다.

좌석은 초면인 홍식이가 끼어서 그런지, 그리 흥이 나지를 않는 것 같았다. 제각기 눈치를 보기에 마음들이 턱 풀리지를 못하였다. 그 대신 건넌방에는 화숙이와 모친도 들어가서 연해 웃음소리가 터져 나오며 들락날락 잔치나 벌어진 듯싶이 엉정벙정하여 모친의 신기도 좋았다. 그러나 안방 손님들이 파하자, 모친이 인사를 받으러 나서기도 전에 인임이가 앞질러 나서는 것이 첫대 모친의 눈에 거슬렸다.

"잘 먹구 갑니다. 오늘 밤 교회에 가시겠죠?"

하고 명식이가 인임이한테부터 인사를 하며, 무슨 군호처럼 눈짓을 슬쩍할 제 모친은 또 한 번 눈살이 찌푸려지며 공연히 자기의 얼굴이 뜨뜻할 지경이었다.

"가죠"

하고 남자의 눈짓에, 마주 생글 눈웃음을 치는 인임이의 표정을 힐끗 본 홍식이는 여자의 이러한 귀염성스럽고 아름다운 웃음을 처음 본 것 같았다. 그것은 확실히 사랑하는 남녀끼리의 자연스럽고도 은근한 표정이라고 부러운 생각까지 들면서, 반짝 입가에 피었다가 스러진 그 웃음을 머릿속에 그려 보는 것이었다.

일행과 헤어져서 혼자 걷는 홍식이는 모든 것이 될 대로 잘되었다고 도리어 시원스럽게 여기었다. 이편에서 우물쭈물하다가 창피한 꼴이나 당하였더라면, 하는 생각을 하면 인웅이한테도 분명히 의사 표시를 해 둔 것이 잘 되었었다.

집에 돌아오는 길에 홍식이는 명신이에게 들러 보았다. 공장은 놀아도 명신이 모녀는 오늘도 일을 맞잡고 조용히 들어앉았다. 금선이는 없었다.

"될뻔댁 처갓집에 가서 한 턱 잘 먹고 옵니다."

"왜 될뻔댁 처가야. 그래두 마음에 있으니까 갔겠지."

"아무리 말뚝에 꿇어 앉아 빌어두 싹수가 틀렸던데요."

명신이는 손을 쉬고 살짝 치어다보며 웃는다. 그 말이 우스워서 의미 없이 웃는 것이었다. 아까 보던 인임이의 그런 웃음은 아니었다. 그러나 알은체해 주는 것만 좋았다.

홍식이는 오늘 인웅이 집에 끌려갔던 것이 역시 후회 났다. 중매를 내세워서 어른이 한 노릇이지마는, 퇴짜를 맞자 금시로 한 남자를 내세워서, 여기에 이런 후보자가 있소 하는 듯한 그 태도가 천박하고 싫었다. 홍식이는 거기에 대항하여 한 개의 폭탄선언을 하고 싶은 충동에 마음이 욱신거렸다. 그러나 그것은 자기의 공상이 실현될 가능성이 있다는 자신이 서지를 못하였고, 또 저편의 의향도 모르고 일방적으로 독단적으로 할 수 없는 일이었다.

홍식이는 자기 집의 가풍, 가도(家度)로 보나 실제 문제로 보아서 명신이와 결혼을 한다는 것은 거의 공상인 것을 알고 있다. 아이 있는 젊은 전쟁미망인에 동정하고 반해서 결혼을 한다면 친구들도 놀랄 것이다. 더구나 섣불리 말만 꺼내 놓고 남의 맘만 들뜨게 식다가는 큰일이다. 홍식이는 불끈불끈 피가 솟아오르는 것을 진정시키며 잠잠히 참고 있는 수밖에 없었다.

명신이도 그런 눈치를 다소 못 챈 것은 아니었다. 그러나 나이는 아직 어려도 과부라는 패를 차고 어린것이 달리고 늙은 어머니가 있는데 어디를 갈 생의나 할까! 가외 홍식이가 아무리 친절히 굴어 주는 것이 고맙고 하루라도 못 만나는 날이면 자연히 기다려지고 하면서도 피차의 형편을 생각하면 차라리 곁을 떠나서 만나지 않는 것이 서로 좋겠다는 생각도 들기 시작하는 것이었다. 처음에는 금선이를 찾아오는가 싶어서 시기가 나고 위층에 올라가 노는 것을 보면 마음이 괜히 설레어서 못 견딜 지경이었지마는 요새는 도대체 자기도 만날 필요도 없고 신세를 이 이상 더 져도 안 되겠다는 생각이 들어갔다.

일전에는 금선이가 늦도록 안 들어오는 동안에 놀다 가는 홍식이더러 명신이가

"못 만나구 가세서 섭섭하시겠습니다그려."

하고 좀 실없은 소리를 했더니, 홍식이가 간 뒤에 모친은 화를 내며, 말 좀 조심해서 하라고 톡톡히 야단을 만났지마는 그 후부터는 모친도 홍

식이가 거진 날마다 놀러오는 것을 의심하기 시작하고 경계를 하는 것이었다.

이것저것을 생각하면 금선이의 일이 잘 되어서, 그리 따라가는 것이 상책이라고 명신이도 생각하고, 모친도 그러는 동안에 적당한 작자 만나면 개가시키지……하는 궁리였다.

명신이는 두 번씩이나 홍식이한테 따라가지 말라고, 타락한다고 권고를 받고서 마음에 좋기도 하고 그 말대로 지키려니 결심하였으나, 그것이 결국은 홍식이를 바라고 홍식이를 옭아 넣어서 유망한 청년의 앞길을 막아 주는 결과나 되지 않을까 하는 생각을 하면, 그까짓 약속은 안 지켜도 좋다고 다시 생각하는 것이었다.

일하는 옆에서 어린애 재롱을 보아 가며 한참 잡담을 하다가 일어서는 홍식이더러 명신이의 모친은

"염려 말어요 요새 여학생이 대학교까지 다니는데 남자친구 없을라구? 괜히 질투가 나서 그러지만 딴 생각 말구 내게 맡겨 둬요"

하고 결론으로 한마디 하니까

"그야말루 염려 마세요, 누가 딴 생각 한댔에요"

하고 홍식이는 껄껄 웃었다. 명신이 귀에는 그 말이 무심히 들리지 않아서 섭섭도 하고 안심도 되었다.

홍식이는 가다가 어린것이 혼자 쓸쓸히 노는 것이 가엾은 생각이 들어서, 크리스마스 선물로 양말과 과자들을 사서 한 봉지 꾸려다가, 다시 명신이한테로 와서 대어 밀고 갔다.

양력설도 어름어름 지내고 개학이 며칠 안 남았는데, 홍식이에게는

돌발 사건이 하나 생겼다.

"그래, 내일 떠나실 작정예요?"

"차를 가지고 와서 짐을 실어 간다는구먼."

명신이 모친은 신기가 좋았다. 의논할 일이 있다고 딸을 시켜 홍식이를 불러 온 것이었다.

고원다방의 문제가 해결이 되어서 금선이는 어젯밤부터 가 있고, 아까 잠깐 다녀가면서 내일 데리러 온다고 하였다는 것이다. 이때까지 질질 끌며 이야기를 해 온 것이지만, 이렇게 확정적으로 끝이 난 데에 홍식이는 당황하지 않을 수가 없었다.

"그래, 따님은 어떡하실 작정예요?"

"그럼 어떻겠수? 데리구 가야지."

실력 앞에 공상은 그림자도 없이 스러져 버린다. 홍식이에게는 뻔히 보아 온 일이 있지마는 청천벽력 같은 돌발 사건이 아닐 수 없었다. 속으로는 발버둥질을 쳤지마는 별도리가 없다. 단돈 오만 환만 있더라도 방 한 간을 얻어 주고 우선 붙들어 볼 도리도 있겠지마는, 부친에게 의논해서 오만 환을 내놓을 그런 수월한 부친도 아니거니와, 남 벌잇속 좋은 데를 뚫어 간다는데 막을 수도 없는 노릇이다.

"가신다는 걸 말리지는 않습니다만, 아래층에는 온돌 하나두 없구, 위층 다다미방에서 삼동을 어떻게 지내실 작정예요 가 보시면 아시겠지만 당장 이 아이를 놀릴 데가 있어야죠. 낮이면 얻다 둡니까. 그렇게 좁아 터진 덴데……."

홍식이는 달리는 반대할 언턱거리도 없지마는 사실이 그러하고 어린애를 귀해 하는 마음에 네 살짜리 옥진이가 좁아터진 요릿집 구석에서 뭇 발길에 거치적거리면서 이리 굴고 저리 굴고 할 것도 가엾었다.

"엉, 그래? 그래두 지낼 만하기에 쥔댁이 어제 거기서 자구 오지 않았나?"

"아, 그런 사람이 게서 잘 듯싶어요? 여기 늘 다니던 그 다방의 숨은 주인이란 누군지 아시겠어요?"

명신이 모친은 잠자코 앉았다. 그놈이 명신이에게 마음이 있다면 더 좋지 않겠냐 하는 생각을 이 마님은 하고 있는 것이다. 이제는 딸의 덕이 보고 싶었다. 부산에서 구멍가게라도 내고 체면을 지키며 애를 써벌어 먹이려 들던 때와는 달라서 기력이 푹 줄고 생활에 대한 자신이 없어졌다. 게다가 어차피 다시 시집을 보낼 바에야 있는 놈을 잡아야 하겠다는 생각이었다.

"누군지는 모르지만, 실상은 그런 사람하구 어울리지 않구서, 살 도리가 있겠나? 수 좋아서 이 집 쥔댁이 물러나구 뒤를 받아 차지하게만 된다면……"

"공상예요 그런 공상 마세요 끌어가려는 욕심에 그런 소리두 하겠지만요"

홍식이는 기가 나서 대거리를 하였다. 그러나 명신이 모친이

"그럼 어쨌으면 좋을꾸? 이 집 문 잠그구 나가는데 따라 나서는 수밖에. 거리에 나앉나?"

하고 핀잔주듯이 혼자 한탄을 할 제 홍식이는 말이 탁 막혔다.

"하여간 한번 먼저 가 보시구 깊이 생각해 보시구 결정하세요 그러

지 않았다간 노인네가 그 치다꺼리에 고생만 하시고, 이용만 당하고,
나중엔……."

하며 홍식이는 말을 뚝 끊어 버린다.

"? ……"

하고 명신이 모친은 눈이 동그래서 양복 단추 구멍을 뚫기에 부지런히
놀리던 손을 멈추고 치어다보았다. 내일 떠날 작정이니, 맡은 공장 일
은 밤을 새워서라도 끝을 내려고 애를 쓴다.

홍식이는 가만히 앉았다가,

"하여간 이따 저녁에 또 오죠. 잘 생각해 보세요."

하고 일어섰다.

그는 공장으로 부리나케 갔다.

공장에는 부친이 사무실에 딱 버티고 앉았었다. 시간은 아직 네 시를
좀 지났을 뿐이니 한 시간을 기다려야 하겠다. 명신이를 붙들어서 최후
담판을 할 작정이다.

'나를 위해서가 아냐. 명신이를 위해서, 그 어린것을 위해서야! 불쌍
한 인간을 위해서야? ……'

흥분한 홍식이는 전표와 장부를 정리하고 앉았는 부친을 바라보며,
속으로 혼자 누구에게 대한 항변인지 항변을 하였다.

다섯 시 전에 매일 하는 버릇으로 부친이 공장의 순시(巡視)를 나가니
까, 홍식이의 눈은 조 구석에 놓인 야트막한 금고로 갔다. 그 속에는 언
제든지 쓸 수 있는 현금이 십만 환은 들어있다. 부친이 출입을 해서 오
래 걸릴 듯할 때에는 열쇠도 맡기고 다닌다.

'그러나 아무려면……,'

홍식이는 금고에 손을 대고 싶은 충동이 일어난 것을 부끄럽게 생각하였다. 다음에는 '은행 수표 한 장 쯤이야!' 하고 생각이 떠올랐다.

절대 신임을 하는 부친이니 어느 틈에 부친의 필적(筆跡)을 위조해서 은행수표를 한 장만 떼면 그만이라는 공상을 해 본 것이다. 그러나 그렇게 믿어 주는 부친을 속이기가 무섭고 가여웠다.

부친이 사무실로 돌아오자 홍식이는 머리에 무엇이 한 꺼풀 씌웠다가 벗겨진 듯이 정신이 번쩍 나서 밖으로 나왔다. 벌써 어둑어둑하여 갔다.

"어이, 춘데 어떻게 여기 계서요?"

앞질러 온 홍식이가 명신이 집에 들어가는 동구 밖에 서 있는 것을 보고 명신이는 놀라는 소리를 쳤다. 그 조심성스러운 웃음으로 반겨 주는 것이 홍식이에게는 크리스마스 전날 인임이가 명식이에게 웃어 보이던 그 웃음에 지지 않는다고 고맙게 생각하였다.

"내일 떠나신대죠? 오늘 송별연을 하려구요."

홍식이는 웃으면서 대꾸를 하면서도 이 여자가 정말 내일 떠난다면 어쩔구 싶었다. 매일 만나거나 놀러 다닌 습관으로 섭섭하다는 것보다도 명신이를 영영 딴 세상으로 들여보낸다는 것이 아무리 생각해도 될 수 없는 일 같아서 어쨌든 붙들고 늘어지고 싶었다.

"집에 들어가세요."

"아, 내가 송별연을 한다니까요. 이리 오세요."

홍식이의 말소리와 얼굴빛은 침통하였으나 쾌활하였다. 명신이는 그 기세에 눌려서인지 상긋 웃으며 따라서 맞은편 청요릿집으로 들어갔다. 명신이는 무슨 말이 나오려나 하는 기대도 있었지마는, 난생 처음으로 남자와 함께 요릿집에를 들어왔다는 데에 기쁘고도 야릇한 느낌이었다. 남편과도 그런 행락을 해 볼 겨를이 없었다.

"그래 가시겠어요?"

홍식이는 음식을 시키고 나서도 침통한 표정으로 고개를 숙이고 앉았다가 불쑥 말을 꺼낸다. 명신이는 속으로

'그럼 가지 않고 어떻게 하겠어요?'

하고 대답할 말을 생각하였으나, 저번에 두 번이나 약속한 말에 짓눌려서 잠자코 말았다.

"아이 달린 사람은 그런 데 못 가 살아요. 옥진이 같은 이쁜 딸까지 낳아 가지구 오는 색시라면 두 손을 벌이고 나서겠다는 사람두 있는데……?"

홍식이는 결코 실없이 웃어도 안 보이고, 마치 누이동생이나 타이르듯이 참다랗게 수작을 건네는 것이었다.

명신이는 얼굴이 새빨개지며 눈을 내리 깔았다. 그래도 기분을 돌리자,

"그건 무슨 말씀이에요?"

하고 깔끔히 눈을 치떠 보았다.

"기를 쓰며 팔을 벌리고 길을 막는 사나이가 있단 말예요"

홍식이는 남의 묻는 말은 제쳐 놓고 딴청을 하는 듯하나, 명신이는 그 정열적 침통한 말소리에 기가 눌려서 고개가 숙여지고 가슴이 바르

를 하여 말이 아니 나왔다. 이번이 세 번째인가 싶지마는, 남자의 팩팩 쏘는 기운찬 소리를 들으면 찬물을 끼얹힌 듯이 오싹하면서도 가슴이 시원해지고 그 다음에는 따뜻한 감정에 자기 몸이 푹 안기는 듯한 기분에 잠기는 것이었다.

"같은 직업 부인인 바에는 공장의 여직공이나 다방의 웨이트리스나 다를 게 뭐예요? 수입이 나은 편으론 웨이트리스가 좋을지 모르죠. 하지만……"

홍식이는 일단 말을 끊었다가 이번에는 대담히 한층 더 씩씩하게

"난 명신 씨를 대할 제 언제나 저만치 치어다봐 왔어요. 그 소복을 입으신 거와 같이 언제나 깨끗하고 아담스러운 한 이미지를 가지고 뵈어 왔어요. 행여나 더러운 손이 와서 만질까 보아 겁을 내며 소중히 모셔야 하겠다는 생각이었어요. 옥진이를 앞에 놓고 은근히 귀해 하면서 자기 신세를 한탄하고 닥치는 운명에 순종해 나가려는 듯한 눈치에 나는 불만을 느끼면서도 속으로 혼자 눈물을 지었어요……"

젊은 애다운 열정을 기울여서 평소에 먹은 마음을 가만가만히 쏟아 놓는 것이었다.

명신이는 알지 못할 말도 있었으나 가만히 고개를 숙이고 듣고 앉았다. 무엇보다도 이때까지 들어보지 못한 말에 새로운 감각이 눈을 뜨는 것같이 유쾌하였고 고마웠다. 생활의 불안이나, 당장 내일 어떻게 될까 하는 실제 문제는 어찌되든지 간에 그 믿음직한 말에 몸을 실리고 싶었다.

"명신 씨 같은 처지에 놓인 분은 더구나 닥쳐오는 운명에 순종하는

게 아니라 팔을 걷구 나서서 싸워야 해요 그러나 그건 어쨌든 다방이란 직장이 나쁘다는 것은 아니지만 명신 씨는 그런 데 가기에는 너무나 깨끗해요 우리가 몰랐으면 모르지마는, 우리가 이만치나 아는 터에, 명신 씨가 가시는 대로 그리 가시게 한다는 것은 나로서는 도리가 아니요 체면이 안 선단 말이에요."

명신이는 여전히 까닥 안 하고 고개를 숙이고 앉았다.

그러나 마음은 편안하고 만족하고 기쁘고 감사에 넘쳤다.

"결코 다방이 나쁘다는 것은 아네요 다방의 웨이트리스란 직업이 천하다는 것은 아닙니다. 하지만 거기 모인 남녀를 못 믿겠다는 거예요 금선이란 여자나 그 남자를 잘 아시는지? 그 틈에서 어떻게 지내시겠다는 거예요?"

홍식이는 흥분해서 열심으로 혼자만 퍼붓듯이 옆에서 들을까 보아 끙끙하여 숙설거리었다.

"잘 알겠어요 그럼 어떡했으면 좋아요?"

비로소 명신이가 입을 열었다. 음식이 나왔다.

"자, 드세요 싸우자면 배가 고파선 안 되니까, 허허허."

하고 홍식이가 저를 들려니까, 명신이도 무심코 웃음이 터져 나오며,

"쌈이 무슨 쌈이에요? 좋은 말씀 들려주셔서 고맙습니다만 사정이 그밖엔 도리가 없이 꼭 막혔으니 어쩝니까."

하고 양해를 구하듯 홍식이를 말리는 소리를 하였다.

"괴로워두 참는 거예요 나두 괴로워요 참구 이겨 나가야죠"

홍식이의 말에는 좀 더 꿋꿋한 힘이 차 갔다.

"급한 대루 우리 집으로 오세요 어머니께선 가시겠건 가시래죠 하지만 명신 씨만은 못 가세요"

홍식이는 떼를 쓰듯 명령하듯, 그러나 가만히 명신이의 귀에다 대고 사정하듯이 이르는 것이었다. 기실 자기 집으로 옮겨 앉게 하기에는 부친의 승낙도 안 받았지마는 사랑채가 비었으니 그렇게 할 수 있겠다는 생각이었다.

"고마운 말씀이에요 하지만……"

명신이는 의외로 마음이 가라앉아서 청요리 접시를 쑤석거려 마주 먹으며 의논성스럽게 대꾸를 한다. 서둘러대는 남자의 부푼 감정을 가라앉히려는 생각으로도 한층 다정히 굴었다.

"뭐라구 말씀할 수 없이 고마운 말씀예요 하지만 어엿이 갈 데가 있는데 뭣 하자구 댁에 가서 신세만 지라시는 거예요?"

종용종용히 도리어 타이르듯이 명신이는 속살거리었다.

"난 위선 급한 대로 명신 씨를 그 남자의 손아귀에 들어가지 않게 하겠다는 거요. 요릿집이나 다방에 다녔다는 말을 듣지 않게 하겠다는 거예요."

몰아대는 소리를 한다.

"나 같은 거야, 아무려면 어때요! 양갈보란 소리를 듣기루."

마음에는 좋으면서도 입으로 한번 해 보는 것이었다.

"왜 이러시는 거요?"

홍식이는 왜 남자의 속은 못 알아주고 빗나가려만 드느냐고 딱 얼러대는 기세이었다.

"우리와 홍식 씨와는 처지가 다르지 않아요? 친절히 해 주시는 건 고맙죠마는 지나치게 간섭을 하시는 건 싫어요 매정스런 말씀인지 모르지마는 무에 되든 간에 인젠 아랑곳을 마세요"

명신이는 인제는 별로 먹으려 하지도 않고 가만히 앉아서, 소곤소곤하는 말소리나 뼈지게 홀뿌리는 어기이었다. 그것이 결국 홍식이를 위하는 도리라고 생각하는 것이었다. 홍식이뿐 아니라 잘못하다가는 둘이 다 파멸의 길을 걸을까 싶어 무서운 증도 생긴다. 그 무서운 영감을 생각하면 자기 집으로 들어오라니 가당치도 않은 말이요, 한편에서는 혼인을 이르는데 어쩌자는 생각인지 알 수가 없다.

"석 달만 있으면 내가 졸업예요 그때까지만 고생이 돼두 참아 주시구려. 아무러면 그동안을 못 참아서 요릿집 접대부란 말을 들어두 좋단 말예요? 그런 길에 한번 발을 들여 놓으면 삼십, 사십 늙어 가서 뭐 될 듯싶은가 생각을 해 보시란 말예요"

학교를 졸업하면 금시로 무슨 뾰족한 수가 생길 것은 아니나, 병역관계는 하여간에 버젓이 취직할 수 있는 자신도 없지는 않았다.

"그거 무슨 말씀예요 우리 세 식구 멕여 살리려구 이때껏 공부하셨어요? 어머니 아버니가 들으시면 얼마나 놀라시구 섭섭해 하시겠에요 그러신다구 댁에 들어가 살 우리두 아니지만 우리 염려는 마세요"

"왜 염려가 안 돼요 우물 앞에 기어가는 어린애를 내버려 두란 말예요!"

"설마!"
하며 명신이는 무심코 생긋 웃었다.

"어차피 거길 가야 어린애 둘 데가 없으니, 손님 틈에서 날은 춥고 한데 하루 이틀 아니요 어린것이 부대껴서 어떻게 살라는 거예요? 그러니 우선 어린애를 맡기구 다닐 데부터 구해야 할 것 아니겠나요? 우리 집에 오시면 그 걱정은 없거든. 공장은 가깝구!"

그 말에 명신이는 눈이 커대지며 곰곰 생각하다가,

"그렇기루 댁에야 가겠어요. 정 하면 안암동 아주머니 댁으루 가더라두……."

하며 풀이 빠져 한다.

막연히 따라간다 하였지마는, 네 살이나 된 계집애를 끌고 가서 낮에는 둘 데조차 없으리라는 말에, 명신이는 비로소 다시 생각해 보아야 하겠다고 마음을 스르를 돌리는 것이었다. 그러나 따라 안 가면 거리에 나앉나? 모친만 따라 보냈으면 잘 먹고 벌이가 되어 좋겠지만, 명신이는 안암동으로 간다기로 공장에 다니니까 먼 것은 고사하고 누가 어린애를 종일 맡아서 시중을 들어 주려 할까? 이럴 수도 없고 저럴 수도 없는 딱한 사정이다.

"내 잠깐 집에 다녀갈게요."

청요릿집에서 나와서 홍식이는 헤어져 집으로 갔다. 부친에게 방 담판을 하자는 것이었다.

"아니, 그런 자국이 있어 간다면야 가래지, 방을 빌려 주어 가면서 붙들 건 뭐냐?"

당장 핀둥이만 맞았다. 고지식하게 사실대로 말한 것이 잘못이었다. 당장 거리에 내쫓기게 된 것같이 서둘렀더라면 되었을지 모른다.

그러나 부친은 미모(美貌)의 어린 과부댁을 한집 속에 두고 싶지 않았다.

"그래두 그 쥔놈이 탐을 내서 데려가는 모양인데, 어린 게 가서 부엌구석에나 갇혀 있을 형편이니, 사정이 가엾지 않아요."

"그두 그렇지만, 지금 세상에 수절(守節)을 하라겠니, 무어 볼 게 있니. 밥술이라두 먹여 살릴 만한 놈이 모셔가는 자국이면 그만 아니겠냐."

아들의 동정이나 관심이 지나치게 가는 듯싶어서 영감은 싫었다. 저녁밥만 먹으면 나가는데, 혹 공장 숙직실에 나갔나? 하고 슬며시 나가보면 거기도 없는 것을 보면 명신이한테 놀러 가는 듯싶어서 그것도 어느 때 이르려고 벼르던 차였다.

"과부댁이 되었다는 것이 죄가 아니요, 더구나 전쟁미망인은 동정을 받아야 할 거 아닙니까, 타락하기 쉬운 길로 끌려가는 걸 붙들어 주어야 할 거 아닙니까."

부친은 잠자코 앉았고, 홍식이는 말대답이 될까 싶어서 더는 입을 벌리지 않고 명신이 집으로 건너왔다.

'방 한 간으로 해서 세 사람의 운명의 지침이 바뀌다니!'

홍식이는 화가 버럭 났다. 그러나 부친은 그 운명의 지침이 바뀌지 않기를 바라는 것이었고, 아들의 신상과 가정의 안온을 위하여는 인정을 죽이는 수밖에 없었다.

명신이 모친이 손주 딸과 된장 국수를 쑤석이고 앉았는 것을 보고, 홍식이는

"아 참 아주머니께 한 그릇 시켰다 드리는 걸!"

하고 인사를 하였다. 명신이가 집에 돌아와 보니 모친은 밥을 안 먹고 기다리고 있는데 혼자만 청요리를 먹고 온 것이 마음에 걸려서 시켜왔다는 것이었다.

"응, 잘됐군 잘됐어."

홍식이는 마치 신혼부부나 되는 것처럼 무관히 이런 소리를 해 놓고는, 좀 열적었다. 가정적인 다정한 기분이 좋기도 하지마는, 군돈스럽고 사람이 잦아진 것 같아서 싫은 생각이 들었다. 그러나 말쑥하니 명랑한 명신이의 신기가 좋은 얼굴을 바라보면 아무 데도 침침한 기분은 떠돌지 않았다.

명신이 모녀는 홍식이의 눈치만 보면서 말 나오기를 기다리었다. 빌려주마는 방 이야기를 기다리는 것이었다.

"그래, 어떡허시기루 했어요?"

"내일 데리러 오면 나서지 별수 있겠수."

따라가고도 싶고, 홍식이 집의 방을 얻게 되었으면 좋을 듯도 싶고, 이 모녀는 아직도 엉거주춤이었다.

그보다도 홍식이가 썩 시원한 소리를 않는 것을 보니 그나마 틀렸나 보다고 실망이 되면서도 할 수 없이 금선이를 따라가게 되는 것이 다행하다는 생각도 들었다.

밤이 이슥토록 난상의논을 해 보았어야 이 중대한 난판을 돌파하기 위하여는 다음의 네 가지 대책을 우선 결정하였을 따름이었다. 절박한 사정으로 보나 네 사람의 운명을 결정한다는 점으로나 사실 중대한 난관이었다.

첫째 내일 트럭으로 짐을 실러 오거든 모친만 따라가서 하룻밤을 자면서 물계도 보고 명신이 모녀를 데려갈 수 있을까 판정을 할 것.

둘째, 내일만은 명신이가 공장을 쉬고 집을 볼 것.

셋째, 고원다방으로 데려갈 수가 없는 경우면 모친만 그대로 있고 명신이 모녀는 잠깐 안암동으로 가 있을 것.

넷째, 일주일 이내로 홍식이가 사오만 환 돈을 만들어 올 것이니 서대문 근처에 방을 얻어 식구가 다시 모이든지 그때 형편대로 할 것.

돈 사오만 환이란 것이 하상 무어랴마는, 이 넷째 조항의 보장이 명신 모녀의 마음을 든든하게 하여 주었다. 홍식이가 공장의 회계를 맡은 것도 아니요 무슨 재주로 사오만 환을 당장 만들 수 있으랴마는, 홍식이는 부친에게 핀둥이를 맞고 나오면서 한 가지 결심한 것이었다.

이튿날이었다. 홍식이는 아직 개학도 안 하고 집에 들어앉아서 책을 보자도 마음이 가라앉지 않고 공장에를 나가도 위층에는 명신이가 안 와 있거니 하는 생각에 명신이 집에를 가 보고 싶었으나 꾹 참기에 힘이 들었다.

'트럭이 와서 짐은 실어 갔나? 금선이가 와서 자기 세간은 제가 건사해서 가져갈 텐데, 빈집의 문을 잠그고 가겠다고 악지를 써서 명신이까지 데리고 가지나 않았을까……'

이런 궁리 저런 궁리에 마음이 어수선하였다. 그러나 명신이가 혼자 있을지도 모르는 집에 가 볼 용기는 아니 났다. 저편에서도 기다리고 있을 듯싶고, 부친도 없는 사무실에 가만히 앉았으니 궁금하고 가 보고 싶어서 몸이 달았다. 그러나 자기가 왜 그런지 꺼리고 겁이 났다.

점심 후에 공장에 나와 앉았으려니까 밖에서 뚜르를 하고 차 소리가
난다. 일감을 실어 오는 차인가 하고 있으려니까, 금선이가 통통 뛰어
들어오면서

"난 오늘 떠나요 그 집 아시지 놀러 오세요 정말 꼭 오세요 한데
아버지 어디 가셨에요?"

하고 조잘댄다. 그보다도 급한 생각에 어름어름 대꾸를 하며 밖으로 나
와 보니 짐을 잔뜩 실은 트럭 앞에 명신 모친이 우그리고 앉았다.

"지금 가세요? 혼자 가십니다그려."

하고 홍식이는 알은체를 하였다.

인사를 왔던 금선이는 몇 번이나 놀러 오라는 부탁을 하고 운전대
옆으로 들어가 앉았다.

"쟤들이 혼자 있는데 좀 가 봐 주슈."

차가 떠날 제 명신이 모친은, 어쩐지 섭섭한 생각이 들어서 무심코
한 말이었으나, 홍식이는 그 말이 퍽 좋기도 하고 이상한 유혹을 또 충
동이는 것 같아서 웃고만 말았다.

공장을 지키고 가만히 앉았어도 홍식이의 머리에는, 저 집에 명신이
가 혼자 있거니 하는 생각이 일어나 발이 그리로 움직여 갈 것만 같았
으나, 홍식이는 지그시 참고 앉았었다.

단둘이만 만난다는 것이 홍식이에게는 그렇게 무서웠다. 그렇게 무
서울 것이 없을 것 같건마는 누가 보면 이상히 알까 보아서 싫고 겁이
났다.

홍식이는 저녁밥 지을 때쯤 해서 명신이 집에를 들러 보았다. 어린것

하고 둘이었지만 한만히 찾아가기가 서먹하고 마주 방 속에 앉아 본대야 긴하게 할 이야기가 있는 것도 아니니 부엌일이나 바삐 할 때쯤 가 보자는 것이었다. 생각대로 명신이는 부엌에 나와서 쌀을 씻고 있었다. 퍽 기다렸다는 듯이 반가워하면서 머줍어 하는 눈치기도 하였다.

"마침 잘 오셨군요 가게 잠깐 다녀올 텐데 잠깐 들어가 계세요"

"혼자 쓸쓸하지 않으세요?"

"밤에는 무섭겠어요 어머니가 오신다긴 하였지만."

홍식이는 어머니를 따라 부엌에 나와 웅크리고 앉았는 옥진이를 데리고 방 안으로 들어왔다.

"할머니 안 계셔서 심심하지? 넌 할머니 따라 가니? 어머니 따라 가니?"

옥진이는 무슨 의미인지 몰라서 말뚱히 치어다보다가,

"할머니 인제 데리러 오신대요"

하고 이사 가는 것만 좋아서 받자위를 해 주는 대로 매달려서 방 안을 빙빙 돈다.

"이거 무슨 버르장머리야? 아저씨게."

돈지갑을 가지러 들어오던 젊은 어머니는 가볍게 나무라면서도 생글 웃었다. 아저씨가 옥진이를 귀해 주는 것이 싫을 까닭이 없었다.

명신이가 가게에서 들어오기를 기다려서 홍식이는,

"이따 또 오죠."

하고 나와 버렸다. 저녁밥을 먹은 뒤에 느지막해서 또 명신이 집으로 건너갔다. 명신이 모친은 벌써 와 있었다.

"그래 어떠세요? 감당해내실 만해요"

"온 종일 서 있어야 할 지경이니 고되두 난 그럭저럭 배겨내겠지마는, 딴은 가 보니 아래층은 부엌 속에서 평상에나 걸터앉아 쉬게 마련이요 손님이 빌 때 다다미방이나 들어갈 수 있으니 저걸 데리구 가기는 아닌 게 아니라 어렵겠습니다."

"그래 어떻게 하시기루 했에요?"

"방이라두 한 간 들이기 전에는 어려우니 우선 나만 가기루 하구 이 애들은 하는 수 없이 안암동에다 맡겨 두자는데……?"

명신이 모친은 가 보니 생각했던 거와는 딴판이오, 금선이가 채를 잡았다면서 종일 코빼기도 볼 수 없었다. 명신이를 데리고 간대야 금선이 밑에서 죽도록 일만 시키고 그놈에게 농락이나 되었지 실사교는 없을 것이 뻔하다.

"잘 되었어요 그러다가 돈 되는대로 방 하나만 얻어 놓으면……."

그러지 않아도 홍식이가 어제 한 말을 태산같이 믿기 때문에 지금 오는 길에 아주 안암동에 들려서 넉넉잡아 한 달만 두 식구를 맡아 달라고 부탁하고 온 길이었다.

이튿날 명신이는 또 하루를 놀고 이사를 갔다. 마침 공장에 피복감을 실어오는 스리쿼터를 이용하도록 홍식이가 주선하여 주어서 오전 중에 후딱 짐과 몸을 함께 날랐다.

안암동에를 와 앉으니 공장과 홍식이 곁에서 천리만리 떨어져 온 것 같고 허전하다. 월여를 두고 조석으로 들러 주어서 만나던 습관으로 귀양살이나 온 것같이 마음이 쓸쓸하다. 생활의 보장을 잃은 것 같다. 역시 세전을 변통해 주면 홍식이네 근처로 다시 옮아가는 수밖에 도리가 없을 것 같았다.

잠은 아랫방 식모마님한테 끼어 자고 밥은 한 부엌을 쓰고 구멍탄 풍로에 따로 지어 먹게 했다. 조 씨 부인은 첫날만은 내게서 같이 먹자고 하였으나, 내일 새벽밥을 지어 먹고 어린애 점심을 묻어 놓고 나가야 할 것이니, 아주 오늘 자리를 잡아 놓고 밥을 따로 해 먹었다.

이렇게 공중에 뜬 살림을 예 가서 한 달 하고 제 가서 꼼적꼼적하고 하다가 나중에 어떻게 되려누? 하는 불안에 쪼들리다가도 홍식이가 있거니 하는 생각을 하면 안심이 되고 든든하였다.

저녁을 해치우고 나니까 밖은 어두운지도 오랜데 홍식이가 왔다.

홍식이가 찾아오는 것을 이렇게 반겨 본 적이 없었다. 어느 동기가, 이리 몰리고 저리 쫓기고 하는 누이를 이렇게 밤중에 찾아와 줄까! 명신이는 눈시울이 뜨거워지는 것을 깨달았다. 홍식이도 날마다 저녁 문안을 하던 버릇으로 궁금증이 나서 나선 것이었다.

"어떻게 자리를 잡으셨에요?"

인웅이가 알은체를 하고 나오는 통에 홍식이는 방문 밑에서만 수작을 건네었다.

"자리를 잡구 말구가 뭐 있에요 날이 쌀쌀한데 밤중에 왜 이렇게 나오셨에요?"

인웅이가 생각해도 아무리 친한 사이라 해도 별로 찾아다니는 일이 없고 저번 크리스마스에 다녀간 것밖에 없는데 밤중에 온 것은 의외다. 마음에 실쭉했지마는, 안방 문을 열고 모친에게 인사를 시키려니까 조 씨 부인은 그래도 반색을 하였지마는 인임이는 거들떠만 보고 눈짓으로 인사를 할 뿐이었다.

인웅이 방에 들어가서 잠깐 놀다가 내려와서 명신이에게 몇 마디 인사를 하고 가는 홍식이의 모양은 인웅이 눈에 좀 군돈스러워 보였다. 젊은 학생다운 발랄한 기상이 줄고 실생활에 고개를 푹 숙인 것 같은 눈치와 동작이 싫었다. 모친도 인임이도 그러한 느낌이었었다.

'젊은 것들이니까 그럴지두 모르지만, 미장가 전에 어린애가 달린 젊은 과부댁에게 허덕지덕하다니……'

조 씨 부인은 혼잣속으로 화가 왈칵 났다. 천하제일의 사윗감을 골라 잡았거니 하고 좋아하던 판인데 실망은 컸다.

'뭘, 전쟁미망인이나 끌고 다니며……'

하고 인임이는 인임이대로 속으로 코웃음을 쳤다.

그래도 홍식이는 하루걸러 이틀 걸러로 저녁이면 한 번씩 휙 다녀갔다. 그것이 조 씨 부인 모자와 인임이에게도 비위에 거슬리고 신경을 자극하였다. 그러나 사실 홍식이는 돈 오륙만 환을 어떻게 만들까 하는 노심에 싸여 다니던 때였다. 군돈스럽고 젊은 학생다운 발랄한 생기가 없이 풀이 죽어 보이던 것은 그 까닭이었던 것이다. 학생쯤으로서는 돈 오륙만 환을 만들자면 여간 비상수단을 쓰지 않으면 아니 되는 것이었다. 그러기에 끙끙 앓으며 다녔던 것이다. 그래도 명신이가 안암동으로 옮아앉은 지 예니레 되어서 홍식이는 대낮에 고원다방으로 명신이 모친을 찾아갔다. 수미(愁眉)를 편 훤한 얼굴이었다.

"오후엔 일을 쉬겠다고 하구, 나하구 좀 나가시죠. 방을 좀 보세야죠"

홍식이의 얼굴에는 웃음도 떠올라왔다.

"돈은 어떻게 됐수?"

마님은 당황한 낯빛이었다.

"예, 염려마세요. 어서 나오세요."

점방은 한산하니 창규도 금선이도 눈에 안 띄어서 좋았다.

"역시 공장 근처여야 하겠죠?"

"암. 그렇지 어떻게 돈 마련을 했단 말요?"

명신이 모친은 오늘부터라도 뜨뜻한 방에서 자게 되는가 싶어 좋아하였다.

서대문 로터리에서부터 독립문까지 휘돌고 나서 홍파동의 이 간 방 하나를 간신히 잡고, 보증금 사만 환에 삼천 환 세전을 쳐서 치르기로 약속을 하고 홍식이는 남대문 은행으로 달려가고 명신이 모친은 공장으로 갔다.

명신이 모녀에게나 홍식이에게나 그리 큰일은 아니나 매우 재미있고 생색나는 일이었다.

이튿날 또 날을 잡아서 직장에서 놀면서 이사를 할 수 없으니 오늘로 아주 떠나자 하여 돈을 치르고 온 홍식이가 공장에서 기다리는 명신이 모녀를 데리고 택시를 달려서 안암동으로 갔다.

안암동 조 씨 부인은 도깨비에 홀린 듯이 눈이 멍해 하였다.

또 바뀐 환경

짐을 끌고 떠나와서 자리를 잡고 보니 주인을 잘 만난 듯싶어 명신이 모녀는 마음이 놓였다. 주인집은 여자만 단 세 식구라는 말에 더욱이 반색을 해서 급히 정했던 것이지마는, 널찍한 마당을 격하여 앉은 아랫방인데 옆에 달린 마루에 짐이 잔뜩 쌓였기는 하지마는, 한 귀퉁이를 부엌으로 쓸 수도 있고 피차에 사내 없는 두 가구가 종용해서 좋다.

모녀에, 식모로 둔 열댓 살 된 계집애, 이래서 단 세 식구이다. 모친은 조 씨 부인보다도 한 둘레 더욱 퉁퉁하니 살이 찌고 평생에 밥걱정은 없다는 듯이 부연 얼굴을 하고 있다. 별로 잔소리가 없고 대범한 폼이 노년기에 들어가는 점잖은 남자 같기도 하다. 딸은 어떤 학교 음악과에를 다니는지 아침저녁으로 건넌방에서 피아노를 치고, 낮이면 악보를 끼고 학교에를 갔다. 떠나오던 이튿날 아침에 옥진이가 축대 위에 대야를 놓고 세수를 하는 것을, 학교에 가다가 보고 알은체를 하며,

"아이, 앙증해라, 이쁘기두 하지!"

하며 칭찬을 해 주는 것이 명신에게는 어쩌나 기쁜지 몰랐다. 쓸쓸하던 집안에 꼬물꼬물하는 예쁜 계집애가 생기니 주인집 딸 눈에도 귀엽고 좋은 모양이었다. 딸도 어머니 닮아서 살기가 있고 보얀 상이 수수하게 사람이 좋아 보였다.

이사를 했대야 별로 손가는 일이 있는 것이 아니니 모친은 제대로 출근을 하였으나, 그래도 구멍탄 아궁이라도 만들어야 하겠고 무엇보다도 아이가 이 집에 익어서 떨어지게 되어야 하겠으니 명신이만은 며칠 또 공장을 쉬는 수밖에 없었다.

옥진이가 어린애라도 조용하니 새침한 아이가 되어서 혹시나 이 집 식모아이와 사귀어 놀게 되면 두고 다니면서 점심때 와 돌보아 주면 될 듯싶으나 그렇지 못하면 집에 들어앉아서 공장 일을 맡다가 할 작정이다.

홍식이가 육만 환 수표를 찾아 가지고 방 세전 치르고 남은 일만칠천 환을 어제 모친에게 주고 간 덕에 마음이 느긋해서 공장을 가고 싶지 않은 것은 아니나 하여간 삼천삼백 환 하는 쌀 한 가마니만 팔아 놔도 두 식구가 살기에 석 달은 꿀릴 일이 없다. 그러나

'……하지만 그 육만 환은 웬 돈이 어떻게 생겼을꾸? ……'
하는 생각을 하면 아직 부모 그늘에서 고생을 모르는 사람에게 너무 분에 겨웁고, 안 해도 좋을 고생을 시키는 것이 미안하고 가엾기도 하였다.

조용한 절간 같은 집에 아궁이 하는 일꾼들이 부산을 떨고 쌀요, 구멍탄요 하고 짐꾼이 드나들고 하는 것도 명신이는 미안스러웠으나 저물도록 밖에를 나가게 되는데 옥진이를 데리고 나서려는 것을 식모아

이가

"그대루 두세요. 제가 데리고 놀게."

하고 붙들어 주는 것도 좋았지마는, 시장에 다녀 와 보니 안방에서 놀고 있다.

"옥진아 거긴 왜 들어가서 부산을 떠니?"

하고 불러내려니까

"왜 어떻소 놀게 그대루 두우. 좀 들어와 몸이나 녹여요."

하며 안방마님이 유리로 내다본다.

아이가 없는 집이라 심심치 않아서도 그렇겠지마는 그 부드럽고 인사성 있는 말씨가 반갑고 고마웠다. 이만 분수면 그렁저렁 저 혼자서 놀게 하고 공장에를 갈 수 있겠나 보다는 생각에 반갑기도 하였다.

어제 어머니가 인사로 들어가서 이야기한 눈치로는 어떤 늙은이의 후실이든지 한 모양인데 영감은 6·25 때 석 달 동안을 숨어 다니고 너무 노심을 한 끝에 병이 되어서 두 번 피난하는 꼴은 안 보고 세상을 떠났다는 것이다. 무슨 정객이든지 돈푼 있는 사람이었던 모양이다.

명신이는 새로 피어 놓은 구멍탄이 피어날 동안은 할 일이 없으니 잠깐 안방으로 들어갔다.

"어제 어머니께 대강 말씀은 들었지만, 어쩌다 이 고생을 하게 되었단 말요."

마나님은 점을 쳐 보던 화투를 머리맡으로 치우며 말을 붙인다.

"전쟁 때라 하는 수 없지 않아요."

이 천연한 대답이 제 천성에서 우러나오는 것인지 아직 젊고 고우니

173

까 앞날이 창창하다고 자신만만해서 하는 말눈치인지 주인마나님은 가만히 명신이를 치어다보았다. 그러나 과부라거나 애어미라기는 아까운 그 천진한 표정에 마음이 저절로 갔다.

"아니, 공장에를 다닌다니 이 어린 건 어떡허구 다뉴?"
하며 마님은 '건설'갑을 들어 담배를 피워 문다. 이때껏 모친 앞에서도 안암동 아주머니한테서도 못 보던 일이라 명신이에게는 좀 눈 서툴렀다.

"입때까지는 어머니께서 들어앉으셨으니까 봐 주셨지만, 혼자 벌어 세 식구 살 수두 없구, 저편에선 어머니를 모셔간 거니까 금시루 빠져 나오실 수두 없구 해서 걱정 중예요."

명신이의 말은 사정하듯이 들리기도 하였다.

"네 살이라지? 저만큼 약으면야 엄마를 떨어져두 있겠군."
하고 제 말이 나오니까 눈이 똥그래서 엄마 어깨에 매달려 섰는 옥진이를 쳐다보며 마님은 잠깐 뜸을 들여서

"그래두 두구 다니구려. 다 자란 앤데 설마 보챌라구. 저년은 밥만 해 치우면 심심해 도지개를 틀 지경이구 한데……."
하며 언제 봤던 사람이라고 선선히 이런 반가운 소리를 한다.

"아이 고마운 말씀입니다. 그래두 아무래두 시중이 들죠. 물을 찾아두 떠 줘야 먹구 뒷간에를 다녀와두 밑을 씻겨줘야 하구……. 점심때엔 와 보죠만."

"염려마세요. 내 데리구 놀며 봐 줄께요."

식모아이가 맡고 나선다.

"그럼 그래 줄 테야? 두 집 시중에 뼛골은 빠지겠지만……."

하고 명신이는 좋아서 웃다가,

"아무튼 팔자는 사나와두 제가 인복은 있나 봅니다. 막다른 골목에 가면 꼭 귀인이 나서구."

하며 주인마님에게 치사를 하였다.

"호호호, 귀인이랄 것두 없지만 매사가 막히면 통하는 법이니까."

주인마님도 같은 셋방을 주어도 조촐하니 얌전한 사람을 만나 좋아 하였다.

"옥진아……."

문간에서 홍식이 목소리가 나는 바람에 명신이는 옥진이를 앞세우고 나왔다.

"들어오세요."

집 든 뒤의 첫 인사로 온 것이다. 피차에 반가우면서도 서먹서먹하였다. 조용한 집이요 딸 하나 데리고 혼자 사는 집이니 금선이 집과는 공기가 다른 것을 피차에 느끼는 것이요 조심성스러웠다.

"어떻게 자리가 잡히셨에요?"

중문 안으로 들어서는 홍식이는 손에 책가방을 들었다.

"좀 들어가세요."

어제 오늘도 갑자기 날씨가 매워져서 시퍼렇게 얼었기에 녹여 보내려고 하였으나 홍식이는 그저 인사만 치르고 가려고 어정버정하는 것을,

"좀 할 말씀 있에요 들어오세요."

하고 명신이가 딸을 들여 놓고 앞장을 섰다.

홍식이도 할 말이 있다는 말에 끌려서 따라 들어왔다.

"아이, 방이 더워 오는구먼요. 좀 앉으세요."

아랫목으로 방석을 밀어놓는다.

"어젠 그걸 또 왜 보내 주셨어요. 그 덕에 기죽을 펴게는 됐습니다만, 그보다두 대관절 어디서 나온 돈예요?"

청요릿집 이후로 좀 더 잔부끄럼도 안 타고 흉허물 없이 수작하게 된 명신이었다.

"그건 알아 뭘 하세요? 난 왜 돈 없나요."

하고 홍식이는 웃어 버렸다.

"영감님 모르시게 꺼내 오시지나 않았는지? ……."

하며 명신이는 생긋해 보였다. 주는 거니 받아쓰기나 했으면 그만이지, 그 걱정까지 할 필요가 없을 것 같지마는, 그래도 애가 씌웠다.

"괜한 걱정 마세요."

홍식이는 또 웃기만 하였으나 역시 약은 여자라 어수히 들어맞혔다고 속으로 또 한 번 웃어 버렸다.

방 세전쯤 마련해 주마고 장담은 해 놓고 차차 몸이 달아서 몸시계와 카메라를 팔아다 줄까 하는 판에 늘 하는 부친의 심부름으로 본회사(本會社)에 가서 공임(工賃) 반달 치와 묵은셈을 따져 가지고 오게 되었는데, 이십육만 몇 천 환인가를 예금하려던, 받아들인 수표와 우수리만 현금으로 치러 주는 가운데 육만 환짜리 수표가 들어있었기에 그것을 슬쩍 빼서 이리로 돌린 것이었다. 저편에는 물론 제대로 영수증을 써 놓았으나 부친한테 와서는 우선 이십만 환을 받아왔다고 속이는 수밖에 없었다.

'난봉 부리는 거 아니오. 이것도 한 사업이니깐! 국가와 사회가 내버려 두는 잘못하다간 거리에 나앉아서 강시(僵屍)가 날 구제사업 아닌가! ……'

그는 학생답게 속으로 큰 소리도 치고 대담하여지기도 하였던 것이다. 그러나 탄로가 나면 부친에게 얼마나 톡톡히 꾸지람을 당할지 지금부터 속으로 벌벌 떨며, 그 대비책에 노심을 하고 다닌다.

"저의 찜에 괜히 안 할 고생을 하시구 다니시고 딱하지 않아요. 위해 주시는 게 고마운 줄 모르는 게 아니오. 공 없는 말씀 같지만, 인젠 정말 가만 내버려 둬 주세요."

이것은 받을 것은 다 받고나서 인사치레로만 하는 말은 아니었다. 육만 환을 들고 자기에게로 먼저 왔더라면, 물론 이 방이 되었을 리가 없다.

"그거 무슨 말씀예요? 이런 일두 내 생활의 한 귀퉁인데! 아니 내 생활의 전부인지두 모르죠! 제가 살기 위해서 하는 노력을 하지 말라니, 될 말예요!"

어른들 이야기에 무료히 앉았는 옥진이의 손을 끌어다녀서 알은체를 해 주며, 홍식이는 혼잣말처럼 나직나직이 대꾸를 하는 것이었다.

명신이는 그 말뜻을 선뜻 알아듣지는 못하였으나 본능적으로 몸이 오싹하면서 남자의 말소리가 가라앉은 거와는 반대로, 정열적인 숨소리를 듣는 듯싶었다. 홍식이는 부푸는 정열을 지그시 누르느라고 말소리를 죽여 가며 어린 아이의 손을 어루만진 것 같다. 아이가 이 자리에 없었더라면 어머니의 손길을 잡아 만적거렸을지 모른다. 명신이는 숨이 답답하고 말이 막혀 버렸다.

"어떻게 하면 마음을 놓고 편안히 사시게 될까? 어떡허면 이 애를 눈칫밥을 멕이지 않게 할까? ……이런 생각을 해 볼 때가 한두 번이 아닙니다만……."

홍식이의 목소리는 여전히 차근차근히 진중하였다.

휙 치어다보니, 명신이의 다소곳이 숙인 뺨에는 쭈르륵 두 줄기 눈물이 흘러내렸다. 명신이는 더 앉았을 수가 없어 살짝 일어섰다.

명신이가 문을 열고 나가려는 것을 홍식이는 좀 더 이야기가 하고 싶어서

"어딜 가세요?"

하고 막으려니까,

"불 좀 보구 오겠어요."

하며 나가 버렸다.

애비 없는 딸에게 눈칫밥 먹이지 않겠다는 생각까지 하여 주었다는 말에 눈물을 흘리는 것인지? 그 애비 생각이 나서 우는 것인지? 자기 팔자 한탄인지? ……홍식이의 호의에 감격해서 나오는 눈물인지? …… 홍식이는 어린애를 데리고 앉아서 곰곰이 생각해 보고 있다. 홍식이는 요새로 신경이 무척 날카로워졌다. 불을 보러 나갔다기보다는 눈물을 씻고 기분을 가라앉히려 나갔던 명신이가 다시 들어오니까 홍식이는, 물 묻은 손을 수건에 씻느라고 오락가락하는 명신이의 뒷모양을 가만히 바라보다가,

"공장은 그만두시는 게 어때요?"

하고 불쑥 의외의 소리를 한다.

"왜요?"

명신이는 방 가운데 수건을 든 채 눈이 똥그래졌다.

"이 애를 혼자 두구 어떻게 다니세요? 일을 집에서 갖다가 하시더라두, 수입은 제대루 나오도록 할 거니까요."

실제에 일을 맡다가 하고 제대로 수입이 있게 할 수는 없으나, 생활비의 일부분은 대어 줄 작정이었다.

"그건 염려 없에요. 아이가 없는 집이라 귀해들 하며, 두고 다녀도 식모아이가 봐 주마구 하니까요."

명신이의 낯빛은 다시 명랑하였다. 그러나 다만 인사성으로 생그레해 보이는 것이지, 마음으로는 한걸음 더 다가섰는지 몰라도 아까보다 깔끔한 눈초리로 저만치 떨어져 앉는다.

"아, 아버지께서 말씀하시던 탁아소가 생겼군요! 세상은 쓸쓸치 않아 좋습니다만, 내 말대로 하시죠. 허허허."

홍식이는 긴장하였던 자기의 기분을 느꾸며 숨을 뽑듯이 웃음이 나왔다. 홍식이는 명신이가 공장 물이 들고 직공 티가 배일까 보아서도 들어앉히려는 생각이었다.

"내가 다니는 것이 성이 가서서 그러시는 건 아니겠지요?"

"인젠 들어앉으시란 말이에요. 아이들이 자라서라두 우리 어머닌 공장 다녔어 하면 좋을 거 없지 않아요."

명신이는 외면을 하였다. 그 말의 뜻도 뜻이려니와 아이들이란 말에 낯이 붉어졌다. 그러나 결코 농담은 아니었다. 홍식이는 앞으로 세울 생활을 전제로 한 조항을 말한 것뿐이다. 말이 한동안 끊어졌어도 홍식이는 멈칫멈칫 일어서지를 않고 앉았다. 아주 탁 터놓고 좀 더 구체적으로 자기의 생각을 표시해 버릴까! 하는 궁리를 하는 것이었다. 그러나 당신은 아무리 꽁무니를 빼도 안 놓아 줄거니 그리 알라고 대지르고 선언을 해 버릴 수도 없고, 그보다도 양친의 의향을 웬만큼이라도 떠보고 나서 발설을 하는 것이 옳을 것 같기도 하다. 무엇보다도 명신이의 마음만 들쑤셔서 달뜨게 해 놓고 뒷수습을 못할까 보아 그것을 염려하는 것이었다.

홍식이가 일어서려니까 명신이가 문간까지 따라 나오며,

"인젠 밤에 오시거나 자주 오시지 마세요."

하고 부탁을 하였다. 이 집에는 더군다나 커다란 딸이 있고 한데 남 볼상에 좋지 않을까 걱정도 되는 것이었다.

오늘은 모친이 그리 밤이 들지 않아서 돌아왔다. 옥진이가 어른들이 미처 얘기할 새도 없이, 방에 들어서는 할머니에게 매어 달려서,

"할머니! 어머니가 아까 아저씨하구, 얘기하다가 울었어!"

하고 무슨 대사건이나 생긴 듯이 고자질을 하였다. 딴은 저의 모녀 신상에 대사건이기도 한 것이었다.

"그 무슨 소리냐?"

하며 모친은 딸을 치어다본다."

"아니예요 울긴……무슨 말 끝에 어린것 눈칫밥 안 먹게 해 주마기에……."

그래서 괜히 언짢더라는 말을, 명신이는 얼굴빛으로 보였다.

울상인 딸의 얼굴을 보니 어머니도 가엾은 생각이 들어서 언짢으면서, 아무래도 이것은 범연치 않은 일이라고 생각하였다. 홍식이의 그 말은 고마우면서도 어린것의 신세나 자기의 팔자 한탄을 하고 눈물이 났던 것이요, 또 하나는 그 마음씨에 홀깍 넘어갈 것같이 감격하면서도 그대로 받아들이고 그대로 쫓아갈 수가 없는 자기의 처지와 신세가 구슬퍼서 나온 눈물이었다.

홍식이가 아무리 그리해도 그런 깨끗한 청년에게 시집을 가겠다는 엄두도 염치도 없지마는, 한편에서는 인임이와 혼인을 이르고 있지 않은가? 분하고 절통한 노릇이나 팔자인 걸 어쩌나! 하고 명신이는 홍식이를 떠다밀며 날마다 와 주는 것이 반가우면서도 싫었다.

모친은 오늘, 이사 온 이튿날, 하루 지낸 일을 다 듣고 만족하고 모두 고마웠다. 주인 마나님과 식모아이가 고맙게 굴더란 말에 인제는 마음이 놓여서 아주 고원다방에서 묵고 가끔가다 와 봐도 좋으려니 싶었다. 홍식이가 하더란 말도 일일이 옳고 귀에 솔깃하였다.

"허어! 그저 그게 재취 자리만 됐더라면……."

모친도 딸의 심정을 알아차리는 것이었다. 조 씨 부인의 청으로 중매를 들고 있기는 하나 이런 의지가 되고 좋은 사윗감을 놓치는 것이, 아니 제 발로 기어드는 것을 밀어내야 할 처지인 것이 분하고 서럽다.

'가만 두고 보자지……'

모친은 욕기에 이런 생각도 하여 보았다. 저의끼리 좋으면 살고 마는 것 아닌가! 어린것 눈칫밥 안 먹이겠다는 말만 들어도, 조년을 위해서도 좀 좋은 일이냐! 하고, 인제는 자겠다고 자리를 펴라고 에미를 조르는 옥진이를 바라보는 것이었다.

그러나 신 씨 집 가정 형편과 홍식이가 가엾다는 생각을 하면 모든 것이 공상이었다. 하지만 저의끼리 정 떨어지지를 않으면 하는 수 없지 않는가? 인임이의 중매를 선 생각은 젖혀 놓고 가로채고 싶은 용기만 앞을 서는 것이었다.

"인젠 마음 놨으니 며칠만큼씩에 오마."

이튿날 아침에 나갈 때 모친은 일러두었다. 그러나 오지 말라는 홍식이는 여전히 날마다 저녁때면 문안을 왔다.

공장 일은 그 고집에 배겨내는 수가 없어 날라다 주는 대로 집에서 하게 됐기 때문에 조용하니 편하기도 하지마는 저녁때면 꼭 나와서 쌀을 씻거나 뜰에서 일을 할 때 와서 뜰에서만 잠깐 만나고 가는 것이 일과같이 되었다. 그러니 명신이는 오지 마랄 수도 없고 도리어 기분이 가볍고 신선하니 좋아서, 홍식이가 올 때쯤 되면 뜰에 나와서 쌀을 씻고 하는 것이었다.

"아랫방 댁, 그 누구요?"

그것도 며칠째 되니까, 안방마님은 이상히 보이든지 홍식이가 다녀 나간 뒤에 일부러 마루로 나와서 묻는 것이었다.

"요기서 사는 일가 집 오빠예요"

이밖에 간단히 대답하는 도리가 없었으나, 주인마님은 실마중이 경멸하는 눈초리로 바라보았다. 명신이는 그 눈길이 불쾌하였다. 멸시를 당할 아무 일은 없기도 하지마는 누가 찾아다니든지 무슨 아랑곳인가 싶었다.

그러던 날 밤에 영감님(홍식이 부친)이 별안간 찾아와서

"명신이 있나?"

하고 문간에 서서 역정스러운 소리를 치는 데는, 웬일인지 간이 덜컥 내려앉는 듯싶었다.

'대관절 이 영감님이 이 집은 어떻게 알구, 이 밤중에 무엇 때문에 왔누?'

뛰어나가서 대문을 열고 맞아들이며 명신이는 육만 환 조건 때문은 아닌가 싶어 겁을 벌벌 냈다.

"응, 응, 어서 앉어. 그동안 사단이 많았다지?"

영감은 방에 들어와 아랫목에 깔아 놓은 방석에 앉으며 윗목에 섰는 명신이에게 말을 건다. 말소리가 문전에서 부를 때보다는 퍽 누그러졌다. 영감은 집에서 화를 내고 나올 때와는 달랐다.

회사에 갔던 길에 저번 회계가 다 되었다는 것을 알고 온 영감은 아들을 불러 놓고, 어째서 육만 환이나 축을 냈느냐고 한바탕 야단을 치고, 명신이 집을 배워 가지고 온 것이다.

"어머닌 어디 가셨나?"

"네. 쥔집 따라 가셨죠"

"응, 참 그렇지. 언제 오시는지 오시건 내게 꼭 좀 들르시라구 말씀 해 주게."

실상 이것은 둘째 용무다. 육만 환을 몰래 축을 내서 명신이의 방을 얻어 준 것은 마치 미장가 전에 첩치가나 해 놓은 것 같아서 대단히 불유쾌하다. 명신이 모친을 만나 보고 어서 그 혼담을 익혀 달라고 부탁

을 하러 오기도 한 것이다. 그러나 그보다도 급한 것은 육만 환 조건이
다.

"이 방을 얼마에 들었대지?"

할 일 없이 난봉자식의 뒤를 캐러 다니는 말눈치였다.

"사만 환 보증금에 삼천 환씩이에요"

아들의 말과 틀림없는 데에 마음이 놓였다.

"모두 육만 환 취해 주셨에요 그래두 사만 환은 살아 있으니까요"

명신이는 자기네 때문에 부자간에 좋지 않은 언성이 나고, 홍식이가
몰랐다고 했을 것을 생각하여 송구스럽고 미안하기 짝이 없다.

"응, 그 사만 환 영수증 있겠지?"

"네, 여기 있에요"

하고 명신이는 발딱 일어서서 벽에 걸린 손가방을 뒤지더니 종잇조각
하나를 꺼내다가 펴 보인다. 사만 환이란 글자와 벌건 도장 찍은 것부
터 눈에 띄었다.

"응, 이건 내가 맡아 두지."

영감은 지갑을 꺼내서 넣어 버렸다. 사만 환이라도 찾았거니 싶었지
마는 그보다도 너희들의 관계를 무시한다는 표시였다.

"어머니 오시거든 곧 내게 좀 오시라구 해요"

영감은 바삐 일어나며 이렇게 일러 놓고 풍우같이 나가 버렸다.

자리 속에 들어간 명신이는 웬일인지 눈물이 쏟아져 다시 일어나 수
건을 떼어 눈물을 씻고 마음을 진정하느라고 자는 아이의 얼굴을 들여
다보며 얼마 동안이나 자리 위에 앉았었다.

이튿날 아침밥을 안쳐 놓고 막 머리를 빗고 나자 홍식이가 책가방을 들고 달겨들었다. 학교에 가는 길인 모양이나 퍽 긴장한 낯빛에 명신이는 좀 놀랬다.

"어젯밤에 아버니 오셨죠?"

"네."

"뭐래세요?"

"아무 말씀 없었어요. 사만 환 보증금 영수증만 넣구 가셨죠."

"형!"

하고 홍식이는 부친의 수전노(守錢奴) 같은 그런 짓을 비난하는 눈치더니,

"나두 마지막 결심을 했습니다!"

하고 무슨 중대한 선언이나 하려는 듯이 침통한 낯빛으로 마주 앉은 명신이를 치떠 본다. 어머니 옆에 앉은 옥진이도 무슨 기세에 눌린 듯이 눈을 때꾼히 뜨고 가만히 홍식이를 치어다본다.

"난 아침두 안 먹구 나왔는데 밥 좀 주시겠어요?"

의외의 소리에 명신이는 놀라면서도 한 집안 식구나 되는 듯이 무관히 밥을 달라는 홍식이의 말이 듣기 좋아서 생글 웃어 보이며 반찬 걱정부터 머릿속으로 하였다.

"왜 아침두 안 잡수구 나오셨어요?"

무슨 야단이 났나 싶어 명신이는 애가 씌웠다.

'장가두 안 간 총각 놈이 어린 과부댁에 등이 달아 애비 돈까지 훔쳐 내구……'

조금 전에 부친이 하던 말을 그대로 옮겨 들려주고 웃어 버리려다가 차마 입에 담을 수가 없어서

"혼자 쓸쓸히 잡숫는 게 안돼서 대거리를 해 드리려왔죠"

하고 껄껄 웃었다.

"설렁탕 사 올까요? 술국 잡숫겠어요?"

설렁탕집, 술국집이 어디 가 백인지도 모르고 덮어 놓고 하는 소리였다.

"아뇨 밥만 됐건 주세요 김치 하나면 그만이죠"

"그 김치가 말씀이죠."

딱한 사정을 솔직히 고백하였다. 시장에 나가서 씨도리배추로 담근 김치랍시고 하는 것을 사다가 먹기는 하지만 그것 하나만 이런 귀한 손님에게 내놓을 수는 없다. 그러나 너무나 피차의 이야기가 실제적이요, 젊은 월급쟁이 내외의 이야기 같아졌다.

어린애가 대거리를 하다가 내다보니 명신이가 없어졌다. 어느 틈에 냄비를 들고 나가 버렸다. 밥솥은 뜸을 들여서 툇마루 끝에 올려놓았다.

오늘 이 집에 밥을 얻어먹으러 올 생각은 꿈에도 없었다. 그러나 부친이 개동에 공장으로 나가면서 세수를 하러 뜰로 내려오는 아들더러

"넌 인젠 공장에두 나올 것 없어. 공금 횡령하는 탐관오리는 별놈이던? 벌써부터 계집에 눈을 뜨구……"

하며 한참 듣기 싫은 소리를 하다가는 결국 총각놈이니 과부댁이니 하는 소리까지 나왔던 것이나, 홍식이는 홧김에 책가방을 들고 나오다가 아직 이르기에 여기에를 들러서 어젯밤 소식을 알리는 것이었다.

설렁탕 국물에 새로 지은 밥을 곁들여 들여오는 것을 옥진이와 겸상을 해서 먹고 난 홍식이는 인사도 할 새가 없이 후딱 일어섰다. 명신이는 안집에서도 어떻게 볼까 봐서 애가 쓰이던 판에 시원스러워 좋았다. 그러나 자기네 때문에 부자 충돌이 생겨서 저러고 다니나 하는 생각을 하면 가엾고 온종일 마음에 걸렸다.

저녁때 어스레해서 의외에도 모친이 달겨들었다.

"웬일이세요?"

하고 깜짝 놀라서 맞을 사이도 없이 뒤에서 홍식이가 책가방을 들고 들어선다. 함께 온 모양이다.

"애 이건 학생이 산 건데 쥔집에두 좀 주란다."

모친은 손에 든 커다란 신문지 뭉치를 내밀어 소곤거린다. 서너 근 되는 살코기였다. 특별히 주인집에도 주라는 것은, 아무쪼록 오지 말라는 데를 아침저녁으로 드나들어서 미안하니 사귀자는 생각인 모양이다.

"그래 뭐 때문에 그러는 거요? 뭐 그렇게 시급하게 할 말이 있다는 거요?"

학교에서 나오다가 고원다방에를 들러서 마님을 끌고 온 것이다.

"스키야키 잡수러 오시자구 한 거예요. 노인네가 가다가다 좀 쉬세야죠."

홍식이는 껄껄 웃었으나, 마님은 곧 다시 일어설 것같이 옷도 안 벗고 앉아서 명신이와 어젯밤 이야기를 속살거린다.

홍식이가 아침밥을 여기서 먹고 갔다는 말에, 모친은 눈이 뚱그래졌다. 그럴 리는 없겠지마는 어젯밤은 여기서 자지나 않았나? 하는 의심도 든다.

"그 웬일이어요?"

홍식이를 치어다보았다.

"차차 애기하죠."

"아 참, 어제 영감님 가실 제, 어머니 오시거든 곧 좀 들러 달라는 부탁이시더군요."

명신이가 시장에 나가려고 일어서다가 모친에게 전하는 말이다.

"응, 그러지 않아두 좀 가 봐야지. 지금 나가다 가지."

하며 명신이 모친도 따라 일어서려는 눈치에 홍식이는 눈이 뚱그래서,

"가시긴 어딜 가세요. 제 말씀 다 듣구 진지 잡숫구 가세요."

하며 위협하듯이 펄쩍 뛰며 붙든다.

명신이는 어두워는 가는데 저 고기를 처치하려니, 스키야키거리를 사러 시급히 나갔다. 홍식이는 다방에서 이야기할 계제가 안 되어서 이 마님을 끌고도 왔지마는 이왕이면 모녀를 한 자리에 놓고 담판을 하고 싶었으나, 그래도 거북하던 터인데, 명신이가 나가준 것이 고마웠다.

"집에 가세야 창피만스럽지 신통한 말 들으실 거 없에요. 아침에 왜 밥 안 먹구 나온 줄 아세요? 장가두 안 간 놈이 어린 과부댁에 반해서 회사의 공금을 횡령해 갖다 주고 어쩌구 ……신새벽부터 야단이시니 ……난 계집에게 반해 본 법 없어요."

왜 이 집에 와서 아침을 먹었다는 변명 같으나, 실상은 '어린 과부댁에 반해서'라는 부친의 말을 옮기고 싶었다.

"……그리구, 결국에는 되지 않을 혼인을 익혀내라구 조르실 것밖에

없어요"

"왜 되지두 않을 혼인……이야?"

명신이 모친은 눈이 커대졌다.

"아무리 반상에 받친 전골이라두, 뚝배기의 비지죽만도 못한 사람에겐 하는 수 없지 않은가요"

"그거 큰일 났군. 저러니까 영감님께 야단맞지 않나. 예서 저녁 먹지 말고 댁에 가서 자셔요. 같이 가자구. 점점 그렇게 벗나면 안돼요."

명신이 모친은 홍식이가 무슨 말을 꺼내리라는 짐작이 들어서 애초에 입을 막아 버리려 들었다. 재취 자리만 같아도 사윗감으로 쩍말없지마는 차마 엄두가 안 나서 마치 너무 난봉을 부리는 자식을 달래서 제 집에 들여보내려 하듯이 끌고 가려 한다. 그러나 홍식이는 두 달 석 달을 두고 끙끙 앓으며 궁리궁리해 오던 일이다. 그렇게 어림없이 호락호락히 나자빠질 사람도 아니다.

"딴소리 마세요. 나 한마디만 여쭤보겠습니다. 자세 들으세요……"

하고 홍식이는 불도 안 들어온 컴컴해 가는 방 속에서 다지고 나더니 옆에 앉은 옥진이의 머리를 쓰다듬으며,

"저 이 애 애비 될 수 있겠어요?"

하고 큰 용기를 내서 벼르고 벼르던 말을 꺼냈다. 당자에게 할 말이지마는, 명신이의 마음은 벌써 붙들었거니 하는 자신도 있거니와, 명신이에게 그런 말을 하기에는 도리어 우습고, 그런 말을 한댔자 제 마음은 속이고 고개를 내저을 뿐일 것이니, 이 마님의 승낙부터 얻어 놓자는 것이다.

"그거 무슨 소리야. 도섭스런 소리두 하는구먼."

명신이 모친은 나무라듯 놀라는 소리를 하면서도 속으로는 반갑게 들리었다.

"왜 그러세요?"

홍식이는 대들었다.

"왜, 그러다니, 총각이 헌 계집하구 장가간다는 말이 되나."

"그건 너무 겸손하십니다. 그렇게 말하면 나두 총각이 아닙니다. 부산 가서 술김에 친구에게 끌려서 놀러두 다녀 봤습니다. 나두 헌 놈입니다."

하고 홍식이는 싱긋 웃었으나 그것은 실없은 뜻이 아니라 참다랗게 하는 말이었다.

"여자와 남자와 다르지."

"무에 다릅니까? 시대를 모르십니다그려."

홍식이가 화를 내듯이 소리를 치니까 마나님은 잠자코 성냥통을 찾아서 남포불을 켠다.

스키야키 냄비가 없어 그렇겠지만 고기를 굽고 볶고 하여 홍식이 상부터 들여왔다. 네 식구가 앉아서 질번히 먹자는 홍식이의 생각과는 틀렸다. 청요릿집에 가서는 한 접시의 음식을 마주 쑤시던 명신이도 집속이라 그런지 모친 앞이 되어서 그런지 부산서 여관 밥을 먹을 때처럼 마주 앉으려 들지를 않는다. 그러니 과연 모친도 손주 딸을 데리고 비켜 앉았다. 정말 처갓집에 와서 대접을 받는 것 같아서 혼자 먹기가 열적기도 하였다. 이만치 무관하고 결이 삭았으면야 이번 육만 환 덕에 둥그런 밥상도 사놓고 하였으니 함께 정답게 먹었으면 얼마나 재미있으랴 싶었다.

그러나 명신이는 본능적으로 무슨 눈치를 채었는지 부엌에서 모친에게 무슨 말을 들어서 그런지, 상기가 되고 긴장한 기색이었다.

밥상을 물리고 나서도 홍식이는 모녀가 끼고 앉은 상 옆에서 우스운 소리를 하여 가며 일어나지를 않더니,

"잠깐 다녀오겠습니다."

하고 부시시 일어난다.

"다녀오긴 또 왜 와요 어머니께서두 걱정하실 텐데. 바루 집에 들어가요."

마님이 달래는 소리를 하였다.

"아니, 이건 무슨 바람둥인 줄 아십니까?"

하고 껄껄 웃으며 나가더니 과일 봉지를 들고 들어온다. 아무쪼록은 이 집에서 시간을 더 보내고 싶었다. 그뿐 아니라 이왕 불이 터져 난 김이니 오늘 저녁으로 명신이 자신에게도 폭탄선언을 할 작정으로 홍식이의 머릿속에는 저기압이 뭉싯뭉싯 서리어 있는 것이다.

"그건 또 뭘!"

하며 마님이 알은체를 하니까

"기름기를 먹은 뒤에는 입이 텁텁해서요."

하고 대꾸를 하면서도 천착하게 환심을 사려고 이런 거나 사들고 다니는 줄 알까 보아 열적기도 하였다.

"난 내일 일찍 가야 할 테니까 영감님은 지금 가 봬야 하겠는데."

과일을 벗겨 놓고 둘러앉아 한소끔 먹고 난 뒤에 명신이 모친은 홍식이와 함께 일어서려 하였다.

"네, 그럼 어서 다녀옵쇼. 난 좀 있다 가겠습니다. 댁에 와서 밥이나 얻어먹구 다니는 줄 아시면 더 야단납니다."

어제까지는 가장 믿음직한 아들이요 비서요 보좌역이던 이 부자간에 금시로 이렇게 틈이 벌어졌다는 일은, 자식이 자라면 사과나무에서 사과가 떨어지듯이 떨어져 나간다는 섭섭하고도 반가운 원칙에서일 따름이지, 결코 상대자가 과부댁이라서가 아니요 하상 돈 육만 환이 무엇이냐! 그나마 사만환은 도로 찾아간 셈이다. 아니 그보다도 더 중대한 문제는 이 젊은 과부댁은 며느릿감이 못 된다는 이유가 어디 있는가? 홍식이는 그것부터 따지려고 벼르고 있는 것이다.

"그럼 곧 뒤미처 오라구."

마님은 젊은것들만 두고 가는 것이 안됐다는 생각이 들면서 하는 수 없이 일어섰다.

"네. 가시거든 직업을 바꿔서 중매는 폐업했다구 그러세요."

이것은 비웃거나 실없은 말이 아니라, 이 마님이 헛수고만 할 것이 미안해서 또 다지는 것이었다.

"어이, 객설 그만해요."

마님도 입으로는 이러면서도 속셈으로는 좋지 않은 것이 아니었다. 그저 이래야 좋을지 저래야 좋을지 마음이 이리 놓이고 저리 놓여서, 모녀가 똑같이 자기의 감정과 사리(事理)의 갈피를 잡지 못하는 것이었다. 그러나 홍식이는 일단 결심한 바에는 딱 버티는 것이다. 요지부동이다.

　모친이 나가니까 명신이는 홍식이와 마주 앉았기가 안되어서 뒤따라 대문까지 배웅을 나갔다. 불빛이 환히 비친 방 안에서는 어린애를 데리고 노는 홍식이 소리가 들린다.

　명신이가 어머니 배웅을 하고 문간에서 들어오니까, 홍식이는 밑도 끝도 없이 불쑥,

　"어머니 승낙하셨죠"

하고 말을 붙였다.

　"뭘 승낙하셨단 말씀예요?"

하고 명신이는 깔끔히 남자를 치어다보면서도 감추어 둔 감정이 저절로 입가에 피어 나와 상그레 웃어 보였다. 그 천진한 마음을 턱 놓고 웃는 입모습과 눈치에 홍식이는 크리스마스 날 인웅이 집에서 인임이가 통신사 젊은 기자 아이에게 던지던 웃음을 연상하며 얼굴이 확 취하도록 행복감을 느꼈다.

　"실상은 어머니 승낙이 시급한 것은 아니죠 명신 씨 말씀부터 듣고 싶지만, 그보다두 난 지금 얼마나 어머니 아버지하구 싸워야 이 일이 해결될지 모르지만, 나 보기엔 첫째 명신 씨가 생각을 고쳐야 하겠어요. 난 깨끗한 처녀거니! 하는 숭고한 정신을 가지세요 남은 어떻게 보든지 나는 그렇게 생각합니다. 이제야 인생의 첫발자국을 다시 떼어 놓거니, 이렇게 생각을 해 주세요. 그러면 모든 문제는 해결되는 거예요"

　명신이는 고개를 떨어뜨리고 앉았다. 대체로 자기의 의사 표시는 않기로만 위주니 답답한 노릇이다. 그러나 그것은 이 여자가 똑똑하고 제

분수를 알기 때문이다. 중학교도 변변히 졸업 못하고 과부요 자식이 달렸으니 홍식이와 같은 청년과는 어울려 볼 수도 없다는 생각이 늘 머리에서 떠나지를 않는 것이다.

"명신 씨! ……."

비로소 이렇게 다정히 이름을 불러 보았다.

"……앞으루 어찌 될지는 모르지만 설혹 내게 와서 밥을 굶는 한이 있더라도 명신 씨가 어린애를 데리구 다른 데루 가서 고생할까봐 애를 쓰는 그 사람이 진짜겠죠?"

홍식이의 목소리는 커지고 세찼다. 명신이는 눈시울이 뜨거워지며 아무 말도 못 하였다. 언제나 귀에 반갑고 고마운 말이지마는, 자기 처지를 돌려 보나 저 집 사정을 보나 될 것 같지 않은 일이니 마음에만 좋으면서 반신반의(半信半疑)로 눈치만 가만히 보는 수밖에 없는 것이다.

"이 애는 내가 데리고 들어온 건 줄만 여기구 나는 처녀거니 하는 기분과 자랑을 가져 주세요. 그런 정신으로 아까운 청춘을 스스로 살려 나가겠다는 생각을 해 주세요."

명신이는 눈물을 흘리고 앉았다.

"왜 눈물을 흘리시는 거예요. 팔을 걷고 용감히 나와 싸우고 행복하게 살겠다는 계획을 세워야지, 무엇 때문에 눈물이 필요해요?"

그 눈물의 뜻을 모르는 것이 아니요 측은한 생각도 없지 않았으나, 그대로 핀잔을 주고 위협을 하는 것이었다.

"모든 걸 모르는 게 아녜요, 하지만……."

또 그만 정통으로 눈물이 쏟아져 나왔다. 모든 걸 모르는 게 아니란 말은 당신 마음을 안다는 말이다. 홍식이는 새삼스레 이런 반가운 말을 듣는 것이 처음이다. 그러나 그는 결코 서둘지 않았다. 손목이라도 잡을 기회가 얼마든지 있었지마는 용기가 없어서 그런 것이 아니라 그런 천착한 일은 아니한다는 것이었다.

백년해로를 할 아내를 존중하고 귀해서 그렇고 애정을 한만히 흐트러뜨리는 것이 아까워서도 모든 것을 저편이 알아주듯이 이편은 모든 것을 참고 있는 것이다.

"억지의 일을 하지 마세요"

명신이는 가슴이 벅차서 잔사설을 할 여유가 없었다.

"뭐 억지의 일예요 난 또 나대루 살려구 하는 일인데, 아니, 내 생활을 우리 아버지가 대신 해 주신답니까? ……그야 가정의 평화와 조화로 생각해야 하겠지만……"

그러자 홍식이 집에를 갔던 명신이 모친이 허덕지덕 달겨든다.

흥분과 긴장이 극도에 올라서 피차에 할 말을 다한 듯이 물끄러미 물끄럼말끄럼 마주 보기만 하며 안채에서 흘러 내려오는 피아노 소리에 귀를 기울이고 앉았으려니까 모친이 돌아왔다.

"뭐라세요? 어서 장가를 들여야 바람이 잦겠다나 하시지 않던가요"

홍식이가 지레짐작으로 웃는다.

"새에 끼어서 나만 죽을 지경야. 이 집 저 집에서 혼인을 익혀 내라는 데에 당자들은 딴청들만 하구 있으니."

명신이 모친은 사정하듯 혼자 소리를 한다. 명신이는 눈만 깜짝거리고 가만히 앉아서 차차 자기 처지도 어려워 간다고 생각하였다.

"색시가 마대서 퇴짜를 맞았다고 하면 그만 아녜요 저편에 가세선 신랑이 벌써 제 손으로 약혼해 놨더라구 아주 끊어 말해 버리시구."

"당치 않는 소리 말아요 실없이 할 얘기가 아냐."

명신이 모친이 핀둥이를 주니까

"누가 실없이 해요? 사실대로 말씀하는 거 아닌가요."

하며 홍식이는 핏대를 올린다. 그동안 그만치 흉허물 없는 사이가 되었다. 마치 모자간에 말다툼이나 하는 듯하다.

"어서 건너가요 아버니께선 그다지 역정을 내시지두 않던데, 이렇게 나돌아 버릇하지 말아요."

마님은 또 타일렀다.

욕심으로 말하면 좌우 쪽 집으로 다니며 홍식이 말대로 아퀴를 지어 버리고 홍식이가 하자는 대로만 했으면 그만이나 그래서는 누구에게보다도 신세 진 홍식이에게 미안하다. 홍식이가 가엾다. 그러나 딸이 이왕 팔자를 고칠 바에야 이런 좋은 사위감을 밀어낸다는 것도 어리석은 수작이다.

"아까 내게 한 말, 참 고마운 말이요, 분에 넘친 말이지만, 이 애 생각은 모르겠으나, 난 반대야. 내가 반대라기보다두 그것은 댁에서 도저히 듣지를 않으실 거니까!"

모친도 딸의 의사를 무시할 수 없고 딸에게 원망을 듣기 싫어서 얼마쯤 엉거주춤한 소리를 하였다.

"무엇 땜에 반대세요?"

"아니 학생이 가엾지 않은가!"

"쓸데없는 소리 그만 하세요. 당자끼리는 벌써 눈이 맞어 때만 기대리구 있는데 옆에서 반대니 뭐니 될 듯이나 싶은 일예요? 난봉자식이 첩치가를 한다면 부모의 반대도 당연하겠지만 무엇 때문에 반대예요? 내 고집두 상당해요! 한번 딱 결심한 바에야 그 길루 밀구 나가는 것이지 요리쿵조리쿵 농간을 부리는 그런 내가 아녜요."

명신이 모친은 기가 질려 버렸다. 명신이는 그 씩씩하고 믿음직한 말에 너무나 좋아서 웃음이 터져 나오려는 것을 참느라고 앞에서 바스락대는 옥진이를 담쑥 안아 꼭 꼈다.

"하지만, 내 귀엔 다 곧이 안 들리는 말이야. 난 나대로 살아가겠지만, 어린 모녀를 학교두 아직 안 나온 학생에게 맡기다니! 난 명신이 에미 노릇하기보다는 신세진 두 집의 중매 노릇부터 해야 할 거니까!"

명신이 모친도 당연히 자기의 태도를 표시하였다. 명신이도 혼자 생각에 깜짝하여 자기 태도를 정하여야 하겠다고 생각하였다. 결국 모친이 하는 대로 따라 갈 수밖에 없다는 결심이 들었다.

홍식이가 자리를 뜨니까 명신이는 방문께까지만 몇 발자국 따라나서고 모친이 대문까지 배웅을 나갔다.

동구 밖으로 나선 홍식이는,

'무엇보다두 집에서 해결이 되어야 할 텐데……'

하며 모친에게부터 승낙을 받도록 공작을 해야 하겠다는 생각이 들었다. 그러나 한편으로는 장가쯤 들기에 이렇게 말썽이 많고 노심을 한다는 것은 우스운 일이라고 화가 벌컥 났다.

혼란

저녁때, 안방에 오랜만에 홍식이 삼남매가 모였다. 아랫반 세 간을 삼남매가 제각기 쓰고 학교 시간에 바쁘니 아침저녁 끼니때나 만나는 둥 마는 둥 하지마는, 그래도 어머니를 닮아서 종용한 셋째 동생 준식이와 막내누이는 학교에서 오면 어머니 앞에서 지내는 시간이 많았다. 준식이는 K고등학교 삼년 열아홉 살이지만 새침하니 형과는 좀 다르다. 막내누이 혜경이는 안존하니, 작년 여름부터 제 방을 꾸며 주고 혼자 가서 자라니까 눈물을 흘리는 그런 애다. 올해 열여섯, 여자중학 삼년 이다.

"오빠! 아버지 역정 내시지 않게 이젠 일찍 일찍 들어오구 오늘처럼 제때에 들어와 저녁 먹어요"

사실 며칠 만에 오라비의 얼굴을 보는 듯싶어서 혜경이는 반가워하는 말이었다.

"얘, 너까지 들고 일어나는구나. 내가 난봉난 줄 아니."

하고 홍식이는 말하면서도 웃어 보였다.

"아닌 게 아니라, 이젠 저녁 후에라도 좀 들어앉았거라. 그 누군가 하는 집에는 그 마나님도 없다는데 설마 젊은 과부댁 있는 데를 밤에 찾아다니는 건 아니겠지?"

영감은 역정이 나면

"필시 밤이면 게 가서 파묻혀 있는 게야."

하고 야단이었지마는, 그 말을 아들 앞에 그대로 옮겨 놓지는 못하였다.

"그런데, 어머니……."

아직 부친도 안 들어오고 밥상이 올라오기만 하면 기다리고 앉았는 종용한 때라 홍식이는 벌써 얼마동안 벼르던 말을 꺼내려 하였다.

"뭐? ……."

모친은 하던 바느질에서 손을 쉬고 거들떠보았다.

"어머닌 둘째며느리가 어떤 게 소원이세요?"

장성한 자식과 수작을 하기에 힘이 들만큼 꽁한 이 마님은 의외의 질문에 잠깐 주저주저하다가

"왜 지금 이르구 있지 않느냐?"

하고 대꾸를 하였다.

"천만에! ……의학교를 다닌다니까 나중에 며느리 덕이라도 볼 줄을 알고 얼르십니까? 벌써 저의끼리 약혼한 사람이 있어요. 보기 좋게 퇴짜를 맞았는데 창피스럽게 또 거기다가 말을 걸어 보라구요? ……난 싫어요. 대학 안 다녀두 좋고 소학교만 나왔어두 좋으니 살림 잘 해 줄 그런 사람 아니면 소용없어요."

"네 말두 옳긴 하다. 넌 이 집 살림을 맡을 주인이니까."

모친은 아들의 입에서 무슨 말이 나올까 보아 애가 씌우면서도, 하여 간 무식해도 살림꾼을 데려오고 싶다는 말에는 찬성이었고 반가웠다.

"제가 뭐 이 집 주인이란 말씀예요. 기환이가 있지 않습니까."

기환이란 과부댁인 큰 형수의 세 살짜리 아들 말이다. 이 집 장손이 다.

"그는 그렇지만, 아버닌 늙어 가시는데 세 살짜리 핏덩이를 믿구 살 라는 말이냐?"

아들의 말이 무슨 결론에 끌고 가려고 이런 트집 비슷한 소리를 탕 탕 하는가 선뜻 짐작이 들자, 모친은 눈에 모가 났다.

"아버지께서 아직 근력이 없으신 거 아니요 애 있겠다 무슨 걱정이 세요."

하고 옆에서 잡지를 골똘히 보는 동생을 돌려다 보다가,

"하여튼 아버지께서 집간이나 마련해 주신다면 요행이요 난 모른다 고 하시더라도 전 나가 살 작정예요."

"그런데 그건 별안간 뭣 땜에 하는 소리냐? 아버지가 들으시면 당장 불벼락이 내릴 소리를……."

하며 모친은 나무라면서도 속으로는 영감의 추측이 맞았다고 화가 버 럭 났다.

홍식이는 어쩌다 모친과 말이 맞서게 된 데에 깜짝 놀랐다. 모친에게 사정을 하여 자기편을 들어 주도록 하자던 것인데 형세가 점점 불리해 지는 것을 깨닫자 선뜻 태도를 돌려서 호소하듯이 매달리듯이 응용한

목소리로

"어머니, 하여간 내 말만이라두 들어주세요. 애가 달린 과부라 하지만 애는 저의 외할머니가 기른답니다. 나이 아직 어리겠다, 살림꾼으로는 더 말없이 얌전한 위인인데요."

"듣기 싫다. 세상에 계집이 동이 났니? 기환 에미를 옆에 놓구…… 기환 에미두 자식 버리고 나가라는 말 아니냐. 아버니께서 들으셨다가는 집에 붙어 있지두 못하게 될 거다."

모친의 말은 의외로 날카로웠다.

"저두 그런 생각 못 해 본 것은 아녜요. 하지만 형수야 시부모 밑에서 자식을 둘이나 데린 삼십이나 된 사람이 무슨 딴 생각이 있겠습니까. 하지만 이거야 시부모 그늘에서 편히 사는 것두 아니요 재각하면 타락하기 알맞은 건데……."

"아이, 오빠는 아이 딸린 색시가 어디 있단 말요."

옆에서 혜경이가 듣기에 딱하다는 듯이 모친 편을 든다. 아이를 안고 시집을 오는 색시를 이 집에서 받아들이다니 어린 마음에도 상상도 못할 일이었다.

"언닌 되지두 않은 일을 가지고 자꾸 조르고 앉았구려."

준식이도 책에서 눈을 들고 핀잔주듯이 말참견이었다.

"너, 뭐 안다구 그러는 거냐?"

홍식이는 눈을 흘겨 주었다. 이때껏 집안에서 체통을 잃은 일 없고 동생들에게 이렇게 핀둥이를 맞은 것을 생각하면 형 된 체신이 깎인 것 같아서 화가 났다.

"가풍이나 관습을 깨뜨리자는 것이 아니라, 형식주의자로 사는 것이 아니니까 실질적으루 좋은 일이면 좀 가풍에 맞지 않기루 어떠냐. 상처 꾼이 삼취에도 처녀장가를 가는데, 몸을 더럽히지 않은 깨끗한 과부가 총각한테 시집 못 간단 법두 없지 않느냐."

"철저하구려! 우리 집에도 민주주의가 확실히 들어왔군."

준식이는 비양대듯이 대꾸를 하면서도 형의 말이 일리가 있는 듯도 하고 부친이 너무나 완고한데 불만이 있느니만큼 이 민주사상의 냄새를 풍기는 것이 일말(一抹)의 생신한 기분을 주는 것이기도 하다.

"무슨 소린지? 딴소리 말아. 민주주인가 하는 건 모두 그런 거냐? ……정 그렇거들랑 , 네 재주껏 첩으로 들여앉혀서 집안에 알리지 말구 소리 없이 살려무나."

모친은 아들의 심정도 짐작 못하는 것이 아니요 조금만 웬만한 일이면 영감한테 권하기라도 하겠지마는 이것만은 단연 반대요 영감한테 발설도 못할 일이었다.

"어머닌 점점 딴청만 하시는군요 지금 세상에 첩이란 뭐구, 학교를 나와도 제 한입 치기가 어려운데 첩을 둬요 미장가 전에 첩이 있다는 자국에 시집올 처녀두 지금 세상에는 없습니다."

모자간의 이야기는 여기서 끝나고 말았다. 모친한테 말대답하고 의견이 맞서 보기는 처음이었다.

저녁밥 후에 홍식이는 공장에 밤일이 있어서 잠깐 들러서 부친과 교대만 하여 놓고는 명신이에게로 달아났다. 밤일이 시작된 뒤로 며칠째 놀러가지도 못하였지마는 학교에서 오다가도 들여다보고 싶은 것을 주인집에서 어찌 알까도 싫고 하여 참고 지냈다.

며칠 만에 보는 명신이는 오랜만에 들어온 전등불 밑에서 보아서 그런지 얼굴에 화기가 돌고 기분이 좋아서 반색을 하였다.

"왜 그동안에."

명신이는 무심코 입 밖에 말을 내다가 열적은 웃음을 띠워 보였다.

"오지 말라시기에 분부대루 했죠. 안 오면 또 안 왔다고 꾸중이시구려."

명신이는 껄껄 웃는 남자의 얼굴을 좀 흘겨보듯이 하며 마주 웃었다.

"아까 어머니 다녀가셨죠"

"아, 요샌 어떠시대?"

저번에 갔을 때도 위층에 있었는지? 금선이는 눈에 안 띠었었다.

"아래층 조그만 다다미방을 온돌로 들인대나요"

이것이 명신이에게도 중요한 일이지마는, 홍식이에게도 큰 위험이었다. 보증금 사만 환을 들여서 방 한 칸을 얻어 들였더니 그 영수증이나마 부친이 뺏어갔는데 저편에서는 방을 들이고 모셔 갈 작정인 모양이니 경쟁이 아니 된다.

"방만 들이면 우리 세 식구가 한데 모이라는데……"

"그러지 말구 집 한 채를 그 근처에 얻어내라지."

홍식이는 심사가 나서 하는 말이었다. 동생들에게까지 핀둥이를 맞고 화가 나서 전에 없이 반갑게 맞아주기에 마음이 풀렸더니, 이따위 소리나 듣게 되었다. 명신이의 신기가 좋은 까닭을 알겠다.

"그러지 않아두, 그 주인은 방이라두 구해 주려는데, 마담이 뒤를 주

방을 들이기루 했다나요 끌어다 놓구 밤낮으루 부려먹구 집 지키라는
거죠.”

금선이는 채를 잡고 앉으니 처음 이야기가 났을 때와는 달라서 창규
를 꼭 붙들고 늘어진 듯한 말눈치였다.

“그래 언제 가기루 하셌수?”

“저요? ……”

하고 덥다고 하는 아이의 스웨터를 벗겨 주고 아이의 어깨 너머로 홍식
이를 잠깐 건너다보더니,

“전 그만두기루 했에요!”

하고 쾌쾌히 대꾸를 하며 생글 웃는다.

홍식이는 하마터면 ‘고맙습니다’고 덤벼들며 손이라도 덥석 쥐고 싶
었다.

집 속에서 차차 신용을 잃고 고립 상태에 빠져가는 것이 뉘 때문인
데? ……명신이 마저 흐느적거렸다가는 홍식이 마음 둘 데가 없고 게도
구럭도 잃을 뻔하였다. 그러나 명신이의 태도가 분명한 것을 보니 홍식
이는 눈이 번쩍 뜨이는 것 같다.

“자, 인젠 낙착이 났구먼요!”

하고 홍식이는 유쾌히 껄껄 웃고 있다.

“모르죠”

하고 명신이는 마주 웃는다.

“모르죠라니? 저편에서 또 뭐라 해 오더라도 다시는 올지 갈지 마음
이 흔들리지 않겠죠?”

"언젠 마음이 흔들렸나요!"

명신이의 하얀 이빨이 반짝하며 웃는 입에서 이 한마디가 흘러나올 제, 홍식이는 비로소 여자의 마음을 붙들었거니 하는 자신을 얻었고 너무나 기뻐서

"감사합니다! 고맙습니다!"

하고 연거푸 고개를 숙여 보였다.

"고마우실 게 뭐예요?"

명신이는 눈을 말뚱히 뜨고 남자의 말뜻을 음미해 보다가

"내가 안 가기루 한 것은 홍식 씨 때문에 홍식 씨 곁을 떠나기 싫어서 그런 건 아니예요. 홍식 씨를 위해서는 어서 내가 곁을 떠나야 하겠다는 결심예요 ……"

"그게 무슨 말씀요"

홍식이는 펄쩍 뛰며

"정말 나를 위한다면 내 뜻을 받아줘야지요"

하고 나무라듯이 덤비는 소리를 한다.

"하여간 내 말부터 들어보세요. 돈으루 마음으루 홍식 씨한테 걱정을 시키구 애를 쓰시게 하는 것을 생각하면 당장이라두 가겠어요. 하지만 차마 나설 수가 없군요. 먹여 준다는 바람에 몸이 팔려 가는 것 같애서 신세가 가엾단 생각두 들구 날마다 남자 손님 앞에 나서서 제 꼴 남 보여 가며 그 치다꺼리를 당해 낼 수가 없을 것 같애서 안 가기로 한 거지 홍식 씨께 인사 받을 일은 조금두 없습니다."

인제는 여자의 마음을 꼭 붙들었다고 좋아하던 홍식이는 무엇에 잠

깐 속은 듯이 뾰로통해서 앉았다가 입을 연다.

"그러지 말구 나를 위해서 안 간다구 한마디만 해 주슈."

"막다른 골목이면 그만 못한 데라두 굴러갔겠죠. 이만한 방 간이라두 지니구 겨우 마음을 붙이게 되었구, 홍식 씨가 곁에 계시니까 든든해서 그런 결심두 하게 된 것은 사실예요. 하지만……"

명신이는 어디까지나 실지 문제 외에 정에 끌리는 의사 표시는 이를 악물고 안 하려 하였다.

"또 그 다음엔? ……하지만 어쨌단 말예요?"

홍식이는 육박을 하듯 다음 말을 재촉하였다. 명신이는 입을 꼭 닫고 고개를 떨어뜨리고 한참 앉았다가 눈물이 핑 돌며 입귀가 삐뚤어졌다. 자기에 대한 향의(響意)나 애정이 어떤가를 분명히 알려고 애를 쓰는 이 순진한 청년 앞에서 속에 있는 대로 말을 못할 처지에 놓인 자기가 불쌍해서도 가슴이 터질 듯한 울음이 스며 올랐지마는, 아는 듯 모르는 듯 자란 홍식이에게 대한 애정을 죽여야 하는 고민에서도 눈물이 솟아나는 것을 감출 수 없었다.

"우지 마세요. 당신만 괴로운 게 아니라 나두 괴로워요."

홍식이는 이 여자에게서 두 번째 보는 눈물에 측은한 한편, 탁 믿는 기쁜 생각이 들었다. 그것은 신세 한탄에서 나온 것이더라도 깨끗하고 아름다운 눈물이라고 홍식이는 따라서 눈시울이 뜨거워지면서도 가슴이 후련하여졌다.

"늦기 전에 어서 가 보세요."

명신이는 저고리 고름으로 살짝 눈물을 씻으며 먼저 일어섰다.

"상심 말아요 내 걱정일랑 하지 말구."

나올 제 위로를 하여 주었다. 명신이는 불이 환한 방문만 열고 서서 배웅을 하였다. 대문까지 쫓아나가서 보내고 문을 걸고 들어오고 싶었으나 어째 그런지 그것이 싫은 생각이 드는 명신이었다.

명신이는 눈물을 흘리고 난 끝이면 기분이 가뜬하니 명랑하여졌다.

"옥진아 졸리냐? 자리 깔아줄까?"

막 자리를 깔려니까 안대청에서 누가 내려오는 기척이더니 아랫방 문께 와서

"옥진 어머니 있수?"

하고 소리를 내며 창문을 연다. 주인마님이다.

"네. 저녁 잡수셨에요? 좀 들어오세요."

주인마님은 할 이야기가 있는 듯이 선뜻 들어선다. 이때껏 이 방에를 내려와 본 일이 없다. 방 안을 휘휘 둘러보아야 금침 한 벌, 옷 보따리 한 벌에 주렁주렁 걸친 헌 옷가지뿐이다.

"에그 방이 꽤 뜨겁구려."

써늘한 안방에 있다가 왔으니 그렇겠지마는 이것은 그저 인사요 기색은 좋지 않았다. 뚱뚱하고 부여니 사람은 좋으나 심사가 나면 부르를 하는 것이었다.

"그래, 어머니 가 계신 데는 자리가 잡혔수? 무엇하면 이렇게 젊은이가 혼자 고생하느니 따라가 살 도리를 해 보지?"

내막이나 아는 듯이 이런 말을 꺼낸다.

"글쎄요……아직 그럴 형편이 못 돼서요."

마님은 잠깐 뜸을 들여서 면구스럽게 명신이 얼굴을 쳐다보며

"그 날마다 오는 학생은 누구요? ……응 참 일가 집 오래범이랬지!
……"

어쩐지 그것이 시비조 같아서 명신이는 깜짝 놀랐다.

"……뭐 내가 아랑곳 할 것두 없구 사람의 집 사람 오는 걸 막거나
하는 것은 아니지만, 아다시피 나두 장성해 가는 딸을 데리구 혼자 사
는 처지에 젊은 애가 날마다 밤이면 드나든대서야 동리에서두 이상스
럽게 볼 게요 딸년한테두 좋을 게 없어 생각다 못해 얘기하는 거요 볼
일 있는 사람을 오지 마랄 권리야 없으니 애 어머니 생각해서 좀 삼가
주든지, 정 그럴 수 없으면 박절한 말이나 떠나주두룩 하든지……"

지금 세상에 젊은 남녀가 마주 앉아서 숙덕대는 것쯤 예사지마는, 나
이 찬 딸을 데린 어머니로서는 그럴듯한 말이기도 하였다. 더구나 사십
좀 넘은 중년 과부댁이니 이런 경우에, 과부 설움 과부가 안다는 말은
통하지 않는다. 동병상련(同病相憐)이라 해도, 한편이 약을 구했다면 한
편은 시기가 난다. 어쨌든 어른 아이 여자만 다섯 식구가 사는 이 집에
남자가 드나드는 그 꼴이 보기 싫다는 것이다.

그러나 명신이는 방까지 내놓으라는 막 가는 말에 무엇 때문에 이렇
게까지 모욕을 당할까 싶어 얼굴이 파래지며 말문이 막혔다.

"격장에 사니까 심심하면 들르는 겁니다만 좋두룩 하죠 그러나 오는
사람을 오지 마랠 수야 있습니까? 뭐 시끄럽게 굴어 못마땅하신 데가
있어요?"

이것은 딴 의미도 있었지마는, 홍식이더러 오지 말라고까지 하며 조

심하여 오던 터요, 또 언제나 조용히 점잖게 드나들던 것인데, 사람을 뭘로 봤는지, 마치 갈보년이 뭇 사내나 끌어 들이고 앉았는 것처럼 수작을 하는 것이 생각할수록 분하였다.

"아니, 뭐 시끄럽게 굴었다는 게 아니라, 어머님을 따라 가면 좋은 취직자리가 있다는데 왜 비싼 방세 물며 공장에두 안 가구 들어앉았단 말요?"

마나님은 할 말이 없으니까 딴소리를 한다. 안 해도 좋을 총찰이다.

자기 입으로 비싼 방세라면서, 명신이가 나가면 이번에는 방세를 올리고 싶은 욕심도 있어서 이래저래 생트집이었다. 환도 후 물가가 나날이 오르고, 셋방이 동이 나고, 집값은 한 달 전이 옛날인데 부엌 딸린 방 한 칸이면 오만 환에 오천 환도 싸다는 말을 듣고 보니, 이번에는 세전도 올리고 복덕방에나 나가 앉는 조촐한 늙은이 내외나 두어 볼까 하는 생각이다.

마나님이 안방으로 올라간 뒤에 명신이는 입술을 악 물었다.

'이게 정말 과부 설움이로구나!'

하고 가슴에서 울화가 불끈 치밀어 올랐다.

이튿날 홍식이가 저녁때 들렀다. 홍식이도 이 집 주인 때문이 아니라 말하자면 정열(情熱)의 경제(經濟)라 할까? 날마다 만나는 것보다는 이틀 사흘만큼씩 만나는 것이 좋겠다고 생각이 들기 시작하여서 그만두려 하였지마는, 오늘은 어제 저녁에 명신이가 눈물을 짓는 것을 보고 이내 헤어졌기에 위로도 하여 주고 싶어서 온 것이다.

"인젠 참 정말 오지 마세요. 어제 저녁엔 쥔마님이 내려와서 항의를 하겠죠 웬 젊은 남자가 날마다 밤이면 찾아다니느냐구. 듣기에두 흉하지 않아요."

명신이는 만나는 길로 곧이곧솔로 마님이 말한 대로 들려주었다.

"그럼, 내일부터 아침 문안을 오죠 별 소리를 다 듣겠군! 자기 딸은 처녀루 늙힐 작정이래요? 우리 떠납시다."

말공대만 좀 다를 뿐이지, 젊은 내외가 마주앉아서 살림 걱정을 하는 듯싶다.

"보증금을 또 어떻게 만들게요?"

"어떻게든지 되겠지요 그런 걱정 말구 내일 방이나 보러 다니십시다요"

홍식이는 당장 밀려나는 것처럼 급히 서둔다. 사실 주인의 말이 아니꼽기도 하거니와 마음 놓고 드나들 수도 없고 보고 싶을 때 보러 올 수도 없다는 것은 다급한 일이다. 부모의 총찰도 괴로운데 옆에서 감시를 하고 있다니 말이나 되나! 하는 생각이다.

"하지만 떠날 때까지, 내일부터 걱정인데!"

"뭐요?"

"모른 척하구 와도 좋지만……남 싫다는 걸 끈적끈적 날마다 올 수두 없구 만나 의논은 해야지"

"내가 나가죠 어차피 네 시쯤이면 공장 일을 가지고 가든 찬거리를 사러 가든 석다리께까지 가야 하니까."

명신이는 무심코 이런 소리를 해 놓고 얼굴이 발개졌다.

매일 밖에서, 거리에서 만나자는 명신이의 발론이 홍식이를 얼마나

기쁘게 하였는지 모르지마는, 말을 꺼낸 명신이 자신도 오늘은 하루 종일 약속한 네 시가 되기를 기다리기가 지루하였다.

방에 시계가 없으니 안대청에서 시계 치는 소리에만 귀를 밝히고 공장 일을 부지런히 하다가 세 시 넘어서는 들락날락 넌지시 시계를 보러 다니러 몇 번이나 나왔다. 마음은 봄이 온 듯이 푸근하다. 아무것도 아니다. 집에 찾아다니는 늘 만나자는 남자를 거리에서 만나자는 약속을 한 것뿐인데 마음은 들썽하니 행복감을 전신에 느끼며 시간이 되기를 기다리는 것이었다.

명신이가 네 시를 대어서 물건 사는 손 광주리를 들고 석다리께로 나가니까, 파출소 옆에 홍식이가 벌써 와서 멀거니 섰다. 책가방을 끼고 시퍼렇게 얼어 있는 것을 보니, 가엾고 미안하고 명신이는 무어라고 말할 수가 없었다. 그래도 빙긋이 웃는 홍식이의 웃음이 전신을 푸근히 싸 주는 듯싶어서 명신이는 그저 웃음만 떠올랐다.

"오래 기대리셨에요?"

"아니."

두 남녀는 반가운 생각에 그저 행복감에 젖어서 나란히 걷기 시작하였다.

첫눈에 띄는 복덕방에 들러서

"요 근처에 셋방 있나요?"

하고 말을 걸었다.

"요새 셋방 구하기 어렵소이다. 뭐 피난민들이 올라와서 꽉 찼습니다. 하지만 저 산 위라두 가시겠소? 그리 조촐치는 않지만……."

211

하여 집주름 영감은 이 신혼한 젊은 내외 같은 두 남녀를 위아래로 훑어본다. 조촐치 않다는 말에 명신이는

"아이, 현저동 산꼭대긴 싫어요"

하고 눈을 찌푸렸다.

"그럼 좀 저 아래로 내려가 볼까?"

홍식이가 돌려다보며 의논한다. 명신이는 그리하자는 뜻으로 잠자코 생긋하는 눈치만 보였다. 홍식이는 가쾌영감에게 인사를 하고 앞장을 서 걷는다. 명신이도 따라 섰다. 가슴이 푸근하고 듬뿍하니 결혼해서도 느껴 보지 못한 행복감을 느꼈다. 죽은 남편에게서도 별양 모르고 지낸 '남자'라는 것을 처음 안듯이 그저 전신이 홧홧 달아올랐다.

홍식이도 은근히 신바람이 났다. 명신이가 지금 든 방을 구하러 다닐 때는 명신이 모친과 함께 다녔었다. 그러나 이번에는 젊고 예쁜 아내를 데리고 다니는 듯싶어서 길에 가는 사람에게도 자랑하고 싶다.

사실 길에 가는 사람이 누구보다도 먼저 명신이를 눈이 뚫어지게 쳐다보는데, 이상하게도 까닭 없는 가벼운 질투가 나면서 자랑과 만족을 느끼는 것이었다.

복덕방을 두어 군데 더 들러보아야 역시 시원치가 않았다. 그러나 방을 얻는다는 것보다도 둘이 이렇게 방을 얻으러 다닌다는 기분에 취해서, 명신이나 홍식이나 마음과 몸이 욱신욱신하고 정신이 얼떨하였다.

"집은 내일 보기루 하구 저녁이나 먹읍시다."

되돌아와서 저번에 들어간 중국집 앞이었다.

"아이, 어린 게 기다릴 텐데, 들어가 밥 먹을 테예요"

"뭐 한 그릇 시켜다 주면 그만이지."

명신이는 흥분한 기분에 홀려서 홍식이의 뒤를 따라 중국요릿집으로 들어섰다. 앞선 홍식이가 컴컴한 층계를 다 올라서 뒤를 돌아다보니까 따라 오르던 명신이가 층계에서 치맛자락을 밟으며 비쓸한다. 홍식이는 깜짝 놀라서 손을 내밀자 명신이도 서슴지 않고 그 손길을 붙들고 두 층계나 따라 올랐다.

층계를 올라선 두 남녀는 만발한 꽃송이처럼 마주 보고 웃으며 마주 껴안고 싶은 욕심을 참고 부르를 떨었다.

남자에게 손을 붙잡혔던 것이 무슨 몸이나 허락한 듯싶이 기분이 황홀하고 상기가 되었다. 식탁을 겸해서 마주 앉은 홍식이도 날마다 보던 얼굴이건마는 뺨이라도 쓰다듬어 주고 싶은 충동을 참으로 열에 띤 눈으로 바라보고 있다.

남자의 정에 넘친 눈길과 마주치자 명신이는 상기된 얼굴이 활짝 피어오르듯이 발개지며 혼곤히 따뜻한 기분에 푹 싸이는 것 같다.

음식도 마음 놓고 한 접시의 것을 마주 쑤시며 이런 얘기 저런 얘기, 무슨 말을 했는지 몰랐다. 식사가 끝나고 아래층으로 내려오니까 보이가 열십자로 맨 조그만 봉지를 내민다.

"이거 뭐예요?"

명신이는 보이와 홍식이를 반반씩 치어다보았다.

"오늘 회식에 빠진 한 식구 몫이구먼요"

하고 홍식이가 싱긋 웃는다. 어느 틈에 그런 데까지 정신골을 써서 미리 맞추어 놓았는지, 명신이는 봉지를 받아 들고 요릿집 문밖으로 나서며 또 눈시울이 뜨거워졌다. 집에 가서 펴 보니 닭고기 덴뿌라였다.

"이거 아저씨, 너 먹으라구 사 주신 거야."

이런 소리를 하면서 명신이는 죽은 남편을 생각하였다. 그러나 죽은 사람에게 조금도 미안한 생각은 없었다.

집에 들어온 홍식이는 밥상을 받고 앉은 부친 앞에 앉아서 명신이가 방을 돌리게 되었으니 그 보증금이라도 찾아 가지고 나가게 영수증을 도로 주는 것이 어떠냐고 말을 붙이었다. 방을 정하게 되면 카메라라도 팔아서 뒤를 대어줄 작정이었지마는, 하여튼 되나 안 되나 부친에게 말을 해 보는 것이었다.

"창피스럽게 그걸 뺏어 오시구 모른 척하구 계실 수가 있어요."

부친은 검다 쓰다 말이 없다. 입을 벌리면 무슨 폭탄이 터지듯이 한바탕 야단이 날까 보아서 모친은 조마조마하였다. 그러나 다행히 부친은 상을 물리자 벗어 놓은 잠바를 입고 모자를 떼어 들며 나가 버렸다. 종시 아무 말이 없었다.

문밖에 나선 영감은 명신이에게로 건너갔다.

"옥진아!"

하고 굵다란 영감의 목소리가 문밖에서 나자 명신이는 소스라쳐 눈이 커대졌다. 둘이 중국집에 들어갔다 나온 것을 이 영감님한테 들켜서 부리나케 찾아온 것이나 아닌가 겁이 났다. 그러나 의외로 신기가 좋았다.

"응! 잘 있었나?"

오늘은 올라오라는 대로 순순히 방으로 들어와 앉는다.

"깨끗하니, 그 방 좋구먼. 헌데 또 떠난다지?"

영감은 방 안을 한번 휘둘러보고 나서, 명신이를 뚫어지게 마주 본다. 그것은 무슨 위협 같았다.

"네, 봐야 해요"

명신이는 죄진 일도 없건마는 그 눈길에 찔끔하였다.

"내, 일전에 좀 화가 나는 일이 있어서 그 보증금 영수중인가 하는 것을 보자구 해서 가져 갔었지만……"

하며 영감은 잠바 속의 양복저고리 포켓 속에서 지갑을 꺼내서 뒤적뒤적하여 둘에 접은 종잇조각을 빼내서 방바닥에 놓으며 말을 잇는다.

"거기에는 한 가지 뜻이 있던 것이오 돈 몇 만 환이 문제가 아니라, 도대체 홍식이를 여기 붙이지 말라는 거요!"

영감은 호통하듯 눈을 부라린다. 명신이는 고개를 숙이면서 바르르 떨었다. 남편 없는 년은 이런 모욕을 당해 싼가? 하고 또다시 과부 된 설움을 느끼었다.

영감은 언제나 하는 소리로, 어머니 오시거든 자기께로 들러 달라래는 부탁을 하고 갔다. 그것도 실상은 명신이에게 못마땅하였다. 어머니를 중매나 되는 것처럼 오너라 가거라 하는 것이 싫었다. 그러나 그 노인이 홍식이의 부친이거니 하는 생각을 하면 마음으로도 무조건하고 머리가 숙었다. 사만 환이 되돌아온 것도 마음 든든히 좋았다.

이날 밤 통행금지 시간 전에 마침 모친이 왔다.

주인집에서 떠나 달라는 말까지 나서 홍식이와 집을 보러 다녔다는 말을 듣고 모친은,

"그러지 않아두 너를 데리러 왔다. 방을 들이기두 했지마는, 그 근처

에다 또 방을 구하라구 그 사람이 그러길래……."

그 사람이란 원 주인 창규 말이다. 명신이가 어린애 때문에 나서지를 못한다는 말을 듣고 그제야 아이 달린 것을 알았는지 방을 그 근처에 얻으면 아이 보아 줄 계집애도 대령시키마는 것이었다. 그렇게 되면 방 문제며 취직이며 아이 문제까지 일은 아주 순조롭게 해결되는 것이다.

"허지만……."

명신이는 시원스럽지 않은 기색이다.

"왜, 허지만이야? 그만하면 셈 피지 않았니. 내일 나하구 그 근처 집을 보러 다니자구 온 건데, 예선 나가 달라고 하니 하루가 급하지 않으냐. 아니꼬운 소리 들어가며 있을 묘리두 없구……."

모친은 서둘러대었다.

"떠나기는 어디루든지 떠나야 하겠지만 전 다방에 안 나가요."

명신이는 확정적으로 단호한 결심을 표시하였다.

"온, 별소릴 다 듣겠구나. 백만장자의 딸두 다방에 나서구, 양반의 집 딸들도 놀아나는 세상에, 넌 뭐라구 방구석에만 갇혀 앉았겠다는 거냐?"

모녀는 한참 주거니 받거니 하다가 자리 속으로 들어갔다. 아직 이야기가 끝나지 않았으니까 불은 켜고 누웠다.

"안 간다구 약속을 했는데."

몇 번이나 생각하던 말이 그예 입 밖으로 나왔다. 모친에게는 하기 거북한 말이나 하도 마음의 짐이 되니 어린애 수작 같은 소리가 저절로 나왔다.

"누구하구? ……홍식이한테? ……."

"……."

"그 주책없는 소리 마라. 약속이 무슨 놈의 약속이냐. 그 호랭이 같은 영감이 어떤 영감이라고? ……꿈같은 생각은 하지두 말어. 홍식이 생각은 하지두 말구, 아주 뚝 떨어져!"

명신이는 잠자코 천정만 치어다보고 누웠다.

"이래저래 신세는 신세대루 지구 나중에 어린애 알라 내 몸뚱아리까지 데려가우, 하니, 염치냐!"

어머니 말이 옳기는 옳지만 야속하게 들렸다. 누가 데려가라는 것이 아니라, 저편에서 열심히 덤비는 것을 미처 막아내지를 못할 지경이 아닌가.

"잔소리 말구 내일 나하구 뚝 뜨자. 미루미루 이러다가는 나중에 무슨 일이 날지 모르겠다."

명신이는 아무 말 없이 돌아누우면서 눈물이 핑 돌았다. 모친의 말을 듣지 않기로 홍식이와는 떨어지고야 말겠으니 기가 막힌다. 마음은 타는 것 같다.

"애, 이 집에서 나가 달라구까지 하는 것을 보면 그동안 홍식이가 여기 와서 자주 체면 없이 굴진 않았니?"

모친은 점점 의심이 깊어가고 걱정이 되었다. 두 집 형편으로 보아서는 혼인을 익혀 주어야만 하겠는데, 가당치도 않게 명신이가 툭 불거져 나와서는 자기 체면에도 안 될 일이기 때문이다.

"몰라요. 본 사람들이 있을 거니까 물어 보세요."

명신이는 어이가 없어서 핀잔 주는 소리를 간신히 하고는 뒤달아 눈물이 쭈르륵 흘렀다.

이튿날 모친은, 그 영수증을 가지고 안방에 들어가서 보증금 사만 환을 찾아가지고 나와서, 명신이더러 어서 나설 차비를 차리라고 재촉을 하였다. 보증금까지 찾았으니 안 나설 수도 없고, 명신이는 또 눈물이 글썽하며 주저주저하였다. 이 집을 떠난다는 것이 홍식이와 영 이별하는 것만 같아서 그동안 지내던 생각이 차례차례 머릿속에 떠오르며 차마 나서기가 아까운 생각이 드는 것이었다.

"그래두 저 집에 떠난단 말이라두 하구 가야죠."

명신이는 홍식이에게 알리고라도 가고 싶었다.

"말은 해 뭘 하니. 짐 가져갈 제 잠깐 인사만 가면 그만이지."

또 사실 홍식이는 벌써 학교에 가고 없을 것이니 그대로 가는 수밖에 없었다.

짐은 이삼일 내로 찾아가마고 부탁을 하고 옷 보따리만 들고 나왔다. 무엇보다도 걸리는 것이 홍식이었으나, 오늘은 만나지 않고 내일 만나기로 했으니 내일 석다리께로 와서 만나면 그만이겠지마는, 글재주가 없으니 무슨 편지를 써서 맡기고 갈 수도 없다. 이 집이 섭섭한 것은 아니나 공연히 뒤가 돌아다 보이고 보이고 하는 것을 참고 떠났다.

새 각도에서

명신이가 떠난 다음 날 홍식이는 약속대로 오후 네 시께쯤부터 석다리에 와서 눈이 빠지게 명신이를 기다렸으나 도무지 현영을 않는다. 한 시간이나 조바심을 하며 기다리다 못해 어슬녘에 명신이 집으로 뛰어가 보았다.

"계세요"

다른 때 같으면 마구 들어가겠지마는, 오지 말라는 집이니 밖에서 찾는 것이었다.

"누구세요"

하고 마주 나오는 것은 주인 딸이었다. 그리 반갑지 않는 얼굴이었다.

"어제 떠나셨어요"

"옛? ……."

홍식이는 눈이 찢어질 지경이었다. 이럴 법이 있나! 하고 혼자 생각하였다. 발을 구르고 싶었다.

219

"어디루요?"

"모르겠에요. 짐은 그대루 두고 어머니하구 나가셨으니까!"

발길을 돌친 홍식이는 전차를 기다리다가 초조할 만치 시급히 우선 안암동으로 달려갔다. 부르는 소리에 마루로 미닫이를 열고 내다보는 인웅이더러, 홍식이는

"여기 옥진이 안 왔던가?"

하고 묻는 것이 몹시 당황해 보였다.

"옥진이가 누군가?"

"아, 우리 곁에서 사는 명신네 말야."

"응 안 왔어. 마침 잘 왔네. 들어와 일 좀 해 주게."

"아, 오랜만이군요. 어서 들어오슈."

문 밑에 앉았던 화숙이의 큰 오라비 진호가 내다보고 알은체를 한다.

"어서 오세요"

윗목으로 앉은 인임이도 전 같으면 고개만 까딱했을 텐데 몸을 잠깐 추슬러 보이며 웃는 낯으로 인사를 한다. 방 한가운데는 벼루집이 내어 놓고 양봉투를 이만치 쌓아 놓고 한 것이 혼인 청첩장을 쓰고들 있는 모양이다.

"여보게 자네두 들어와 이것 좀 거들게. 별안간 명신이는 왜 찾아다니나?"

"아, 떠난단 말두 없이 어디루 가 버렸기에 말이지."

"별 데 갔겠나. 후딱 이거 해치우구 나허구 고원다방이나 가 보세."

홍식이는 마음이 다급하였으나 친구 혼인의 청첩장쯤 쓰는 것을 거

들어 달라는데 모른 척하고 갈 수가 없어 방으로 들어갔다.

혼인이 일주일쯤 후라는 말은 홍식이도 들어서 안다.

학교를 나오면 곧 군대에 들어갈 거니까, 졸업 전에 성례를 시키려는 모친의 의사대로 서둘러 하는 혼인이었다.

인임이는 저의 학교 편 선생과 동무들에게 보낼 청첩을 쓰고 앉았다. 여자의 모필 글씨로는 예쁘장하니 그리 예쁠 게 없어도 재치가 있어 뵈더니 글씨가 예쁘다.

저녁상이 나와서 밥까지 얻어먹고 일을 끝내 주고 나니 여덟 시나 되었다. 홍식이는 부리나케 고원으로 달아났다.

설마 오늘야 벌써 명신이가 나와서 일을 하랴 하는 생각으로 들어서니까 맞은편 레지에 우두커니 앉았지 않은가. 견습으로 내앉히어서 광고를 치는 것이었다.

명신이는 홍식이가 들어오는 것을 보자 각오는 하고 있던 일이지마는 살짝 낯빛이 변해지며 모른 척하고 안으로 들어가 버린다. 홍식이도 잠자코 옆의 문에 달린 휘장을 밀고 따라 들어갔다.

좁아터진 속에 따은 치룹 간쯤 되는 뒷박 같은 방을 환히 새로 도배를 하여 놓았다. 무엇보다도 이 방에 끌려서 온 것이다. 모친은 부산히 무슨 요리를 만들다가

"응, 왔수. 말두 못 하고 와서."

하며 알은체를 한다.

"대관절 어떻게 된 셈예요?"

홍식이가 하 어이가 없어 웃으니까 방문께 서서 생글 웃어만 보인다.

홍식이가 나가자고 하여 뒷문으로 빠져나왔다.

"노하시진 마세요 이렇게 된 바에 하는 수 없지 않아요"

"무에 이렇게 된 바예요?"

홍식이는 화를 버럭 내며 핀잔을 주었다. 두 남녀는 길 하나를 건너서 역시 다방으로 들어섰다. 시간이 없으니 어서 이야기가 바쁘다. 박스에 앉으며 홍식이가 입을 벌렸다.

"안 오겠다구 한 지가 일주일도 못 되어서 이런 요변이 어디 있더람?"

홍식이는 인제는 마구 나무란다.

"그래 어떡헐 테요?"

"뭐 별수 있어요. 이 근처에 방이나 하나 얻으면 매일 집에서 다니기로 하죠"

"방을 얻는대두 이런 데서 사만 환 가지구 어림두 없을걸……"

옆에서들은 심심하니 힐끔힐끔 건너다도 보고, 모른 척하고 앉아서 넌지시 귀를 기울이기도 한다.

"어쨌든 죽여라 하구 당신을 다방이나 음식집에 발을 들여 놓지 않게 하려는 건데, 남의 성의는 못 알아주고 같이 방을 보러 다니다가 하룻밤 새에 인사 한마디 없이 살짝 빠져 달아나니 그게 인사란 말요?"

옆에서 들을세라고 숙설숙설 화를 낸다. 보는 사람이 없으면 한바탕 야단을 치고 싶었다.

"방은 내놓라구, 여기 방은 됐대구, 홍식 씨를 위해서 제발 떨어져 가자시지, 게다가 영감님은 오셔서 호령호령이시니 난들 어떡해요. 이것저것 볼 것 없이 휙 떠나 버려야 일이 귀정이 나겠기에 불계하고 나섰죠. 오늘도 네 시가 되니까 시계만 쳐다보며 애를 썼지만 나갈 수가 있어야죠"

명신이의 언짢아하는 기색을 보니 홍식이는 가엾은 생각에 그 이상 따지고 나무랄 수도 없었다. 홍식이에게 대한 명신이는 전날에 보던 그 소복단장과 함께 청초하고 숭고한 존재로 마음속에 간직해 오던 그 이미지를 잃어버린 것이 분하였다.

'창규란 자가 방간이나 얻어 주고 제집같이 드나들고 금선이의 물이나 들고 하면 나중에 무에 될지 아나. 대관절 금선이 같은 여자는 늙으면 무엇이 될꾸?'

홍식이는 이 어여쁜 젊은 여자를 앞에 앉히고 이런 생각을 하다가

"생각 잘 해 보세요. 젊으면 평생을 젊나! 삼십 사십 늙어갈 때 어떻게 될까를 생각해 봐야죠. 그것두 평생을 의탁할 믿을 만한 사람이라면 모르지만"

하고 은근히 창규 말을 또 귀띔해 주는 것이었다. 한시라도 창규의 손아귀에 넣어둔다는 것은 여간 불안한 일이 아니었다.

"염려 마세요. 제 맘 먹게 있구 제 몸 가지게 있죠"

그러나 이 남자에게서 멀어져 가면서 이런 소리를 한댔자 생색 없는 헛소리라는 것은 명신이도 깨닫지 못하는 것은 아니었다.

이튿날 홍식이는 자리 속에 누워서

'아무래도 오늘은 저놈을 처분해야 하겠다.'

고 벽에 걸린 카메라를 쳐다보는 것이었다. 올 여름에 학교 동창회에서

흑산도(黑山島)로 놀러 갈 제 전 재산을 기울여 산 것이었다. 전 재산이
란, 지금도 부친의 공장에서 준사무원으로서 월급 일만 오천 환을 받지
마는 부산에 있을 제는 얌전히 푼푼이 모아 한 십오륙만 환 되기에 샀
던 것이다. 그러던 것이 서울 와서는 저금은커녕 도로 카메라를 산 집
으로 들고 가야 하게 되었다.

오늘은 학교 시간도 신통한 것이 없고 하여 늦은 아침밥 뒤에 카메
라를 메고 나섰다. 시세는 올랐건만 이만 환 밑지고 십삼만 환 받았다.
십만 환은 수표로 받고 삼만 환은 현금으로 받아 잠바와 바지에 뿌듯이
넣었다.

고원다방의 뒷골짜기로 어깻바람이 나서 부엌 뒷문을 기웃이 들여다
보고 명신 모친에게 인사를 하였다. 어젯밤에 다녀간 사람이 학교도 안
가고 아침 문안을 왔으니 반갑지 않으나 괄시할 수도 없다. 명신이를
불러 주었다. 오늘은 홀에 나가서 일을 하는 모양이었다. 앞으로 들어
가 차나 마시며 그 꼴을 좀 보았더면 하는 생각도 없지 않았으나, 금선
이와 창규를 만나면 질색이기 때문에 꿈적꿈적 부엌 뒷문을 기웃거리
는 것이었다.

명신이의 하얀 얼굴이 나타나며 왜 또 왔느냐는 책망 때문에 반가운
웃음을 참아 버렸다.

"춘데 아주 스웨터고 뭐고 더 입구, 어머니께 집 보러 간다구 여쭙구
나오슈."

"집은 무슨 집예요. 그런 걱정은 인제 마세요 예서 해 준다는 바에
야……."

하고 명신이는 귀찮다는 듯이 눈살을 찌푸렸다. 그러나 "예서 다 해준 다"는 그것 때문에 전 재산을 팔아 가지고 몸이 달아서 다니는 것이다. 딴 놈이 얻어 주는 방에 들여앉히기가 싫었다. 방 한 간이라도 얻게 해 주면 이편의 발언권이 세어지고 다시 들여앉힐 수 있는 것이다. 공장에 서 받는 일만 오천 환에서 절약 절약해 쓰고 매삭 만 환씩만 대주면 모 녀가 살 수 있지 않을까 하는 생각은 벌써부터 가지고 있는 것이다. 그 러나 그렇게 되면 작다란 돈으로 나꾸는 것 같기도 하고 정말 첩치가나 한 듯이 보이는 것이 흉해서 그만두어온 것이다. 그러나 이렇게 된 바 에는 네 악지가 배겨 내나 내 억지가 좀 더 센가 해 볼 데까지 해 보자 는 것이다.

명신이는 그예 스웨터를 입고 따라나섰다.

"신용이 떨어져서 그 집에 못 붙어 있도록 매일 이렇게 끌어낼 테니 그런 줄 알아요"

어제 왔던 다방으로 건너와서 둘이만 앉는 박스에 마주 앉으며 웃었 다.

"멕여만 주신다면 댁에 가서 드난살이를 해두 좋죠마는."

명신이는 속살거리며 마주 웃는다.

다방에를 나오더니 별안간 이렇게 말재주가 늘었나 하며 홍식이도 유쾌한 김에 지갑을 꺼내서 반에 접은 수표 한 장을 쑥 빼어 내더니 활 수 좋게 내밀며

"자 이건 아까 조건이요 드난살이를 하신다면, 한 만 환은 내죠"

하고 홍식이는 실없이 웃는다. 명신이는 아까 조건이란 말을 채 못 알

아듣고 주는 대로 종잇조각을 받아서 펴보다가 깜짝 놀랐다. 십만 환이
란 돈이 적은 돈이 아닌데도 놀랐지마는, 다방이란 데서는 밤에 피는
숙녀와 이렇게 돈 거래를 하는 신사도 있다는 말을 듣기도 한 것이 생
각나서 얼굴이 발개지며

"난 둘 데두 없에요. 그대루 넣어 두세요"

하고 도로 내밀며,

'이게 또 어디서 나온 건구?'

하는 생각에 겁도 나고 애가 씌웠다.

'이건 뭐시깽들인구?'

노상 젊은 것들이 수표를 척 놓고 무슨 거래를 하는가 싶어 옆에서
는 곁눈질을 하며 궁금해 한다.

다방에서 나온 두 남녀는 나란히 걸으면서, 한편은 십만 환 돈표를
보이고 꼬여낸 것같이 된 것이 미안히도 생각되고, 또 한편은 십만 환
에 홀깍해서 쫓아가는 것 같아서 실쭉하기도 하였다.

그러나 명신이는 이 남자만 만나면 아무래도 결심이 풀어지고 무엇
에 홀린 듯이 그 말대로 따라가고 말았다. 지금도 방을 보러 안암동을
향하여 나선 것이다.

아이 보는 계집애를 둔다기로 온종일 잘 보아줄 수 없고, 창규가 데
려오는 계집애면 은근히 당신의 행동을 살펴서 일러바치는 상전뎅이요
불쾌한 존재일 것이니, 그러지 말고 안암동 아주머니 집 곁으로 가서
아이 보기를 얻더라도 낮에는 거기서 좀 보아 달라고 부탁을 하는 것이
안전하리라는 홍식이의 의견에 쏠리고 말았다.

전차 거리로 빠져 나오면서 홍식이는 명신이의 스웨터 입은 추워 보이는 초라한 모양에 가엾은 생각이 들어서

'두루마기나 하나 해 입힐까!'

하고 혼자 궁리를 하였다. 사변 전에는 그렇지도 않고 부산 가서도 별양 눈에 안 띄우더니 환도 후의 요즈막은 거리만 나서면 플레어 오버나 질질 흐르는 양직 두루마기를 안 입은 여자라곤 없다. 피난 가서 졸부가 되어 왔는지? 하여간 다방에까지 진출한 여자가 푸르스름한 스웨터 아래로 검정 치맛자락이 펼떡거리는 것은 얼굴에 어울리지 않게 촌스러워 보이고 가난이 발려 보이는 것 같다.

홍식이는 큰길가를 눈여겨보며 가다가 마침 양복감이 죽죽 걸린 양복점 앞에를 오자 반색을 하며,

"여기 잠깐······."

하고 끌고 들어갔다.

"어서 옵쇼"

하고 산뜻한 양복 청년이 내닫는다.

"여자 두루마기감 하나 골라 주슈."

홍식이는 다짜고짜 말을 붙이며 걸린 양복감을 휘둘러본다.

"어떤 걸루 하랍쇼?"

점원은 명신이를 치어다본다.

"그건 뭘 한다는 거예요? 난 싫어요 해 입어두 나중에 해 입어요"

명신이는 질색을 하며 돌쳐서 나왔다.

"아, 그 왜 그래요? 어느 때나 만들 건데 어서 들어와 빛깔을 봐요."

여염집 숫보기 젊은 내외의 행색이다. 점원에게 일간 다시 오마 하고 따라나온 홍식이는,

"아, 내가 한 감 프레젠트 하기루 대수예요?"

하고 핀잔을 주듯이 불평이었다.

"고맙습니다만 웬 주제에 내가 그런 걸 입겠어요. 입게 돼두 대상이 랍시구 지내구 명색이라두 거성이나 벗어야죠"

"그두 그렇군요. 하지만 돈푼 봤을 제 만들어 둬야지……."

하여간 명신이의 말이 당연하지만, 무던하다고 생각하였다.

"대상이 언제예요?"

"한 열흘 남았어요. 간단히라두 지내구서 위패는 살라 버리든지……."

위패는 부산에서 가지고 올라와서 새문밖 새절에 맡겨 놓았다.

"태워 버리긴 왜 태워 버려요 어린것두 있구, 남북통일 되면 부모형제에게 내주면 되지."

명신이로서는 전남편을 무던히는 생각한다고 홍식이부터라도 어찌 알까 보아서 하는 말 같으나 홍식이는 그러한 데에 시기를 느끼지는 않았다.

"절에 나갈 제 내게두 알리슈. 나두 나갈 테니."

형의 친구의 고혼 앞에 분향이라도 하고 싶고 둘이 이렇게 지내게 되었고 아이를 받아 길러 주마는 말을 마음속으로라도 고하여 주고 싶다고 생각하였다.

안암동 가서는 인웅이 집 근처의 가쾌를 데리고 방 둘을 보았다. 방

이 없네 없네 하여도 있는 데는 있었다. 아무쪼록 인웅이 집에서 가까운 편의 것을 정하기로 하고 돈을 곧 가져 오마 약속하고 인웅이 집으로 들어갔다.

"너 웬일이냐?"

인웅이 모친은 내다보며, 어젯밤에 당황히 찾아다니던 홍식이와 함께 들어선 명신이를 보고 놀래어 실쭉한 눈치였다.

총각 녀석이 어린 과부년의 꽁무니를 눈이 벌개 쫓아다니고, 과부년은 거성도 벗기 전에 총각놈과 어깨를 맞겯고 다니고……대관절 이것들이 뭐냐? 고, 마루에 나선 조 씨 부인은 축대에 올라선 명신이와 뜰에 섰는 홍식이를 못마땅한 내색으로 내려다보는 것이었다.

"방 좀 보러 왔었에요. 괴로우세두 아주머니 곁으루 오려구."

"또 무슨 이사냐? 이사만 하다 마니! 그래 방은 있던?"

조 씨 부인은 핀잔을 주었다.

"바루 요 옆의 저 아는 집에 방이 있기에 지시해 드리러 왔죠."

홍식이가 선뜻 같이 오게 된 변명 삼아서 대신 대답을 하였다.

"격장에 와 있으면 서루 의지야 돼서 좋지만 이렇게 자리를 못 잡고 부산스러워서 어쩌니."

마님은 혀를 찼다. 저러다가 병통 안 생길까? 걱정이요 모처럼 골라 잡은 사윗감 놓칠까 보아 애가 씌우는 것이다.

둘이 인사를 하고 나가는 것을 보고 마나님은 화가 나는 것을 참고 방으로 들어가 재봉틀을 힘껏 둘러대기 시작하였다.

인웅이 집에서 나온 두 남녀는 은행으로 향하는 도중에서 명신이가 떨어져 가려는 것을 정작 방 들 사람이 가야 하지 않겠느냐 하여 은행까지 따라갔다가 또다시 둘이 안암동으로 갔다.

이번에는 아랫방이라도 조그만 사랑으로 꾸민 것이 되어서 안대청과 바로 마주치지도 않고 대문과 기역자로 난 협문(夾門)으로 다니게도 되어 편리하고 반 간통의 부엌도 달려 있다. 함실아궁이지마는 구멍탄 아궁이를 만들면 밥도 지어 먹게 될 것이요, 방은 세 식구에게는 과할 만치 널따라니 안팎으로 툇마루가 달렸다. 그러니만치 육만 환에 육천 환 내라는 것을 간신히 사천 환으로 깎는 대신에 보증금을 팔만 환으로 올렸다. 명신이의 재산이 저번 집에서 찾은 사만 환과 십이만 환은 되었다. 주인은 어떤 사람인지 모르나 하여간 과부댁 아니니 좋았다.

"이 길루 아주 짐 옮겨다 놉시다. 어머니껜 나중 아시게 하구."

"온 그럴 수가 있나!"

"뭐 하룻밤 사이에 남의 애인을 살짝 빼돌린 복수로 나도 하룻밤 사이에 소문 없이 다시 빼내다가 앉히잔 말이지."

하고 홍식이가 껄껄 웃으니까 명신이는 처음 듣는 애인이란 말에 귓가가 발개지며 생긋 따라 웃었다.

두 고팽이를 하고 예서제서 거레를 하고 하는 바람에 벌써 오후 세 시나 되었다. 거리의 식당에 아무 데나 들어가 요기를 하면서 홍식이는 아주 신기가 좋아서 떠들어댔지만 명신이는 방 정한 것이 좋으면서 모친에게 야단 만날 것이 걱정이요, 자기가 생각해도 홍식이를 위해서는 뚝 떨어진다면서 마음이 단단치 못하게 금시로 끌려서 요리쿵조리쿵한 것 같아서 기분이 시원치 못하였다.

다방에까지 따라온 홍식이는 명신이를 뒤로 들여보내고 앞문으로 들어섰다. 꽤 붐비었다. 오늘은 손님으로 가서 차를 한 잔 먹으려는 것이었다.

명신이는 스웨터만 벗어 놓고 곧 다반(茶盤)을 들고 홀로 나섰다. 여러 시선이 그리로 모이듯이 홍식이의 눈길도 명신이를 따라 다녔다. 파마도 안 한 머리에 검정 치마 흰 저고리라는 차림차리가 촌스럽고 식모 같아서 이 분위기에는 어울리지 않으면서도 얼굴을 보면 도리어 한 이채(異彩)를 풍기어 모든 시선을 끄는 것이었다. 젊은 애들이 짓궂이 말을 붙이면 웃지도 않고 눈이 똥그래서 대꾸만 하고 싹 돌아서는 것도 아직 대껴나지 못한 숫보기가 완연하다. 어느 구석에서 홍식이가 자기를 노려보려니 하는 생각에 주눅이 들어서도 웃지를 않는지 모르지마는 웃지 않는 이 숫보기를 돌려세워 놓고 웃는 것은 손님들이었다.

홍식이는 웃는 남자들이 미웠다. 뭇 남자의 눈길 앞에 내세워서 얼굴을 팔게 하는 것이 한시가 새롭게 싫었다.

"아, 이거 누구요!"

귀 익은 목소리에 쳐다보니 외투를 입은 금선이가 곁에 와 섰다. 뒤따라 창규가 들어온다.

이 고귀한 마담이 알은체해 주는 영예의 청년이 어떻게 생겼나? 하고 찻잔만 노려보며 무료히 앉았던 친구들은 이리로 고개를 돌렸다. 새로 온 마담인 줄은 아나, 나와서 서비스하는 일이 없고 여간 손님이 오지 않으면 나타나는 일이 없기 때문에 한편으로는 아니꼬우면서도 한편으로는 이 마담과 친해 보려고 노리고 있는 축도 있었다.

"여, 오래간만이구여."

창규는 명신이 때문에 반가이 악수를 했다. 명신이의 애인 아니면 친정붙이쯤으로 생각하기 때문에 싫으면서도 친절히 구는 것이었다.

"올라갑시다. 그동안엔 한 번두 들리지 않더니……."

자기가 온 뒤론, 놀러 오란 전갈을 명신이 모친 편에 몇 번 해도 모른 척하더니 명신이가 오니까 부리나케 왔다는 약간 꼬집는 소리였다.

"어서들 올라가슈, 차 한잔 하구 올라갈게요"

명신이가 서투른 솜씨로 따라 놓는 커피를 잠자코 마시며 올라갈까 모른 척하고 가 버릴까 생각하다가 세전에 저의들에게 한턱 얻어먹고만 있을 것이 아니라 주머니가 든든한 김에 대거리를 하려는 생각으로 올라갔다.

"우린 인제야 점심인데, 뭘 좀 하실까?"

어느 틈에 밥상을 올려다 놓고 내외(?)가 마주 앉았다. 아마 마짱이든지 모여서들 하고 이 맘 때면 과해서 점심을 먹는가 보아서, 홍식이는

"나두 나두 마짱판엘 갔다가 조금 전에 점심을 먹었는데 어서들 자세요."

하며 화로 옆으로 덜퍼덕 앉았다.

"이런 난봉학생 봐! 하하하……정말 마짱판에 가 볼까?"

금선이가 실없이 대거리를 하니까,

"가십시다. 밑천은 이만하면 되겠지!"

하고 홍식이는 잠바의 이 포켓에서도 만 환 뭉치 저 포켓에서도 한 뭉치 바지 포켓에서도 좌우 쪽에서 삐죽삐죽 내밀어 보이며 껄껄 웃는다.

"장쾌지! 친합시다그려."

잠자코 밥술을 뜨기 시작한 창규도 픽 웃는다.

"한데, 남 영업 방해는 말아요"

금선이도 시장한 듯이 정신이 나서 먹다가 한숨 돌리며 다시 말을 꺼낸다.

"영업 방해라니요?"

"아, 어제 밤에두 껄어내구, 오늘두 아침부터 껄구 나가서 인제야 대밀었다면서?"

벌써 중간치기 심부름꾼 애년들의 고자질이 들어온 모양이다.

전에 있던 종업원은 명신이에게 은근한 시기도 없지 않지만 감시를 시키는 것이다.

"영업 방해커녕 남 연애 헤살 놓는 건 어쩌구! 허허허."

하며 홍식이는 웃어 버렸다.

"참 그런데, 그건 다 실없은 소리구, 사람 딴은 얌전해요. 연애는 얼마든지 하세두 좋지만, 껄어내 가진 말아요"

금선이는 여전히 실없은 소린 듯이 진담을 하는 것이었다.

"남 애인을 유인해낸 건 누군데 이건 무슨 딴 소리야? 하하하……적반하장(賊反荷杖)두 유만부동(類萬不同)이지."

하고 홍식이는 창규를 놀리듯이 노려본다. 창규는 모른 척하고 고개를 속이고 먹을 것만 먹고 있다.

"저런 딴소리 봐! 유인은 누가 유인야? 살 수 없대서 취직시키지 않았나?"

한두 달 전의 댄스선생은 반말 짓거리로 웃어 보인다.

"두 말 말아요. 찾아갈 건 찾아 가고야 말 거니! 오늘 온종일 걸려서 다시 앉힐 보금자리는 마련해 놓구 왔으니까!"

홍식이는 그 담판이나 하러 올라온 것처럼 앞질러 위세를 보였다.

"연애두 좋지만 먹구 살아야지. 직업여성하곤 연애가 안 되든가."

"그런 게 아냐 장래 신홍식 씨 부인 될 사람이 체면이 있지. 아무려면……."

하고 홍식이가 뽐내 보이니까, 금선이가 말을 막으며

"객설 말아요. 그야말로 아무려면 첫장가를 자식 딸린 과부에게로 갈까. 잔말 말고 내게 맡겨 둬요 제 한 몸뚱이 염려 없고, 홍식 씬 돈 한 푼 안 들이고 꿀 같은 연애를 하게 해 줄께."

이런 누이 같은 소리를 웃지도 않고 한다.

"대단히 고맙습니다. 잘 맡아 두세요 보관료 드리죠"

홍식이는 더 입씨름하기가 싫어서 일어서려니까 창규가 밥을 다 먹고 이를 쑤시다가,

"신 형, 두 분 사이가 어떤지는 우린 아랑곳두 없지만 과히 서두루진 마슈. 우리 둘이 뒷배를 봐 주니까 다른 데 가 있는 것보다는 안심이 될 거요 또 우리만 해두 첫날부터 인기가 좋은데 며칠 나타났다가 자취를 감춰 버리면 장사가 돼야지. 신용 문제도 되거든요. 인심이 사납거나 무슨 내막이 있어서 사람이 붙어있지를 못한다구……."

하고 장황히 사정을 한다. 방을 얻어 놓았다니 정말 내일이라도 후딱 데려 갈까 보아 애가 말랐다.

"잘 알았소이다."

저희에게 맡기면 안심이 될 거라는 말에 듣고 섰던 홍식이가 코웃음을 치며 나서려니까 뒤따라 나오며 창규는

"일에만 익으면 마담으로 들여앉게 할 작정이지만 어쨌든 이, 삼 삭만이라도 나와 주어야 하겠는데……."

하고 애걸하다시피 한다.

홍식이는 의기양양해서 내려오다가 명신이와는 눈으로만 인사를 하고 밖으로 나왔다.

이날 저녁에 바느질집에서 명신이의 옷을 가지고 왔다. 오던 날로 금선이가 손수 끊다가 본보기로 명신이의 헌 저고리를 얹어서 바느질집으로 보냈던 것이다.

오기 어려운 것을 끌어왔으니 마음을 붙이게 하려 해서도 그렇지만 당장 내세워서 일을 시키자면 옷부터 산뜻이 입혀 내세워야 하였다.

옷이 되어 왔다는 말에 금선이까지 아랫방으로 내려와서 어서 입어 보라고 재촉이었다. 새 옷이 되었으니 명신이도 좋기는 하지마는 이 옷을 입고 나서면 홍식이가 또 무어라고 할까 애도 씌웠다. 창규가 해 주는 거 아니요 월급에서 제하면 버젓한 제 옷이건마는.

검정 비로도 치마에 나일론인지 무언지 금선이가 골라잡은 미색 저고리를 입고 나니 원체 옷맵시가 있는데 한층 더 어울리고 시집가는 새색시 같다.

"아이, 참 이뻐! 자 이젠 머리야. 이따 저녁 먹고 나하고 가자구."

역시 금선이가 앞질러 서두는 것이었다.

235

"머린 됐다 해요."

남이 다 하는 것이지마는 안 해 보던 것이니 멈칫거려지고, 거성 입는 동안 하고 싶어도 안 하는 것이니 이왕이면 대상이나 지내고 하고 싶다. 그러나 모친도,

"아, 이젠 파마쯤 하면 대수냐."

하고 도리어 나무랄 지경이요, 저녁밥 후에 금선이가 가자고 나서니 따라나서는 수밖에 없었다.

두 시간이나 걸려서 곤경을 치르듯이 하며 파마를 하고 난 명신이는 거울을 들여다보고 좋기도 하고 역시 남의 앞에 나서기가 서먹할 것 같아서 걱정도 되었다.

"어이, 더 어리구 더 귀여워졌어."

함께 파마를 하고 난 금선이는 보고 또 보고 하며 칭찬이 늘어졌다.

"자, 똑 딴 색시 하나 데려 옵니다. 아주머니 내게 절 하세요."

손님들이 보는 앞으로 들어가기가 싫어서 뒷문으로 들어오며 금선이는 명신이 모친에게 소리를 친다. 돌아다보니 딴은 딴사람이 된 것 같다.

이날 밤 명신이는 별안간 하룻밤 새에 이 머리를 하고 새 옷을 입고 내일 손님들 앞에 나설 것이 걱정이 돼서 잠도 변변히 못 잤다.

"허어, 마담! 진작 그럴 일이지. 환하구먼!"

근처의 회사 축들인지 외투도 안 걸치고 서넛이 연달아 들어오면서 앞선 친구가 너덜댄다. 좌우에 앉은 젊은 사람들도 싱글거리고, 소리를 내어서 웃는 청년도 있다. 명신이는 귀밑이 발개지며 쓴웃음을 지어보

였다. 명신이의 사정은, 오던 날부터 홀 안에 소문이 쫙 퍼져서 호기심의 초점이 되었었다. 네 살 먹은 아이가 방 속에 갇혀있는 것도 단골손님들은 안다. 오기 싫다는 것을 억지로 끌어 왔다는 저 숫보기 과부 미인이 어찌 되려누 하고 바라보아 오던 끝에 딴 사람이 된 듯이 별안간 말쑥이 차리고 나선 것을 보고는 누구나 박수로 환호하고 싶을 만큼 좋아하는 것이었다. 희롱으로 웃는 것이 아니라 화초로 보고 만족해서 웃는 것이었다.

저녁때 학교에서 오는 길에 들린 홍식이는, 쓱 들어서다가, 바로 문 밑의 테이블 옆에 섰는 명신이와 마주치자 깜짝 놀라며 눈이 번했다. 명신이는 부끄러운 듯이 선웃음을 쳤다.

시치미 떼고 박스에 가 앉은 홍식이는 지나쳐 가는 명신이의 뒷맵시를 바라보며 좀 더 예뻐졌다고 마음에 좋기는 하나, 누구를 뵈려고 파마를 하겠느냐고, 이태동안 그런 데는 눈을 안 뜨고 양직 두루마기를 해 입으래도 대상이나 지내야 그런 것은 몸에 걸친다던 사람이 하룻밤 사이에 또 무슨 요변이 나서 저렇게 홱 돌아섰누 싶었다. 그러나 이왕이면 자기가 해 입혔더면! 하는 생각을 홍식이는 하였다. 창규가 환심을 사느라고 해 입힌 거나 아닌가? 하는 의심도 들어서 심사가 부르를 난다.

'저 머리는 누구를 뵈자구 지졌누? 날 뵈려구? ······'
하며 홍식이는 혼자 코웃음을 쳤다. 여자가 꼭 누구에게 보이자고 몸가축을 하는 아니지마는, 날마다 몇 백 명씩 드나드는 남자들에게 보이자고 파마를 하였나 하면 그것도 샘이 났다.

차를 가져 왔기에 홍식이는 시치미 떼고 넌지시

"그거 좋구먼! 언제 만들었소?"

하고 말을 붙이니까,

"예서 만들어 준 작업복예요."

하고 명신이는 생긋 웃고만 가 버린다. 홀 안에서는 둘이 친한 새라는 것을 보이지 않기 위해서 그러는 것이지마는, 이런 데 나와서 며칠 동안 뭇 남자 앞에서 휘둘리고 새 옷을 입고 하니 마음이 차차 산란해 가며 나련히 달큼한 생각에 끌려가는 눈치였다.

해가 뉘엿뉘엿하여 다방 안이 반이나 빈틈을 타서 홍식이는 앞문으로 나와 뒷문으로 갔다.

"그 또 무슨 돈에 방을 정해 주구……."

하며 명신이 모친은 책망 비슷한 소리를 하면서도 좋아하는 말눈치였다.

여기서도 방을 구하지마는 누가 나가 구할 사람도 없고 말뿐인데, 몸이 괴로울 때 나가 누울 자리라도 생겼으니 고마워하는 것이었다.

"어서 이사나 가세요"

"틈나는 대루 가기야 하지만……."

눈치를 채고, 명신이가 레지에서 들어온다. 입성이 날개라고 참 돋보였다. 다만 그 옷의 내력을 생각하면 불쾌하였다.

"왜 또 이리 들어오셨에요? 늦기 전에 가시지."

명신이는 설날의 처녀같이 새 옷 바람에 모든 손님이 자기를 환영해 주는 기쁨에, 좀 상기가 되었던 끝이었다.

"수고하십니다!"

방문턱에 앉은 홍식이는, 실없이 한마디하며 비로도 긴치마를 늘이고 앞에 섰는 명신이를 위아래로부터 보며 얄밉고도 예쁘다고 생각하였다.

"우리 잠깐 행기 삼아 나갑시다. 이왕이면 외투든 두루마기든 하나 장만해야지!"

이왕 어제 낸 말이니 돈 없어지기 전에 해 주고 싶었다.

"참, 그두 그래. 여기 그 사만 환 있는데, 어차피 드려야지."

하고 모친은 방으로 들어와서 지폐뭉치를 꺼내놓는다.

"그건 그대루 두구 쓰세요"

홍식이는 돈에 손도 안 대고 일어서며 명신이를 나가자고 재촉했다.

"애, 이왕 나가는 길이건 이걸 가지구 나가서 아주 외투를 맞춰라. 이루 버선을 대는 수가 있니. 구두를 신어야지."

모친은 사만 환 속에서 한 뭉치를 집어 준다. 딴은 버선을 해 댈 사람이 없었다.

"아주 판을 차리구 장기전이로군!"

어스레한 골목길을 나오며 홍식이는 코웃음을 쳤다.

"그럼 어떡해요 아주 애걸인데! 한 달만이라두 있어 줘야지. 그리고 어머니를 위해서도 좋두룩 해야지."

홍식이는 잠자코 말았다.

명동 거리의 양복집에서 외투를 맞추고 나서 선금을 치르려고 홍식이가 풀기가 빳빳한 천 환짜리만 이만큼 꺼내들고 헤려니까, 명신이는

질겁을 해서,

"아녜요. 여기 있에요. 그건 넣어 두세요."

하고 싸 가지고 나온 헌 돈 만 환 뭉치를 내놓았다. 돈은 반가워도 십환짜리 백 환짜리 뭉치는 주체스러워서 멀미를 대는 시대다.

"응, 그게 됐군! 그럼 이걸 대신……."

하고 홍식이는 천 환짜리 열 장을 세어서 명신이에게 대신 주었다. 아예 마다는 것을,

"글쎄 집어넣어 두라구. 내가 나중에 찾아 쓸 테니."

이제는 말공대도 없어졌다. 그것이 또 격에 어울리기도 하였지만 양복집 주인은 빙그레 웃으며 물계만 바라보고 섰다.

"이왕이면 나선 길에 아주 구두두 맞춥시다."

명신이는 벌써 생각한 일이다. 게까지 생각해 주는 것이 고마워서 아무 말도 안 나왔다. 혼인 때 만든 구두를 아껴 두었다가 부산서 불에 태워 버린 것이 아까운 생각만 났다.

구둣방에서 한참 거레를 하고 나오니까, 날이 푹 저물고 바람이 모질다. 명신이가 오수수해 하는 꼴을 보고, 호젓한 컴컴한 속에서 잠바를 헤치더니 한 자락으로 명신이의 등을 싸 주며 허리를 꼭 껴안았다.

명신이는 빠져 나가지도 않고 가만히 안겨서 걷는다. 걷기는 거북하나 푸근하니 뱃속까지 더워 오는 것 같다. 남자의 팔이 허리에 휘감길 제 가슴이 울렁하며 몸이 부르를 떨렸으나 차차 따뜻한 감미한 기분에 녹아들어 가는 것 같다가 다시 생기가 팔팔 나는 것을 깨달았다. 언틀 먼틀한 헐어진 빈터를 지나며 저편에서 인기척이 나자 뚝 떨어졌다가

사람을 지나 놓고는 서로 다가서며 또 잠바 쪽으로 들어갔다.

"자 그러구 보니 구두를 신자면 짧은 치마가 있어야지 않나?"

"아이 몹시 잘기도 하슈. 염려 마셔요."

명신이는 차차 마련할 작정이었으나 큰 길로 빠져 나오니까 눈에 띄는 포목전으로 끌고 들어갔다. 치마저고리 두 벌을 끊었다.

"왜 이러세요. 우선 한 벌만 해도 좋은 걸."

미안도 하거니와 풀이 빳빳한 천환짜리만 연달아 나오는 것을 보고 명신이는 겁이 나서 물었다.

"왜 이러긴 뭘 이래."

홍식이는 코웃음을 쳤다. 방 세전 치르고 남은 오만 환을 공장에서 거래하는 동리의 은행 지점에서 천 환짜리로 바꾸어 가지고 나왔을 뿐이지 별일은 없는 것이었다.

"아주 내친걸음에 다 마련해 두자구."

덮어 놓고 환한 양품점 문을 열고 들어서니 명신이는 쭈뼛쭈뼛 하면서도 따라 들어서는 수밖에 없었다.

여기서는 울·나일론 양말에 검정 장갑을 고르게 하고 핸드백은 홍식이가 자기 손으로 골라잡았다.

"어이 춰. 인젠 어디 들어가 몸을 좀 녹여야지."

점방에서 컴컴한 거리로 나서며 홍식이는 또 명신이의 허리를 끼고 싶은 충동을 느꼈다.

만만하니 눈에 띄우는 대로 중국집으로 들어섰다. 아직 전등불을 안 주어서 카바이드를 켜고 있었다. 아래층은 휑뎅그렁하니 찬바람이 돌기에 위층으로 올라가 보니 스토브 불은 깜박거리나 아늑한 방이었다. 옆 방에서는 지절거리고 법석이었으나 둘이만 한 방을 차지했다는 것이 두 남녀에게는 새삼스레 기뻤다.

"경칩 추원가 별안간 왜 이렇게 쌀쌀해!"

음식을 시키는 동안 명신이는 스토브에 불을 쪼이고 섰다. 보이를 내보내고 홍식이도 마주 와서 서며, 연통에다 녹이고 있는 명신이의 쳐들은 두 손을 가만히 쥐었다. 가죽 장갑을 끼고 있던 홍식이의 손에는 밤바람에 언 명신이의 손이 차디차다. 연통을 새에 두고 손길을 맞붙들고 섰는 두 남녀의 입가와 눈가에는 행복한 웃음이 넘쳐흘렀다.

손이 녹기를 기다리며 꼭 쥐고 섰다가, 그리고만 있기가 거북해서 오른손은 탁 놓고 왼손은 붙든 채 마주 다가서며 팔들이 얼싸안으려고 공중에서 춤을 추려는데 보이가 노크도 없이 문을 펄썩 연다.

두 남녀는 살짝 떨어져 테이블을 끼고 얌전히 마주 앉았다. 피차의 얼굴에서 흥분한 기색을 보며 가만히 웃는 것만을 향락하는 수밖에 없었다.

"어떻게 내일은 짐을 옮기십시다. 내 차를 마련해 가지구 이리 올까?"

보이가 접시와 젓가락과 종잇조각 냅킨을 벌려 놓고 나갔다. 그 보이가 나가는 동안이 지루하도록 홍식이는 몸이 달았다. 명신이도 몸이 노그라지는 것 같고 속이 발발 떨렸다. 저편이 벌떡 일어나니까 명신이도 정신 잃은 사람처럼 반사적(反射的)으로 발딱 마주 일어나서 누가 먼저고 나중 없이 네 활개가 엇갈리었다.

"그럼 내일 몇 시에 오시겠에요?"

"글쎄 차 형편이 어찌 될지? 어머니두 내일은 나서시래야지."

"어쨌든 내일 떠나요. 제일 방에 갇혀 있는 어린 게 가엾어서."

어린것도 가엾지마는 어제까지와도 달라서 이제는 조용히 만날 자리를 하루바삐 만들고 싶은 은근한 욕심은 피차에 일반이었다.

옷 마련을 해 주고, 받고 해서 별안간 가까워진 것이 아니라, 오랫동안 참았던 정열이 열병처럼 솟아나고 물 보가 터지듯이 터지려는 것이었다.

요릿집에서 나온 두 남녀는 아까처럼 캄캄한 속에서 잠바 하나에 둘이 포개 싸여 걸었다. 명신이는 손에 든 핸드백이며 뭐며 산 물건 봉지가 귀치않을 만치 폭 노그라져 남자에게 끌려갔다.

다방 뒷문 골목을 들어서니 희미한 불빛에 잠잠하다.

홍식이는 딱 마주서며 한 번, 잠바 안으로 여자를 꼭 껴안았다.

씨근씨근 숨이 가빠하는 여자를 뚝 떼어서 뒷문으로 들여보내 놓고 뚜벅뚜벅 골목을 돌아나오던, 홍식이는 가슴속이 확확 달아서 아무래도 그대로 갈 수가 없었다. 어디 가서 진정을 해야 하겠다고 환한 데서 다시 한 번 명신이의 얼굴을 봐야 갈 것 같다. 앞문으로 다방에 들어앉을까 하다가 홀에서 만나서는 설면설면해서 재미없다는 생각이 들어 다시 뒤돌아 뒷문으로 가서 찌걱찌걱 흔들어 보았다.

"왜, 또, 안 가구……."

문이 열리며 명신이 모친의 나무라는 소리가 컴컴한 속에서 나직이 들렸다.

"에이 추위! 좀 녹여 가야 하겠어요"

홍식이는 구두끈을 풀 사이도 없이 방으로 뛰어 들어갔다.

"그러세요 좀 누우세요"

사 온 물건을 펴 놓고 어머니에게 뵈며 외투와 구두 맞춘 이야기를 하며 앉았던 명신이는, 오랜만에나 만난 듯이 반색을 하며 웃음을 띠고 일어나서 베개부터 찾는다. 그저 가슴이 들먹들먹하여 좋았다.

혼인

이사 가던 날 낮에 명신이 모친이 인웅이 집에를 가니까 조 씨 부인은 반색을 하며

"바쁘시기두 하겠지만 어쩌면 그렇게 뵐 수가 없어요. 내일 모레가 혼인인데!"

하고 붙들어 일을 시키려는 눈치였다. 피로연을 떠벌리고 할 처지도 못 되고 보니 식이 끝난 뒤에 두 집에서 각각 자기 집 손님을 자택으로 청한다는 것이다. 그래서 떡쌀은 벌써 담가 놓았고 지금 장을 보러 나가는데 같이 가자는 것이다. 큰 상을 차려야 하고 백 명 이상은 될 손님을 겪자면 흥정도 수월치 않을 거라, 집일은 식모에게 맡겨 놓고 인웅이까지 발기와 돈 보따리를 들고 따라 나섰다.

나오는 길에 집알이 한다고 명신이한테 들렀다.

부엌에서는 석탄아궁이를 하는 모양이요 세간이 없으니 벌써 깨끗이 치우고 있다.

"자네 웬일인가? 예까지 왔으면서 모른 척하구 있어?"

마루로 나서는 명신이 뒤에서 홍식이가 부스스 일어서는 것을 보고 인웅이가 알은체를 하였다.

"나두 집알이 왔네."

하며 홍식이는 굽실 인웅이 모친에게 인사를 하였다.

"이따 들르게, 저녁이나 나하구 같이 하세."

"가지, 허지만 저녁 두 번 먹게 됐네."

하며 홍식이가 웃으려니까, 명신이 모친은 딸더러

"얘, 저녁이 뭐냐? 옥진인 저 집 갖다 두구 넌 어서 가 봐라. 내가 모레까지는 못 갈 거니까 네가 부지런히 가 있어야지."

하고 이른다. 오늘은 집 든다고 하여 오후부터 명신이가 놀고 모친이 집만 배우고 다방으로 간다던 것인데 대신 가라니 마음 놓고 재미있게 놀려던 명신이는 실쭉해 한다.

"가긴 뭘 가요. 하루바삐 발을 빼야 할 텐데."

다들 나간 뒤에 홍식이는 충동였다. 경칩이 지나기는 하였지마는 냉돌에 요를 펴고 앉아서도 추운 줄을 모르는 사람들이었다. 아궁이가 되어서, 고생 고생해 가며 구멍탄을 피우고 버려두었던 솥을 씻어 걸고 하느라고 벌써 해질 머리였다. 다방에는 가고 말고가 없었다.

"어디 저 집에 좀 가 보구 와야지."

명신이가 시장에 다녀와서 밥 지러 나가는 길에 홍식이도 할머니한테 가자고 옥진이를 데리고 따라 나섰다.

장보러 간 사람들은 아직도 아니 왔다. 안방에서 인임이가 나와서,

"춘데 올라오세요 곧 오시겠죠 옥진아 들어가자."

하고 옥진이를 끌어 올려서 데리고 앞장을 서 들어간다. 홍식이도 따라 들어갔다. 새 방석을 아랫목으로 내놓고 방바닥에 널려 있는 것을 치우고 인임이는 한참 부산하였다. 본 둥 만 둥 하고 쌀쌀하던 전보다는 퍽 달라진 것 같다고 홍식이는 생각했다.

인임이는 옥진이를 앞에 앉히고 옆으로 비켜 앉으며, 금시로 꺼낼 말이 없어서 그런지,

"이번 졸업하시면 곧 군대 가시게 되나요?"

하고 말을 붙였다. 오라비에게 물어봐도 알 일이지마는 이 남자의 얼굴을 보니 별안간 그런 생각이 떠오른 것이었다.

"글쎄 봐야 알겠어요 모두들 작년 십일월 달에 갔는데, 우리는 실험실 일이 끼고 해서 못 가구 말았죠"

"훈련을 받더라두 곧 예비역으루 돌려서 취직이라두 한다면."

"그렇게 되겠죠 애써 배운 기술을 살려야 국가적 견지로두 유리하니까."

이야기는 여기에서 딱 막혔다. 그러나 이 처녀의 묻는 말에는 오라비의 혼인과 연결하여 제 혼인도 염두에 두고 하는 것 같았다.

장을 보아 온 마님은 신기가 매우 좋았다. 돈을 많이 써서 걱정이 되는 게 아니라, 외롭던 생애에 며느리를 보고 백여 명 손님을 정하여 잔치를 치른다는 것이 큰 공이나 하나 이루어 놓는 듯이 기쁘고 자랑을 느끼는 것이다. 이런 즐거운 때 남편이 없어 섭섭하다는 생각은, 그것도 세월이 가니까 엷어져서 언짢은 낯빛을 뵈거나 하지 않았다. 그저

247

두 남매만 바라보면 마음이 턱 놓이고, 지금도 안방에 들어와 홍식이하고 인임이가 이야기를 하며 노는 것을 보니 마음에 또 좋았다.

젊은 애들 상을 아랫목에 일자로 앉게 하고, 가운데 들러리 상을 놓고 여편네들이 앉아서 밥을 먹는 것도 즐거웠다.

오라비와 홍식이가 맞겸상을 받고 앉았는 데에 시중을 드는 인임이의 거동과 표정에도 열이 있고 성의가 있어 보였다. 조 씨 부인은 그런 것도 눈여겨보며 다행하다고 생각하였다.

"아무래두 대추는 사야 하구 대추가 있으면 밤이 끼어야 하겠기에, 밤 서너 되를 샀는데 생률을 누가 치니?"

모친은 그것이 걱정이 되어서 아랫목에다 대고 의논이다.

"염려 맙쇼 내 쳐드릴께 어서 밤이나 까서 물에 담가 놉쇼"

생률을 친다는 것은 시간만 잡아먹는 비현대적 취미지마는, 홍식이는 할아버지 소대상 때와 죽은 형의 혼인 때 쳐 봐서 솜씨가 있다고 떠벌여대는 것이었다.

"바람 좀 쐬구 들어와서 밤 새워서라두 쳐 줌세."

"뭐, 늙은이처럼 그런 걱정 말구 갈 테건 가게. 내일 누구든지 와서 해 주겠지."

내일은 큰 집에서 와 외가에서들 들끓어 와서 조력을 할 것이다.

"아니, 곧 갔다 와."

홍식이는 한마디 남겨놓고 허둥지둥 나가 버렸다. 물어보지 않아도 명신이에게로 뛰어간 것이 뻔하다. 인임의 낯빛에서 풀이 빠져 보였다. 인임이 모친도 아까 나가다 들렸을 제부터 젊은 것들이 둘이 들어앉았는 것이 못마땅히 보였지마는 실쭉한 기색이다.

"지금 세상이니까 뭐 마련 없지만, 젊은 것들 하는 대로 내버려만 둬도 안 되지 않겠어요."

조 씨 부인은 명신이 모친에게 좀 듣기 싫은 소리를 하였다. 중매를 똑똑히 들라는 말도 되었다.

"아아니, 이번 이사 오는데 애썼다고 저녁 대접을 한다는 것인데, 그래서 건너간 게지."

명신이 모친은 변명을 해 주었다.

명신이 집으로 뛰어 온 홍식이는 캄캄한 속에서 문 열기를 기다리고 섰다. 문 두드리는 소리에,

"네."

하고 나오는 명신이 목소리도 귀엽고, 그 기척이 기다리기에 바빴지만 출근했다가 돌아오는 남편을 맞아들이는 신혼부부와도 같다.

문에 고리를 챌 새가 없이 그동안을 못 참아서 컴컴한 속에서 홍식이는 그대로 대들어 꼭 껴안았다. 허리를 맞끼고 툇마루로 올라와서 방문을 열며 비로소 떨어졌다. 방 안에는 감시하는 두 눈이 있기 때문이었다.

"진지를 예서 잡숫지 않구! 우린 안 먹구 입때까지 기다렸에요."

"응, 그럴 줄 알구, 먹다 말구 급히 뛰어 왔지."

밥상이 들어오고 세 식구가 모여 앉으니 피차의 마음이 옥신옥신하며 이만하면 행복하지 않으냐는 생각이 들었다. 정열이 부풀어 오르니까 먹을 생각도 없고 밥맛도 몰랐다. 그저 마주 보곤 웃고 손끝이라도

살이 닿기만, 목이 마른 듯이 서로 바랬다.

"어떻게들 저녁들을 먹었니?"

마당에서 모친의 목소리가 난다. 아까 그 북새에 미처 문을 걸지 못하고 들어왔기 때문에 소리 없이 들어온 것이었다.

"어서 들어오세요 왜 진지를 예서 안 잡숫구. 군 고기 해서 좀 더 잡수세요"

명신이는 아랫목에 묻어 놓은 모친의 밥그릇을 꺼낸다.

"아니다. 난 저기서 잘 먹었어."

"누군 안 먹었습니까. 그러구두 전 또 먹는데."

홍식이도 권하였다.

"뭘, 저기선 반 그릇두 안 자시던데! 하여간 잘 됐어."

하며 명신이 모친은 고기 접시를 들여다보더니,

"이게 뭐냐. 이렇게 꾸들어 빠져서."

하며 접시를 들고 부엌으로 내려가더니 이글이글 다시 쬐어서 데밀고는,

"난 간다."

하고 그 길로 인웅이 집으로 건너갔다.

설거지를 하는 동안 홍식이는 팔베개를 하고 번듯이 들어 누워서 집 생각을 머리에 그려 보았다.

'가끔 나와 자기루 어떨까.'

앞으로 부친과의 충돌을 생각하면 머릿살이 아팠다.

"남 장가가는 거 보니까 부럽던데! 우리 결혼식은 언제 할꾸?"

부엌에서 올라와서 팔베개를 한 것을 보고 자기 베개를 가져다 놓는 명신이의 얼굴을 들여다보며 하는 소리였다. 허나 조금도 실없은 어조는 아니었다.

"객설 마세요 나 같은 게 쭉 째진 결혼식은 무슨 결혼식!"

하고 명신이는 앞으로 와 앉다가 다시 일어나 안으로 난 창문의 덧문부터 닫는다.

"염려 말아요 늦어도 가을까지는 떡 벌어지게 식을 하구 말거니."

"제발 그러세요. 누가 마시래요 인임이가 전과는 태도가 아주 달라졌더라면서요?"

하고 명신이는 생글 웃는다. 그것은 무슨 투기도 아니요, 꼭 그렇게 되라고 바라는 것도 아닌 어리뻥뻥한 감정에서 나온 수작이었다.

"그야말루 객설 말아요 기정방침에는 변동 없으니까!"

어느덧 어린아이의 눈을 피해서 손길이 마주 잡혔다.

"인젠 어서 가세요. 영감님께서 야단이실 텐데. 요샌 밤일 없나요?"

명신이는 걱정이 돼서 어서 보내려 하였다. 그러나 홍식이는 잠자코 천정을 바라보고 누워서 여자의 부드러운 손만 만지작거린다. 명신이도 손을 잡힌 채 빼내려고도 않고 가만히 있다. 차차 상기가 되어갔다.

"오늘은 저 집에서 잘까 봐. 생률을 쳐 달라는데."

홍식이는 노곤하니 이대로 잤으면 좋겠다는 유혹을 딱 물리치고 벌떡 일어나 앉으며, 앞에 있는 명신이에게 달겨들고 싶은 충동도 꾹 참고 일어섰다.

"말하자면 서투른 숙수(熟手)루 불려가는 모양이었다! 우리 피로연은 고원다방서 하는 게 어떨꾸!"

홍식이는 방문을 열고 나서며 껄껄 웃는다.

"에그, 망령의 소리 그만해요"

하고 명신이는 문을 걸러 따라 나왔다.

"내, 내일 아침 집에 가는 길에 들를게. 여섯 시쯤이면 밝겠지. 그때 올께요"

나가다가 되돌아선 남자는 문간에서 귓속을 하는 것이었다. 명신이는 대꾸도 안했으나 머릿속까지 화끈 달아오르는 것 같았다.

이날 밤 명신이도 변변히 잠을 못 잤지마는 새벽 다섯 시에는 벌써 눈을 떴다.

'정말 오려나?'

바로 갈 일이지 왜 들른다는 것인지? 걱정도 되면서 자연 기다려졌다.

날이 활짝 밝으니까 쪽문을 흔드는 소리가 난다. 명신이는 깜짝 놀라 일어나서 발을 벗은 채 나가 문을 열었다.

"그눔의 생률이란 늙은이나 할 일이지 못 할 일이야. 밤을 그만 꼬박 샜는데……."

하며 잡담 제하고 방으로 들어선다.

"그럼 밥 짓는 동안 주무세요"

하고 명신이는 자기 이부자리는 아이 아래로 밀어 놓고 서울에 갓 올랐을 때 홍식이 집에서 가져 온 금침을 꺼내서 아랫목에 깔아주고 부엌으로 내려갔다.

아홉 시나 되어서 명신이 모친이 손주년을 데려갈 겸 궁금해서 건너오니 문이 잠겼다. 잠깐 거레를 하다가 나오는 명신이는 자다 나오는 모양이었다.

"그저 밥 안 짓니?"

"밥은 지어 났어두 먹을 사람들이 일어나야죠."

마루 끝에 구두가 놓인 것을 보고

"엉, 여기 와서 또 자는구면."

하고 모친은 아무 내색도 보이지 않고 방으로 들어섰다. 아이도 밤을 샜는지 조그만 년까지 자다가 겨우 부스스 깬다.

"아 오셨어요?"

하고 홍식이가 눈을 뜨고 벌떡 일어나 앉더니,

"아이, 왼종일 잤으면 좋겠다. 저 집 가시건 나 예서 자더란 말 마세요."

하며 기지개를 켜고 커닿게 하품을 한다. 아랫목에 채를 잡고 누웠는 것이 미안해서 어름어름하는 눈치였다.

"어머니, 나두 오늘 하루 쉬었으면?"

명신이는 어린애 옷을 입히며 모친을 치어다본다. 잠이 부족한 얼굴이나 생기는 있어 보였다. 멀거니 바라보는 홍식이와 눈이 마주치자 생긋하며 외면을 해 버렸다.

"그게 무슨 소리냐. 어제두 모른 척하고, 날 위해서라두 갔다 와야 한다."

명신이 역시 귀찮아도 그래야 하겠다고 생각하였다.

명신이가 자리를 걷는 동안 모친은 부엌에 내려가서 끓는 찌개의 간을 보고 반찬 마련에 부산했다.

'나두 사위를 얻었나?'

하는 생각에 이 마님은 좋기도 하고 걱정도 되었다. 그러나 사는 데 대한 든든한 자신이 더 늘었다.

젊은 것들이 나가서 세수를 하고 화장을 하고 머리를 빗고 나기를 기다려서 밥상이 올랐다.

"혼인집에 조력하느라구 그렇지만, 이렇게 나와 자 버릇하지 마라. 우리들만 의심을 하실 거구……."

밥상을 받고 앉는 홍식이에게 마님은 핀잔주듯이 타일렀다.

"염려마세요 친한 친구 장가가는데 하룻밤쯤 새기루."

하며 홍식이는 껄껄 웃는다.

'친구가 장가를 가는지? 제가 장가를 가는지?'

하는 생각을 하며 마나님은 둥그런 밥상에 붙어 앉은 세 식구를 둘러보았다. 어떻게 하는 수없이 이렇게 되고 말았지마는 아무래도 이것은 변칙(變則)이다. 이 변칙을 어떻게 바로 잡아 놓아야 할지 그것이 이 중매를 선다고 나선 마님의 걱정이었다.

"할머니 나 오늘두 저기 가?"

"응, 가자."

밥상에서 물러난 옥진이가 앞장을 섰다. 명신이가 치장을 하는 동안 모친은 설거지를 후딱 하고 문을 안으로 잠그고 안집으로 통해 나왔다. 젊은 것들을 보낸 뒤 손주 딸년을 데리고 오면서도 명신이 모친은 저것들이 어디로 번져가지나 않을까 걱정이 되었다. 그래도 전차 속에서 명신이와 헤어진 홍식이는 집에 들어와서 인웅이 혼인에 생률 쳐 주느라고 밤을 세웠다는 것으로 변명이 섰다. 요새는 졸업 밑이라, 신통한 강의도 없고 하여 학교에는 아니 나가고 온종일 공장에서 부지런히 일을 했다. 아침에 졸립던 잠도 달아났다. 그 대신 저녁때쯤 되니까 또 혼인집에 가 봐 주어야 하겠다고 부친의 승낙을 받고 집에도 일러 놓고 나섰다.

그 길로 홍식이는 다방으로 달아났다. 다섯 시에 만나자고 명신이와 맞추었던 것이다. 홀에 들어가서 물끄럼말끄럼 잠깐 마주 보다가 나와서 뒷문께로 돌아가니 벌써 명신이는 외투를 입고 난 뒤로는 나일론 양말에 새 구두를 신고, 가죽 장갑을 낀 손에 핸드백을 들고, 그만하면 어디를 내놓아도 부끄럽지 않은 숙녀다.

"어디 가 저녁부터 먹자구."

오늘은 홍식이가 아는 양요릿집으로 끌려갔다. 밥 지을 걱정 없이 흐뭇이 먹고, 둘이 집에 돌아와 보니 방에는 전등불도 안 켜 있었다.

아홉 시나 가까웠을까 초봄 밤이 이슥해서 모친이 어린것을 데리고 건너왔다. 협문을 찌걱찌걱해 보다가 안대문으로 들어와서 북쪽 미닫이를 떡 열며,

"들어왔니?"

하고 소리를 내는 바람에 명신이는 후다닥 일어났다.

"지금 막 들어왔에요."

명신이는 어린애를 데리러 간다는 것을 홍식이에게 붙들려서 못 가

고 말았기에 변명삼아 하는 말이었다. 초저녁에 들어온 것을 아는 주인 집에서 들으면 코웃음을 칠 것이다.

그러나 생전 안 해 보던 거짓말도 어머니한테 하게 됐구나 생각했다.

"아주 바빠서 법석인데 너두 가서 거드는 척이라두 해야지."

모친은 홍식이가 와 있는 것이 역시 좋기도 하고 실쭉한 내색이었다.

"가죠"

하고 명신이가 선뜻 나서니까, 홍식이가

"아, 난 집 보아 드리지. 이틀씩 밤 샐 수는 없어. 나 여기 있단 말 마세요."

하고 입버릇같이 한마디 당부를 하며 쓰러져 버린다.

"에이 자리 깔구 누우세요"

명신이는 부리나케 자리를 깔며,

"내 자정까지만 있다가 올께요"

하고 넌지시 홍식이에게 일렀다. 대문도 바깥 고리를 걸어 두었다.

"어린 걸 어떡하구 왔니"

"네, 쓰러져 자기에 문 잠그구 왔어요."

"뭐 이젠 할 일 없다. 꿈질밖에. 집을 비워 놓고 와서 됐니. 어서 가 봐라."

주인마님의 분별이었다. 그러나 명신이는 안방에 끼어 앉아서 꿈질을 거들었다. 날이 쌀쌀하니 안방에서 큰 상을 받게 한다 해서 아낙네들은 이리 몰리고 건넌방에서는 남자들이 과일을 괴어 오고 마루에서는 떡 시루를 가지고 법석들이었다. 큰 상이란 것을 받아보고 구경도 못한 명신이는 이런 집에 오는 색시가 부러웠다. 그러나 눈을 껌벅거리며 기다리고 누웠을 홍식이를 생각하면 세상이 환한 것 같고 잠시를 떨어져서도 그립다. 안방 건넌방으로 오락가락 접시를 들고 심부름을 다니는 인임이를 보고

'이 색시는 어디로 가서 큰 상을 받을 텐구?'

하는 생각을 하다가,

'홍식이와 혼인이 되면 난 어떻게 될꾸?'

하는 생각을 하니, 그런 일은 있을 수 없을 듯도 하고, 인임이가 금시로 미워도 보이고 인임을 보기가 부끄럽기도 하였다.

명신이는 열한 시가 넘어 일이 웬만큼 끝난 뒤에 건너갔다. 날이 새어 혼인날에는, 아직도 거성을 입었다는 핑계로 혼인집엔 들여다도 보지 않고 다방으로 나가 버리고, 모친이 어린것만 데려갔다.

홍식이도 벌써 건너와서 집에서 일찍 나온 듯이 한참 떠벌리다가 조반을 함께들 먹고 식장 분별하러 나갔다.

명신이 모친은 식모 마님과 같이 집 보고 음식 건사하느라고 식장에는 못 갔었다. 열한 시에 식을 시작해서 열두 시면 손님을 태운 버스와 함께 신랑신부의 차가 들이닥칠 줄 알았더니 한 시나 되어서야 차 소리가 뿡뿡거리며 손님이 쏟아져 드는 바람에 얼들이 빠졌다.

폐백대추와 육종까지 아주 마련해서 식장으로 가지고 갔다가 이리로 싣고 왔으나, 인웅이 모친은 자기 혼자 무슨 폐백을 받겠느냐고, 마루에 미리 차려놓은 제상(祭床)으로 올리게 하였다. 마나님은 새 며느리가 제상 앞에서 큰 절을 하는 것을 보고 그래도 잠깐 섭섭해서 눈물이 글

썽하였다.

"어서 데려다 앉혀라."

신부를 안방으로 데려다가 먼저 들어와 앉은 신랑 옆에 앉혔다. 들러리들은 신랑 편에는 홍식이가 끼었고, 신부 편에는 시누이자 동창생인 인임이가 하얗게 차리고 끼었었다. 시누이가 들러리를 섰다는 것이 식장의 이야깃거리가 되었고 모두들 좋아하였다.

주례로 온 공과대 학장과 후행으로 따라온 신부의 오라비 진호는 신랑신부의 좌우쪽으로 앉았다.

들러리들은 옆으로 큰 상을 격하여 마주 앉았었다. 예전 같은 신랑신부의 몸상(床)이란 것은 집어치우고 큰 상에 모여 앉아서 젊은 애들이 떠들어대며 법석들을 하며 술 주전자부터 나오고 국수가 나오기를 기다리는 판이다.

머리가 반백이나 되고 캥캥하니 샌님 같은 주례가 일어서더니 한마디 인사를 한다.

"국수를 주실 테니까 덕담을 해야 하겠지마는, 그런 게 아니라 김 군이 내게 와서 주례를 해 달라기에 졸업이나 하고 장가를 갈 일이지 왜 이리 서두르냐니까, 졸업을 하면 곧 군대로 나갈 테니 쓸쓸한 집안에 어머니를 위해서 장가를 간다는군요 집안 사정을 다 듣고 나는 감동했습니다. 별 사람이 효자입니까! 이런 사람의 아내는 반드시 효부요, 열부일 것입니다. 이 댁(宅)은 크게 흥왕하실 것입니다."

모두들 종용히 듣고 앉았으나, 윗목에 섰던 조 씨 부인은 눈물이 핑 돌면서 고마운 생각에 그리로 가서 절이라도 하고 싶었다.

주례선생은 자리에 앉더니 한잔 김에,

"나, 여러 혼인에 다녀봤어야 이렇게 유쾌한 데가 없어. 아아니, 들러리 두 쌍두 결국 장가가구 시집갈 처녀, 총각이겠지? 예서 아주 약혼식을 해 버리면 어떨꾸?"

이것은 들러리를 선 한 학생이, 같은 제자인 홍식이는 인임이와 약혼을 할 것이라고 말하였기 때문이다.

"그거 좋은 말씀입니다."

큰 상을 둘러싸고 섰는 여자들 중에서 주인마님이 한마디 하였다.

인임이는 생긋 웃으며 마주 앉은 홍식이를 치어다보았다. 그러나 남자가 아무 대꾸도 없이 무표정한 데에 인임이는 놀랐다. 부끄러운 생각이 들며 굴욕을 느끼기도 하였다.

피로연이 두 쪽으로 나뉘었으니, 잔치가 웬만큼 되자 신랑 신부는 후행 온 신부 오라버니에게 끌려서 신부 집으로 갔다. 격장이라 신부도 면사포를 쓴 채, 주례와 들러리들에게 옹위를 하여 큰길을 걸어 건너갔다.

신랑 축들이 다시 건너와서 새판으로 술상을 차리고 젊은 축들이 법석들 하는 통에 저녁때가 되니까 낮은처남이 또 신랑을 데리고 왔다. 옛날 같으면 하님을 청자로 보내고 인력거나 자동차를 보내서 데려갔겠지마는 집안끼리 같으니 그대로 끌어가는 것이었다.

신랑을 끌어가니 한바탕 뒤끓던 술좌석이 한때 헤식기도 했지마는, 모친은 아들을 빼앗기는 거나 같이 서운해서 멀거니 바라다보고만 섰다.

나이 먹은 신랑이라 해서 신방을 하루만 치르게 하고, 푸리기를 이튿날로 해서 색시를 당장 낮에 데려왔다. 잔치가 이틀이나 연달아 어정버정하였다.

홍식이는 어제 혼인날까지도 명신이한테서 자고 오늘은 안 오기로 약속이었다. 해 진 뒤에 돌아온 명신이는 마음 놓고 아이를 데려올 겸 색시를 보러 바로 혼인집으로 들어갔다.

"아 늦었구나! 어서 올러오너라."

어제 못 왔다 해서 주인아주머니가 반갑게 맞아 주는 것만 고마웠다. 밤낮 보던 사람이지마는 색시거니 하고 보니, 곱고 부드러워 보였다. 자기 몸은 아무래도 더러워진 것같이만 생각되고, 이 집에서 홍식이와의 관계를 알게 된다면? 하는 생각에 송구스러워서 오래 앉았기도 미안하다.

저녁을 여기서 얻어먹고 모친이 손이 나기를 기다려서 세 식구가 건너왔다.

"아이, 뜨뜻해 좋구나! 얼마만이냐? 이렇게 내 방에 발을 뻗고 눕기가."

이틀 사흘 노력에 지친 모친은 그대로 아랫목에 쓰러졌다.

그러나 명신이는 홍식이 없는 방에 들어서는 것이 횅뎅그렁하니 쓸쓸하였다.

"그래, 홍식이가 뭐래던?"

잠이 든 줄 알았던 모친은 불쑥 말을 꺼낸다.

홍식이가 자기 이부자리에서 자던 생각이 나서 하는 말인지? 무엇을 뭐래더냐는 말인지? 명신이는 말뜻을 알 듯 모를 듯 얼른 대답이 아니 나왔다.

부자

"얘, 그 마님 가 있는 다방이 어디야? 명동 근처라지?"

점심을 먹고 공장으로 나오니까 부친이 쑥 묻는다.

"왜 그러세요?"

홍식이는 주춤 놀라는 눈치였다.

"아니, 내 그 근처에 가는 길에 좀 들러 보려구."

부친은 안락의자에 앉아서 골통대를 빽빽 빨고 있다.

"언제 가시겠어요?"

"글쎄······. 이따 다섯 시쯤 해서 갈지······."

홍식이는 부친에게 고원다방을 그림까지 그려서 가르쳐 주면서 속마음으로는 좀 겁이 났다.

"거긴 뭘 하러 가세요. 하실 말씀 있으면 제가 가서 전하죠."

부친은 거기에는 대꾸도 없었다.

홍식이는 밀린 일을 열심으로 하였다. 그래도 분주히 일을 마쳐 놓고,

네 시쯤 해서는 슬그머니 빠져나와 우선 다방으로 달아났다. 뒷문으로 가서 명신이 모친을 불러내 가지고

"좀 있다가 아버니께서 여길 오실지 모르는데 옥진 엄마가 여기 있단 말씀은 마세요. 그리고 좀 불러 주세요."

"아니 영감님이 이런 델 왜 오신대? 내가 가지."

마님도 좀 당황했다. 그러지 않아도 저 집에서도 마나님은 혼인이 끝나니까, 신기가 좋아서,

"형님, 올 가을쯤 재두 치우게 하십시다. 일 년에 두 번은 안됐다지만."

하고 또 통혼을 뚱기던 것이 생각난다. 중간에 끼어서 이런 곤경이 없다.

명신이는 온종일 시달리던 판에 홍식이가 왔다니 아주 외투까지 떼어 입고 나왔다.

"영감님이 오신대죠? 무슨 망령이 나세서."

하고 명신이는 시원한 바람을 쏘이는 것도 좋아서 저절로 웃음이 나온다.

"남 메누리 보는 것이 부러워서 자기 메누님 보러 오신다는 거겠지."

홍식이는 웃으면서 둘이 나란히 걷기 시작했다.

"그럼 아주머니 댁으로 선을 보러 가시겠군?"

"선은 어디루 또 보러 가실구. 선은 몇 번이나 두고 보신 선인데! 메누리를 봤다는 것은 이젠 기성사실(旣成事實) 아닌가!"

홍식이는 웃지도 않고 엄연히 쏘는 소리를 하였다. 제 계집이 음식점

에 고공살이를 하고 있는 꼴을 부친에게 보이기 싫어서 데리고 나온 신세를 생각하고 불쾌한 소리를 했지마는, 명신이도 다방 속에서 홍식이 부친을 면대하기는 싫었다.

아직 쌀쌀은 하지마는 초봄의 산들하니 안온한 날씨라 온종일 갇혔다가 나온 두 남녀는 차 탈 생각도 않고 걸어가다가, 저녁 반찬거리 생각이 나서 화원시장에 들어가 고무 보자기부터 사 가지고 고기며 야채며 흥정을 해 가지고 왔다.

와 보니 대문이 방긋이 열렸다. 이상하다! 하며 들어서자 눈에 띄우는 것은 검정구두 한 켤레다. 먼저 놀란 사람은 홍식이었다. 그것은 눈에 익은 부친의 구두였다.

방 안에 혼자 있던 부친이 미닫이를 열고 눈이 뚱그래서 내다보며

"너 어떻게 여기 왔니?"

하고 놀라는 소리를 친다. 이 양반이 여기에를 왜 와 계신가 하고 두 남녀는 깜짝 놀라 인사도 변변히 못하는 판인데 영감님이 한길 더 뛰어 놀랬다.

"네, 저, 인웅이한테 가는 길에 만났어요"

"응, 인웅이는 지금 올 테다. 여기 마님이 불르러 가셨으니."

그래도 부친은 역정스러운 목소리다. 명신이는 손에 든 물건이 있으니,

"어떻게 예까지 오셨어요? 안녕하셨어요?"

하고 인사만 하고 외투를 입은 채 부엌으로 들어갔다.

홍식이가 인웅이 집으로 가는지 휙 나가자 명신이는 외투를 벗어 들

고 방으로 들어왔다.

"요사이 어디 다니나?"

"아아뇨"

명신이는 상(常)에 입는 옷을 들고 뒷마루로 나갔다.

영감에게는 곧이들리지 않았다. 아들에게 들은 말이 있는지라, 모친과 함께 다방에 나가고, 저 외투는 그 주인이 해 입히고 한 것인가 보다는 짐작이 들었다.

옷을 갈아입고 치마저고리를 들고 들어오는 명신이를 쳐다보며 전보다도 퍽 생기가 돌고 더 예뻐졌다고 생각하였다.

"이 방은 얼만가?"

"팔만 환에 사천 환이랍니다."

"호"

하고 영감은 놀라면서, 자기 돈 사만 환도 그 속에 들어갔는지 모르겠지마는 임자 있는 몸이 되었다는 것이 영감에게는 다행히 생각되었다.

'허지만 그놈은 뭣 하자구 여상 줄줄 쫓아다니누?'

하며 영감은 혼잣속으로 역정을 냈다.

"아, 바쁘신데 어떻게 이런 먼 출입을 하셨세요?"

인웅이가 앞장을 서 들어오며 인사를 굽실한다. 홍식이와 명신이 모친이 뒤따랐다.

"응, 여기도 와 보구 싶구, 자네두 좀 만나러 왔네. 장가갔다지? 감축하이."

영감은 혼인에 천 환짜리 석 장이나 싸서 홍식이를 주어 보냈던 것이다.

"이왕 예까지 오셨으니 저의 집에 좀 들러 주시죠"

"응, 가지. 청첩을 받구두 식장에를 못 갔기에 색시두 볼 겸……"

영감은 엉덩이를 들었다. 옆에 섰던 명신이가 얼른 모자를 들어드렸다. 이 영감이 오늘은 잠바를 벗어 버리고 인사를 차려서 외투에 모자를 쓰고 나섰던 것이다. 핑계 핑계 며느리 선을 보러 나선 것이다.

"아, 마님두 가세야죠. 같이 가세요"

중매 마님이 꽁무니를 빼려니 될 노릇인가. 명신이 모친은 무슨 팔자로 이런 곤경에 빠졌나 싶었다. 버젓한 사위를 끌어다가 딴 계집에게 맡기겠다고 서두는 에미가 세상에 있겠는가 싶었다.

"나두 가겠어요"

무슨 생각으로인지 명신이도 따라나서다가 그만두었다. 홍식이를 지키려거나 옥진이를 데리러 가려던 것은 아니었지만, 인임이의 생각을 하고는 멈칫한 것이었다.

인임이 집에서는 사돈이 될지도 모르는 이 영감님 부자가 찾아 준 것은 전례에 없는 큰 생각, 큰 명예로 생각하고, 법석이었지마는 사랑이 없으니, 건넌방 인웅이 방으로 모셔 들였다. 주인마님이 명신이 모친과 건너와서 인사를 하고 나서, 새 며느리와 딸을 데려다가 차례차례 절을 시키는 범절에 으레 그럴 일이지마는 속으로 놀랐다. 인임이의 선을 보고야 만 영감은 마음이 놓였다. 인물은 명신이나 이 집 며느리보다 떨어질지 모르나 여간 총명하지 않다고 물끄러미 얼마를 치어다보았다.

가겠다는 영감을 붙들어 앉히고 주안상이 나오면서 어린 시누올케가 시중을 드는 것도 좋았다. 주인마님도 신이 나서 좋아하였다. 그러나 인임이는 마지못해 시중을 들고 안방으로 숨어 버렸다.

'이게 어떻게 된 형편인구?'

인임이는 저번 피로연에서 냉랭한 표정이던 홍식이를 생각하여 불쾌와 불안을 느끼는 것이었다. 그동안 하도 모친의 설교를 듣고, 깝죽거리던 통신사 기자는 동경으로 파견 갔다는 말도 있지마는, 벌써부터 교제가 끊어져서 인임이 마음도 돌아섰던 것이었다. 그러나 들어보니 의아하다. 살림의 뒤를 보아 준다니, 더 말할 것 있나! 인임이는 이런 생각이었다.

부친은 술 한잔 마시고 일어섰다. 젊은 남녀들이 우으 배웅을 나와서 인사하는 것을 받으며 나오는 영감은 신기가 좋았다. 그러나 명신이 모친이 딸의 집에 들여다보며

"난, 간다."

하고 소리만 치고 영감을 따라서는 것을 보고 따라올 줄 알았던 홍식이가

"전 인웅이한테서 놀다 가겠에요."

하고 뒤떨어졌다.

저녁을 같이 먹자고 해서 반찬거리며 과일이며 장만을 해 가지고 들어온 것인데 쓸쓸히 혼자 먹으라고 명신이를 내버려두기가 섭섭하였던 것이다. 명신이 모친은 밤 치다꺼리가 있으니까 아무래도 다시 나가야 하였다.

이날 홍식이가 집에 들어온 것은 통행금지 시간이 지나서였다. 부친은 인웅이 집에를 갔는지 명신이한테 가서 파묻혀 있는지 알게 뭐냐고, 아까 자기를 따라오지 않은 것이 못마땅해서 화가 나는 판이라,

"누구냐? 너 인제 들어오니?"

미닫이를 열고 먼저 알은체를 해서 큰 아들을 자리 간 안방으로 불러들였다.

"네가 장가를 가고 삼 일을 쳤단 말이냐? 사흘씩 나가 자구, 오늘은 또 어디서 저녁을 먹었단 말이냐? 이르는 혼인도 마다면서 저물도록 가서 밥 내라고 토식은 안하겠지?"

부친의 말은 너무 노골적이었으나, 대답할 말이 없어 홍식이는 잠자코 앉았다.

"너두 집안 형편이며 장래를 생각해서 마음을 돌려 다잡아 먹어다우. 사흘 나흘씩 공장 일은 내게만 떠맡겨 두구 떠돌아다니면 어쩐단 말이냐."

부친은 늦게 아무래도 의지가 되는 아들이라 부탁하듯 타이른다.

"너두 생각이 있겠지, 전에 어디 나가 잔다든지 친구의 집에 가서 저녁밥을 먹구 온다든지 하는 일이 있었다면 모르지만 가는 데가 학교하구 공장밖에 없던 애가 저녁을 해 놓고두 눈이 빠지게 기다리게 하니 어쩌니."

모친은 홍식이의 생각과 처지를 이해 못 하는 것이 아니지마는 영감의 말이 자기도 하고 싶은 말이었기에 한마디 거드는 것이었다.

"너두 인제 졸업이요 나이도 이 고비를 넘기면 혼처를 구하기도 어

중돼. ……오늘 내가 거기를 간 것은 그 마님 집 배우러 갔다는 핑계로 선을 보러 인웅이 집에를 간 건데 인품과 범절이 그만하면 좋더라. 너 어머니하구 나하구는 아주 그리루 정할 작정인데 인젠 네 말 한마디만 기대리는 것이다."

최후 단계에 이른 것이다. 홍식이도 어떻게 이 곤경에서 빠져날지 몹시 괴로웠다.

"왜 그렇게 우격으루 하시려 드십니까? 지금 세상에 중매나 간선으로 혼인이 될 것 같습니까."

홍식이는 여기에서 어름어름하다가는 안 되겠다고 단연한 태도로 나섰다.

"그건 자유결혼인지 하는 것의 이론이다. 나두 모르는 게 아니다만, 아직 그럴 시대도 못 됐구, 또 가족에는 소개하고 부모가 간선을 하여 정하는 것이 안전한 것이지, 그러지 않으면 너부터두 주책없는 생각을 가지지 않니!"

살살 달래는 수밖에 없다고 생각한 부친의 말씨는 고와졌다.

"이때껏 아버니께 거역한 일이라곤 없었습니다만, 이것만은 할 수 없습니다. 제게 맡겨 두십쇼."

당연히 잡아떼는 수작이었다.

"맡겨 둘 게 따로 있지! 그래 네 손으루 세 식구를 벌어 멕일 것 같으냐? 그건 고사하구 어제 마님한테 들으니까, 다방에 나간다드구나! 그래 네 생각에도 여급이나 작부를 우리가 집안에 받아들일 것 같으냐?"

부친은 다시 와락 역정을 냈다.

"왜 그렇게 보십니까? 당자도 기를 쓰고 안 나가려 합니다마는, 타락하기 쉬운 사람을 구해내구, 어린 것 하나 맡아서 길러준다는 게 뭐 안 됐습니까?"

"그런 게 다 주제넘은 소리야. 네가 남을 구제하겠다구? 그 구제하겠다는 생각이 어디서부터 폭발했나 생각해 봐라. 설혹 구제를 한다기로 힘이 있어야지! 대학에서 나와서 취직을 하면 얼마나 받을 줄 아니?"

홍식이는 잠자코만 앉았다.

"너라는 위인이 쥐뿔 나게 나서서 돈푼 대 주는 떠세로 쫓아다니구, 이래라 저래라 참섭이 많기 때문에 신세만 짓는 것 같구 골칫덩이란다. 어제 그 마님 말 같애서는 돈푼 가진 놈한테 두 식구를 아주 떼 맡길 텐데 네가 가루 막혀서 어서 이 혼인이 먼저 되기만 바란다는 거다."

부친의 기세는 줄어서 말□은 의논성스럽게 고와졌다. 홍식이는 역시 꿀 먹은 벙어리로 듣고만 있으나, 그 마님이 무슨 입을 놀렸는지 괘씸하다고 분해 하였다. 자기의 뱃속으로 낳아 놓고도 딸의 뱃속을 자기보다도 모르는 늙은이라고 코웃음을 쳤다.

"나같이 들어앉아서 아무것두 모르는 사람의 생각에두 그럴 게 뻔한 게 아니냐."

모친은 옆에서 또 부친 편을 들어 한 마디 하였다. 홍식이는 부모란 내남직없이 한본새요 외곬으로 자식의 물질적 행복만 바라는 것이구나 하고 생각하였다. 그러나 홍식이는 제 방으로 내려와서 혼자 궁리를 하다가,

'그야 그럴지도 모르지. 자식의 정신적 생활이나 애정생활이라는 것

269

은 자기네 생활과 서루 통하는 것이 없으니까⋯⋯.'
하고 무슨 터득이나 한 듯이 부모가 그러는 것도 이해할 수 있다고 반
성하는 것이었다.

이튿날, 아침에 일찍이 학교 가는 길에 다방으로 나가서 명신이 모친
을 찾아갔다. 명신이는 아직 아니 나왔었다.

"어제 아버니께 무슨 말씀을 하셨어요?"
하고 물어보니까.

"뭐 무슨 별말 있었나 명신이가 취직했느냐시기에 다방에 나간단 말
씀을 했을 뿐이지."

"왜 그런 말씀을 해요 헌데 돈 있는 작자 만나서면 두 식구를 떼 맽
기겠다구두 하셨다면서요?"

"어쩌면! 설마 내 입으루 그런 소리를 했을까. 하지만 그런 생각은 없
는 게 아니야. 누구나 그래 뵈니까 영감님두 그런 넘겨짚는 말씀을 하
시는 게지."

홍식이는 이 마님의 서슴지 않고 나오는 그 말에 놀랐다.

"그런 생각은 버리세요"

홍식이는 홧김에 한 마디 남겨 놓고 나와 버렸다.

명신이에게로 달려가 보니 두 식구가 마악 아침상을 받고 앉았다.

"아, 학교는 안 가시구 이게 웬일예요?"

"요샌 졸업 미처라 가나 마나지만 인웅 군하구 같이 가려구."

들어와 앉으며 대꾸를 하는 홍식이의 순탄한 말과는 딴판으로 긴장
한 낯빛이었다.

"오늘부터 다방 나가지 마슈. 나 그 담판이 급해서 뛰어온 건데……."

"또 왜 그런 소리를 하세요? 글쎄 염려 마세요."

명신이는 말끔히 눈치만 본다.

"열녀가 아니라, 영감님이 혼인 사단루 그 다방엘 자주 들리실지 모르는데, 영감님 눈에 띄었다간 큰일야. ……"

"큰일 될 게 뭐 있에요. 영감님께 야단 만나신 게로군요?"

명신이는 숟갈을 놓고 가만히 생각을 한다. 침통한 낯빛이었다.

"그게 말이라구 하는 거야?"

홍식이는 화를 버럭 냈다.

"내가 언제 신 씨 댁 드난살이꾼으루 들어간다구 했에요? 나두 염치가 있구 요량이 있지 이걸 데리구 들어가서 어떻게 그 시아버지 시어머니를 받들란 말예요? 그저 가만히 계세요 아버지 어머니 하시는 대루."

명신이는 타이르듯이 대꾸를 하였다.

"안 될 소리! 나두 양심이 있고 결기가 있는 사람야. 기정사실을 기정사실로 인정해 달라는 것밖에 뭐 어려운 일이 있단 말요. 난 한 일을 붙들면 그 일이 끝나기까지는 딴 일을 못하는 그런 천성이기 때문에 지금 새삼스레 혼담이니 뭐니 누가 뭐라기로 귓가로 들릴 뿐이니까……."

잠자코 밥을 먹는 모녀를 이리저리 보며, 홍식이는 싸우는 사람처럼 심술을 부리며 혼자 으르렁하였다.

"누구는 떨어지구 싶어 그러나요……."

명신이는 수저를 짓고 상에서 조금 물러앉으며 말을 잇는다.

"털어놓구 말하면 난 홍식 씨를 존경해요 믿어요 흠뻑 사랑을 받구두 싶구 일생을 바치구두 싶어요. 하지만 처지가 그렇지 못한 걸 어째요 신 씨 댁에 풍파를 일으키려 들어가서 일가친척의 조명거리가 돼서 어떻게 살라는 것인가 생각을 해 보세요 나는 나대루 어머니 밑에서 직업여성으로 밥이나 굶지 않다가 늙어 죽으면 그만이죠."

"아까운 청춘을 속절없이 늙히고 썩여 버리구! 괜한 고집 그만 부려요."

홍식이는 이 여자가 정말 그럴 생각일지 모르겠다고 애도 씌웠다.

"시집살이 같은 구살머리쩍은 것두 싫구 그렇다구 해서 몸을 마구 굴려 더럽히지는 않을 거니 염려마세요."

직실한 순정에 끌려 홍식이만은 잊지 않겠지마는, 다시는 다른 남자에게 눈을 뜰 리 없겠다는 그 결심이나 말을 어느 정도 믿어야 좋을 것인지 홍식이는 판단이 나서지를 않았다.

"이건 나무에 오르라 하고 흔드는 셈이지 될 말요. 난 몰라요 어쨌든 오늘부터 나가지 말아요."

명령하듯 한마디 던져 놓고 홍식이는 일어섰다. 홍식이를 보내 놓고 나서 명신이는 신기가 좋지 못했다. 팔자가 아무리 기구하기로 어쩌다 이런 틈바구니에 끼게 되었나 하고 심란하다. 혼처가 다른 데만 해도 모르겠는데 빤히 보는 터에 인임이를 위해서 자기가 물러서는 수밖에 별 도리가 없지마는 마음은 쓰리다. 경우는 그렇고 말은 분명히 했지마는, 홍식이를 놓치고 어디다 마음을 붙이고 살 것인가 매사가 무심하다.

홍식이는 아무리 그러더라도 홍식이의 그 마음씨에 대하여 미안은 하지마는, 다방을 그만둘 수는 없었다. 공장에서 받는 일만 오천 환을 생활비로 대어 주마고 큰 소리를 치는 것이겠지마는 그것을 기대고 집 속에 가만히 앉았다는 것도 말이 안 된다. 심란하니 하루 놀고도 싶지마는, 설거지를 마치고 올라와서 얼굴 가축을 다시 한 번 한 뒤에 아무렇게나 치마저고리를 갈아입고 어린것을 데리고 나섰다. 아이가 조용하니까 그렇지만 매일 남의 집에 가서 종일을 보내라는 것은 맡는 사람도 어렵지마는, 어린것에게도 못할 노릇이었다.

'옥진이를 위해서도 그만 집어칠까?'

앞서 가는 딸년을 바라보며 명신이는 다시 이런 생각이 들었으나, 그랬다가 홍식이도 떨어져 가고 직업자리도 잃고 하면 아무 자격도 없는 자기가 무엇으로 살아가겠는가? 겁이 펄쩍 났다.

이날도 하는 대로 하루 일을 해치우고 다섯 시 넘어서 나왔다. 해치운대야 다방이 문을 닫는 것은 아니나, 명신이만은 아이가 달렸으니 저녁밥을 지어 먹여야 하겠다고 하여, 주인의 승낙을 받고 날마다 일찍이 나오는 것이었다.

전찻길을 향하여 이만쯤 오려니까, 저기서 창규가 오는 것이 보인다. 명신이는 아무 까닭 없이 혀를 찰 뻔하였다.

"아, 벌써 가슈?"

창규는 반색을 하며 딱 가로막고 선다. 다섯 시면 가도 좋다고 자기가 승낙한 일이건마는 영업주의 심보로 종업원이 일찍 나가는 것은 싫었다.

한사코 마다는 명신이를 창규는 한사코 다방으로 끌고 들어갔다. 술장수가 제 집 술은 코에 배어서 싫다고 딴 집에 가서 돈 들여가며 먹는 셈이나 그와는 좀 다르기도 하다.

"견학을 단단히 해 두세요 남의 장사 하는 것두 봐 둬야 책임을 지고 앉을 때 지식이 되니까요"

좁다란 식탁을 격해서 그 큰 몸집을 이리로 기웃하고 숙설거리니 얼굴에 입김이 훅훅 와서 명신이는 징그러웠다.

"한 달만 있기루 한 건데 책임은 무슨 책임을 져요? 책임질 재간두 없구요"

명신이 자신도 한 달만 있게 될지 일 년을 있을지 결심이 서지를 않은 일이나, 저편은 다소 웃음엣소리인데, 이편은 웃지도 않고 뿌리치는 소리를 하였다.

"하지만 보시다시피 지금 매담이 어디 일을 보아 줘야죠. 놀러 싸지르긴 해도 들어앉아 일할 사람은 못 되니까……."

전부터 있던 말이나 아주 정식교섭으로 들어서는 말눈치다. 명신이는 해롭지 않은 이야기라고는 생각했다.

"어디 내 힘에 자라야죠"

"뭘. 어머님하구 맞붙들구 힘 써 주세요.. 착실히 해 보세요 이익 남는 건 우리, 나눠 씁시다요"
하고 창규는 껄껄 웃는다.

창규의 다방 경영의 경험담과 자만하는 이야기를 들어가며 차 한 잔을 마시고 나서 선뜻 일어설 수도 없고, 생각은 뻔히 기다리는 어린것에로 갔다.

"난 먼저 가겠에요"

"같이 나가십시다."

하고 돈을 치르고 문 밖에 나서자 명신이는 겨우 해방이 되나 하였더니,

"조기 가서, 간단히 저녁이나 잡숩시다."

하고 또 끈다.

"아유 안 돼요. 어린 게 기대리구 있는데."

하며 명신이는 내빼려하였으나,

"뭘 그래요. 아직 어둡지두 않았는데. 바루 조긴데, 요리 솜씨가 상당하거든요."

하고 대지르고 길을 건너서는 창규를 버리고 간달 수도 없어 따라 길을 건너면서 명신이는,

"난 가요."

하고 소리를 쳤으나, 창규는 이리 오라고 손짓을 하며 조그만, 겉부터 야쁘장하게 꾸민 양요릿집으로 들어섰다.

명신이는 하는 수 없이, 그러나 호기심도 없지 않아 따라 들어갔다. 어린것은 무어나 사다가 주고 아침밥이 남았으니 그거나 데워 주지, 하는 배짱이었다. 그편이 간편해서 도리어 좋았다.

요릿집은 불이 환하니 조촐하였다. 창규는 정식을 시키고 나서

"그래 주인께선 언제 전사를 하셨어요?"

그는 부연 얼굴에 동정하는 빛을 띠우며 말을 꺼낸다. 얘기 거리가 없어서도 그렇겠지마는, 이제는 한결음 더 다가서, 명신이의 과거가 알고 싶었다.

"요전에 대상 지냈죠."

"응, 참 절에 나가셨다던 날이 있지."

하고 창규는 웃다가,

"부산서는 어떻게 지내셨나요? 고생하셨을걸."

하고 말을 돌린다. 무슨 뒤나 캐려는 듯이 술잔을 기울여 가며 띄엄띄엄 묻는 것이었다. 명신이는 급한 마음에 나오는 접시마다 창피스럽지 않을 정도로 얼른얼른 먹어치우면서 간단간단히 대꾸를 하여 주었다.

"그 청년은 친척이 되신댔나? 돌아간 이의 친구랬나?"

창규는 홍식이에게 명신이를 있게 해 달라고 매달리기까지 했는데 딴전을 한다.

"누구요?"

"왜 저 집 있을 제부터 댁에 드나드는 공장집 아들이라나 하는……."

여기까지 끌어오느라고 이때껏 이야기가 길어졌는지도 모른다.

"네, 왜 그러세요?"

명신이의 어기는 핀잔주듯 날카로워졌다.

"글쎄 말예요 우리 다방에두 오더구면."

"가끔 다방에두 들르더군요. 그런데 왜 그러세요."

명신이는 깔끔히 대꾸를 하였다.

"아니, 우리게 와 계시니, 그 근처로 방을 보시라 했는데, 그 청년이 앞질러 서둘러서 멀찌감치 그런 데루 떠나셨으니 말이지."

명신이가 쌀쌀히 맞서는 기세에 눌려서, 창규는 헤헤 웃으며 누그러졌다.

"그러기루 어때요? 군돈 안 들이셔서 좋지."

안면이 있게 된 지는 서너 달 되었고 한 집 식구가 된 지도 거진 달이 차 가니 시스러울 일이라고는 조금도 없었다.

"군돈이거나 말거나, 난 일을 위해서 다방 가까이 와 계시게 하자던 거니까 말이지. ……그래, 요샌 거리가 멀어져서 밤마다 문안은 못 다니겠군요"

하고 창규는 실룩 비웃는다. 비열해 보였다.

"그러거나 말거나 뭐 아랑곳이세요? 요새두 날마다 문안 와요. 호호호"

너무 쏘아 주었기에 이번에는 말 뒤를 느꾸어서, 기분을 풀어주려 하였다. 하나, 또 한 가지는 나는 이미 홍식이에게 맨 사람이라는 방어선을 미리 치려는 수단이기도 하였다.

"좋소이다! 축복합니다!"

하고 창규는 껄껄 웃으며 자리를 일어섰다.

밖에를 나오니 날은 푹 저물었다.

"가만있어요"

떨어져 명동 쪽으로 갈 줄 알았던 창규는 또 붙는다. 택시를 붙들려는 눈치에 명신이는 질겁을 하며,

"아니에요. 난 전차루 가겠어요"

하고 뿌리치고 나서려니까, 마침 한 대가 앞에 섰다. 명신이를 앞세우고 창규도 올라탔다.

"난 명륜동서 내리겠지만 아이가 기다릴 테니 그대루 타구 가세요"

부연 기름진 얼굴은 참다란 점잖은 기색이다. 어느 부호 자제나 신진 실업가 같기도 하다. 군정청 시절에 혹시나 얻어 타 보던 자동차 맛을 오랜만에 본다 하며 명신이는 아무려나 해로울 것은 없다고 배짱이 점점 더 커졌다.

명륜동 어구에를 와서 운전수가 아까 물은 말이었는지라,

"어디루 가세요?"

하고 주의를 하니까 창규가

"그대루 갑시다."

하여 지나쳐 버렸다. 차는 뚝딱 삼선교, 돈암교를 넘어 안암동으로 들어섰다. 명신이는 자기 집 동구 밖에 차를 서게 하고 내리며,

"우리 집은 이 골목 안 조기 오른편 둘째 집예요"

하고 인사라도 아니 일러 줄 수 없어 일러 주었다. 명신이는 남자가 같이 내려서 따라 들어오겠다고 하지나 않을까 겁이 났으나 창규는 선뜻 손을 들어,

"자, 그럼!"

하고 인사를 하자 차는 휘돌아나갔다.

명신이는 시원섭섭하였으나, 창규로서는 오늘은 집만 배워 둔 것으로 만족하고 그 이상 추근추근히 쫓아 들어가 보려는 생각은 꾹 참아 버렸다.

명신이는 바로 인웅이 집으로 들어가서 아이를 데리고 집에 들어와서, 아이는 그 집에서 저녁을 먹여 주었다기에 옷을 갈아입고 부리나케 부엌으로 내려가서 작업용 가죽장갑을 끼고, 이 불 빠한 아궁이에 구멍

탄 한 개를 넣고 있는 참인데, 문이 찌걱찌걱한다. 정녕 홍식인가 싶어서 겁도 나고 반갑기도 하였다. 명신이는 장갑을 빼어 놓고 부리나케 가서 문을 열었다.

"어디 갔다 왔수?"

홍식이의 낯빛은 좀 심상치 않았다.

"어서 들어가세요"

명신이는 대문을 닫고 홍식이가 올라가는 것을 보고 부엌으로 가서 방과 통한 문을 열었다.

"언제 들어왔수?"

방 가운데 우뚝 선 홍식이의 기세는 좀 더 험악해 갔다.

"지금요……."

명신이는 컴컴한 부엌 속에서 방 불을 받으며 대꾸를 한다.

"난 거진 세 시간이나 길루 헤맸는데 어딜 갔었더란 말요?"

홍식이는 그동안에 이 집과 다방 사이를 두 고팽이나 하였던 것이다. 게다가 돈암교 모퉁이에서 와 닿는 차에서마다 쏟아지는 사람 중에서 명신이를 찾아보려고 눈을 까뒤집고 섰다가, 힐끗 앞을 지나는 택시 속에 정녕 명신이의 얼굴을 봤거니 싶어서, 눈이 뒤집혀 따라 들어온 길이다.

"나오다가 주인을 만나서 고질을 □에요 의논할 일이 있다고 해서 양요릿집에 끌려가서 저녁을 먹느라고……."

"응, 맞었어! 그래 택시를 같이 타구 왔죠?"

홍식이는 눈에 쌍심지가 올랐다.

279

"미안합니다. 그건 어디서 보셨에요?"

부엌일을 마친 명신이는 더운 물에 손을 씻으며 방 안을 들여다보고 상긋 웃었다. 그것은 가벼운 사과의 의미였다. 그러나 정열과 성벽과 기승이 한참 부풀어 오르는 이 청년에게 그런 사과의 웃음쯤이나 미안합니다라는 인사는 도리어 기를 돋울 뿐이었다.

"누구 골을 울리는 거란 말요? 남은 눈이 벌개 찾아다니는데 자동차를 함께 타구 돌아다니구 양식집 갔다 왔다구 자랑을 하구……."

홍식이는 기가 막혀 말이 안 나온다는 듯이 멀거니 주저앉았기만 한다. 큰 모욕을 당한 것만 같다.

"그깐 게 무슨 자랑예요. 우리 사이에 무슨 비밀이 있겠는가 싶어서, 홍식 씨 앞에선 거짓말이라곤 하고 싶지 않아서, 사실대로 말한 거지…… 자동차두 마다는 것을 자기 집 명륜동까지 오는 길에 태다 준다는 걸 어째요"

명신이는 방으로 들어와서 벗어던진 나들이옷들을 매만져 걸고 하며, 그래도 명랑히 예사롭게 대꾸를 한다. 홍식이는 자기를 속이지 않으려고, 말하자면 마음껏 사랑하는 진정과 정성으로 무어나 사실대로 쏟아 놓는다는 그 말눈치는 듣기에 좋았으나, 기어코 그놈! 창규하고 어울렸구나, 하는 생각을 하면 부르를 떨리었다. 명신이의 몸이 금시로 더럽혀진 것같이 생각이 들었다.

홍식이는 침통한 낯빛으로 한참 앉았다가 벌떡 일어선다.

"아니, 잠깐 가만 계세요 저녁 안 잡수셨을 텐데 내 뭐 시켜 올게요"
하고 명신이도 일어나며 붙들었다.

"아니, 난 집에 가서 저녁을 먹죠."

하고 홍식이는 그대로 나섰다. 심사도 좋지 못하지마는 모친의 꾸지람에 끼니만은 집에 들어가 먹을 작정이다.

"왜 그러세요 좀 더 놀다 가세요."

이것은 모처럼 온 손님에게 할 인사이지마는, 이때까지 '어서 가세요 오지 마세요' 하는 소리만 하던 명신이의 입에서 이런 소리를 듣기란 하도 신기해서 홍식이는 그대로 주저앉고 싶지 않은 것이 아니나, 내친 걸음에 뿌리치고 나섰다.

"괜히 아무렇지도 않은 일에 화만 내지 마세요 내 사정두 생각해 주셔야지, 어떡해요."

명신이는 문간까지 쫓아 나오면서 홍식이를 달랬다. 홍식이가 잠자코 캄캄한 속으로 스러지는 것을 보니 명신이는 마음이 언짢았다. 초봄이라 해도 추운 날씨에 저녁 바람을 쏘이고 세 시간이나 헤매던 사람을 지금이 여덟 시는 되었을 텐데 그대로 보내는 것이 가여웠다.

명신이는 방에 들어와 자리를 깔며 심란하였다. 아이를 끼고 고단한 몸을 자리 속에 파묻으면서도

'이건 어떡해야 될 일인가? ……'

하고 곰곰이 궁리에 팔려서 잠이 안 왔다.

이튿날, 명신이는 아침밥을 지으면서 혹시나 어제 아침처럼 홍식이가 학교에 가는 길에 오지나 않을까? 하고 은근히 기다렸다. 어젯밤에 그렇게 하고 가니만치 애가 씌웠다. 다방에 나가 앉았어도 오후가 되니까, 오나? 오나? 하고 차차 조바심이 되었다. 그러나 집에 돌아올 때까

지 그림자도 보이지 않았다. 집에 와서 밥을 짓고 모녀가 상을 받고 앉아서도 귀는 문간으로만 갔다. 그러나 날은 어두워만 갈 뿐이다. 명신이의 마음은 쓸쓸하였다.

또 그 이튿날도 홍식이는 현영을 안 했다. 레지에 앉았어도 비슷한 청년이 들어서면 깜짝깜짝 놀라곤 하였다. 집에 돌아와서 밥을 끊이면서도 문간에 무슨 기척만 나도 귀가 반짝해서 내다보았다. 어린것을 따라서 자리 속에 일찌감치 들어가 눕는 탓도 있었지마는 통행금지 시간이 되기까지는 귀가 문간으로만 갔다.

그러나 이렇게 해서 그만 헤어져 버리는 것이 좋을지 모른다는 생각도 들었다.

'너무 오지 말라구 큰 소리를 헌 죄를 받는 거야.'

꿈속같이 공상에 잠겨서 캄캄한 속에 누웠다가 이런 후회도 해 보았다.

사흘째 되던 날도 종일 기다려야 허사였다. 명신이의 머릿속에는 그리운 마음과 차라리 잘되었다는 생각과 홍식이를 그렇게까지 만든 것이 미안하고 배은망덕한 것 같아서 어쩌야 좋을지 그저 마음이 그리 쏠려서 온종일 정신이 산란하였다.

해질녘 무렵 아직 불은 안 들어오고 다방 속이 한층 더 컴컴했을 때다. 레지에 앉았던 명신이가 안으로 대고 손님의 주문을 전달하고 고개를 휙 돌리니까 어느 틈에 들어왔는지 홍식이 부친이 스탠드를 격해서 딱 버티고 섰지 않은가! 깜짝 놀라서 발딱 일어났다.

"응, 예 와 있다지? 잘됐어."

그 표정이 명신이에게는 경멸하는 것 같고 못마땅해 비웃는 것같이 보였다.

"어머니 계신가?"

"네, 들어가 보세요."

오버에 모자를 쓴 노신사를 부엌 속으로 들어가라기는 미안하나 부엌데기 모친을 홀로 나와서 만나게 할 도리가 없으니 그밖에 별수가 없었다.

"들어가두 괜찮은가?"

영감은 큰기침을 하고 그 좁은 옆문으로 꾸부리고 들어갔다. 바쁜 마나님을 일일이 자기 집으로 오라고 할 수가 없으니까, 자기가 연락을 취하마고 언약이 있었던 것이다. 명신이는 영감에게 여기서 앉았는 꼴을 보인 것이 홍식이에게 미안하고, 어쩐지 부끄럽고 분하였다.

'어머닌 괜한 걸 맡아 가지구서……'

며 혀를 찼다. 기다리는 홍식이는 안 오고 될동말동한 혼담으로 영감이 몸이 달아서 다니는 것도 이제는 심사에 좋지 않았다.

"왜 오셨어요? 그 영감님이……."

영감이 다녀간 뒤에 명신이는 모친에게 물어봤다.

"응, 대단히 가합하다는 말을 저편에 전해 달라구……. 그리구 인임 집 쪽의 분명한 의향을 물어다 달라는 거지."

모친은 딸의 홍식이와의 사이를 도무지 모르는 척하고 눈 감아 왔지마는, 지금도 명신이의 앞에서 자기를 한 중매의 위치에 놓고 하는 말이었다.

명신이는 잠자코 말았다. 좋소, 싫소, 할 자기의 처지가 아니요 그런 여유 있는 심경도 아니었다.

사흘이나 모른 척하고 안 들여다보고, 이쪽에서는 눈이 빠지게 기다리고 하는 동안에, 명신이는 자기의, 사리와 경우에 맞는다고 생각하여 온 홍식이에 대한 주장이 슬며시 주저앉는다는 것을 자기도 깨닫지 못했다.

여전히 홍식이의 그림자는 보이지 않았다. 인웅이에게 물어보고 싶지마는, 안방 아주머니가 듣는 데서 그런 소리를 꺼내기도 싫고, 신혼 재미에 제 방에만 들어앉았는 인웅이를 불러내기도 안되어서 그만두어 버리고, 그럭저럭 닷새인지 일주일은 지냈다.

다방에 나가지 말라고 그렇게 간청하다시피 하던 날, 공교히도 창규와 저녁을 함께 먹었다 하니, 홍식이의 노염은 컸었을 것이다. 그러나 자기의 처지와 심경을 이해해 주지 못하는 남자도 원망스럽다.

'그이가 그렇게 무뚝뚝한 데가 있었던가.'

하고 명신이는 자다 깨서도 그런 생각을 하고 또 하고 하는 것이었다.

그동안 영감님이 오늘째 세 번을 오는 것이다. 영감도 이력이 차서 뒷문으로 명신이 모친을 찾아다니게 되었다. 명신이는 영감이 올 적마다 몸에 소름이 끼칠 듯이 깜짝깜짝 놀라며 싫었다. 공연히 위협을 느끼는 것이었다.

지금도 뒷방에서 영감이 모친을 붙들고 무슨 부탁을 하고 있는지? 이제는 정말 혼인이 익어 가나 보다 하고 그리로 정신이 팔려 레지에 앉았는데 스탠드 앞에 소리 없이 우뚝 서는 기척이 난다.

'앗······.'

홍식이의 긴장한 얼굴이 땅에서 솟듯이 소리 없이 나타난 데에 명신이는 놀라며 반기며······나오는 웃음을 참고

"어떻게 된 셈예요?"

하고 입 속의 소리로 나무랐다.

"아버니 여기 오셨습니까?"

"지금 저기 계신데······. 뒷집에 가 계세요"

다른 손이 들을까 봐 도둑질하듯 속살대는 수작이었다.

명신이의 다방 안의 인기는 점점 더 높아갔다. 여기는 상회, 회사원 장사꾼들이 주(主)지마는 누가 독점할까 보아서 눈을 휘휘 두르는가 하면 눈독을 들이는 젊은 축도 두서넛은 되는 터다. 그러한 눈치를 명신이도 잘 아는 터이니만큼, 홍식이의 존재를 손님들에게 눈치채일까 봐 걱정이었다.

명신이는 홍식이가 나간 뒤에 홀에 내려와서 차 시중을 드는 척 하다가 영감이 가기를 기다려서 뒷집 다방으로 건너갔다.

바로 문 밑으로 자리를 잡고 앉았던 홍식이는

"여기!"

하고 알은체를 하여 마주앉았다.

"어쩌면 그럴 수가 있어요? 내 사정도 생각을 해 봐 줘야죠"

명신이는 울상으로 원망하는 소리를 하면서도 오래간만에 보는 남자의 얼굴을 신기한 듯이 들여다보는 것이었다. 남자를 이렇게 그리워하고 이렇게 반가워해 본 일이 처음이었다.

"그건 차차 얘기하구, 그래 영감님 가셨수?"

홍식이는 긴장과 울화가 뒤섞인 표정이었다.

"지금 막 가셨어요."

"그럼 저리 다시 건너가자구."

명신이는 무슨 영문인지는 모르겠으나 가자는 대로 따라 일어섰다. 홍식이는 뒷문으로 들어서는 길로, 방에서 나오는 명신이 모친에게,

"안녕합쇼 지금 아버니께서 맡기고 가신 것 이리 줍쇼."

고 손을 □□다.

"그건 무슨 소리야. 점잖은 집안끼리 하는 일을……"

하며 명신이 모친은 깜짝 놀라며 눈살을 찌푸렸다.

"친한 친구의 누인데, 사주단자(四柱單子)쯤 신랑이 손수 가지고 가면 어떱니까."

홍식이는 비꼬는 소리를 하였다. 명신이는 사주단자라는 것이 무엇인지 어정쩡하면서도

'아! 이제는 혼인이 익어 가는구나!'

하고 마음이 서운하였다. 모친더러 그러지 말라기도 어렵고 되어 가는 대로 두고 보지마는 명신이는 차차 목이 타고 안타까워졌다.

"그 주착없는 소리 말구, 어서 가요. 떠들지 말구 집으로 가 있으라구. 이따 가 얘기할께."

명신이 모친도 이 혼인이 되기를 바라는 것은 아니다. 딸을 위해서는 파의가 되기를 은근히 바라고 있다. 그러면서도 체면과 의리를 위하여는 가만히 있을 수도 없었다.

"가만히 계시라니까 글쎄 왜 그러세요 난 모르겠다구 나자빠지시라
니까……."

홍식이는 짜증을 내며, 훌쩍 치장을 하고 나서는 명신이를 데리고 나
섰다.

사주단자

"사주단자란 언제 보내는 거예요?"

명신이는 훈훈한 방에 들어와서 저고리부터 갈아입으며 말을 건다. 남자의 벌린 팔이 오래간만에 뒤로 달려들 듯만 같아서 거기에만 마음이 쓰였으나 의외로 홍식이는 아랫목에 깔아 놓은 방석에 점잖이 앉았다. 오늘은 유달리 방 안이 환하다. 지는 석양판 햇발을 영창에 빗받아서 환한 것만 아니라, 자리에 와 앉은 사람이 와서 앉아 주었으니 방 안이 더 환하고 명신이는 마음이 느긋하였다.

명신이는 옷을 갈아입고 우선 홍식이의 옆에 와서 앉아 보았다. 이거니 저거니 생각할 것 없이 그저 좋았다.

"사주단자란 내 사주를 적은 것이겠지만, 아마 그게 가면 신부 집에서는 궁합을 보고 택일을 해 보내지."

홍식이는 명신이의 생기가 발발한 일거일동과 희색이 만면해서 방그레 웃으며 옆에 와 앉는 얼굴을, 마음으로는 만족하면서도 웃지도 않고 마주 보며 비로소 대꾸를 하였다.

"그럼 다 됐군요 축복합니다. 호호호."

명신이는 자기 혼인 때는 사주단자니 택일단자니 하는 그런 거추장스러운 일이 없이 어머니가 맡아서 어물어물했기 때문에 갈피를 잘 모르지마는, 하여간 혼인은 되는 혼인이요 급히 서두는 눈치에 마음이 덜 좋았다.

"그 왜, 남은 부아가 터지는데!"

홍식이는 화를 버럭 냈다. 사실은 졸업 논문 하나를 마지막으로 끝낼 것이 있어서 저녁때까지 제 방 속에 들어앉았다가 행기 삼아 안방에를 올라가니까, 모친이

"애, 오늘은 사주단자를 보낸다구 써 가지구 나가셨는데……."

하며 치어다보는 것이었다.

말썽 많은 혼담에 자기로서는 아들에게 아주 모른 척하고 있을 수만도 없으니 부친의 하는 일을 일러 주는 것이었다.

"아버진 당신이 장가를 가시는 거예요? 왜 당신 단독으루만 이렇게 서두르실 게 뭐예요?"

홍식이는 불끈해서 그길로 뛰어나와 다방으로 달려왔던 것이다.

명신이는 홍식이가 핀둥이를 주는 바람에 잠깐 머쓱해지다가, 생각하면 그것이 좋기도 하여서 금시로 웃어 보였다.

"사과 좀 벳겨드릴까? 날마다 저녁때면 시장에 나가는 길에 오시면 드릴까 하구 서너 알씩 사왔는데, 시들어 가니까 묵은 건 아이 멕이구, 이 윗 건 새 거예요"

명신이는 까닭 없이 틀려진 피차의 기분을 바로잡아 놓느라고서인지, 사뿟 일어나서 방 안에 들여 놓은 찬장 위에서 덮어놓았던 과일 예반을 들어다 놓고 신바람이 나서 칼이며 접시며 들고 들어와 앉아 벗겨 놓는다. 홍식이는 말은 없으나 명신이의 기분과 맞추어서 만족한 웃음을 띠우면서 벗겨 놓기가 무섭게 사과 쪽을 집는다. 달게 먹어 주는 것만 고마웠다.

어느덧 해가 뚝 떨어지고 방 안은 코를 맞대야 알아 볼 지경이었다.

"예서 저녁 잡숫구 가세요. 내 곧 장에 나갔다 올게."

홍식이는 고개만 끄덕였다. 옥진이는 명신이가 장에 나갔다가 돌아올 때에야 데리고 들어왔다.

오늘 저녁에는 무슨 특별한 반찬을 차리는 것은 아니나 명신이는 기분이 웅성웅성하고 손 놀리기가 바빴다. 이런 때 모친이 어서 와 주었으면 도움이 되겠다는 생각도 들었으나 모친이 없는 것이 좋기도 하였다. 신혼초의 신접살이 같아서 생신한 기분에 잠길 수도 있지마는 셋방살이라도 이런대로 조용히 재미있게 살았으면 얼마나 행복할까 하고 생각하는 것이었다.

모친은 밥상을 물릴 때쯤 해서 달려들었다.

"바빠서 나올 수 없는 걸 학생이 기대릴까 봐서 잠깐 나왔지."

"팔자에 없는 조카자식 하나 장가들이기에 고생하십니다! 그 사주단자 이리 내십쇼."

홍식이는 상에서 물러앉으며 좀 비웃듯이 말을 붙인다.

"당치 않은! 그건 왜 내라나?"

마님도 핀잔을 주었다.

"아니 좀 보는 거야 상관없죠."

명신 어머니는 가지고 온 보따리에서 조그만 간지(簡紙) 봉투를 꺼내
주었다.

"경오생 삼월 초팔일 신시."

부친의 필적은 아니요 누구의 붓글씨인지 한가운데 간에 이것만 얌
전히 쓰여 있다. 홍식이는 자기가 경오생이라는 것은 들어서 안 것이지
만, 시가 신시(申時)라는 것은 처음 알았다. 명신이도 옆에 와서 갸웃이
들여다보았다. 구경도 하려니와 무심하였던 홍식이의 생일을 알자는 것
이었다.

홍식이는 손에 든 것을 북 찢어 버리고 싶은 충동을 간신히 참고

"이거 얼마동안 내게 맡겨 두시죠."

하며 다시 봉투에 접어 넣었다.

"온 별소리를! 어른이 하시는 일을, 어른의 심부름을 그렇게 하는 수
가 있나."

명신이 모친은 질색을 하며 나무랐다.

"아무리 어른이 하시는 일이라두 뻔히 안 될 일을 헛수고만 하시게
하구."

"될지 안 될지를 어찌 알꾸? 제 팔자를 누가 알겠기에!"

마님은 오십 평생의 경험으로 자신 있이 대꾸를 하며 단자를 이리
내라고 손을 내민다. 그러나 단자의 뒤를 따라온 홍식이는 쉽사리 내놓
으려 하지 않는다.

"궁합이 맞어두 당장으루 택일단자가 오는 것은 아냐. 신부집에서두 가을에 할지 내년 봄에나 할지 망설이는 터니까."

마나님은 사주단자를 뺏길까 봐 겁이 나서 살살 달래었다.

"어디 우리 궁합이나 좀 봐다 주십시오 같이 살게 될지?"

하며 홍식이는 사주단자가 가더라도 곧 택일을 해 와서 부랴사랴 서두를 것이 아니라니 마음이 조금 놓여서 단자를 마님에게 도로 주며 웃음엣소리를 하였다.

"종없는 실없은 소리 말아요."

명신이 모친은 핀잔을 주며 단자를 받아들고 그길로 갖다 주려 나섰다.

딸은 자기를 속으로 원망할지 모르겠으나 결국 딸을 위해서 둘을 떼어놓아야 하겠다는 생각이다.

인제는 마님은 마구 터놓고 그저 돈푼 있는 놈, 집칸이라도 마련해 주고 먹여 살릴 놈이면 아무에게나 딸을 내주겠다는 생각뿐이다. 홍식이에게 신세진 것은 진 것이요, 학교를 나오면 당장 군대로 끌려갈, 피천 샐 닢 없는 애송이를 바라고 무에 될 일이 있겠다고! 하며 군대를 끌려간다는데 딸이 두 번 과수 될까 봐 이번에는 나이 지긋한 자국을 고르려는 것이다.

"아이 형님 밤중에 어떻게 나오셨어요"

인임이 모친은 여전히 이제는 며느리가 된 화숙이를 앞에 놓고 마름질을 하다가 앉은 채 인사를 한다.

인임이는 윗목 테이블에서 돌아 앉아 공부를 하고 있다.

"난 인젠 할 일 다 했수. 이거 받우."

하고 단자를 내미니까 조 씨 부인은 반색을 하며 받아서 꺼내보며,

"경오생, 말이로군! 난 궁합이 맞거나 말거나 그까짓 건 보구 싶지두 않아요. 조상 적부터 모두 궁합이 맞는다 해서 혼인했을 텐데, 모두 잘 살구, 과부 되구 홀아비 되지 않았게요."

하고 남자같이 기승스러운 데를 보인다.

"그러시다면서 그건 왜 받아두시는 거예요? 딸 내주마는 어음처럼!"

인임이가 의자에서 살짝 돌아앉으며 새침하니 한마디 참견을 한다.

"글쎄 넌 가만있어. 지금은 저의들만 잘난 듯이 법석이지만 그래두 나중엔 부모 공을 알 때가 올 거니까!"

모친이 가벼이 나무라니까 인임이는 보던 책을 펴 놓은 채 발딱 일어나서

"몰라요, 몰라요"

하고 약간 신경질을 부리며 마루로 나왔으나, 그것은 어리광이기도 하다. 인임이는 늙은이들의 케케묵은 혼인이야기를 듣고 앉았기에 거북해서 캄캄한 마루로 나왔으나, 아직도 신방 풍경인 건넌방에는 오라비가 혼자 있을 것이요, 하는 수 없이 아랫방으로 머리를 쉬려 내려갔다. 이 부처님 같은 마님하구 앉아서 썩둑썩둑하면 머리와 기분이 시원해지는 것이었다.

"이, 학생아씨 공부하다 말구 엔 왜 내려왔누?"

식모마님은 버선을 깁던 손을 멈추고 안경 너머로 앞에 와 앉은 인임이를 건너다본다.

"아주머니가 오시더니 부끄러워서 피해 나온 게로군?"

이 노파는 정통을 쏘아 이력찬 소리를 하며 웃는다.

"아주머니, 사주단자란 뭐예요?"

아까 명신이가 홍식이에게 묻던 소리와 똑같은 소리를 한다.

"엉, 사주단자가 왔어? 이젠 다 된 혼인 아닌가! 응, 그래서 아까 보니까 그 학생이 여길 오더군."

하고 식모 마나님은 고개를 끄덕인다.

"그 학생이 누구예요? 어딜 와요?"

인임이는 눈이 반짝 띄어지며 재쳐 물었다.

"아니, 그 신랑감, 서방님 동무 말요. 앞 가게 나갔다가 들어오다 보니까 옥진 엄마하구 같이 오더구먼. 그러니 사주단잘 신랑이 손수 가지구 와서 데미는 거지? ……"

신랑이 될지 말지는 모르나, 하여간 총각놈이 제 사주단자를 중매마님 집에까지 기고 다닌다는 것을 생각하면 이 육십이 넘은 구식 마나님에게는 희한하고 신통하게 생각되는 것이었다. 그러나 그 말에 인임이는 눈이 똥그래졌다. 바로 전에 안방에서 명신이네 아주머니가

"영감님이 손수 저리 가져오셨더구먼."

하는 말을 들었는데, 아무려면 홍식이가 쭐레쭐레 들고 명신이의 뒤를 따라 왔으려나 싶었다. 그러나 명신이의 뒷배를 봐 주고 지금 든 방도 홍식이가 잡아 주었다는 말을 들었을 뿐 아니라, 늘 놀러오는 눈치인 것은 벌써부터 알았다. 인임이는 명신이에게 좀 놀러 가 볼까 하는 객기도 났다. 인임이는 살며시 빠져나와서 명신이 집으로 건너왔다. 처음

떠나왔을 제 한 번 집알이 왔을 뿐이었으나, 놀러 와 보고 싶었다. 나이는 어려도 과학자가 되고 의사가 되려는 이 여자는 처녀답지 않게 당돌하였다. 알알이 캐고 싶었다.

"명신 언니 있수?"

문이 열려 있기에 인임이는 그대로 명신이 집 마당에 들어섰다. 모친을 기다리느라고 문도 안 잠그고 창문이 환하다.

"응 누구야?"

하며 명신이는 목소리로 알아차리고 홍식이에게 눈짓을 하며 마루로 나서려니까 그제서야 아랫목에 누웠던 홍식이가 벌떡 일어나는 거동이 유리창 안으로 인임이에게 빤히 보였다.

"아 들어오라구. 밤중에 여길 다 어떻게 왔누?"

명신이는 마루로 나서며 대꾸를 하였다.

인임이는 남자가 여자만 있는 방에 어째서 아랫목에 떡 자빠져 있느냐는 것에 토라져서 좀체 올라서려 하지 않고 뜰에서 멈칫하고 서서

"아주머니 지금 집에 와 계시죠"

어쩌고 딴청만 하며 서성거리고 있었다.

식모마님 말대로 신랑이 사주단자를 제 손으로 들고 다닌다면 더 말할 나위 없는 사윗감이다. 인임이는 홍식이가 그런 성의를 가졌을 리도 없거니와 또 그런 반편도 아니라고 생각하면서도, 혹시 식모 아주머니 말이 옳지나 않을까? 지금쯤 둘이서 놀고 있지나 않는가? ……공연히 그렇게 마음이 쓰이는 것이요, 명신이가 혼자만 있다면 들어가 놀면서 정말 사주단자를 홍식이가 손수 가지고 왔던가를 슬며시 물어보려는

생각도 있었던 것이다. 그러나 와 보니 눈치가 다르고 방에 들어가기가 싫었다. 그러나

"아, 왜 좀 들어오세요 난 곧 갈 거니까."

하고 홍식이가 방에 앉은 채 알은체를 하는 통에 인임이는 돌아서려다가 주춤하였다. 늘 만나던 터에 삐죽하고 가 버리는 것도 안된 일이다.

"아, 오셨어요?"

인임이는 대꾸를 하며 명신이가 끄는 대로 마루로 올라섰다. 사주단자를 받은 색시가 신랑의 뒤를 밟아 왔다는 것은 한 진풍경(珍風景)이다. 명신이도 미안하고 거북해서 마음이 뒤숭숭하였고, 홍식이도 뜻밖에 두 여자를 한자리에 앉혀 놓게 되니, 이 처녀, 더구나 친구의 누이를 속이는 것 같아서 마음이 무거웠다.

"인웅 군 집에 있죠? 여기서 붙들려서 저녁을 먹느라고 못 갔는데……."

하고 홍식이는 할 말도 없으니 변명삼아 말을 붙였다.

"네, 날만 어두우면 언젠 어딜 가나요"

인임이의 대답에 홍식이는 싱그레 웃었다. 신정지초(新情之初)라 더구나 안악군수로 방속에만 우그리고 들어앉았구나 싶었으나, 이 처녀 앞에서는 그런 실없은 말을 꺼내지는 못하였다.

"아, 참 작년 크리스마스 때 같이 놀던 그 분, 통신사 기자라는 분, 요샌 볼 수가 없더군요 어디 갔어요?"

이것도 할 이야기가 없으니까 꺼낸 것이지마는 실상 홍식이의 속셈으로는 짓궂게 물어보는 것이었다. 인임이의 얼굴은 한순간 발갛게 피

어오르며 수줍은 기색이다가,

"버얼써 동경 갔에요."

하고 한마디로 딱 잘라 버렸다. 그 말을 건드리는 것은 불유쾌한 눈치였다. 뉘게나 살살거리고 평판이 좋던 사람이지마는 동경에 갈 제는 인사도 없이 살짝 가 버린 데에 인임이는 무엇에 속기나 한 듯이 불쾌와 환멸을 느끼는 것이었다. 그때쯤 해서 인웅이의 혼인이 있었으니 한층더 고독한 생각이 들고 차차 홍식이에게 대한 관찰도 달라 가기 시작했던 것이다. 따로 놓고 보면 몰라도 비교해 보면 낫고 못한 것을 아는 것이었다. 홍식이의 버젓하고 엄정한 풍모를 이제야 알아보게 된 것이다. 그러기에 지금도 궁금증이 나서, 정말 사주단자를 홍식이가 손수 가져왔나? 부친이 데미는 것인가를 알려 온 것이었다.

어쩐둥 이야기가 피난 다닐 때 고생하던 푸념으로 번져서, 두 여자가 주거니 받거니 하는 것을 홍식이는 빤히 바라보며 역시 학식의 차이는 하는 수 없다고 속으로 끄덕끄덕하였다. 외양을 보아도 명신이는 손질을 해서 반들반들 닦아 놓은 곱다란 능금인가? 하면, 인임이는 시설이 보얀 채 가지 끝에 떨어질 듯 떨어질 듯 매달린 것처럼 생생한 기분에 잠겨 있다고 생각하였다.

그러나 홍식이는 그런 데 눈을 뜨려 안 했다. 외면을 해 버렸다.

"어떻게 됐니? 아직 안 자니?"

하고 문을 열고 들어오는 모친의 목소리에 세 남녀는 우으 일어섰다.

"아, 인임이가 여기 와 있었군? 어서 가 봐라."

명신이 모친이 재촉을 하니까, 인사를 하고 나가는 인임이를 앞세우

고 홍식이는 따라나오면서 컴컴한 속에서

"조심하세요 댁까지 데려다 드릴께 염려 마세요"

하고 손을 붙들 듯이 한다.

집 한 채

"바쁘지 않건, 이리 좀 올러오세요"

밖에서 들어온 창규가 당황히 이층으로 올라가며, 좀 한산해서 스탠드 한 귀퉁이에 시름없이 섰는 명신이를 슬며시 알은체하는 것이었다.

지금쯤은 이층에 손님도 아무도 없으니까 어떨까 하는 생각을 하면서도 명신이는 손이 났으니까 주인 분부대로 따라 올라갔다.

"들어오세요 자, 이리 앉으세요"

저 구석 조그만 삼조방이 창규와 금선이가 점심도 먹고 저녁도 먹으며 일을 보는 사무실이다. 명신이는 그리로 간 것이었다.

"어머니도 오시랬다면 좋았는걸……하여간 어머니께는 나중에 얘기하기루 하고, 자, 오늘부터 당신이 이 방 임자요 이것부터 맡아요"

하고 저 구석 조그만 책상에 놓인 도장과 인주갑이며 서류를 가리킨다.

"내가 그걸 왜 맡아요. 난 귀찮아 싫어요"

명신이는 창규의 씨근벌떡하는 눈치로 금선이와 말다툼이라도 한 것이로구나, 하는 짐작이 들면서 저의들 싸움에 끼어들고 싶지 않다고 생각하였다.

"염려 말아요 그 여잔 떼내 보냈으니까, 인젠 당신 판예요! 당신 판이라니까! 허허허……."

하고 창규는 웃다가, 금시로 참다란 낯빛을 지으며,

"헌데 역시 급한 문제가 집이군요 명신 씨 이제 다섯 시 여섯 시에 일찍이 못 나가요. 이 근처에 집 한 채 마련해 놀게 떠나와 주세야 하겠수."

아주 참닿게 하는 소리였다.

"아무려나 하세요"

하고 명신이는 웃었다. 집 한 채라는 데는 욕기가 나지마는, 설혹 이 집 한 채가 차례에 오기로 홍식이 생각을 하면 귓가로도 아니 들리는 것이었다.

"어머니 좀 올라오시라지."

창규는 층계에까지 쭈르를 나서서,

"아주머니 좀 올라오세요."

하고 소리를 친다. 그러지 않아도 궁금해 하던 명신이 모친이 올라오니까,

"오늘 아주 헤어졌습니다. 인젠 아주 두 분 책임이에요 난 모릅니다."

하고 창규는 대지르고 한마디 하고는 껄껄 웃는다.

"우리가 무슨 경험이 있구 수단이 있다고 뭘 맡는단 말유?."

명신이 모친은 깜짝 놀라는 소리를 하였지마는 속으로 인제야 운이 터졌나 보다고 반기었다.

"딴 소리 마시고 나 하라는 대루만 하세요. 그래야 살길이 생길 겁니다. 며칠 있으면 일선에 끌려 나갈 어린 학생 따위를 의지하구 살겠다니 말이 되나요. 전같이 다섯 시면 나가선 여기 일이 안 될 거니까, 이 근처로 떠나오세요. 내일이라두 어서 집을 보세요. 방두 셋 있는 왼채 집이면 더 좋고요."

명신이 모녀에게는 전부터 해 내려오던 이야기지마는 폭탄선언이기도 하였다. 반갑기도 하나 걱정이 되었다.

"애, 정신 차려라. 너 하나 하기에 달리지 않았니! 제발 마음을 고쳐먹어라. 이런 자국이 어디 있니?"

모녀가 아랫방으로 내려와서 모친은 명신이를 타이르는 것이었다. 명신이는 아무 대답도 없이 일어나며,

"전 먼저 가겠어요"

하고 인사를 하였다. 모친은 화가 났으나 눈에 눈물이 고인 것을 보고는 잠자코 말았다.

'집 한 채!'

집에 돌아온 명신이는 손가방을 방바닥에다 내던지며 혼자 생각에 화를 바락 냈다. 화풀이할 사람도 없는 빈 방이었다. 무엇보다도 창규가 홍식이를 애송이같이 넘보는 수작이 심사에 틀렸다. 집 한 채나 사 줄 듯이 큰 소리를 치지마는, 그런 것을 믿을 사람도 없거니와,

'일 없어!'

하고 명신이는 혼자 분풀이를 하는 것이었다. 장사 나부랭이나 하고 돈 푼 가졌다고 큰 소리만 탕탕하며 남을 깔보는 것이 못마땅도 하지마는, 창규에게 반항적 감정을 가진다는 것은 홍식이에 대한 정열의 표백이거니 싶어서, 냉정히 생각하면 아무 까닭 없는 일이나, 창규를 얼마든지 미워해 주고 싶고, 창규를 미워하면 할수록 홍식이에게 성의를 다하는 듯이 생각되는 것이었다.

'이런 때 왜 좀 와 주지를 않구!'

인임이 집에 가서 어린것을 끌어다 놓고 찬밥덩이를 더운 물에 껴서 같이 먹으며 귀는 문간께로만 갔다. 그러나 밥상을 치우도록 안 오는 것을 보면 오늘 홍식이는 집에서 붙들린 모양이다.

'집 한 채하구 남의 애인하구 바꾸자구! ……'

명신이는 자리를 깔다가 무심코 이런 생각이 떠올라와서 코웃음을 쳤다. 그것이 지금 세대에 될 수 있는 일 같기도 하나 명신이는 못 할 일이라고 생각하였다. 이튿날 명신이는 모친에게 미안은 하나 다방에 나가지 않고 밀린 빨래를 하느라고 골몰하였다. 창규에 대한 무언의 항의이지만 홍식이에 대한 향의가 제대로 선다고 생각하는 것이었다.

빨래를 다해서 널어놓고, 네 시나 되어선가 마루 끝에 앉아서, 이맘때쯤이면 홍식이가 들르련마는……하고 먼 산만 바라보고 있으려니까 동구 밖에서 자동차가 우뚝 서는 소리가 나더니 충충충 구둣발 자취가 나고 뒤미처

"계세요?"

하는 목소리에 깜짝 놀랐다. 창규의 우렁찬 목소리다.

"들어오세요"

명신이는 마주 나가며 소리를 쳤다.

"아 웬일이세요 어제 그렇게 신신당부를 했는데, 하필 안 나오시니……?"

창규는 문을 밀고 들어오며 장황히 말을 붙인다.

"어린애가 아파서 못 나갔에요 빨래두 하두 밀리구 해서. ……좀 올라가세요"

하며 명신이는 저고리 소매를 걷어 올린 것을 무의식적으로 내렸다.

"아 난 차를 밖에 세워 놨는데, 같이 못 나가시겠어요?"

창규는 허둥대는 눈치다. 차를 밖에 세워 놓았다는 것이 무슨 그리 큰일인지? 명신이는 대달아지게

"그럼 얼른 가 보시죠 난 못 나가겠어요 올 손님두 있구, 아이두 달리구."

하며 내대는 수작을 하였다.

"그럼 좀 가만있어요"

명신이가 당장 나설 수 없는 꼴인 것을 보자, 창규는 기다리게 한 차를 보내려 나갔다. 차를 보내고 들어온 창규는 신기가 매우 좋은 눈치였다.

"아, 난, 저녁 안 먹었는데, 이 근처 산보 삼아 나가십시다."

"저의는 먹었에요 뭐 해다 드릴까요?"

이야기가 이렇게 되니 김이 빠졌다. 하여튼 창규가 마악 방 안에 올라와 앉으려는데,

"옥진아, 왔니?"

하고 홍식이의 목소리가 나며 들어선다.

"왜 어젠 안 오셨에요?"

하고 명신이가 내닫는 것을 방 안에 들어선 창규는 눈이 휘둥그래서 내다보고 섰다.

'애, 이놈 봐라!'

홍식이는 이런 생각을 하며 방 안을 들여다보고 창규가 아랫목에 버젓이 앉았는 것이 더 못마땅해서 마루 끝에 주저앉았다.

'애, 네 놈은 뭐냐? 장가두 안 간 놈이! 학생 주제에…….'

창규도 이런 배짱으로 버티고 앉았다가, 그래도 한 수 떨어지는 데가 있는 창규는 어루만지듯이 웃는 낯으로

"어서 들어오슈. 이렇게 만나기가 쉽지 않은데 어디 예서 한잔 해 볼까?"

하고 친절히 알은체를 한다.

"내가 올 줄 어찌 알고 미리 와서 날 기다리구 있더란 말유?"

홍식이도 불쾌한 감정은 숨기고 껄껄 웃으며 방으로 들어갔다. 피차의 눈치를 피차에 모르는 것도 아니요, 명신이는 중간에서 괴로웠으나, 아무렇지도 않은 좋은 낯빛이었다. 그러나 명신이는 창규가 서둘러대며,

"그 뭐 좀 시켜 와요. 저녁 지을 거 없이 이 동리도 청요릿집은 있겠지."

하고 홀뿌리는 듯한 말눈치가 못마땅해서

"난, 몰라요, 나가들 잡수시든지. 종일 빨래를 하구 났더니 이젠 눕고만 싶은데……"

하며 어서 가 달라는 내색을 보였다.

"아, 빨래랑은 식모를 하나 얻어 두구 시키면 그만 아뇨 아무려면 내가 식모 하나쯤이야 못 둘라구. 빨래야 누굴 시켜두 시킬 거지. 하여간 영업이 돼야 하지 않우?"

나무라면서도 사정하는 딴소리였다. 안 그래도 제 계집이나 휘두르듯이 펑펑 잔소리를 하는 것이 홍식이도 명신이도 듣기 싫었다.

'월급 몇 푼에 그 아니꼬운 소리를 듣구! ……'

하며 홍식이가 부르를 떠는 것은 고사하고 명신이도 그까짓 집 한 채는 뭐냐고 코웃음을 치는 것이었다.

"아니 요새 집 흥정이 어떤지? 댁 근처 독립문께는 매 간에 얼마씩이나 해요?"

별로 할 말이 없어서 덤덤히 앉았다가 창규가 입을 벌렸다.

"글쎄……난 복덕방에 나가 앉어 본 일이 없어 그런 건 손방인데."

하고 홍식이는 픽 웃었다.

"그거 좀 하나 물어다 봐 주슈. 한 열아문 간 되는 얌전한 것이 있는지?"

"그건 뭣하게?"

"아니 딸의 데릴사위를 따로 내려는데, 시가(媤家)가 그 근처여서 그러는데."

하고 창규가 웃는다.

명신이에게 집 한 채쯤 아무래도 사 준다는 자신만만한 기세였다.

"아, 그 좋지. 그 대신 혜화동이구 그 근처에 우리 아들 첩치가 시킬 만한 얌전한 집 한 채 골라주시구려. 허허허."

벌써 이만하면 서로 뜻이 통하였고 더 말하고 싶지가 않았다.

명신이는 이 자리에 더 앉았기가 거북하였다.

'이건 이 집이 기생방이 되었더란 말인가?'

남자를 둘이나 방에 들여앉혀 놓고 서로 견고트는 꼴이 보기 싫고 창피스러웠다.

"어서 가 보세요 나두 없는데, 다방에 가서 일을 보세야죠"

참다못해 명신이는 창규더러 가라고 들견질을 하였다.

"이거, 축객이 자심하구먼. 신 형 나가 볼까?"

하며 홍식이를 끄니까

"아니, 난 여기서 저녁밥을 붙여 먹으니까……."

하고 그만 방바닥에 자빠져 버린다.

홍식이를 뒤에 남겨 두고 발길을 돌린다는 것은 창규로서는 피가 거꾸로 끓어오르는 듯하고 울화가 터져서 못 견딜 일이다. 그러나 홍식이 쪽을 상대로 견고틀며 마주 앉았는 창피한 꼴을 보이기는 싫으니 먼저 일어서고 만 것이다.

"내일은 일찍이 와요"

"네, 염려 마세요."

명신이는 문간까지 배웅을 나갔었다.

"그런데 왜 오늘은 나가지두 않고, 그자가 쫓아오구, 웬일이에요?"

가는 사람을 보내느라고 문턱에 다시 일어나 앉은 홍식이는 의심하는 눈치로 말을 건다.

"뭐, 웬일이에요 어제 심사 틀리는 소리를 하기에 오늘은 오랜만에 어린애하구 놀아줄 겸 빨래나 하려고 들어앉았더니 택시를 가지구 데리러 왔구먼……."

하며 명신이는 비로소 방으로 들어온다. 빨래를 하느라고 버선을 벗은 조그만 발이 물에 붓고 저녁때 바람에 앵두같이 빨갛게 언 것이 귀여워도 뵈고 애처로웠다.

"한참 호강하시는 판이로군! 택시로 출퇴근하시게 되구……축복합니다."

홍식이는 마음이 풀리며 웃어 주었다.

"그건 고사하구, 당장 병정에 붙들려 나갈 애송이 학생을 믿구 살 작정이냐구 집 한 채를 사 주마니, 집을 사 주는 건 고맙지만 그런 말이 어디 있에요! 그래 화가 나서 오늘두 빠졌지."

명신이는 자기 생각이 어떻다는 것을 알리는 동시에 두 남자가 맞버티는 데에 부채질을 하는 듯이 이런 소리를 하였다.

"그 좋구먼. 사 주마는 걸 마달 거야 있나. 방 한 간에, 집 한 채를 가지고 대결하자는 것이로구먼."

하고 홍식이는 웃었다.

"객쩍은 소리 마세요. 누가 왼채 집 들겠대요? 이 방 하나만 해도 우리 식구엔 넉넉해요."

명신이는 종일 언 발을 아랫목에 깔아 놓은 요 밑에 넣는다.

"말은 그렇지만 집을 사 놓고 와 들래 봐. 안 갈 사람이 어디 있나."

홍식이는 이렇게 대꾸는 하면서도, 명신이의 말이 고맙지 않은 것은 아니었다. 발부터 녹이느라고 곁에 그대로 섰는 명신이의 물에 불은 빨간 손을 가만히 붙들어 앉히었다.

"한 가지 길은 있지. 홍식 씨가 결혼하게 하려면 내가 달아나서 없어져야 할 테니까 아무 데나 가서 숨어 버리지……"

명신이는 웃음엣소리처럼 말뜻과는 반대로 오랜만에 퍽 정답게 남자에게 몸을 실리며 소곤대는 것이었다.

"딴은 약은 수작야. 그런 좋은 핑계를 마련해 가지고 있다가 내게는 헛생색만 무척내고 살짝 빠져 나가겠단 말이지? ……"

홍식이는 사실 겁이 부쩍 났다. 비끄러매 두는 수도 없는 일이요, 언제 마음이 변해서 홱 돌아설지 모를 일이다.

"핑겐 무슨 핑계예요. 당신 잘되는 일이라면 무어든지 하겠단 말이지."

명신이의 말소리는 여전히 다정하였다.

"입에 붙은 말 말아요. 집 한 채는 고사하고 팔깍지 하나만 사 줘도 따라나서는 세상에, 명신 씨는 생불이 됩답디까, 자기 잘될 생각 않구. 남 잘될 생각부터 하게……"

홍식이는 점점 더 비꼬아 주었다.

"제발 맙쇼 팔자는 기박해서 이렇게 되었지만, 마음씨는 그렇지 않습니다."

하고 명신이는 펄쩍 뛰었다.

"제발 맙쇼 그런 생각은 꿈에도 하지 마시라구 이렇게 절을 하며 빕니다!"

홍식이는 명신이의 어조에 장단을 맞추어 입내를 내면서 정말 넙죽이 절을 해 보인다.

"이거, 황송해라."

하고 명신이도 황급히 남자 절처럼 마주 절을 하고 서로 고개를 들자 깔깔들 웃어 버렸다.

앞 툇마루에서 놀던 옥진이의 얼굴이 유리 조각에 착 달라붙어서 눈이 똥그래져 있다.

어머니의 마음

아직 아침이라 손님이 듬성긋하였다. 예서 자는 웨이트리스들이 그 좁은 돌방에서 한편에서는 밥을 먹고, 한편에서는 옷을 갈아입고 법석이기에, 갓 달려온 명신이는 들어서는 길로 다반을 들고 홀로 나갔다.

"요샌 왜 이렇게 보기가 어렵소 봄바람과 함께 바람이 난 게로구려?"

차를 따르는 동안 손님은 웃으며 이런 실없은 말을 건다.

"글쎄요……바람이 날까 말까 생각중인데요"

하고 명신이는 생긋 웃었다. 숫보기인 줄만 알았던 명신이는, 어느덧 군정청 시대처럼 처녀적 팔팔한 기분을 회복하였다.

"그 좋은 말이로군! 이왕이면 나하구 바람이 나볼까?"

하고 손님은 찻잔을 받아 놓고 껄껄 웃는다. 명신이가 파마를 하고 새 옷을 갈아입고 나서던 날,

"진작 그럴 일이지!"

하고 너덜대던 위인이다.

"호호호……이편에서 바람이 날 때까지 참으세요"

하고 명신이는 가벼이 웃어 버렸다.

"아니 입때까지 참기두 무던한데 또 언제까지 참으란 말예요?"

하고 남자도 껄껄대며 찻잔을 든다.

"이왕 참은 길에 돌아가실 때까지 참고 깨끗이 바람이 나지 맙쇼"

"하하하……그 바람은 관 속에 넣어 가지구 가라니!"

그 손님은 사십은 실했을 어느 회사 중역인 듯하였지마는 아침 한때의 가벼운 웃음엣소리였다. 그러나 그것이 명신이에게는 웃음엣소리만도 아니었다. 자기 자신에게 이르는 말이기도 하였다. 주방으로 들어가니, 아침 장을 보러 갔던 모친이 돌아와 있다.

"너, 어제 왜 안 나왔니? 그래서 어쩌니? 주인이 데리러까지 갔더라지?"

모친은 전에 없이 톡톡히 나무라는 어기였다.

"네, 어린것두 개실개실하구 빨래가 밀렸기에……."

"허지만 너를 잔뜩 믿구 달려드는 판인데, 이런 때 비쓸비쓸하구 신용을 잃어 놓으면 어쩐단 말이냐?"

모친의 말도 못 알아 드는 것은 아니나, 명신이는 잠자코 말았다.

"니두 이젠 정신 좀 차리자꾸나……."

"내가 정신 못 차린 건 뭐예요?"

명신이는 좀 발끈했다.

"하여간 이젠 네가 이리와 자구, 내가 가서 자야 할까 보다."

사실 마담 노릇을 하자면 날마다 회계의 마감까지 보고 문 닫을 때까지 보살펴야 할 것이다. 그러자면 다른 계집애들을 데리고 여기에서 자야 할 것이다. 차차 날씨가 따뜻해지니 다다미방에서도 잘 수는 있을 것이지만 이거야 명신이의 견딜 일이 아니다. 홍식이를 떨어져야 하겠다는 것은 전후 경우를 따진 지각난 생각이지마는, 지각난 생각만으로 살 수 없는 고통에 시달리고 있는 것이다.

"그 홍식이 이젠 좀 오지 못하게 해라. 신세 진 걸 잊은 건 아니지만, 첫째 살아야지……"

명신이는 어이가 없었다. 모친이 어느새 기생 에미 같은 심보가 되었는가? 기가 막혔다.

늦은 아침에 창규가 스르를 뒷문으로 들어서더니 명신이를 보고

"어! 왔군요."

하고 감격에 찬 소리를 내며 반색을 한다.

명신이는 주춤하였으나, 모친이 앞질러 나서며,

"애는 오늘부터 여기와 잘 거야. 염려 말아요 좀 저리 올라가시지. 저녁두 이제는 예서 자세요"

하고 새 사위나 맞아들이듯이 호들갑을 떤다.

"집 정할 동안 그래 주신다면 안심이 되겠습니다. 명신 씨 오늘부터라두 예서 밤까지 돌보아 주시겠어요?"

창규는 반색을 하며 명신이를 치어다본다. 명신이는 새침하니 눈을 떨어뜨리고 섰다가

"글쎄 그래야는 하겠지만 당장은 어려워요 왜 저 애들 둘에게만 맡

겨 놔두 해 저문 뒤에야 뭐 그리 손님이 많다구……."

하며 역시 버티는 수작이었다. 창규는 속으로 혀를 찼다. 여자를 여럿 다루어 보았어야 요렇게 악지가 세고 빠져 달아나려고만 드는 것은 처음 본다고 슬며시 화가 났다. 그러나 웃는 낯으로,

"그야 뭐, 형편 되는 대로 하십시다. 무엇보다두 집 문제를 어서 해결해야 하겠지만……."

하고 누그러졌다. 아무래도 눈에 들고 마음에 든 여자 앞에서는 뻗댈 힘이 없었다. 이 다방을 경영해 나가자면 이 여자를 꼭 붙들어야 하기도 하였다.

명신이가 홀로 나와서 또 몇 차례 손님을 치르고 주방으로 들어오니까, 창규는 눈에 안 띄었다.

"그런데 어머니 아까 아침에 이주머니 집 들르니까, 궁합이 맞구 아주 좋다나! 어서 한번 어머니 오시래."

하고 명신이는 방문턱에 걸터앉아 쉰다.

명신이는 이런 말을 자기 입으로 전해야 될 처지가, 무슨 숙명이나 되는 듯이 서러웠다.

"응, 그래? 으레 그럴 테지. 혼인은 언제 할 작정이라던?"

"그건 아무 말씀 없으세요."

올 가을 아니면 내년 봄에 성례를 시켰으면 좋겠다마는 인임이 모친의 말을 귓결에 들은 것이 있는지라, 그때까지는 홍식이와의 교제를 계속해도 좋으려니 하는 생각을 하면 일이 그리 다급하다고는 생각되지 않았다. 그러나 인임이가 가엾다. 인임이게 미안하다.

313

대관절 이 혼인이 되기를 바라는 건가? 안 되기를 축수하는 건가? 명신이는 자기 마음부터 다시 똑똑히 따져 봐야 하겠다고 생각하였다. 거기에 관련해서 이 다방에 더 있어야 할 것인가? 뚝 떠나 버려야 옳을 것인가? 또 단단히 결심을 해야 하겠다고 온종일 손님대객에 바삐 돌아다니면서도 궁리궁리하는 것이었다.

'왜, 내가 주심이 단단치 못하게 마음이 이랬다저랬다 하누? ……'
하는 반성도 하여 보았다.

햇발이 설핏해지며 손님이 뜸해지는 틈을 타서 명신이가 갈 차비를 차리려고 방으로 들어가니까, 모친은

"애, 오늘만이라두 여기 있어 주렴. 난 옷두 갈아입을 겸 아주먼네한테두 들여다봐야 하겠는데, 내가 대신 가서 좀 쉬자꾸나."
하고 청을 하다시피 한다. 명신이는 그것도 마다고 할 수 없어서 주저앉았다. 주인의 청을 아주 안 들어 주는 것도 안됐으니 그편이 좋을 것도 같았다.

명신이는 모친을 보내고 방문턱에 걸터앉아서 저물어가는 바깥을 멀거니 내다보며,

'궁합이 맞느니 어쩌니 하는 이 판에, 아주 창규 말대루 이방에루 또 들어와 버리지!'
하는 생각을 하였다. 생각만이 아니라 분연히 결심을 하였다.

'그밖에는 도리가 없지 않은가! ……'
첫째는 홍식이를 떨어져 가게 하는 것이 홍식이를 위하는 도리요, 두 집 세 집이 소리 없이 살게 될 것이니, 밤낮 되풀이해 가며 노심초사한

일이지마는 뺑뺑 돌다가 우뚝 서 보면 그 자리가 그 자리였다.

'결단코 창규에게 마음이 있는 게 아니다. 하지만 홍식이부터 떨어져 나가게 해야 할 거다.'

고 또 한 번 단단히 결심을 하였다.

그러나 저녁밥을 먹어 치우자, 홍식이가 황황히 뒷문으로 들어서는 것을 보고, 명신이는 일변 놀라며 일변 반기며 내닫는다.

"저리 들어가세요, 저녁 안 잡수셨겠죠?"

아무러니 뒷방 구석에서 밥을 먹게 할까 하는 생각이면서도 인사로 한 말이었다.

"아니, 우리 좀 나갈 수 없을까?"

"아유, 못 나가요. 어머니 대신 있으니까. 그럼 저 위층으로 올라가세요"

"지금 보니까 어머니 와 계시더군마는, 별안간 웬일이야? 날더러 다신 오지도 말라구……지금 처음 듣는 말은 아니지만 서슬이 시퍼래서 야단이시구……어디 그럴 법이 있나!"

옆에서 들을세라고 나직나직한 목소리면서도, 여간 흥분한 눈치가 아니다. 모친에게 그럴 법이 있느냐고 화를 내는 것을 보면, 달면 삼키고 쓰면 뱉는 그런 수작에는 넘어가지 않는다는 화풀이 같다. 들으나 마나 뻔한 수작이요, 명신이는 몸을 둘을 낼 수도 없으니 어찌해야 좋을지 점점 못 살 일이다.

"어서 위층으루 올라가세요"

드나드는 계집애들이 듣기에도 무슨 쌈이나 하는 것 같아서 싫었다.

315

그러나 불쾌한 기분으로 휙 나가 버리면 섭섭해서 위층으로 끌고 올라 갔다. 위층에는 아직 술손님은 없고 환히 불이 켠 방방이 텅 비었다. 명신이는 주인이 자기더러 사무실로 쓰라고 한 맨구석 조그만 방으로 홍식이를 데리고 들어갔다.

"난, 인젠 이 집 주인이라누. 이 방이 내 방야!"

명신이는 남자가 하는 대로 손을 붙들리우며 아양스럽게 이런 듣기 싫어할 소리를 하였다.

"주착없는 소리 말아요 지금 가 보니까, 마님이 옥진이 데리구 저녁 해 자시는 게 조용하니 좋구먼. 그렇게 사시라 하구 우린 우리대루 셋 방살이라도 따로 살지!"

홍식이는 이제는 기분이 확 풀렸다.

"그래두 좋지만……"

홍식이는 공상의 소리를 되풀이하는 것이었지마는 명신이도 홍식이 와 마주 앉기만 하면 모든 판단력과 결심이 스러지고 꿈속 같은 소리를 하는 것이다. 혼인 문제는 말 말고라도 옥진이 때문에 할머니가 들어앉 으면 무슨 재주로 이 두 식구를 벌어 먹이겠다는 것인지? 졸업하고 취 직을 곧 한다기로 지금 부친의 공장에서 받는 것밖에 더는 안 될 거니 혼자도 살아갈 수 없을 거다. 그래도 홍식이는 큰 소리를 탕탕 치는 것 이요 명신이는 그저 그 혼인 사단 때문에 그러는 것이지, 사는 문제는 셋방이나 죽을 쑤어 먹거나 문제가 아니라는 생각이다.

하여간 이렇게라도 또 오늘 만났으니 좋고, 홍식이가 쩔쩔거리고 이 리저리 찾아다니게 한 것만 가엾은 생각이 든다.

"이러다간 난 암만해두 죽을까 봐."

명신이는 또 떨어져야는 하겠고 떨어질 수도 없는 안타까운 생각에 짓눌려서 애원하듯이 홍식이를 쳐다본다.

"그 따위 반편 같은 소리 말아요! 제각기 저 사는데 왜 누가 살지 못하게 하겠기에! 우리가 같이 산다기루, 의리루, 도덕적으루 조금두 틀린 게 없다는 자신만 가지면, 누가 뭐래기루 어때!"

남자의 쾌쾌한 말에 만족한 듯이 생그레 웃는 명신이의 어깨를 다시 한 번 꼭 껴안았다.

"그저, 내 소원은 어서 장가는 가시구, 나는 숨어서라두 홍식 씨 곁에만 있었으면……하는 건데……."

명신이는 남자의 품에 안겨서 만족한 미소를 머금으며 늘 생각하던 말을 꺼냈다.

"무슨 소리! 어림없는 소리……그래, 내가 그럴 사람이야? 당신두 현대 여성으루 그런 생활에 만족하겠단 말이요? 또 설사 인임이하고 한다기루 우리 처지가 그렇게 된다면, 인임이에게 지금보다두 더 미안하고 꼬락서니 사납지 않은가!"

홍식이의 말이 그치자마자, 어느 틈에 소리도 없이 올랐는지 똑똑 노크를 하며 문을 부시시 열고, 창규가 픽 웃는 얼굴로 나타난다.

"오늘은 명신 씨가 밤일까지 한다는 바람에, 백화점 축들이 위층으로 올라와서 한잔 먹겠다는데……."

창규는 방으로 들어서며 헤에 웃는다. 밤에는 눈에 안 띄우던 명신이가 뒷문으로 들어온 남자를 따라서 위층으로 올라가는 것을 홀에서 본 젊은 축들이 버티고 앉았다가 금방 들어오는 주인을 붙들고 그러는 수작이었다.

"술 먹을 테면 얼마든지 먹으라지, 내 술 친구라든가요? 날 술 치는 갈보 기생으로 봤다든가요?"

하며 명신이는 쏘아 주었다.

"그러지 말구, 어서 내려가 한상 차려 올려 보내요 사 인분."

창규는 달래는 어조면서도 주인 떠세로 명령하는 말씨였다.

"그러세요, 부엌데기루 어머니 대신이니까 그런 시중야 들죠"

하고 나서려니까, 뒤에서 창규가

"반가운 소식 들립니다그려."

하고 홍식이게 말을 거는 소리가 들린다. 명신이는 발을 멈칫했다.

"뭐요?"

"아, 오늘 택일단자가 간다면서요? 노총각이라 바람두 나겠지만 택일단자를 받는 날까지 젊은 과부댁의 뒤만 줄줄 따라다녀서 어쩌는 거요? 허허허."

하고 너털웃음을 터뜨린다.

"딴소리! 그런 걱정까지야 할 거 뭐 있소 차나 팔구 술이나 팔면 그만이지."

하며 홍식이도 멸시하는 어조로 껄껄 웃어 버렸다.

층계에서 우중우중 손님들이 올라오는 기척에 직업의식으로, 또는 누구들인지 호기심도 있어서 톡 튀어나갔다.

"야아, 마담! 오늘은 밤까지 수고를 하신다기에 위로나 해드릴까 하구 한잔 먹자는데……."

하며 껄껄대며 팔을 벌려 안으려는 시늉을 하는 것은 역시 그 '진작 그
럴 일이지' 하고 새 옷 입고 나선 것을 놀리던 늙은 난봉꾼이었다.

"어서 오세요. 점잖게들 노세요."

명신이는 지날결에 대꾸를 하여 주며 살짝 빠져 아래를 내려갔다.

계집애들과 모친이 일러 놓고 간 대로 술상을 차리면서, 명신이는 밥
상도 한상 차렸다. 술상은 계집애 시켜서 나르게 하고 밥상은 홍식이에
게 손수 날랐다.

"나도 술 한 잔 먹을까?"

홍식이는 못마땅한 눈치면서도 명신이가 정성껏 밥 대접을 하려는
데에 기분이 풀렸다.

"그러세요. 졸업 축하로 내가 한 턱 내는 거예요."

명신이는 신바람이 나서 아래로 내려가 데워 놓은 술병 하나를 들고
올라와 따라 주었다. 어쩐지 본가 집에 온 새 신랑을 대하는 것 같아서
명신이는 옆에 떨어지지를 못하고 시중을 들었다.

"마담, 아무리 애인이 왔기루, 이렇게 우릴 괄시하다니! 난 애인 아닌
가? 이리 좀 와요."

술이 몇 순배 도니까, 저 방에서 건주정을 하며 나오는 소리가 난다.
방문 밑까지 와서 곧 문을 열려는 기척에 명신이는 무슨 시비나 날까보
아 마주 나서면서 손님을 끌고 저편 방으로 따라갔다.

방 안의 홍식이는 손에 들었던 젓가락을 상 위에 뿌리듯이 홱 내던
져 버렸다.

명신이가 손님방에 갔다가 온 뒤에도 홍식이는 알은체도 않고 밥상 옆댕이에 팔베개를 하고 번듯이 누워있었다.

"왜 그만 잡수세요?"

명신이가 달려들었으나 홍식이는 잠자코 누운 채 대꾸도 없었다. 그러나 홍식이도 명신이를 이런 데 두는 자기의 무능을 깨닫지 못하는 것이 아니었다.

"어서 가세요"

"아아니. 저눔들이 가는 걸 봐야지. ……나 예서 잘까. 아니, 그건 창피스러우니 우리 여관에 가서 잘까?"

술이 돌아서 혀 꼬부라진 소리였다.

"그 무슨 객설예요 어서 가세요"

하고 명신이는 핀잔을 주었다.

저편 방 손들이 먼저 가기를 질깃질깃 기다려서 겨우 엉덩이를 든 홍식이는

"자, 같이 나서자구. 문 다 들이지 않았나."

하며 명신이를 끌었다. 아래층도 말끔히 치우고 불을 꺼 버렸다.

"아이, 택시 불러다 드릴게 타구 가세요. 미쳤다구 여관에 가 자요"

명신이는 그러면서도 마음이 안 놓여서 계집애더러 핸드백 달라고 소리를 쳐서 받아들고 따라 나섰다.

"아직 학생 신분도 못한 놈이 여자를 데리구 여관엘 들어간다는 건 남 보기엔 타락이지만 내 경우에는 그렇지 않거든요 명신 씨가 오늘 저녁에 그 집 속에서 온전히 지낼 리 만무하니까, 여관으로라도 피하자

는 것이요, 그것이 결국 당신의 정조를 깨끗이 지키게 하는 이 사람의 친절인 것을 알아 달라는 말요."

홍식이는 아직도 좀 취한 목소리였다.

"이 양반이 날 뭘루 알구 이런 소리를 하는 거요? 그럴 테면 난 들어가요."

하고 명신이는 발끈해 보였다.

"입으룬 똑똑한 소리를 하지마는 당신 같은 사람이 그런 놈의 후림새에 걸려서 녹아나지 않을 것 같우? 정신을 못 차리구 어떻게 된 셈인지두 모르고 휩쓸려 버릴 건데…… 그저 나 하라는 대루 해요."

"설마 그렇게 어림이 없을까!"

명신이는 코웃음을 쳤다. 대관절 남자들에게 무슨 후림새가 있는지, 어디 좀 경험 삼아 당해 보고 싶은 객기도 든다. 그러나 그러한 모험을 해 볼 용기도 없거니와 홍식이에게 마음이 쏠려서 여관에서 하룻밤을 재미있게 지낼 공상을 그려보며 침침한 길을 따라갔다.

"어!"

지나는 택시에 홍식이는 손을 들었다. 이맘때쯤이면 택시도 붙들기가, 여간 힘들지 않는데 마침 잘 되었다. 명신이를 밀어 넣고 홍식이가 타려니까

"명신 씨, 나 좀 봐요 ……."

하고 컴컴한 데서 소리를 치는 것이 들렸으나, 차는 뚝 떠났다.

"그거 봐요 지금 몇 시라구, 술 친구들하구 어울려 나갔다가 슬쩍 되돌아오질 않나!"

명신이는 그것이 창규의 목소리인 줄 알아들었다.

명신이를 붙들어 내리자거나 그렇지 않으면 택시를 붙들 수 없으니 같이 타고 가자고 소리를 친 것인지 모른다. 명신이 집에까지 온 택시는 서대문까지 다시는 못 가겠다는 것이다. 초저녁잠이 고단히 들었던 명신이 모친은 문을 두드리고 둘이 닥쳐 들어오는 통에 영문을 몰라서 놀라기도 하고 얼이 빠졌었다.

"아주머니, 늦게 미안합니다. 아니, 이젠 어머니라고 여쭙지! 어머니 저기 가서 술 한 잔 먹구 시간이 늦어서 이리로 왔습니다. 발치께라두 하룻밤 재워 줍쇼."

홍식이는 방에 들어와 앉으며 너털웃음을 터뜨렸다.

"재우는 거야 쉬운 일이지만 어머니 아버지 걱정 하시는 걸 생각해 야지. 점점 저렇게 타락해 가서 어쩐단 말인구?"

명신이 모친은 금침 두 벌을 가지고 어떻게 자리 마련을 할까 하는 그 걱정에부터 팔려서 어리둥절하였다.

"누가 타락을 해요? 정말 타락을 했으면야, 버젓하게 호텔에라도 들어가 잤겠지 여길 껴 들겠어요? 허허허……내가 돈이 없어 여기엘 온 줄 아세요? 장래의 신홍식이 부인될 사람이 여관이나 호텔에 끌려다니며 자는 그런 천덕구니로 보이는 것이 싫어서, 오늘은 제가 예서 천덕구니 노릇을 하겠습니다. 허허허."

하며 홍식이는 수다를 핀다.

"말은 옳은 말야!"

"그 웬 말씀입니까? 말은 옳고 실행은 없더란 말씀입니까? 그 어떡허

322 미망인

는 말씀예요?”

홍식이는 술 몇 잔 먹은 것이 깼을 텐데, 명신이 모친에게 무슨 담판이나 하자는 듯이 덤비었다.

마님이 말대꾸도 할 것도 없이 아랫목에 자리를 매만져 놓으니까, 홍식이는 저고리를 벗어 던지고 그대로 나가동그라진다.

“아유, 바질 벗으세요”

하며 명신이는 간신히 바지도 벗기었다.

가운데는 옥진이를 누이고 명신이 모녀가 꼭꼭 끼어 누웠다. 금침 두 채만 가지고도, 봄날에 방바닥이 따뜻하니 그리 거북지는 않았다.

벌써 아랫목에서는 코를 드르렁 곤다. 불을 끄고 캄캄한 속에 누워서, 명신이 모친은 곁에서는 딸의 숨소리를 들어가며 만단생각에 팔려 있다.

‘저의끼리 이렇게까지 좋아하는 바에야 인력으루 어쩌는 수 있나! 같이 살라지…….’

명신이 모친은 이런 생각을 해 보는 것이었다. 무엇보다도 아까 택일 이야기나 나왔을 제, 인임이가 화를 바락 내며,

“어머니, 참 딱하시군! 글쎄 그이는 딴 데 미친 데가 있어 거기에만 파묻혀 있다니까, 남의 말은 안 들으시구 사주단자는 뭐구, 택일은 다 뭐예요! 참 우스꽝스럽게…….”

하고 가로막고 나서니까,

“애, 계집애년이 말 좀 삼가 해라. 설마 그 사람이 그렇겠니.”

하고 나무랐던 것이었다. 명신이 모친은 그 자리에서도 낯이 뜨뜻했지

마는 점점 막다른 골짜기로 몰려드는 자기 입장을 생각하면 어이가 없었다.

온 밤새도록 아랫목에서는 코를 골고 자나 윗목에서는 모녀가 서로 망설이며 잠이 깊이 들지 못했다.

이튿날 아침 홍식이는 새벽같이 달아났다. 부친이 공장에 나가기 전에 공장으로 가서 어름어름하자는 것인지도 모른다. 하여간 명신이 모친은 아침을 해 먹고 다방에 나가는 길에 홍식이 집에부터 들르기로 하였다.

"어서 옵쇼 어떻게 이렇게 일찍이 나오셨에요"

홍식이 모친이 마루 끝에 나와서 맞는 것이었다.

"아, 오십니까. 수고하십니다."

안방에서는 영감이 엉덩이를 들며 인사를 한다.

아침결에 이 마나님이 달겨드는 것을 보고 영감은 반색을 하였다.

"팔월 그믐께쯤이면 어쩌시겠느냐는데요?"

"좋죠 당자의 형편이 어떨지 모르지만, 언제나 좋습니다."

아침상을 물리고 난 영감은 골통대를 물고 앉아서 차차 나갈 차비였다.

"그런데 내가 말씀이 있어 왔습니다. 벌써 짐작은 하셨겠지만 딱한 사정이 하나 있습니다그려."

명신이 모친은 아무리 궁리를 해도 자기 힘으로는 해결할 수 없으니, 이 영감에게 매달려 같이 협력하자는 생각으로 홍식이와 명신이와의 관계를 토설하려는 것이었다.

"뭐예요?"

영감은 벌써 눈치를 채고 눈이 뚱그래진다.

"글쎄 눈치를 채셨는지? 애들이 서루 좋아하는 모양인데, 내 힘으로 는 어떻게 막을 도리가 없군요."

명신이 모친은 또한 자기의 처지를 분명히 해 두어야 하겠다는 생각 도 있었다.

"허……그래요?"

영감은 답답한 듯이 얼굴을 숙이며 왼손으로 빰을 쓱 쓰다듬었다. 이 마님 앞에서 그 딸을 나무라는 수도 없고 자식이 못생겼다고 이 자리에 서 한탄하는 수도 없었다. 실상은 못생겨서 그러한 것이 아니라는 것을 모르는 부친도 아니었다.

"어쨌든 택일을 빨리해 보내시라 하세요. 이 애 단속은 우리가 단단 히 하겠습니다마는 마님께서두 잘 일러 주세요."

"어디 구변부터 그 사람을 당해 내는 수가 있어야 일르구 말구가 있 죠."

명신이 모친의 말이 옳았다. 홍식이 부친 자신도 아버지의 위엄으로 나 도의상 이론으로나 당해 내는 수가 없어, 어서 택일단자나 받아 놓 고, 일이 이렇게 되었으니 할 수 없지 않느냐고, 아들의 마음을 돌리게 하자는 생각이다. 너도 기정사실을 주장하면야, 나도 기정사실을 만들 어서 올가미를 씌우겠다는 생각이었다.

"그 애 들어오더라두 괜히 덧들이지 마세요. 벋나가려는 애를 살살 달래 일러야죠."

영감 옆에서 마누라의 하는 소리다. 사실 영감도 어떻게 해야 좋을지를 몰랐다. 살살 달래는 것이 효과적일지, 한바탕 후닦아세우고 택일단자를 턱 밑에 대어 줘야 좋을지 알 수가 없었다. 대가리가 크나 작으나 자식도 맘대로 가르쳐 먹지 못할 세상이 되었다고 영감은 개탄하는 것이었다.

공장에서 아침 낮 두 번이나 아들을 만났으나 영감은 모른 척해 두었다. 섣불리 덧들였다가 젊은 놈 기승에 당해 내지 못할까 봐 겁도 났다.

저녁때 들어오는 것을, 마침 공장에서 들어오다가 부자가 마주쳐서,

"응, 너 어젠 어디서 자구 들어왔니?"

영감은 마루로 올라서며 뒤에 대고 말을 붙이었다. 홍식이는 잠자코 제 방 앞 축대에 올라 대청을 바라보고 섰다.

"아까, 그 마님이 와서 이야기하는데, 어제두 게서 잤다더구나? 네가 쫓아다는 것이 명신이도 성이 가셔 못 살 지경이라구 내가 감독 잘못한 청원을 하게끔 했으니 인젠 너두 좀 생각해 봐라. 그 꼴이 뭐냐! 남 잘살 것두 못 살게 하구 제 망신하구……무슨 짝야?"

영감은 마루 위에서 내려다보고 소리를 지르며 펄펄 뛴다.

"대학에선 뭘 배웠니? 사람이 얄은 계집의 정으루만 산다던? 의리두 있구 체면두 있겠지? 저만큼 길러준 부모의 마음도 알아주어야 할 것이요, 장래 자식들을 위해서라두 집안 꼴을 생각해야지!"

터져 나온 김에 영감은 좀 더 화풀이가 하고 싶었으나 마누라가 말리며 끄는 바람에 방으로 들어갔다.

홍식이는 방으로 들어가려다 말고 밖으로 홱 나왔다. 명신이 모친이 무어라고 하고 다녔는지? 자기네에게 극진히 하느라고 했는데, 생각하면 괘씸하다. 고원다방으로 발길이 간 것은, 명신이 모친과 따지자는 분한 생각에서였지마는 와 보니 명신이가 눈에 안 띄우는 데에 풀이 죽어서, 이제는 아주 내색이 다른 명신이 모친더러

"어디 갔에요?"

하고 물으니까,

"집이 났대나. 쥔하구 집 보러 나갔는데……."

라는 대답에 홍식이는 머리를 몽둥이로 후려 갈겨 맞은 듯이 얼떨해서 아무 말 없이 밖으로 나왔다. 동구에서 지키고 섰다가, 다방으로 들어와 기다리기로 하였다. 그러나 한 시간은 실히 넘었을 텐데 현영도 안 한다. 날은 벌써 저물어 갔다. 부엌으로 들어가서

"오늘두 역시 예서 늦게까지 있을 텐가요?"

하고 퉁명스럽게 물으니까, 명신이 모친은

"글쎄……모르겠어."

하고 어정쩡한 수작이다. 홍식이는 그대로 뛰어나와서 돈암동 버스를 집어탔다.

명신이 집에 와 보아도 안 와 있고 불이 캄캄히 꺼 있다. 마음대로 안으로 해서 방에 들어가 누웠을 수도 없어 동구 밖에 나와 우두커니 섰으려니, 인임이가 책가방을 들고 인제야 타달타달 온다. 아무래도 좋지만, 공교한 데서 만난다고 홍식이는 눈살이 찌푸려졌다.

"누굴 이렇게 기대리십니까? 오빠 없에요?"

그 말대답이

"인임 씨를 기다리지 누굴 기다리겠어요."

라고 나와야 택일단자도 가게쯤 된 사이라 하겠으나, 홍식이는

"네 인제 들어가죠."

하고 어름어름하였다. 잠깐 발을 멈추던 인임이는 그대로 자기 집 골목으로 떨어져갔다.

"어머니, 지금 들어오다가 그이 만났죠. 옥진이 집 골목모퉁이에서 빙빙 돌구 있더군요."

인임이가 방에 들어서는 말에 이런 소리를 하니까 모친은

"왜 들어오라지."

하고 예사로이 대꾸를 한다.

"누구를 찾아 왔기에요. 어머닌 딱하신 소리만 하셔. 무슨 단자니 하는 종잇조각만 왔다 갔다 하면 은인이 되는 줄 아시지만 시대는 결단코 뒷걸음질 하지 않아요. 어머니 시대와 지금은 달라요."

인임이는 불쾌한 꼴이나 본 듯이 콕콕 쏘는 소리를 하였다.

'현대 여성에게는 애인이나 결혼 상대자에게 동정(童貞)을 요구할 권리쯤 가져야 할 것이다!'

이것이 인임이의 지론(持論)이다.

"가만 내버려 둬라. 사내자식이 이런 수도 있구 저런 수도 있지. 네겐 혼인을 이르니까 오기가 거북해서 그러는 거다. 저두, 설마 생각이 있겠지."

모친은 귓가로 들어 넘기는 것이었다. 명신이가 아이를 데리러 오니

까, 인임이 모친은

"신홍식이 왔대지? 그 뭘 하러 저무두룩 오는 거냐? 여기는 들르지두 않구."

하고 핀잔을 주었다. 여기에 안 들르는 것은 혼인을 이르는 터요, 인웅이가 장가를 간 뒤로는 가야 들어앉아 이야기 할 데도 없으니 자연 그러한 것이다.

"못 만났는데요. 하지만 궁금하다고 가끔 들르는 걸 뭐랠 수 있습니까."

명신이의 대답은 예사로웠다. 인임이 모친도 듣고 보니 나무랄 말은 조금도 없다. 아이를 데리고 나오자니까 문 밑에서 인웅이가 지나치며

"아, 지금 신 군 그리 갔는데, 내 이따 놀러 갈께."

하고 알은체를 한다.

"놀러 와요."

홍식이는 언젠가처럼 밤거리를 오락가락하며 기다리다가 길이 어긋난 것이다. 이만큼 오자니 홍식이가 되돌아 나오다가 컴컴한 속에서 마주치며

"아, 어떻게 된 셈요. 어린애 딸린 사람이 밥두 안 해 멕이구 돌아만 다니니 난봉도 이만 저만 나야지."

속은 달랐으나 다소 실없은 어조로 아내 나무라듯 한다.

"미안합니다. 오늘 오시는 줄 알았더면 시간을 대어 들어왔지만……."

"집은 밤중까지 보러 다닙디까? 만찬에 초대를 받으시느라구 그랬겠

329

죠? 자 내 대객두 좀 해 줘야지. 애도 저녁 안 먹었겠지?"

하고 저녁을 안 먹은 홍식이는 음식점으로 끌고 가려 한다. 명신이도 그 편이 간편할 듯해서 거리로 따라나섰다.

"다방에도 나가기 싫다던 사람이 그놈의 춤에 놀아, 집은 왜 보러 가는 거요. 몇 십 년 같이 살던 처지에도 집 한 채 장만해 주기가 어려운 일인데, 집 장만해 준다는 미끼에 그만 얼들이 빠져서 왜 이러는 거요"

밤거리를 어린애 손을 붙든 명신이와 나란히 걸으며 홍식이는 듣기 싫은 소리를 꺼냈다.

"얼이 빠질 거 뭐 있어요. 그만두지 않을 바에는 그 근처로 가는 게 편하니까, 또 떠나 볼까 하는 거지. 이사 복만 터진 게야."

명신이도 좀 맞서는 기세였다.

"인제는 정말 내일부터 들어앉아요. 이건 온 믿을 수가 있어야지."

홍식이는 질투에 타는 목소리로 짜증을 낸다.

두 갈래 길

남은 신문광고를 내서 마담을 구하기도 하는데 같이 지내본 끝에 마담이 되어 달라거나 집을 구해 주마거나 하는 것쯤 예사라 하겠지마는 창규와의 첫출발이 이상했고 명신이의 처지가 처지니만큼 홍식이는 믿을 수가 없고 요새는 겁을 벌벌 내는 것이다.

"그래 금선인 아주 안 나옵니까?"

이편에서 피하니까 그렇지만 요새는 영 만날 수도 없는 금선이었다. 더 좋은 자국이 있어서 떨어져 나갔겠지만 그렇게 시시부지 헤어질 줄은 몰랐다. 차라리 금선이가 채를 잡고 휘두르고 그 밑에 있다면 창규에 대한 위험성은 훨씬 적다고 생각하였던 것이다.

"한 번이든가 외상 손님으루 와서 처먹구 가더군요."

"나는 건 별로 없고, 일은 서투르구 하니까 내던지구 나자빠졌는지 모르지만, 명신 씨두 제격은 아냐. 그런 데 경험이 있구 두름새가 있어야 말이죠. 짓고생만 하구 실컷 이용만 당하구……툭툭 털고 일어서면 옷가지나 남을까!"

명신이는 밥을 먹었대서 안 먹고 옥진이와 밥을 먹는 옆에서 간간이 시중만 들다가

"그렇게두 뵈겠지만 내 형편두 생각해 봐 줘야죠. 피난민, 화재민으루 떠돌아다니다가 겨우 자리를 잡으니 어떡허든 돈푼 잡아 보겠다는 생각이 왜 없겠어요 더구나 어머니 같으신 이께서……."

전보다도 좀 대담히 대들며 돈에 왜 욕기가 없겠느냐고, 솔직할지는 모르나 노골적인 소리를 하는 것은 불쾌하였다.

집에 막 돌아오니까 인웅이가 뒤쫓아 왔다. 인웅이가 놀러 오기는 드문 일이다.

"엉, 밥을 사 먹다니. 집으루 들어가재니까."

아까 만나서 인웅이가 들어가 같이 저녁을 먹자는 것을 피했던 것이다.

"한데 오늘 어디서 들으니까 저번 학도병에 못 나간 졸업생은 올 가을엔 징집 소집이 있을 거라는구면!"

인웅이는 앉은 길로, 무슨 빅뉴스나 되는 듯이 발설을 하였다. 졸업장까지 받고 나니까, 누구나 그렇겠지마는 신혼 초의 인웅이는 더욱 그러했다.

"응, 그래? ……아무 때나 상관 있나만……."

말은 이렇게 하면서 홍식이도 속으로는 반색을 하였다. 이판에 명신이를 저대로 내버려 두고 훈련을 받으러 들어갔다가는 큰일이다, 고 은근히 초조해 하던 것이다.

"자네야 어느 때 들어간들 걱정인가! 빽 있고 발 넓으신 아버니께서 뒤에 계신데! 한데 겨울에 들어가는 것두 사고야."

인웅이는 지금부터 그런 걱정을 하고 있으나 당장 몸이 달은 홍식이는 그런 것쯤 문제가 아니다. 그동안에 우선 취직을 하여 명신이를 들어앉게 하려는 궁리에 팔렸다. 부산의 ××방직에 가려느냐는 것을 서울을 떠나기가 싫어서 엉거주춤하고도 있는 터이다.

'나중 일은 어쨌든지 날라 버릴까? ……'

옆에 앉은 인웅이나 명신이는 눈에 안 띄우는 듯이 이런 공상에 잠겨 있다.

부친의 감시가 없고, 창규의 눈에서 벗어난 먼 곳에 떨어져 가서, 한 반년 동안 벌어 살림이나 자리 잡게 하고 군대에 들어갔다가 나와 그대로 주저앉아 살면 그만 아니냐는 공상이 모락모락 머릿속에 피어오른다.

"그런데 다방 영업이란 것두 뼛골 빠지겠던데 얼마나 수입이 되는지? 어린애는 어린애대루 고생이고……그 누가 하는 거야?"

인웅이는 대관절 이 두 남녀가 어느 정도의 관계인가? 물계를 보러 온 터라, 가만히 관망만 하다가 말을 이렇게 돌렸다. 말하자면 홍식이가 매부가 되려나 안 되려나 최후 타진을 온 것이지마는, 명신이의 사정도 가엾다고 생각하는 것이다.

"글쎄 어디 벌이구멍만 있으면, 나두 다방은 싫건만요……."

명신이가 웃으며 대꾸를 하니까,

"어디, 우리 장모 마님께 의논을 해 볼까?"

하고 인웅이는 선뜻 응한다.

"어떻게 일이 잘 돼 간대요?"

"요새 마님이 신바람이 나서 바삐 돌아다니신다는데, 그런 자국에 비서랄까 조수로 한자리 들어가면 편할 거야."

명신이가 서울에 처음 와서 인웅이 집에서 이력서까지 써 가지고 가려던, 화숙이 모친이 주관하는 전쟁미망인 원호회 이야기다.

"좋지! 돈벌이라는 것만이 목표가 아니라 전쟁미망인을 위한 사회사업 아닌가! 첫째 깨끗하니 좋구."

홍식이가 먼저 찬성이다. 홍식이는 창규의 손에서 우선 깨끗이 끌어내려는 욕심이요 인웅이는 아무래도 이 두 남녀를 떼어 놓아야 하겠다는 생각이었다. 홍식이를 매부를 삼아야만 될 일도 없고 그런 욕기로가 아니라 친한 친구나 친척인 가엾은 누이를 위하여 병통 없이 제대로 살게 하려는 아끼는 마음에서였다.

"써 주신대면 가죠."

명신이는 자신도 결심도 없는 미소를 띠우며 대꾸를 하였다.

"하지만 수입은 얼마 안 될걸."

"그야, 전쟁미망인끼리 서로 돕자는 사회사업 아닌가!"

홍식이는 그 마님에게 맡겨 두면 제일 안심이란 생각에 명신이를 달래는 소리만 하고 있다. 명신이는 남자의 마음을 빤히 알면서도 그것이 듣기 싫거나 거슬리려는 생각은 없었다. 다만 돈 생각을 하면 지금 있는 데를 떠나기가 아까운 것이었다.

한참 잡담들을 하다가 인웅이가 일어서려니까 홍식이도 따라 일어섰다. 좀 더 처져서 명신이와 이야기하고 싶었으나 인웅이 보는 데서 그러기가 안 되어서 딱 결단하고 나서 버렸다.

"그거 제일 상책이로군. 우연히 얘기가 잘 나왔어!. 꼭 그렇게 해보게."

홍식이는 헤어질 제 인웅이더러 또다시 뚱기었다. 인웅이도 그럴 생각이지마는 홍식이가 제 사람을 부탁하는 듯한 말눈치가 이렇게도 생각되고 저렇게도 생각되었다. 그러나 아무쪼록 누이에게 유리하게 생각하였다. 설사 넘어서 안 될 선을 넘었더라도 깨끗이 청산하고 바른길로 가게 만들어 주고 저는 장가를 들 생각이 들었나? 하며 인웅이는 어머니의 소원이 성취되는가 싶어 마음이 가벼워지기도 하였다.

한 사흘 지나선가, 어둑해서 명신이가 인웅이 집에 들렀을 때, 새색시가 넌지시

"형님, 집이 어머니께서 틈 있는 대루 들러달라구 하시던데요"
하고 일러준다. 화숙이는 남편이 이르는 대로 어젯밤에 친정어머니한테 가서 이야기를 했더니

"고 인물에 영어를 했더면 잘 써먹는걸……."
하며 모친은 의외로 반색을 하는 눈치였다.

"오빠한테 얘기를 들은 게로구려? 내일 밤에 가 뵙시다. 같이 가 주겠수?"

"네, 어느 때든지."

명신이는 일이 되는가 보다 싶었다. 그러나 반갑지도 않고 싫은 것도 아니었다. 저녁에 온 홍식이더러 이런 말을 하니까, 홍식이는 일편 좋

아하면서도,

"글쎄 그게 틀렸단 말예요 이건 중간판가? 싫은 것두 아니요, 좋은 것두 아니요, 어리뻥뻥하니……. 남자나 여자나 그러다가 이리 굴구 저리 굴구 하는 거예요 마음을 단단히 모질게 먹어요"

하고 타이르는 것이었다.

"그건 남의 사정은 생각지 않고 하시는 말이지, 내 처지를 생각해 보세요. 당신 옆에서 뚝 떨어질 수는 없지, 자식은 달렸지, 벌어야는 하지, 게다가 뭐 생기는 것두 없는 깨끗한 사회 조촐한 사업만 골라 다니라니…… 이리 찢기고 저리 찢기고 난 어쩌란 말예요 다방 주인만 해두 조금두 내게 실없이 구는 건 아냐요 하지만 괜히 의심을 하구 날 들볶으니 이거 기가 막힐 노릇 아냐요"

미망인 원호회 사무소는 을지로 삼가에서 남산 편 쪽으로 쑥 들어간 조용한 큰 거리에 있었다. 명신이는 다방에서 얼마 안 되기에 아침나절 한산한 틈을 타서 건너가 보았다.

아직도 결심이 서지는 못했으나 홍식이에게 말막음으로라도 가 보자고 나선 것이다.

적산집의 아래층을 다다미를 걷어내고 사무실로 꾸민 데였다. 햇발도 안 들고 천정이 얕은 기둥만 남은 방속에서 여기저기 놓인 테이블을 중심으로 아낙네들이 몰려 앉아 이야기를 하고 있다. 남자 틈에만 끼어 사는 명신이는 도리어 기가 죽어 주춤하였다. 마님이 한가운데 채를 잡고 앉았는 것을 보면 회장 같기도 하였다.

"어서 오우. 내 말은 들었지."

마님은 알은체를 해 주고 옆 교의에 앉으라 권하면서도 몇 달 동안 픽 달라진 명신이를 유심히 보는 것이었다. 산뜻이 차린 몸매라든지 때가 벗은 얼굴 가죽과 머리치장을 보며,

'분결 같은 손등을 보기로 공장 일을 하기는 틀렸다……'
고 생각하였다.

"지금 있는 데서 빠져나오려구, 직업을 바꿔 보런대지? 그 마음은 좋소이다만 그런 데선 수입이 많을 거 아뇨?"

인웅이가 명신이 모녀를 아주 맡아달라고까지 서두는 바람에 써 볼까 하였으나, 어푸수수한 과부댁만 모이는 이속에서는 어울리지 않을 것이란 것도 생각하였다.

'괜히 얌전한 애들까지 물이나 들이게!'

명신이가 얼마 받는다는 말을 못 하고 가만히 앉았는 것을 보고 회장 선생은 속으로 생각하는 것이었다.

"남의 앞에 나가니 몸치장해야 하구 어린것 길르구 하자면 한 달에 만 환두 부족일걸?"
하고 마님은 떠보았다.

"쓰자면 한이 없는 노릇이지만 그보다는 좀 더 받죠"

혹시 채용이 되더라도 월급 관계가 있으니 한마디 대꾸를 하였다.

"아구, 그럼 말두 할 것 없우. 내게를 온대야 잘해서 하루 백 환 될까?"
하며 회장마님은 도리질을 하였다.

"그래두 오겠다면 와도 좋아요 그러나 배겨낼 지가 문제요"

그만큼 수입 있는 다방을 버리고 나온다 말하는 것은, 더구나 모친하고 같이 있다는데 무슨 충절이든지 있는 게로구나, 하고 마님은 고개를 끄덕였다.

"학교는 어딜 나왔는지 영어를 할 줄 알았다면 좋았는걸……."

마님은 한편으로는 인물이 아깝다는 생각도 드는 것이다. 명신이는 학교 이야기가 나오니까 곧 일어서려 하였다.

"정 갈 데가 없다든지, 무슨 근심 걱정이 있어 의논할 일이 있거든 언제든지 오우. 물질로도 서루 도와야 하겠지만 정신적으로도 서루 위로하고 이끌어 나가자는 것이 우리 목적이니까……."

헤어질 제 마님은 친절히 말을 걸어 주었다.

그날 저녁에 홍식이가 왔기에, 원호회에 갔다온 이야기를 하니까,

"그럴 줄은 알았지만 그만둬요. 우리 부산 내려가 살 작정하자구. 그게 제일 편하구 제일 안전하거든……."

하며 불쑥 딴소리를 꺼내는 데에 명신이는 눈이 회동그래졌다.

"그건 또 무슨 소리예요? 난 싫어요."

전에는 그렇지도 않던 침착하고 점잖던 홍식이가 왜 이렇게 헐렝이가 되어 가나? 하고 명신이는 애가 씌웠다.

"도둑질을 해두 손이 맞아야 한다구, 남 몸이 달아 다니는 것두 생각을 해 봐 주어야지. 가만있에요 이제 부산의 대회사에 모셔 갈 테니."

하며 홍식이는 큰소리를 탕탕 친다.

전문이 응용화학이라 두어 군데 염직공장에서 기사(技師)로 끄는 것인데 명신이를 끌고 부친의 눈앞에서 사라지자는 마지막 수단으로 영

등포 쪽을 버리고 부산 쪽을 택하고 말았으나, 대우 문제로 좀 상지하고 있는 터이라 한다.

"아무려면 애지중지하는 딸을 부산에 떨어져 가 살 자국에 시집보내겠다고 할 리두 없겠지."

올 가을에 온다는 택일단자를 피해서라도 멀리멀리 떨어져 가 있어야 하였었다.

"무슨 소리! 부산이 천리만린가? 장래에 잘되려니 하는 생각부터 하지, 누가 떨어져 살 게 걱정이 돼서 혼인 못 할구. 그럴 지경이면 아주 데릴사위를 삼게!"

명신이는 부산히 내일 입고 나갈 옷에 손질을 하느라고 오락가락하며 대꾸를 한다.

"옳은 말이십니다. '장래에 잘 되려니 하는 생각으로' 이번, 나 가는 길에 아주 함께 따라나설 준비를 하라구요."

"난 싫어요. 내가 취직해 가나? 왜 따라나서라세요? 나도 돈 벌어야 하겠에요 삼 년 동안 집 고생, 물 고생하다가 그나마 홀깍 살라 버리고 나온 데를 또 뭣 하러 가요!"

명신이는 원호회에 다녀와서 더구나 다방에서라도 돈벌이해야 하겠다는 생각이 새삼스럽게 든 것이나 이렇게 대담히 나서는 데에 깜짝 놀랐다.

"거기 가면 돈벌이 못 하나. 기술자라 해서 대우두 좋으니까, 우선 지낼 수 있구, 자리 잡은 뒤에 어머니두 내려오시라면 당신도 얼마든지 취직할 수 있지 않은가."

살살 달랬다. 명신이에게도 그럴싸하게 들렸다. 그렇게 살 수만 있다면 부산이 서울보다 얼마나 좋을까 싶다.

"하지만, 남 혼인 일르는 총각 가로채 가지구 달아났다는 욕은 누구더러 먹으라구……더구나 친척 간에 될 말예요 난 못 가요 안 가요"

명신이는 다리미질을 시작하며 쾌쾌히 뿌리치는 소리를 하는 것이었다.

"아니, 사랑이나 혼인이 음식 사양하듯 하구, 인사치레로 자리를 비켜 주고 하듯 간단히 되는 일인 줄 아슈?"

"아무리 그렇지 않드라두 홍식 씨두 아버니 어머니 걱정하시는 것도 조금은 생각해 보아야죠 일껀 대학까지 졸업을 시켜 놓으니까, 가라는 장가는 안 가구 보잘 것 없는 과부년 하나를 끼구 돈다구 얼마나 걱정이구 심화가 나시겠어요……"

명신이는 여전히 점잖은 소리로 노는계집이 난봉꾼을 달래듯 한다.

"분계는 지당합니다. 하지만 옛날에 시집가기 싫다는 처녀가 달아나는 것처럼, 집을 뛰어나간다는 것이 우습고 세상이 거꾸로 된 것 같지만, 내가 이만 나이에 결혼의 자유쯤 제 손으루 보장한다기루 남이 욕할 것도 아니요, 불효도 아니라는 자신이 있으니 그 점은 염려 말아요. 살림이 어려워서 부모를 봉양 못 할 지경에 불고가사하고 날뛰는 것두 아니요, 뭐 난 굽쥘 일 없어요. 당신두 뉘게 의리가 틀릴 거 뭐 있단 말요……"

홍식이는 혼자 흥분이 되어 기고만장이었다.

"그래두 말과 실상과 달라요."

명신이는 오랜 풍상이나 겪은 사람처럼 안찬 소리를 한다. 그러나 속은 쓰리지 않을 수 없었다. 홍식이의 처지로서는 한 풍파를 치르는 것 같지마는, 명신이로 보면 이런 순조로운 좋은 운이 닿을 수 없는데 놓쳐 버리는 것이 아깝다. 창규가 집을 얻어 주고 허풍을 치며 영등같이 떠받드는 대야 그게 뭐며 그것을 어디까지 믿을 거냐. 오랫동안 지내 내려온 정리로나, 몇 달 안 되는 사이지만 은근히 든 새 정을 어떻게 떼치겠는가? 명신이는 자기가 거기에 견디어 낼 만큼 마음이 단단할지? ……입찬소리를 하면서도 자칫하면 눈물이 배어날 듯이 눈시울이 뜨거워졌다.

"이왕이면 월급 교계를 할 게 아니라, 영등포루 가라니까……."

부산××방직으로 귀정이 났다는 말에 부친은 눈살을 찌푸리며 불만한 표정이었다.

"영등포는 재건 중이요 신통치 않아서요 ……부산은 왜 어떻습니까?"

하고 홍식이는 천연히 대답을 하였다.

"그래두 많지 않은 식구에 함께 모여 살아야지. 장가를 가면 더구나……."

하고 부친은 말을 끊다가,

"서울 분공장(分工場)은 있겠지?"

하고 묻는다.

"네, 있어요"

"그럼, 올 가을로라두 그리 옮아올 수는 있겠구나?"

"잘하면 되겠죠."

홍식이는 허턱대고 대답을 하였다.

부친은 혼인은 물론이려니와, 앞에 데리고 공장 일에나 집안일에나 의지하고 지내는 장성한 자식을 내놓기가 서운해서 그러는 것이요, 아들도 그런 눈치에 죄송하고 가엾은 생각이 나서 아무쪼록 위로하려 하였다.

"회사 들어가면 제이국민병 보류된다던?"

모친이 옆에서 걱정스러운 얼굴로 묻는다.

"그거 모르죠. 언제 소집영장이 나올지, 하지만 아마 가을쯤 되리래요."

"그럼 뭐, 시급히 부산까지 내려가서 취직할 거 뭐 있니? 밥을 굶으니 걱정이냐, 공장 일이나 보고 그럭저럭하며 장가나 들구 나서, 불려가면 가구 하는 거지……."

모친은 영감의 의사를 묻듯이 쳐다보니까 영감도

"내 말이 그 말야. 월급 푼 받는대야 별수 없구……. 공장을 좀 늘여서 아주 널 내맡겨 줄게, 저쪽은 그만두려무나?"

하고 달랜다.

"아, 다 결정된 일을 미친 사람이라구 새 판으루 딴소리를 할까요 뭐 부산이 천리만리 합니까."

홍식이는 머리에 명신이의 얼굴이 환히 떠올라서, 일전에 명신이가 하던 천리만리 되느냐는 말을 꺼냈다.

부친도 더 우길 기력이 없어 잠자코 말았다.

그길로 홍식이는 명신이를 찾아갔다. 다방 뒷문으로 들어서니 마침 명신이 모친이 한가로이 방에 들어앉아 담배를 피우며 쉬고 있다.

"어서 오우. 오래간만이구먼."

사실 홍식이는 취직 문제 때문에 그동안 분주히 돌아다니기도 하였지마는 명신이를 매일같이 만났어도 다방으로 오지는 않았었다.

"아주머니 전 이젠 시원섭섭하게 하직입니다. 부산 있는 회사루 가게 됐죠."

홍식이는 방으로 성큼 들어앉으며 말을 꺼냈다. 실상은 명신이더러도 모친에게는 아직 그댓말은 말라고, 입을 막아 놓았지마는, 아무리 생각해도 이 마님 몰래 명신이를 꿰차고 도망을 칠 수 없는 바에는 정면으로 담판을 하러 온 것이었다.

"잘됐군. 객지에 고생은 되겠지만. 그래 병정엔 안 끌려 나가게 됐나?"

"아니, 거기 가서 어떻게 되겠죠. 여기가 되든, 몇 달 치르구 나오든, 한데 아주머니! 날 따라 또 한 번 부산 내려가 살아 보시지 않으시겠어요?"

하고 홍식이는 웃음엣소리처럼 말을 붙였다.

"에그, 부산이라면 지긋지긋해! 그 불난리, 물난리를 또 만나라구?"

하며 마님은 머리를 내두른다. 그러자 명신이가 레지에서 들어온다.

서로 눈웃음으로만 인사를 하였다. 이제는 떨어질 날이 멀지 않았으니 날마다 만나건만 더 반가웠다.

"내, 가서 자리를 잡아 놓구 모시러 올 거니, 그런 줄 아세요."

"누가 모시러 와 달라고 부탁하던감! 공연한 소리 말구, 어서 잘 가 있다 오라구."

하고 핀잔을 주었다.

"아무래두 옥진이 모녀만은 이번에 데리구 내려가겠어요."

홍식이는 명신이를 옆에 세워 놓고, 내 사람 내가 데려간다는 듯이 거침없이 잘라 말을 하는 것이었다.

"난, 누굴 믿구 살라구!"

마님은 펄쩍 뛴다. 말없이 남의 딸 훔쳐 가고 버젓이 사위 행세하려는 것이, 다른 때는 눈감아 주었지마는, 이런 때는 화가 나서, 네가 무어기에 내 딸을 마음대로 휘두르느냐고 대들고 싶었으나, 마님은 그렇게 기승스럽지도 못하거니와 역시 그동안 신세진 것을 생각해서 참아 버렸다.

"아주머니만 승낙하시면 당자는 따라 나서겠다는데요!"

하고 홍식이는 뾰로통한 낯빛으로 옆에 섰는 명신이를 쳐다보았다. 이것은 딴소리였다. 그러나 명신이는 괜한 소리라고 가로막고 나설 수도 없고 또 그러고 싶지도 않았다.

"난 몰라. 주착 망나니들!"

명신이 모친은 역정을 내며 피해서 주방으로 내려서 나왔다. '주착 망나니들'이란, 둘의 사이가 이렇게 된 것을 여기에 와서 비로소 나무라는 말이었다.

"잠깐 나갑시다."

홍식이는 구두를 신으며 명신이를 끌었다. 날씨는 화창한데 데리고 산보나 하며 다시 의논이 하고 싶었다.

"어서 가세요 이따 오세요."

명신이는 달래듯이 은근히 일러서 홍식이를 뒷문으로 내보냈다.

"그것두 제중이 아냐. 훌륭한 색시감을 두구, 애년 달린 젊은 과부년
한테 휘둘려서……."

홍식이의 발자귀가 뜨니까 명신이 모친은 혼잣소리를 하며 혀를 차
다가,

"그러기루 너도 주착이지, 내 말만 있으면 따라 나선단 소리가 어디
서 나오니?"

하고 딸을 나무란다.

"난 그런 말 안 했어요 하기야 따라가서 편히 쉬었으면 좋겠죠
만……."

명신이의 말에 모친은 잠자코 말았다. 자기도 실상은 그런 생각이 없
는 것은 아니었다. 그러나 자다 깨인 듯이 혼인을 이르는 두 집 사정을
생각하면, 자기네는 몸을 쑥 빼서, 사람은 미덥지 않지만 창규에게 의
지하는 수밖에 없다고 정신을 다시 차리는 명신이 모녀이었다.

홍식이는 저녁에 안암동 집으로 찾아왔다.

"그래, 언제 떠나시겠에요?"

"왜 내게 물을 게 뭐 있어 당신 맘대루지. 당신 결심하기에 있지."

둘은 마주 보고 웃는 수밖에 없었다.

홍식이의 생각에는 이 집에서 받는 팔만 환과 두 식구를 부산에 날
라다 놓기가 뭐 그리 어려우냐는 것이다. 다시는 팔 카메라도 없으니

달리는 돈 구처를 하는 수가 없는 터라, 부산 내려가서 방이라도 얻자면 역시 그 팔만 환이 아쉬웠다.

"그러지 말구 어서 먼저 혼자 내려가세요. 이거 하나만 없어두 어머니는 어머니대루 저렇게 사실 수 있겠다, 불계하구 따라나서겠에요 하지만 그렇게 손쉽게 돼요? 나두 몇 번을 이리쿵저리쿵 궁리를 해 보구 따라 나설 결심은 했는지 아세요? 하지만 아무리 생각해두 그렇게 간단히 안 되는 걸 어째요! ……아아 답답해 못 견디겠에요 내 속을 그만 태우시구. 날 살릴려거든 어서 잠자쿠 떠나 주세요……."

명신이는 그만 눈물이 주르를 흘렀다.

남자가 가자 가자 하고 조르기를 기다릴 것도 없이, 따라가고 싶은 마음야 걷잡을 수 없지마는, 속으로 앓으면서도 참고 참는, 이 애절하는 마음을 남자가 못 알아주는가 싶어 섧고, 혼자 마음을 태우는 자기가 가엾기도 한 것이었다.

홍식이는 눈물에 젖은 명신이의 두 손을 가만히 붙들며

"글쎄 누가 그걸 모르나! 낸들 얼마나 괴롭기에 이러는 줄 알아 줘요. 어떻게 날더러 혼자 떨어져 가라는 거요?"
하고 애원하듯이 가만히 위로를 해 주었다.

두 남녀가 밤새도록 지혜를 짜 가며 의논을 해 보았어야 별 도리가 없었다. 명신이는 이 밤이 마지막 이별이거니 하는 생각에, 마음이 언짢으면서도 새색시나 되는 듯이 깔깔대고 재미있게 놀다가도 어쩐둥 하면 소년과부의 설움으로 돌아가서 소리 없는 눈물을 컴컴한 자리 속에서 흘리곤 하였다.

"밤낮 하는 말이지만 결국 당신이 용기가 없어 그런 거야. 딱 결단하고 나서면 그만인 것을 자기를 너무 낮추어서 비쓸비쓸하기 때문야."

"낮추지 않으면 별수 있에요."

명신이는 속으로 들이끄는 소리였다.

"남의 사패부터 보고, 나를 주장하고 나를 씩씩히 앞에 내세우려는 그런 현대인다운 의욕이 없어!"

"남보다 먼저 남의 앞에 내세울 체신이 돼야 말이죠."

"묵은 관념 묵은 관습에 얽매어서 다시는 남의 정처(正妻)가 못 된다는 것을 핑계로 돈푼 가진 놈들의 첩으로나 돌아다니며 한평생 농세상으루나 지내볼까……하는 그런 생각밖에 없기에 딱 결단을 하고 못 나서는 거지 뭐야."

뒤에서 홍식이의 점점 다시 격앙하여 가는 목소리가 컴컴한 자리 속에서 나직나직이 흘러나왔다. 봄밤도 깊었고 앞창에 비춰던 열흘달도 벌써 서으로 기울었다. 명신이는 돌아 드러누워 모른 척하고 듣다가 너무나 남의 마음을 몰라주는 것이 야속해서 눈물을 몇 차례나 흘리다가 어느덧 잠이 들어 버렸다.

이튿날 아침, 자리 속에서 눈을 뜨자

"난, 오늘 쉴 테야."

하고 선하품을 하며 옥진이더러 더 누웠으라 하기에 홍식이도 늦잠을 잤다.

다늦게 아침을 먹은 뒤에 홍식이는 일어서려 안 했다. 아직 꽃은 안 피었으나 완연히 봄빛이 어리운 마당의 햇발을 바라보며 이런 이야기

저런 이야기로 반나절을 조용히 보냈다. 피차에 다시는 그댓말은 꺼내지도 않았다. 이제는 서로 말다툼을 하기에 지치기도 하였지마는 서로 아끼는 마음에 서로 감정을 터뜨릴까 보아서 조심을 하는 것이었다.

한가롭고 유쾌한 한나절을 조용히 보내고서 헤어질 제, 가는 홍식이를 문간까지 배웅 나오며,

"그래 정말 내일 떠나시겠어요?"

하고 다져 물었다.

"글쎄 돼 가는대루. 어쩌면 파의하고 그만둘지두 몰라요"

홍식이는 떨어져 가는 것이 섭섭한 생각에 반발적으로 훌뿌리는 수작을 하였다. 그러나 사실, 집에서도 붙들거니와 명신이도 저 모양으로 나가자빠지니 부산 회사는 집어치울까 하는 생각도 들었다.

집에를 들어가니 공장에서 들어와 앉았던 부친이

"어젠 웬일이냐?"

하고 좋지 않은 기색이었으나 그래도 쉬 먼 길을 떠날 자식이라 관대한 표정이었다.

"송별회 해 준다고 동창생들이 모여 놀았어요"

핑계가 좋았다.

"언제 떠나니?"

"표를 사면 내일 저녁에 떠나겠에요"

"뭘 그렇게 앉았다 일어서듯이 시급히 갈 게 뭐냐"

모친은 벌써부터 섭섭해서 기색이 좋지 않았다. 며칠 동안 편안히 쉬면서 몸으로 갈 맛있는 음식이나 하여 먹여 보내자는 생각이었다. 그러

나 이날도 저녁때 친구의 초대를 받았다는 핑계로

"놀다 늦으면 자구 오겠어요"

하고 아주 미리 일러 놓고 나왔다.

오늘은 안 오려니 했던 홍식이가 과일이며 과자봉지를 들고 들어서는 것을 보자 명신이는 오랜만에 만나는 듯이 두 손을 벌리고 마루 끝으로 뛰어나왔다.

이튿날 아침에 다방으로 나가는 명신이와 헤어질 제 홍식이는

"내 늦어도 일주일 안으로 올라올게. 조심해 지내고, 잘 생각해 두라고"

하고 등을 어루만지며 일렀다.

"날마다 이렇게 만나다가 일주일이나 안 보고 어떻게 배겨낼지가 걱정야."

이런 소리도 하였다. 아무래도 마음이 섞갈리는 명신이는 그렇지도 않았지만, 홍식이는 뒤에서 끄는 것만 같고 차마 못 떠날 길을 떠나는 것이었다. 명신이 때문에 부산으로 가는 것인데, 명신이를 못 데려간다면 제 손으로 함정을 판 셈이다.

부산이래야 삼년이나 살고 옆집 드나들듯 하던 데니 홍식이는 길 떠나는 것 같지도 않았다. 모친은 짐 꾸려 내보내고 음식 해 먹이고 하기에 부산했지만, 부친도

"응, 잘 가 있거라."

하고 인사가 간단하였고, 동생들도 정거장에 전송 나올 생각은 아니었다.

손가방 하나를 들고 일찌감치 집을 나선 홍식이는 또 한 번 다시 작별을 하러 다방으로 발길을 돌렸다. 마님한테도 인사는 하고 떠나야 하였다.

"잠깐 계세요"

명신이는 홍식이가 모친과 이야기하는 동안 후딱 몸치장을 하고 나섰다.

"그럼 잘 가 있게."

하는 마님의 인사를 뒤에 남기고 두 남녀는 밤거리로 나왔다. 택시를 타고 달리면서 명신이는, 어떠면 곧 집을 떠날지도 모른다는 말을 할까 말까 망설였다. 어제 하루를 쉬고 오늘 가 보니, 창규가 모친과 함께 가서 저동(苧洞) 근처에 방 두 간을 얻어 놓았다고 곧 이사를 하자고 모친은 서두르는 것이었다.

명신이는 또 냄비 조각, 고리짝 나부랭이를 끌고 이사하기도 싫거니와, 뒤에 마음 안 놓여서 어수선한 기분으로 떠나는 사람에게 그런 말을 들려줄 수는 없었다.

요즈막 부산 내려가는 차는 그리 붐비지 않았다.

"옥진이만 데리고 나왔더라면 이대루 세 식구가 떠나 버리는 걸 ...."

이등실 지정석에서 잠깐 나란히 앉아서 홍식이의 하는 말이었다. 명신이는 상긋 웃으며 옆에 있는 홍식이의 얼굴을 뚫어지게 들여다보았다. 이때까지 보지 못하던 퍽 다정스럽고도 애달피 하는 웃음이 뒤틀린 입귀와 눈자위에 어리었다. 명신이도 자식만 달리지 않았어도 이대로 따라 나섰으면 좀 좋으랴 싶었다. 그러나 밤이 들도록 남의 집에서 밥 술이나 얻어먹고 눈을 깜박 깜박거리며 어미를 기다리고 있을 어린것을 생각하면 모든 공상이 깨어져 버렸다.

차를 떠나보내고 안암동 집으로 들어온 것이 아마 아홉 시는 넘었을 거라, 아이를 데리러 가니까 안방에서 놀던 인웅이가 마루로 나서며,

"왜 이렇게 늦었어?"

하고 말을 붙인다.

"홍식 씨 떠나는데 전송 좀 나갔어요"

"짜아식은 내게는 아무 말두 없이!"

하며 인웅이는 섭섭해 한다. 그보다도 방에서 듣고 앉은 모친은 더 실 쭉해서 눈살을 찌푸렸다. 아무리 전부터 친한 사이요 신세진 사람이라 하여도 둘이 너무 친해 지내는 눈치가 싫었다. 그러나 인임이는 무슨 소리를 듣거나 마음을 건드리는 것이 없고 아랑곳하지 않았다.

전셋돈 팔만 환을 빼 내기에 힘이 들어서 며칠을 상지하다가 저동(苧洞) 새집으로 이사 하는 날 명신이 모녀는 인임이 어머니한테 인사를 갔다.

"벌써 몇 달야? 곁에 와서 너무 끼아치기만 하고……미안해서 이루 뭐라고 할지……"

명신이 모친이 인사를 하니까 인임이 어머니는 정색을 하며

"그건 어쨌든 간에 형님 그 혼담 아예 이편에서 파의하고 물러섭시 다. 눈치가 다르지 않은가요?"

하며 핀잔을 주었다. 명신이는 옆에서 듣기에 괴란쩍었다.

"뭐 눈치가 다를 거 뭐 있나. 가만있어요 내 알아 할 테니 맡겨둬요"

인임이 모친은 홍식이가 부산으로 취직이 되었다는 것도 실쭉하거니와 그보다도 명신이와의 사이를 의심하기 시작한 것이다. 명신이 모친은 딸을 위해서보다도 홍식이를 위해서, 절대로 그런 일 없다고 딱 잡아떼었다.

이사해 오던 날 창규가 새 집을 들여다보고

"이사 하시는 길에 나두 아주 이사를 할까?"

하기에 아주 실없는 소리인 줄 알았더니, 어느 틈에 이불 보퉁이를 옆방에 갖다 놓았다. 하나는 온돌방이요 하나는 다다미방이 연달아 있는데 온돌방만 잠그고 식구들이 다방으로 건너가 있는 것이다.

"아까 가 보니까 웬 이불 보퉁이가 놓였던데 댁에서 가져왔수?"

명신이 모친이 창규더러 물어보니까, 통행금지 시간이 지나서 집에 갈 수 없을 때라든지 낮에라도 고단할 때 좀 쉴까 해서 그런다는 것이었다.

"뭐 방은 맘대루 쓰세요 늘 차지하구 있자는 건 아니니까요"

"맘대루 하세요 낮에 붙어를 있나……밤에 들어가 자기만 하는데 방 둘씩 소용 없어요."

명신이 모친은 금침까지 갖다 놓은 것이 못마땅하고 자기네 생활이 차차 지저분해져 가는 듯하여 싫기도 하나 방 임자가 하는 일을 무슨 총찰을 하랴 싶었다. 십만 환 보증금에 매삭 만 환씩 들어가며 제 손으로 정할 제야 다 쓸데가 있어 그러는 것이다. 하여간 그 덕에 팔만 환 보증금을 찾아 이것저것 보태니 십여만 환 돈이다. 빚 놀이도 하고 계

에도 들고 옷 마련도 해야 하고 모녀가 마주 앉으면 의논이 분분하다. 그러나 명신이는 가다가다

"그게 카메라 판 돈인데"

하는 생각을 하면 그대로 두었다가 홍식이에게 내어주고 싶은 생각도 들었다.

홍식이가 떠난 지 일주일이 되어 오니까, 아침저녁 차 시간이 되면 기다려지고 레지에 나와 앉았어도 홍식이 비슷한 남자가 들어서면 소스라치곤 하였다. 토요일 밤에 앉아서는, 내일 아침에는 들어오려니! 하고 기다렸다.

'턱없이 왜 기다리는 거야? 이렇게 바작바작 기다릴 걸 가자는 대로 따라나서지를 않구……'

명신이는 혼자서 자기를 조소하기도 하였다.

월요일이 돼도 홍식이는 올라오지 않았다. 명신이도 은근히 웬만큼 지쳤을 때, 아침에 다방에를 나가 보니 편지가 한 장 와 있었다. 반가우면서도

'병이나 아닌가……'

하고 애가 씌웠다.

"……제 발로 걸어와서 올가미를 단단히 쓰고 앉은 셈이요 대관절 서울에는 언제 가게 될는지? ……"

아주 무슨 큰 절망에나 빠진 듯한 사연이다. 갓 들어온 사원이 며칠도 안 돼서 휴가니 출장이니 건방진 소리를 말라는 듯이 회사의 과장이 아니 놓아준다는 것이다.

"……어린애를 데리고 고생은 되겠지만, 한번 잠깐 다녀만이라도 가우. 요다음 주일쯤은 진해의 꽃이 만발이라는데 한번 왔다가요 아마한 달은 갇혀 있을 것 같은데, 사람을 살리려거든 하루저녁 고생하구와서 얼굴이라도 보이고 가오……"

명신이는 불현듯이 떠나고 싶었다. 객지에서 돈에도 고생하지 않을까 싶어 돈도 갖다 주고 싶었다.

"어머니, 그 사람 부산 내려가서 무진 고생이라는데……!"

"그러니 어떡한단 말이냐?"

모친은 단통 억누르는 소리였다.

"저 돈 그 사람 돈이니 갖다 줄까 봐요"

"얘, 쓸데없는 소리 마라. 돈에 탐이 나서 하는 말이 아니라, 남의 일을 맡아 놓고 남의 집에 들어서 신세를 지면서 어디를 놀러 다닌단 말야. 이 사람은 한만히 나다니게 내버려 둘 듯싶으냐?"

하고 모친이 나무라는 소리를 들으니, 명신이는 자기도 어느덧 올가미를 썼구나, 하고 눈이 커대졌다.

홍식이에게서는 연달아 편지가 왔다. 명신이는 편지를 볼 때마다 입가에 웃음도 피어오르고 눈물이 핑 돌기도 하였으나 이때껏 답장도 못쓰고 뚝 떠날 생각도 못하고 속만 달았다. 지치발 개치발이라도 답장한 장 못 쓸 것 아니요, 마음만 먹으면 아이는 할머니한테 맡겨 두고라도 나설 것 같지마는 미루미루 편지도 못 쓰고 그렇게 성화같이 오라는 것을 가지도 못하고 있다. 첫째 어머니가 말리는 것이요, 둘째 창규의 눈치를 안 볼 수 없다. 다음에는 결국 홍식이를 위하여는 이 기회에 이를 악물고 떨어져 버려야 하겠다는 결심이었다.

그동안에 창규는 두 번이나 옆방에서 잤다. 한 번은 술이 취해서 친구를 데리고 와서 조금 떠들다가 자 버렸고 아침에도 소리 없이 일찍 일어나 가 버렸다. 다음번에는 이 집 주인하고 친한 새로 방도 싸게 얻은 것이라 해서, 명신이 모녀의 생색을 낸답시고 밤 들어 술상을 차리게 하고 시중을 들이다가 그대로 쓰러져 자 버렸다. 눈치가 작은집이나 둔 듯이 영업 터에서 술 먹기가 어려우면 이리로 오는 것이었다.

오늘도 아홉 시가 넘어서 손님도 없고 하기에 명신이 모녀는 아이를 데리고 건너오자, 창규가 뒤쫓아 왔다. 술이 얼근히 취했다. 명신이는 눈살이 저절로 찌푸려지며 무서운 증도 났다.

"아주머니, 난 저녁도 변변히 안 먹었는데 한잔 더 먹게 해 주슈."

방에 들어와 앉는 길로 술상을 차려 내라는 것이다. 명신이 모친은 다방으로 뛰어가는 수밖에 없었다.

"요새 진해에는 꽃이 한창이라는데 우리 소풍 삼아 가 볼까?"

맨바닥에 앉으랄 수가 없어서, 명신이가 옆방으로 건너가 자리를 부리나케 깔아주려니까, 창규는 뒤에서 양복을 벗어 걸며 이런 실없는 소리를 꺼낸다. 명신이는 자리만 깔아 놓고는 대꾸도 않고 이 방으로 건너오며 미닫이를 닫아 버렸다. 술김에 손이라도 덥석 붙들거나 뒤에서 어깨라도 껴안거나 하지 않을까 싶어 명신이는 몸이 오그라지며 제 방으로 뛰어든 것이다.

'헌데 별안간 진해루 꽃구경 가자는 말은 웬 수작인구?'

홍식이의 첫 편지에 그런 말이 있었다. 편지를 중간에서 뜯어보지나 않았나? 하는 의심이 들었다. 반가운 생각에 앞뒤를 자세히 보지 않고 무심히 뜯어보고 말았지만, 생각하니 그날 아침에 그렇게 일찍이 우편이 배달되었을 리도 없다. 남의 편지까지 뜯어보는 위인이라면 괘씸하다고 생각하였다.

"이리 좀 건너와요 심심한데 얘기나 하자구."

옆방에서 말을 거나, 명신이는 잠자코 자는 어린애 옆에 앉았다.

"내가 그리 갈까?"

이제는 말공대도 차차 줄어들었다.

"에그, 난 자요"

"그러지 말구 잠깐 건너와요. 할 이야기가 있으니……문지방 하나 건너오기가 부산 가기보다 더 어렵단 말요! 허허허."

남은 싫다는데 지근덕지근덕 말을 붙이며 미닫이를 부시시 연다.

"얘긴 내일 하세요"

명신이는 그래도 순탄히 대꾸를 해 주며 발딱 일어나 마루로 나와 고무신짝을 찾아서 끌고 대문 밖으로 나왔다. 부산 가기가 어렵다는 말까지 꺼내는 것을 들으니 오매불망이면서도 어쩌지를 못하고 있는 판에 화가 바락 치밀어 올라왔다.

캄캄한 길모퉁이에 우두커니 서서 모친을 기다리며 명신이는 곰곰제 궁리에 팔려 있었다.

술병이며 안주 예반을 좌우에 들고 오는 모친이 가엾어 뛰어가 받았다.

밤이 이슥토록 모친과 지껄여대가며 술을 먹는 창규는 술이 먹고 싶은 것이 아니라 명신이하고 놀자는 것인데 명신이는 들여다보지도 않으니 은근히 심사가 틀리는 것을 참고 있다.

모친이 주정받이 하는 동안 옆방에서 떠드는 소리에 잠을 못 자고, 이슥해서는 고래같이 고는 콧소리에 명신이는 자는 둥 마는 둥 밤을 밝혔다.

"어머니, 저 오늘 부산 좀 갔다 오겠어요"

자리 속에 누운 채 일어나 앉는 모친한테 또 졸랐다. 밤새도록 궁리한 결론이 이것뿐이었다. 창규에게 대한 항의로도 부산을 갈 결심이다. 집 사준다더니 셋방이나마 슬그머니 옆방을 차지하고 심심하면 와서 자빠졌고, 계집아이들을 시켜 편지를 앞질러 받아서 뜯어보고, 누구를 놀리고 하는 그 꼴은 밥을 굶어도 보지 않겠다는 결심을 하였다.

"내려가는 길루 감기 몸살로 몸져누웠다고 잠깐만 다녀가라구 애걸인데, 어떻게 모른 척합니까."

이것은 꾸며댄 말이다.

"흥, 그렇게 턱을 까불 지경이면, 저 어머니 아버지가 먼저 서둘 일이지, 네가 왜 앞장을 서 나서니."

모친은 두말없이 핀둥이를 준다.

"에그, 어머니두! 남의 공은 모르구……."

"공을 알면 뭘 하니? 너두 인젠 정신을 차려야지. 앞으루 살길을 생각해야지 않니."

이날 명신이는 다방에 나가지 않았다. 낮에 어린애만 할머니에게 데려다 맡기고 가까운 은행 지점으로 갔다. 다방살이 몇 달 동안에 젊은 은행 친구와도 안면이 생겨서 십 환짜리 삼만 환을 백 환짜리로 금시로 받았다.

이 시절에는 십 환짜리로 몇 만 환이면 한 짐이요, 이것을 간편히 가지고 다니기 위해서 백 환짜리로 바꾸자도 은행에 아는 사람이 있거나, 구문(口文)을 먹여야 되는 것이었다.

명신이는 그길로 정거장에 나가서 반나절을 걸려서 밤차의 좌석권을 얻고 차표까지 사 가지고 저녁때에야 집에 돌아왔다. 집이라야 주인집 알라 아래위층 다섯 가구나 사는 너저분한 속이지마는, 혼자 자기 방에 들어가 누웠으면 그래도 고단이 풀리었다.

"아, 오늘 웬일이야? 어디가 몸이 아퍼요?"

방문이 잠겨 있지를 않으니 툇마루에 쾅 하고 걸터앉으며 미닫이를 열고 들여다본다. 창규의 기름을 뻔지레하게 바른 맨대가리가 방 속을 들여다볼 제 명신이는 소스라쳐 일어나며

"몸이 아파 못 나갔어요 이제 갈 테예요"

하고 머리맡의 손가방을 들고 나섰다. 어름어름하다가 이 남자가 방 속으로 뛰어들었다가는 성이 가시다고 생각하였기 때문이다.

"어딜 갔었습디까? 오후루 벌써 세 번째나 들리는 건데……."

나란히 나오면서 창규가 말을 건다.

"아까 나갔다가 배가 아프기에 병원에 들러서 와 누웠는 거예요"

명신이는 다른 때는 핀잔주듯 쏘는 소리를 하더니 오늘만은 상냥한 낯빛이다.

"병원엔 가 뭘 해. 나도 다 아는 병인데! 어머니 말씀마따나 그 학생

놈이 뿌려 놓고 간 병인데……하하하……인제 내 고쳐 놓지."

하고 창규는 야비하게 껄껄댄다.

명신이는 모른 척하였다. 지나는 가게 앞에 한 걸음 뒤떨어진 명신이는 사과와 캐러멜을 사 가지고 뒷문으로 들어가서 어린것을 달래 놓고는,

"어머니, 난 갔다 와요"

하는 한마디만 소리를 치고 미처 모친이 대꾸를 하고 나올 사이도 없이 문밖으로 나와 버렸다.

차 시간을 기다리느라고 음식점에서, 거리에서, 정거장에서 세 시간 이상을 서성거리면서도 명신이는 모든 것을 탁탁 털고 나선 가벼운 기분에 몸과 마음이 날 것 같았다. 다만 옥진이를 그 고역을 하는 모친에게 맡겨 두고 나선 것만이 마음에 걸렸다. 그러나 컴컴한 플랫폼에 사람이 우글거리는 속에 서서도 자기만은 환한 앞을 바라보고 섰거니 하는 환상에 팔려 있었다.

새 살림

    기차가 세 시간이나 연착이 되어서, 명신이가 부산진(釜山鎭)에서 내린 것은 열한 시나 되었다. 인연 깊은 부산진이다. 부산을 떠날 때 홍식이를 우연히 만난 곳이 여기다.

    편지에 일러 주고 약도(略圖)를 그린 대로 회사는 쉽사리 찾아 갔다.

    수위가 전화로 불러내서 당자가 나왔다기에 명신이는 수화기(受話器)를 받아 들고

    "나예요. 지금 왔어요"

하고 소리를 내니까, 저편에서 홍식이는

    "내 지금 나갈 테니 거기 있어요"

하고 좀 허둥대는 목소리였다.

    수위실 문 앞에 나와서 기다리고 섰던 명신이는 홍식이의 모양이 뚝 뜨자 줄달음을 쳐서 마주 갔다. 홍식이 역시 명신이의 얼굴도 분명히 보기 전에, 눈에 익은 그 몸매가 멀리서 획 띄우는 것을 바라보고 그만

반가워서 뛰어왔다.

차에서 공복으로 내린 사람을 위하여 국밥을 사 먹고 하숙으로 돌아왔다.

"아주머니, 서울서 내려온 우리 마누라예요."

"할머니, 이거 우리 색시예요."

하고 집에 들어서는 길로 주인과 아래채에 명신이를 끌고 다니며 소개하는 것이었다. 아직 피난민이 덜 빠져 나갔는지 여기도 셋방꾼이 두어 가구 되었다. 홍식이도 셋방살이요 식사는 회사의 식당에서 하는 것이었다.

"옥진이두 데리구 오질 않구!"

홍식이는 방에 들어와서, 자기 딸이나 되는 듯이 옥진이 생각을 하였다. 옥진이를 데리고 왔으면 이 여자를 다시 놓칠 일이 없다는 생각에서다.

"이 돈 받으세요. 이 돈 드리러 왔어요."

명신이는 집 떠난다는 이야기 끝에 가방에서 삼만 환을 내놓았다.

"그건 무슨 돈요?"

"보증금 팔만 환에서 우선 용 쓰시라고 가져왔죠."

"일 없어. 나두 그만 돈은 있으니까, 맘대루 쓰라구."

두 젊은 남녀는 객지에서 둘이만 오붓이 지내는 것도 신혼여행이나 온 듯이 좋거니와 수중에 돈이 넉넉해지니 마음이 흐뭇했다.

밤차에 지친 명신이를 재워 놓고 홍식이는 회사에 나가서 오후 시간을 채우고 돌아오는 길에 눈에 띄우는 대로 화덕이며 냄비며 양재기들을 사 들고 들어왔다.

"누가 밥 먹으러 왔기에! 난 내일 떠나요."

명신이가 주섬주섬 마루 끝에 떼그럭거리며 놓는 것을 내다보며 웃었다.

"보낼 사람은 어디 있구! 여편네란 밥 져 주는 거지."

방은 우중충하고 좁다래도 두 남녀에게는 새삼스레 신방같이 환하였다.

"내, 오늘은 환영만찬(歡迎晩餐)을 한턱낼까."

돈 쓴다고 싫다는 명신이를 끌어내어 택시를 타고 광복동까지 나가 저녁을 먹고 또 다시 택시로 돌아왔다. 나가보니 분잡하기만 하고, 역시 둘이만 마주 앉는 단칸방이 제 세상 같아서 어서 집에 돌아오고 싶었다.

이튿날 아침에 명신이는 출근하는 홍식이를 따라나설 수도 없으니

"오늘만은 회사에 나가 잡수세요. 점심에 오세요."

하여 내보내고 나서, 장거리에 나가 쌀이며 찬거리며 사들여다가 점심을 차렸다. 차차 살림 꼴이 잡혀가는 것 같아서 옆방 사람들도 좋아하고 홍식이도 신바람이 나서 살림제구를 마련하려 드나들었다.

"난 이거 어떡허는 거요? 식구들을 헤갈을 해 놓구……."

살림 꼴이 잡혀 갈수록 명신이는 서울 일이 걱정이었다.

"아, 어머니께 옥진이 데리구 내려오시라면 그만 아닌가."

말은 간단하였다.

안집에서 항아리를 빌려서 김치도 담가 놓았다. 홍식이는 항아리를

사라 하였지만, 명신이는 서울서 가져온다는 핑계로 아니 샀다. 항아리 하나를 놓고 둘의 심리는 뻔하였다. 모든 것이 안정성(安定性)을 놓고 믿을 수 없기는 전보다 더한 것 같았다. 믿을 수 없기로 말하면 명신이는 제가 제 마음도 못 믿겠다. 그래도 서울을 멀리 떨어져 와서 둘이만 소꿉장난처럼 밥을 해 먹고, 점심 때, 저녁때 밥상을 차려 놓고 회사에서 돌아오는 홍식이를 기다리는 것도 새로운 재미였다.

"이번 일요일에는 회사에서 진해루 놀러간다는데, 우리 갈까?"

꽃도 질 무렵이지마는 명신이는 가지고 온 옷도 변변치 않아서 나설 생각이 안 났다.

"뭐 입구 나설 게 있어야지."

홍식이는 듣고만 있었다. 새로 들어간 초급사원 분수에 동부인해 가기도 어색한 생각이 들고 젊은 애들 틈에서 술 주정받이나 하게 될까 보아서 데리고 가고 싶지도 않았다.

홍식이는 토요일 오후에 돌아와서 점심을 먹고 나더니

"우리두 어디루 놀러 나갈까? 어서 차리구 나서라구."

하며 내일 진해를 안 가는 대신에 극장에라도 끌고 나서려는 눈치였다.

"요새는 극단두 다 서울 올라가구 뭐 볼 만한 거 있을라구."

명신이는 신이 나서 얼굴을 다듬고 머리를 매만지고, 긴 치마에 조선식으로 차리고 나섰다.

"극장보다 더 좋은 데를 데리구 가지. 꽃구경두 하구 편히 몸 쉴 데를!"

홍식이는 의논도 없이 끌고 나와서 택시를 불러 놓고 타라 한다. 명신이는 어디로 끌려가든 신기가 좋아서 올라탔다. 자기의 핸드백 속에도 서울서 가지고 온 삼사만 환 돈이 그대로 있으니 마음이 느긋해서 이런 봄날에 좀 놀러 다녀도 좋다는 생각이었다.

차는 동래 온천으로 대었다. 운전수가 알아차리고 대어 주는 조그만 한 여관에 들어서니 아직 일러서 그런지 조용하다.

방을 잡고 들어앉으며 홍식이는,

"이거, 우리 신혼여행야. 신혼여행 예습(豫習)이라구 해 두지. 허허허."

하며 웃는 것이었다. 명신이도 모든 것에서 훨훨 풀려나온 듯한 기분에 한참 좋아하였다.

욕탕에 다녀 나온 홍식이는 술상을 벌였다.

"내 술 늘었지? 부산 내려서 화는 나구 심심하니 여기저기 들어가서 한 잔 두 잔 하는 수밖에……."

이제는 어딘지 모르게 점잖은 티가 배어 보였다. 그러나 서울의 어머니 아버지가 이런 광경을 상상도 못할 것이다.

"그만 잡수세요. 이따 저녁상에 또 잡숫지."

한 홉 병술에 취해 가는 것을 보고 명신이는 상을 밀어 놓았다. 피차에 지내보지 못한 재미이니만치 홍식이는 그저 껄껄대기만 하였다.

이튿날 하루를 그대로 지내고 돌아온 명신이는 몸도 노곤하거니와 서울 일이 걱정이 되어서

"난 내일쯤 떠나야 하겠는데……."

하고 발론을 하였다. 벌써 온 지가 일주일이 넘었다.

"가만있어. 내 가서 짐까지 모두 가지구 올 거니."

회사에서 내놓아 줄지는 모르지마는 어쨌든 명신이를 다시 내놓기는 싫었다.

"아녜요. 내가 가서 뒤를 깡그리뜨리구 올께. 혼담두 이번에 가선 내 손으루 아주 빠그러뜨리구 올 거니까……"

명신이는 장담을 하고 나서며 홍식이를 달래었다.

홍식이는 다시는 안 내놓겠다는 생각이었으나 어린 자식을 두고 왔으니 하는 수 없이 닷새 안으로 온다는 약속을 하고 서울로 올려 보냈다.

서울에를 들어서니 자식 그리운 생각에 발길이 바빴다.

'이년의 팔자는 사내와 자식에서 갈팡질팡하다가 한세상 보내고 말라는 건가! ……'

옷 가방 하나만 들고 버스에 올라탄 명신이 머리에는 무심코 이런 생각이 떠올랐다.

부산 가선 서울이 마음에 안 놓이고, 홍식이를 떼치고 오니 마음 한 끝은 아무래도 부산에 가서 있는 것이었다.

'그이와는 어쩔 수 없이 그렇게 됐지만, 다시는! ……'

서울에 발을 들여 놓고, 창규가 머리에 떠오르니까, 이런 생각도 하며 혼자 눈을 똑바로 뜨는 것이었다.

"애, 이거 웬일이냐! 너두 인젠 환장을 했니? 어쩌면 열흘씩이나 모른 척하구 나자빠져 있구……"

고원다방의 뒷문으로 눈치를 보아 가며 가만히 들어서니, 모친이 내달으며 나무란다. 방에서 내다보는 옥진이는 생글생글 웃으며 너무나 반가워서 외면을 하고 슬슬 피해 가는 것도 귀엽고 불쌍하다. 에미도 살려니까 너만 붙들고 있을 수 없어 이 지경이지만……하는 생각을 하면서 명신이는 눈시울이 뜨거워졌다.

"어머니를 편지를 해서 모셔 오자구, 생전 놓아 줘야죠 ……."

늦어진 변명이었다.

"그래, 어머니를 모시구 내려가마구 간신히 달래놓구 왔지만……."

"애, 정신 빠진 소리 말아. 너 왜 이렇게 어림이 없구 마음이 달떴단 말이냐? 이따라두 창규가 듣기 싫은 소리를 좀 하드라두 잠자쿠 있어. 하나나 뭐 잘한 일 있니?"

모친은 지낸 십여 일 동안, 창규가 툭 하면 투덜대고 듣기 싫은 소리를 상스럽게 마구하며 들이대던 것을 생각하면 자기도 분하지 않는 것이 아니요 '내가 언제 네게 딸 팔아 먹었더냐?'고 역성을 들고 나서고 싶은 것도 참아 왔던 터이라, 딸에게 미리 이렇게 일러두는 것이었다.

"네, 염려 마세요 좋두룩 하죠마는, 뭐라고 그래요?"

모친에게도 자식을 십여 일이나 맡겨 두고 혼자서 애를 쓰게 한 것이 미안해서 머리를 숙이고 큰소리를 못 쳤다.

"그저 제 일 안 봐 주구 나돌아 다닌대서 그런 거지. 허지만 너도 요량이 있지, 이나마 그만둘 작정이란 말이냐? 어쩌자구 열흘씩 모른 척하고 있니."

모친의 잔소리를 톡톡히 들어가며 밥 한 술 얻어먹고, 명신이는 딸년을 데리고 오랜만에 제 방구석을 찾아들었다.

"아, 어딜 그렇게 오래 가 있다 오슈? 난 아주 달아난 줄 알았구려."

주인집이며 옆방 여편네들의 인사 받기에 명신이는 성이 가셨다. 무슨 큰 죄나 짓고 온 것 같다.

"살던 데, 부산 갔다 왔죠. 동무들두 있고, 볼 일두 있어서……."

하지 않아도 좋을 변명을 꾸며대 가며 하는 것도 성이 가신 일이었다. 이 여러 가구에서 명신이를 창규의 첩으로 아는 눈치도 싫었었다.

방은 따스하였다. 명신이는 짐을 풀어 옷을 갈아입고 자리를 깔고 누우며,

"옥진아 너도 자리 속으루 들어오련?"

하고, 오랜만에 끼고 누웠고 싶었으나, 오는 길에 이것저것 먹을 것을 사 준 것을 먹기에 골몰하여 그대로 옆에 앉았다.

차에서 거진 밤을 새고 온 명신이는 그대로 잠이 들어 버렸다.

"……고단할 텐데 깨워 미안하군……."

이때껏 뭐라고 떠벌이며 들어왔는지는 알 수 없으나, 명신이가 눈을 뜨며 듣자니, 이러한 창규의 굵다란 목소리다. 앞에 바위더미같이 딱 버티고 앉았다. 명신이는 '에그!' 하고 소스라쳐 일어나서 인사를 할 새도 없이 발치의 버선부터 찾아 신고 자리를 개켜 얹고서야

"이리 내려오세요"

하고 방석을 아랫목으로 밀어 놓았다.

"그래 잘 놀구 왔소? 꽃구경은 창경원만 가두 되구 동래 온천보다는 온양 온천이 가까운 걸! 허허허."

창규는 비꼬아 주며 방석 위로 올라앉았다. 명신이는 잠자코 고개를 갸웃이 숙이고 앉았다. 명신이로서는 창규에게 미안도 하지마는 그 시

답지 않은 수작이 듣기 싫었다. 남은 갈 수 없는 길을 갔었고, 올 수 없는 길을 간신히 부리나케 빠져 왔는데, 이것은 무어 기생 갈보가 놀이를 받아 다니고 온 것같으나 말하는 것이 불쾌하다.

"남의 일을 맡아보는 사람이 어디 그러는 수가 있소? 간다 온다 말없이."

창규는 차차 따지는 것이었다.

"왜 내가 말없이 갔에요. 어머니께 다 이야기하구 갔는데."

명신이는 비로소 정면을 하며 눈을 똑바로 떴다. 밤차에 시달려온 사람이 잠이 부족해서 나른한 낯빛이었다.

"역지사지(易地思之)해 봐요. 내게도 말 한마디 없이 슬그머니 빠져나가서 열흘씩……."

하고, 창규는 다만 점원에게 대한 책망이 아니라, 질투의 불길이 치밀어서 눈을 부릅뜨고 대드는 기세였다.

명신이는 가만히 남자의 얼굴만 치어다보았다.

"처음부터 그러자는 작정이 아니라, 하루 저녁에 내려가서 그 이튿날 올라오자는 것이 여기저기 일이 있어 그렇게 된 거죠."

다소 빌붙는 눈치로 머리를 숙이니까, 창규는 한층 더 기세를 높여서

"그따위루 일을 보아 줄 테건 내일이라두 그만둬요!"

하고 기승스럽게 소리를 버럭 지른다. 명신이에게는 그 꼴이 아니꼬워 보였다.

"그만두라면 그만두겠어요."

닷새 기한을 하고 떼치고 온 홍식이 생각부터 머리에 떠올랐지마는,

정 급하면 그리로라도 가겠다는 믿는 데가 있어 뱃심을 부리는 것이 아니라, 애초부터 오기 싫다는 것을 애걸애걸해서 끌어 올 때는 언제고 무슨 큰소리냐? 고 버티어 본 것이다.

"누가 집까지 얻어 바치며 일을 보아 달라는 사람이 있습디까? 셋방 간이라두 언어 놓구 이렇게 지내잘 때는……"

이편이 팽팽히 나서니, 저편은 뭐가 겁이 나서, 약간 찔끔하는 기세로 말투가 누그러졌다.

"이 방 얻어 주셨다구, 고마워 절할 지경은 아닙니다. 다방 문 닫을 때까지 부려먹구 나서는, 통행금지 시간입네 하구 와서 술시중 들리구 주정받이 하라구 이 방 얻으셨지 언제 우리 위해서 방 얻으셨던가요?"

자는 방에 함부로 들어와 깨워 놓는 것이 화가 나는 판이라, 오금을 폭폭 주었다.

"그, 그러지 맙시다. 남의 호의는 알아주지 않구. 공 없는 소리……"

창규는 금시로 목소리가 부드러워지며 달래는 기색이었다. 눈에 드는 여자가 노해 뵈고 톡톡 쏘는 것도 한 재롱같이 보여서 마음에 먹었던 노염이 슬그머니 풀려 버렸다.

두 남녀는 할 말을 잊은 듯이 맥맥히 앉았었다. 그래도 남자의 눈길은, 고개를 떨어뜨리고 모로 앉은 명신이의 약간 상기된 얼굴과 치마를 휩싸고 앉은 몸매를 몇 번이나 쓰다듬었다.

명신이는 남자의 시선을 얼굴에, 전신에 느끼며 경계하는 마음으로 긴장하였다.

"어머니께두 의논을 했지만, ……그러지 말구 이리와요 우리 구체적으로 의논을 하자구."

창규는 말소리는 부드럽게 천천히 하면서, 발작적(發作的)으로 와락 손을 내밀어 명신이의 팔목을 붙들려는 거동이다.

명신이는 거기에는 대꾸도 없이 사뿟 일어나서

"옥진아, 어디 있니?"

하고 미닫이를 열며 뜰을 내다보니까, 옆방 아이하고 놀던 옥진이가

"어머니!"

하고 뛰어나온다.

"고단하시죠?"

옆 방 색시가 푸지를 널다가 말을 붙인다. 이 색시는 명신이의 답답한 처지를 얼마쯤 이해해 주느니만치 창규를 덩달아 미워한다. 명신이는 잠깐 수작을 하다가 방으로 들어와서 아랫목에 앉은 창규는 모른 척하고 가방 속에서 세수제구 주머니와 수건을 꺼내들고 나섰다.

"나 좀 목욕 갔다올께요"

그제서야 창규는 엉덩이를 들었다.

"그럼 이따 나오슈."

"네."

명신이는 남자의 뒤에 헛대답을 하며 마음은 무거웠다. 다방에 다시 나간다면 당분간 부산은 잊어버려야 하겠다. 부산으로 다시 가자면 다방에 다시 나갈 필요가 없다. 이 김에 양단간 귀정을 내야 할 일이다. 그러나 아무려나 닷새만 있다 오마 해 놓고 홍식이를 속일 수는 없다……

목욕을 하고 오니 모친이 와서 앉았다.

"그건 뭘 그렇게 사 가지고 오니?"

"저녁 반찬거리요 어머니 예 와 잡수세요"

손에 든 것을 부엌에 들여다 놓고 잠근 방문을 열었다.

"그건 뭘 돈 들여가며……."

"노는 날두 어린 걸 데리구 쫄레쫄레 밥 얻어먹으러 가요? 이젠 난 예서 해 먹겠어요"

밥을 집에서 해 먹겠다는 말은 다방에는 안 나간다는 말이다.

"에그, 맘대로 해라."

모친은 역정을 내었다.

"그래 네 생각엔 어떡했으면 좋으니?"

"돼 가는 대로 하죠 어머니나 좀 잠자코 계세요"

명신이의 대답은 온순하였으나, 전보다 대담하여졌다. 사실 몇 달이고 살다가 피차에 마음이 어떻게 변해질지는 모르겠으나 이제는 명신이도 떨어질 수도 떼칠 수도 없다. 부산에를 안 내려가면 홍식이가 마를 지경이요 뛰어 올라와서 법석일 것이다.

저녁때 창규가 스르를 들러서, 밥을 안치고 있는 부엌 속을 들여다보고

"저녁이나 먹으러 가자고 왔는데, 그거 집어치워요"

하고 달래는 수작이었다.

"도대체 이 아씨가 밥을 짓는다는 게 어울리지 않구먼. 허허허. 그 손을 가지구 연탄을 만지고 하다니!"

사실 그렇기도 하거니와, 창규는 애처로워서도 하는 말이었다.

"옥진아, 아저씨하구 요리 먹으러 갈까?"

뜰에 있는 옥진이도 얼러보았다.

"어머니, 가두 좋아?"

"안 돼. 오늘은 손님 아저씨 오시니까."

창규를 따 버리는 수단으로 한 말이었다.

"엉? 부산 아저씨 왔니? 그럼 난 빠질 차례로구나."

이따위 천착한 소리를 남기고 실쭉해서 가 버린 창규가, 모친도 건너오고 하여 세 식구가 오랜만에 재미있게 밥을 먹으려는데, 또 기웃이 들여다본다.

"여기 계시군!"

명신이 모친을 찾아다니는 눈치였으나 손님 아저씨가 누군가 궁금해서 몸이 달아 다니는 것이었다.

"왜? 위층 손님 왔수?"

"아뇨, 아주머니마저 안 계시니까 의지가 안 돼서요. 어서 잡수세요."

"올러 오슈. 안주는 별 게 없지만, 고기를 구니, 약주 한 잔 하실까?"

밥은 한집안 식구나 다름없으니 권하는 것이었다.

"어디 그래 볼까요."

창규가 성큼 올라오는 동안 마님은 옆방으로 가서 일전에 먹다 둔 술병을 가져오고 하여 네 식구가 둘러앉았다.

"어머니, 온다던 손님 아저씨, 이 아저씨?"

하고 옥진이 묻는 것을 명신이가 못 들은 척 하니까, 창규가 얼른 받아

서

"응 그래, 내가 손님 아저씨란다."

하고 껄껄 웃는다.

"입 닥치고, 먹을 거나 먹어."

명신이는 철없는 딸을 쌀쌀히 나무랐으나, 창규에게 빗대 놓고 한 말 같기도 하였다.

남의 집 솥의 밥만 먹다가 제 식구끼리 모여서 제 집 밥을 먹겠다는 자리에, 툭 튀어 들어서 술상을 벌이겠다니 가뜩이나 명신이에게 좋을 리 없었다.

그래도 창규는 명신이의 비위를 맞추느라고 애쓰는 눈치면서 술도 몇 잔 안 하고 상을 물린 뒤에 모친이 일어서니까 선뜻 따라 일어났다.

이튿날 아침을 해치우고 나서 머리나 빗을까 하는데, 창규의 발자취 가 뜰에서 난다. 명신이는 얼른 창문을 열고 막아서서 인사를 하였다. 방에 들이지 않자는 것이다.

"오늘두 몸이 시원치 않아요"

"아픈 건 허는 수 없지만 밥 지어 먹는 기력으루 가만히 나와만 앉았어요."

제 욕심 챔만 하는 소리다. 명신이는 잠자코, 마치 방 안에 무어나 감추고 있는 듯이 한눈을 팔고 섰으려니까, 마루 끝에 잠깐 걸터앉았던 창규는 뾰로통해서 뒤도 안 돌아보고 나가 버리었다.

저녁때 또 한 차례 휘이 들렀다. 그러나 역시 마루 끝에서 어름어름 해 보냈다. 이러기를 삼사 일 끌었으나 이상히도 방에 들러서 옆방에서

자고 간다거나 하지는 않았다. 매우 근신하는 눈치였다.

이러는 동안에 모친은 애가 말라서 왔다 갔다 하였지마는, 이번만은 명신이도 강경했다. 그러나 아무 결심이 있는 것은 아니었다. 사흘 동안 똑같은 생각이 부산과 다방 사이를 왔다 갔다 하며 귀정을 내야 하겠다고 초조할 뿐이었다.

앞 뒤 경우 잴 것이 없이 눈 딱 감고 부산으로 내려가겠다는 결심을 하여 놓고 보니, 모친의 성미에 두 집에 대한 체면으로도 따라 나설 리 없고 그렇다고 창규 밑에 식모살이로 내버려 두고 나서는 수도 없었다.

'이건 어머니한테두 의논이 안 되구, 이렇게두 빡빡할 수야 있나……'

낮에도 누웠다 앉았다 하며 궁리궁리 끝에 이런 한탄을 하다가 문득 머리에 떠오르는 것은 전쟁미망인 원호회다.

'거기나 가 볼까? ……'

별 신통한 일이 있을 거는 아니나, 언젠가 찾아갔을 제, 그 마님이, 걱정되는 일이나 의논할 일이 있거든 오라고 자상히 일러 주던 것이 생각나는 것이었다.

'허지만, 아주 모르는 터두 아닌데 그런 말을 어떻게 *끄내누?*'

명신이는 나설 용기가 아니 났다.

인웅이의 장모마님이니 더 거북도 하나 세상풍파를 다 겪고 인정 있이 사리가 뻔하게 말하던 눈치를 보면 믿음직스러워서 가 보고도 싶었다.

요새 창규는 심술이 나서 들르지도 않고, 모친도 진이 나서 아침에

나갈 제

"오늘도 또 못 나가니?"

하고 한마디 할 뿐이었다.

"어머니, 오늘은 나가실 때 옥진이 좀 데리구 나가 주세요."

명신이는 자리 속에 공상에 팔려 누워서 이런 부탁을 하였다.

"어디 가니? 무꾸리 가니?"

옆방 색시가 자기 아는 데가 있다고 무꾸리나 가 해 보라더라는 말을 모친도 들었기에 하는 말이었다.

명신이는 새침하니 잠자코 말았다.

"파마를 해야 하지 않니?"

파마를 하러 가는가 싶어서도 말을 돌렸다. 명신이는 도착하던 날 목욕 갔다 와서 이때껏 미장원에를 가지 않고 있어서 머리가 자고 나면 흐트러져 있는 것이었다.

명신이는 모친이 아이를 데리고 나간 뒤에 방을 치우고 세수를 하고, 남은 찬밥덩이를 데워 먹은 뒤에 머리를 쓱쓱 쓰다듬고 집에서 입던 치마저고리에 버선만 갈아 신고 나섰다.

무꾸리에 맛을 들일 나이가 아닌 명신이는, 같은 값이면 사정 모르는 점쟁이보다는 사정을 짐작해 주는 회장마님이 낫다고 원호회로 발길을 향했다.

사무실에 사뿐히 들어서 보니, 웅성웅성하고 전보다도 분주한 폼이, 사업이 잘되어 가는 눈치였다.

"응, 이리와요. 오래간만이구먼. 그래 그저 저기 있수?"

이편이 쭈뼛거리는 것을 보고 회장마님이 먼저 알은체를 해 주었다.

"아무래두 거긴 있을 수 없어 그만둘까 봐요"

"그래 어쩌나!"

회장마님은 명신이의 파마를 집어치우고 쓰다듬어서 풀머리로 쪽진 것이라든지, 살림꾼처럼 부숭부숭히 차린 것을 바라보며, 전에 보던 때보다는 반즈를한 때가 묻지 않아서 마음에 들었다.

"좀 조용히 말씀드릴 게 있어서 왔는데요······?"

"응, 지금 회의가 시작될 텐데, 안됐지만 내일 다시 한 번 오던지, 모래 공일날 아침에 집으루 와 주면 좋겠구면."

사무적으로 쾍쾍 시원스럽게 대거리를 해 주었다.

"네, 그럼 일요일에 가 뵙죠"

명신이는 인사를 하고 빠져 나오면서, 어쩐지 잘 왔다는 생각이 들고, 마음이 가벼워졌다.

그러나 길을 걸으면서 곰곰 생각하니 집으로 찾아가선들 어떻게 변죽 좋게 제 입으로 홍식이 이야기를 꺼낼 수 있을지 걱정이었다. 그 자초지종을 이야기해 들려주자면 소설 한 권을 읽어 바치느니나 다름없을 거니 힘이 들고 지리할 노릇이다.

'편지를 쓸까? ······허지만 그럴 재주가 있어야지.'

그러나 홍식이에게는 왜 그런지 부끄러운 생각에 편지 한 장 못 썼어도, 마님에게는 아무렇게라도 쓸 수 있을 것 같다. 명신이는 편지지와 봉투를 사 가지고 돌아왔다. 이때껏 어머니한테도 해 보지 못한 하소연이나, 맞대해 놓고 할 수 없는 말을 적어본다는 것부터 명신이에게는 반이나 근심을 던 것 같아서 기분이 명랑하였다.

옥진이를 데리러 가야 하겠지만 다방 뒷문으로 비쓸비쓸 눈치 보아가며 들어갈 것이 싫어서 내버려 두고, 반쯤 열어 놓은 미닫이로 양지가 빤한 밖을 무심히 내다보며 편지 사연을 궁리하다가 손가방에서 만년필을 꺼내 가지고 앉았다. 군정청 시절 이래, 웬 만년필이란 것이 있었으랴마는 저번에 마담이 되었다는 바람에 아무래도 이것저것 끄적거릴 것이 있으니 장만한 것이었다.

"가 뵙기로 하옵고 바쁘신데 이런 잔사설을 글월로 사뢰어 죄송합니다마는……"

하고 우선 허두를 내놓고 읽어보니 의외로 순순히 나갔다. 그래도 소학교 아이, 작문이나 짓듯이, 짓고 고치고 다시 쓰고……댓 장쯤 되는 편지를 쓰기에 한나절과 밤중까지 걸렸다.

아랫목에서 자는 모친이 가끔 눈을 떠 보고

"무슨 편진지 잠이나 자구 쓰려무나."

하고 못마땅해 하는 것은 부산에 부치는 편지인 듯싶어 그러는 것이었다.

오늘은 아침을 해 먹고 치장을 차리고 나서, 어린것을 할머니한테 갖다 맡기려다가, 발이 멀어진 다방에, 발을 들여 놓기가 싫기에 옆방에서 놀게 맡겨 두고 안암동으로 나섰다. 김 회장 댁을 모르니 우선 인임이 집으로 들어가는 수밖에 없었다. 어쩐지 서먹하고 죄밀 같다.

"아, 너 오래간만이로구나. 어머니두 안녕하시니?"

언제나 바쁜 이 집 마님은 마루에 나와 앉아서 재단에 가위질을 하고 있다가 알은체를 한다.

"그저 그러세요"

탐탁한 눈치가 아닌 마님은 한참 있다가,

"어머니께서 가 보라시던?"

하고 궁금해서 묻는다.

"네. 예까지 오는 길두 있구 해서요"

명신이는 잠깐 앉았다가 일어서며 인사를 하는 길에 화숙이에게 편지를 내어 주며 어머니께 곧 가져다 달라고 부탁을 하고 뺑소니를 쳐 나왔다.

화숙이는 그날 저녁에 명신이의 편지를 가지고 친정으로 건너왔다. 회장마님은 이제 들어와서 저녁상을 받고 있다가

"편진 별안간 무슨 편지."

하며 딸더러 뜯어보라고 한다. 궁금하던 화숙이는 호기심이 나서 선뜻 뜯어 읽기 시작하였다. 모친은 가만히 듣다가

"내, 대개 그런 줄 알았다."

하고 한마디 하였다.

"저희두 짐작은 있었에요"

화숙이도 읽다 말고 대꾸를 하였다. 그중에는 이런 구절도 있었다.

'……세상에 그이를 안 믿고 누구를 믿겠습니까마는, 발치께로 물러앉아도 돌아볼 사람이 없을 이 가련한 인생 때문에 청춘과 행복을 희생해 달라고 할 만큼 염치없지는 않습니다……'

그러기 때문에 인임이의 혼담을 위하여 백방으로 피하려 애를 써 왔

다는 변명이었다.

"사실 그렇긴 했던 거예요."

화숙이가 두둔을 해 주었다.

'……그렇다고 해서 밥술이나 얻어먹겠다고 또 다른 남자에게 몸을 허락할 수야 있습니까…….'

그래서 성이 가신 다방을 빠져 나오려는 것이니, 새 직업을 얻어 줍시사는 것이었다.

"음, ……외양이 반반하니 타락하기두 쉽구 고생이 더한 게다. 그래 네 시누이는 어떤 눈치던?"

편지를 다 듣고 나서 모친의 하는 말이었다. 혼담을 당자가 뒤튼다는 말을 들어 알기에 묻는 것이었다.

"처음에는 덮어 놓고 마대다가, 왜 오빠한테 뒤따라 다니던 어린 기자 있죠? 그 기자가 동경 파견이 되어서 떠날 때 온다간다 말 한마디 없이 가 버린 데 실망을 한 판에 시어머니께서 여러 가지로 달래셔서 한때는 마음이 돌아설 듯한 눈치더니 저편(홍식이)에서 여전히 뻗대니까, 이제는 더구나 홱 돌아서구 말았죠."

모친은 고개만 끄덕끄덕하다가

"어서 늦기 전에 가거라. 그리구 내일이라두 인웅이 좀 들르라구 하렴."

하고 일러서 딸을 보냈다.

인웅이는 내일까지 기다릴 것도 없이 뛰어왔다. 친한 친구요 가엾은 친척붙이 누이의 일이니 옆에서도 늘 마음은 씌우던 것이었다.

"저 부르셨어요?"

"응, 거기 앉게."

회장마님은 테이블에 앉아서 무슨 서류를 정리하다가 사위를 잠깐 치어다보고 옆의 의자에 앉혔다. 서너 간통밖에 안 되는 온돌방이라도 한편에는 양식으로 서재를 꾸미고 혼자 지내는 것이었다.

"자네 누이 혼담, 어떻게 됐나?"

밑도 끝도 없이 꺼내는 말이었으나 인웅이는 다 알아들었다.

"어머니께서만 몸이 달아 그러시지, 당자끼리는 서루 마다는데 어떻게 되구 말구가 있에요."

"글쎄 그런 듯싶어! 헌데 그 신랑감이란 어때?"

하고 마님은 자기의 사위나 고르듯이 묻는다.

"아, 인물이야 분명하죠. 학교에서두 수재요. 사람이 진실하구……."

인웅이는 중매나 드는 듯이 칭찬을 하였다.

"하죠만, 그렇다구 반드시 제 매부감이라구 억지루 끌려군 생각지 않습니다. 저희끼리 자유의사에 맡길 일이지. 옆에서 서둔다구 안 될 게 되나요."

"그는 그래."

이십 년 전 미국 유학생이었다면 지금 세상에 드날렸겠지마는, 이십 년 전 일본에서 여자대학을 나온 이 마님은 그래도 이 시대 청년과 호흡이 맞는 데가 있었다.

"신홍식 군 일만 하더라두 제대로 내버려 두세요."

"아니, 내가 아랑곳하자는 게 아니라 그 색시가 사정을 해 왔으니 말이지만⋯⋯."

"그래 어떡하실 작정이십니까?"

"어떡하다니? 내가 뭐 어떻구 말구가 있나마는 이 편지 사연 봐두 그렇지만 저의끼리 정말 좋아하구, 인격적으로 배합(配合)이 된다면, 아, 살라지! 말릴 사람이 누구야. 난 원호 사업을 하는 입장으로서 그런 자국이 없어 걱정이지, 한 사람이라두 젊은 전쟁미망인을 구하기 위하여 대찬성이야. 하기야 저편이 첫 장가를 가는 총각이라니 좀 가엾은 생각도 없지 않지만, 저의끼리 좋으면 그만이지!"

하며 장모님은 열심이다.

"하하하, 아주 신식이십니다그려."

사위가 '옳소이다' 하는 듯이 웃으니까,

"이 사람아, 내가 언제는 구식이던가? 어쨌든 내일 자네, 연락을 좀 해서 그 색시 내게 오라구 해 주게."

하고 마님은 부탁을 한다.

"그러죠. 그건 어렵지 않습니다만, 저 집 영감님이 그렇게 호락호락이 들을지요."

"안 들으면 어째! 자기 아들이 선손을 건 것인데! 안 들으면 내라두 가서 담판을 해 주지. ⋯⋯한데 자네는 자네 어머니께나 자서 잘 말씀을 여쭙게. 나두 한 번 가서 자세한 말씀을 해 드리겠지만, 잘못하다간 내가 중뿔나게 나서서 파혼이나 시킨 것처럼 오해하실까 봐 무서우이."

"뭘요. 뭐 그렇게 됐다면 어머니께서두 머리를 내두르실 거니까요."

인옹이는 집으로 돌아오며 기분이 명랑하였다. 만날 암중모색(暗中摸

索)으로 서로 눈치만 보던 한 문젯거리가 낙착이 질 것 같고, 친구끼리나 친척끼리나 흐린 날씨처럼 찌뿌듯이 서로 바라만 보던 감정과 기분이 홀쩍 개어질 것이 시원해 좋았다.

이튿날 일요일 아침에 인웅이는, 다방으로 명신이 모친을 찾아 가지고 함께 명신이한테로 갔다.

"아이, 여길 다 어떻게 오세요"

명신이는 인웅이가 모친을 따라 들어오는 것을 보고 반색을 하였다. 오빠라고 불러도 좋으련마는 아직 설면하고 입에 익지 않아서 공중 대놓고 인사를 하는 것이다. 으레 장모마님의 심부름으로 왔거니 싶어서 반갑기도 하고 걱정도 되었다.

"어서 옷 입구 나서요. 나구 가자구."

인웅이는 활수 좋게 서둘렀다. 가장 생색나는 심부름 왔으니, 청년답게 제풀에 신바람이 나서 하는 것이었다.

"어딜요?"

명신이는 생글 웃었다. 인웅이의 눈치로 보아서 무슨 좋은 길이 터질 것 같기도, '도'가 나올지? '모'가 나올지? 어쩐지 인제는 그 마님의 말 한마디가 일생의 운명을 결정할 것만 같아서 나서기가 겁도 났다.

"아니, 그 마님께 너 뭐 부탁했니?"

모친은 어리둥절해서, 옷을 갈아입는 딸을 치어다본다. 이리로 오면서 인웅이더러 물어 봐도 일의 신중을 기하여 모른다고만 하였던 것이다.

"가 봐야 알겠어요. 갔다 와서 여쭙죠"

명신이는 뜰에서 서성대며 기다리는 사람이 미안해서, 아이와 뒷일을 모친에게 맡겨 두고 인웅이를 따라나섰다.

"누이 내게 절해야 할 걸!"

길로 나오면 인웅이가 놀린다.

"왜요?"

명신이의 입가에는 웃음이 피어올랐다.

"내, 이때껏 내 누이 혼담에도 이렇게 벗구 나서 본 일이 없으니까! 허허허……헌데 우리 부산에다 전보 쳐 줄까? 어서 올라오라구."

하며 인웅이는 서둔다. 자기의 장모 마님의 말 한마디로 일이 되리라고 생각하는 것은 착각이기도 하지마는 그 마님의 억지와 수단이면 될 것이라고 믿는 것이었다.

"회장 선생님, 뭐라세요?"

"왜 꾸물거리구 있느냐고 당신이라두 나서서 엉구어 주시마고 하셨으니까 되겠지! 신 군에게 소원 성취했다구 축전이라두 놔 줄까! 하하하……."

인웅이는 명신이를 처갓집에 데려다 데밀고만 가 버렸다.

안방에서 아이들이 내닫고 배가 부른 며느리가 내다보고 하는 통에 명신이가 축대 밑에서 주저주저하려니까 건넌방에서 마님이 내다보며,

"응, 어서 올러와요."

하고 좋은 낯으로 맞아준다. 선이나 뵈러 온 것같이 기가 줄고 새삼스레 부끄러운 생각이 들던 명신이는 마님의 기색이 좋은 눈치에 마음이 놓였다.

방에 들어와 좌정하고 나니까 마님은 선선히 입을 열었다.

"편진 봤소만, 그래 부산엘 가겠단 말인지? 자리를 옮겨서 다시 취직을 하겠단 말인지? 분명히 말을 해 봐요"

부러 시달려 보려는 것 같기도 하나, 또 한 번 다져 보는 것이었다.

명신이는 아까 인웅이가 서둘던 것과는 딴판이라고 잠깐 실망을 느끼며 선뜻 대답을 못 하다가,

"취직자리가 있으면 취직 하겠어요"

하고 간신히 대꾸는 했으나 실상은 마음에 없는 말이었다.

"그게 옳은 말은 옳은 말야. 부산으로 그 청년을 따라가자니 의리에 끌리고, 지금 있는데 그대로 있자니 몸 버릴까 앞길이 염려 되고, 다시 취직을 하자니 만만한 자리가 있는 것도 아니요…… 사정은 딱해! 하지만 이판에 어린 여자의 손으로 두 식구 세 식구 벌어 멕일 자국이라곤 지금 있는 데밖에 또 어디가 있겠기에! 그대루 있으라고"

인웅이가 떠벌이는 것 보아서는 무슨 큰 묘책이나 나올 줄 알았더니, 그게 그 소리라 명신이는 또 한 번 실망을 하였다.

"네, 알겠습니다. 허지만 전 이젠 다신 그 속에 들어갈 용기가 안 나요"

회장마님은 넌지시 앞에 앉은 젊은 여인의 안색을 살펴보다가,

"그럼 허는 수 없지. 부산으루 내려가는 수밖에! 그 남자를 따라서!"

하고 부드러운 소리로 차라리 권고하는 말눈치였다. 명신이는 그 말에 막혔던 숨이 확 풀리는 것 같고 해쓱하던 얼굴에 다시 화기가 배어 올랐다.

무어 이 마님의 말 한마디로 이렇게도 저렇게도 될 것은 아니지마는, 그래도 학식 있고 경험 있는 믿음직한 이 마님의 입에서 듣는 자신 있는 말 한마디가, 이때껏 무슨 죄나 진 듯이 이리저리 쫓기며 숨어 지내던 명신이에게는 큰 힘이 되고 무슨 판결이나 내린 듯이 속이 시원하고 자기네 생활에 새로운 자신을 주는 것 같아서 기뻤다.

"난 당신네 같은 젊은 전쟁미망인이 한 사람이라두 가정부인으로 다시 들어가서 얌전히 살림을 하게 하기 위해서라두 그런 자국이 걸리면 놓치기가 아깝단 말요……."

명신이의 귀에는 더욱 달갑게 들리는 말이었으나 그저 머리를 숙이고 듣고만 앉았다.

"무어 걱정할 것 없어. 저 집에 대해서 인사가 틀릴 것두 없지. 최후의 승리는 진정히 사랑하는 사람에게 오는 거니까! 게다가 저편에선 당자가 손을 내두른다니, 무어 의리에 안 됐구 말구가 있나! 다만 어머니께서 중간에 끼시고 친척 간이라서 거북할 따름이지……."

명신이에게는 속이 시원한 말뿐이었다.

"그렇다구, 두 분이 아무 요량 없이, 아무 계획 없이 그저 얕은 정에 끌려서 넘지 못할 선을 넘었다는 것을 책망 안 하는 것은 아냐. 하지만 그 잘못의 책임은 반반씩 져야 할 것이니까, 그 책임 이행을 위해서라도 열심히 노력해서 같이 살아야 할 것이요. 그러나 다만 한 가지 문제는, 그 홍식이란 사람의 부모가 그만 일을 이해해 주고 허락하겠느냐는 거지……."

"그래, 지금 있는 데가 왜 그렇게 별안간 싫다는 거야? 몸은 예 있어

두, 마음은 제 가서 있다는 거지?"

하고 마님은 웃으며 말을 돌렸다.

"다방에 나가서 똑같은 일을 매일 하기두 싫죠마는 언제나 그 주인의 눈이 뒤를 따라다는 것 같아서 싫어요. 게다가 저의 사는 옆방에 이부자리를 갖다 놓구 무시로 드나들며 가다가는 술을 먹구 와서 자구 하니 기분이 나빠서 견딜 수가 있어야죠"

명신이는 절박한 사정을 하소연하였다.

"하하하…… 기분파로군!"

하고 마님은 웃다가,

"사람이란 그런 어려운 고비를 넘겨야 단련이 되는 거야. 더구나 홀루 있는 사람은!"

하고 타이르고 나서,

"미친놈이로군. 어떻게 된 집을 얻었기에 옆방에다 금침까지 갖다 두구, 왼종일 제집에서 부려 먹고 삐친 사람을 못살게 구는 건구?"

하며 역성을 든다기보다도 의분(義憤)을 느끼는 표정이었다.

"그 어떤 놈인지 그렇게 못살게 굴거던 얼마동안 내게 와 있어두 좋아. 저 아랫방엔 계집애 하나만 재우는데……."

마님은, 처음에는 때가 묻은 반지빠른 직업여성으로 보았는데, 차차 얘기도 듣고 이번에 편지와 당자를 다시 보니, 귀염성스럽고 순진하니 마음에 드는 것이었다.

"뭘요 그런 대로 지내죠"

명신이는 그 말이 고마우면서도 사양을 하였다.

"아니, 젊은 놈이 제집을 두구, 어린 과부가 사는 옆방에 이부자리를 깃다 두구 무시루 드나들다니 말만 들어도 흉측하지 않은가! 이왕 말이 나왔으니 어서 내게루 오라구."

하며 마님은 펄쩍 뛴다.

"안돼요. 끝장 날 때까지 그대루 지내면 지내는 거죠."

"무슨 소리야. 그런 놈이 뒤를 따라다니구 옆방에 와 있구 한다는 것은 첫째 창피한 일 아닌가. 그런 데서 헤어나려구 애쓰는 명신이가 무던하지. 하여간 이왕 나올 바에는 어서 거기서 몸을 빼쳐 나와야 남 보게두 깨끗하구 저 집 영감님이라두 생각이 달라질 거 아닌가."

회장마님은 점점 더 열심이었다. 이런 사업에 나서서 사정이 딱한 여성들을 많이 지도하고 겪어내는 동안에 그런 열성이 저절로 새어나는 듯싶었다.

"그럴 거 뭐 있어. 내가 부려 먹자는 것이 아니라, 우리 며느리가 해산달이 돼서 어린것하구 쩔쩔매니까 얼마동안 와서 거들어 달라구. 그거 피차 좋지 않은가."

딴은 마침 좋은 이야기였다. 그러나 명신이는 인사로 생긋 웃기만 하였다.

"아아냐. 설마 노상 젊은 사람더러 해산구완을 해 달라기야 할까! 산파두 올 거요 친정에서두 사람이 오겠지만 내가 종일 나다니니 좀 와서 저 어린것하구 일을 봐 달라는 말이지."

"너무 분에 겨워 말씀이지 그럼 그러세요."

명신이는 선뜻 대답을 하였다.

"그럼 언제 올 테야? 오늘이라두 올 텐가? ……응, 어머니가 계시다 지?"

"네. 어머니께 여쭈어 보고요"

말이 그렇지 어떻게 남의 집에를 올까 싶었다.

"아 참, 어머니께 한번 만나 뵙자구 그래. 그리구 부산다가두 올라오 라고 편지를 하라구."

마치 회에 나가서 사무원을 지시하는 것 같다.

명신이 생각에도 홍식이를 어서 끌어 올려 와야 하겠다는 생각으로 전보를 칠 생각이 나서 회장마님 댁에게 나오는 길에 인웅이에게 들렀 다. 예까지 데려다 주었는데 모른 척하고 가는 수도 없었다.

"요새는 자주 들르는구나. 뭣 때문이냐?"

하고 인임이 모친은 이상스러운 눈치로 알은체를 하였다.

잠깐 인사를 치르고 나오려니까 인웅이가 문간까지 따라 나오면서 결과를 알려는 눈치기에 명신이는

"나 어쩌면 이리 떠나올지 몰라요. 그것두 식모살이루 취직해요"

하고 웃으니까

"그거 잘됐지. 그러지 않아두 그 마님께 아주 명신이를 맡으시라구 부탁인데!"

하며 인웅이도 반색을 한다.

"왔다 갔다 수선을 떨기도 안됐지만……"

"잔말 말구, 말이 난 김에 어서 와요. 그 너저분한 속에……옆방에는 그 놈이 드나든다면서? 신 군이 와 봐도 불쾌치 않은가!"

"참 전보 좀 놓아 주세요 곧 올라오라구."

"아, 이따 나가는 길에 놓아 주지. 염려 말아요"

인응이는 명신이가 전보료 하라고 손가방에서 돈을 꺼내 주려는 것을 두 손으로 막으며,

"전보엔 무어랄까? 택일단자 받게 되었으니 올라오랄까!"

하며 껄껄 웃고 헤어졌다. 이날 저녁에 명신이 모녀는 자리 속에 들어서까지 밤이 이슥토록 옥신각신 말다툼을 하였다.

"그 영감이 그 마님 말에 그렇게 호락호락 넘어갈 듯싶으냐."

명신이 모친이 내세우는 결론은 이것이었다. 이런 좋은 자리를 내버리고, 월급도 몇 푼 받는지 알 수 없는 어린애를 데리고 가다니, 오는 복도 차 버리는 것이라고, 명신이 모친은 기를 쓰고 반대했다.

그래도 회장마님이 모친을 만나자고 명신이 편에 전갈을 해 보냈으니 안 가 볼 수도 없어 이튿날 아침에 모녀가 원호회로 가 보았다. 이를테면 이편에서 인사를 가야 할 것인데 명신이 모친은 찌뿌드드한 얼굴로 어떻게 한다는 것인지 말이나 들어보자고 따라간 것이었다.

"따님 땜에 얼마나 애를 쓰세요 사정을 듣고 보니 내버려 두기도 딱하기에 우선 내가 맡을까 합니다. 내게 보내 주세요 사람 싫은 건 인력으루 못 합니다. 그러다가 무슨 신수나 있구, 말썽이나 생기면 어쩌잡니까. ……"

"네, 고맙습니다. 먹고 사자니 체면 여부없이 그 지경으루 지내는 거죠"

명신이 모친은 아무래도 기가 눌리니까 두 마님의 수작은 이만 정도

로 끝내고, 명신이는 오늘로 떠나가마고 회장마님한테 약속을 해 버렸다. 해산구완이란 말만 해도 생색이 나는 일이요, 내일이라도 홍식이가 달려들어서 옆방을 창규가 쓰는 눈치만 채도 큰 불집이 날 것이니 얼른 피해 나가는 것이 수라고 낮에 금침 한 벌과 가방 하나만 지워 가지고 딸년을 데리고 나섰다. 모친은 일이 귀정 날 때까지 다방에서 묵으면 그만이었다.

회장마님의 며느리는 어제 인사를 시켜 주어서 명신이가 오리라는 것은 알았지마는, 오래 있을 것도 아니요 하여튼 자기를 도우러 온 사람이니 좋은 낮으로 만났다.

주인도 안면 있는 인웅이 친구의 애인이 피신 온 것이라니 호의를 가졌다. 이 집도 남녀 간에 인물이 없는 것도 아니나, 젊은 예쁜 색시가 오락가락 하니 집안이 환해진 것 같았다. 다섯 살짜리, 세 살짜리의 남매는 첫날부터 아주머니, 아주머니 하고 치맛자락에 휩싸고 매어 달렸다.

하룻밤을 새우고 이튿날 낮이었다. 아직 집 속에서 노는 인웅이가 툭 튀어 나오면서

"야, 손님 오신다."

하고 소리를 친다. 뒤에는 홍식이가 따라섰다.

담판

안마루에 걸터앉아 이 세 아이를 데리고 놀던 명신이는 젊은 애들이 우중우중 들어서는 것을 보고, 깜짝 놀라 뜰로 뛰어내려서며

"전보 보고 오시는 거죠?"

하고 반겨 맞았다.

"전보나 마나, 어머니께서 위중하시다구 쳤으니 놀랍기두 하구, 반신 반의로 하여간 뛰어 올라왔는데……."

하며 홍식이는 인웅이를 웃으며 돌려다 본다.

"어쨌든 잘됐어요 이리 오세요"

귀한 손님이나 안마루로 정해 올릴 형편도 안 되고, 아랫방 툇마루로 끌었다.

"이사두 너무 잦구, 풍파두 심하군!"

홍식이는 툇마루에 걸터앉으며 이러한 한탄을 하고 명신이의 얼굴을 다시 한 번 반기는 눈으로 바라보았다.

이 집 주인마님이 맡아 준 것은 고마우나 식모살이처럼 와 있는 것을 보니 마음에 덜 좋았다.

"애초에 궐자가 얻어 주는 집으루 떠나기가 잘못이지."

홍식이는 듣기 싫은 소리를 하자는 것은 아니나 자연 한마디 나왔다.

"그때는 누이가 마음이 단단치 못해서 그런 거지. 다시 탄해 뭘 하나."

나란히 앉은 인웅이가 웃음엣소리처럼 대꾸를 하니까 명신이는

"딴소리 말아요. 마음이 단단해서 그랬다누! 어떡허든 혼인이 되게 하느라고 난 몸을 숨길 작정으로 그리 간 건데……"

하여 펄쩍 뛴다.

"그러나 여기 무작정하구 언제까지 있을 수두 없구, 나선 김에 부산으루 갑시다."

홍식이도 전보 바람에 막연히 뛰어 올라오긴 했으나, 역시 그밖에는 뾰족한 도리가 없어 하는 말이었다.

"난 몰라요. 인젠 내 몸은 회장 선생님께 맡겼으니까, 회장 선생님한테 담판을 하구 찾아가든 말든."

하고 명신이가 웃고 섰다가

"참, 이 길로 선생님 좀 가 뵙구 와요."

하고 일러준다.

"응, 옳은 말야. 나하구 가세. 우선 인사나 드려야 하지 않겠나."

인웅이가 앞장을 선다. 모친이 알면 제 매부는 삼으려다가 못 삼고 얼튼 짓만 하고 다닌다고 핀둥이를 맞을 일이지마는, 인웅이는

'아, 저의들 좋을 대로 살라지, 뭐 그리 조바심을 하며 참섭일까……' 하는 생각으로 모친 편을 들고 싶지는 않았다. 사람은 팔자 나름이지마는 인임이는 인임이대로 시집갈 것 아닌가 하는 생각이었다.

신사복들은 입었어도 모자는 안 쓴 두 청년이 우르르 나갔다.

명신이는 부산으로 내려갈 궁리에 골똘하여 다시 안채로 올라와서, 마루로 나와 알은체를 하는 며느리가 궁금해서 묻는 말에 대거리를 하였다.

홍식이는 금방 다녀왔다. 회장마님은, 저녁밥이나 같이 먹어 가며 이야기하자고 집에 가서 기다리라고 하더란다. 홍식이는 인응이 집에 가서 시간을 보내기도 거북하고 엉거주춤한 눈치였으나 손수 나가서 고기며 과일을 사 들이고 엄벙덤벙 반나절을 보냈다. 오늘은 좀 일찍 나온 회장마님이 저녁때 들어서며 아랫방에서 나서는 홍식이를 자기 방으로 끌어올렸다.

"하두 혼자 애를 쓰구 번민을 하기에 내가 가루 맡구 나선 거지만, 난 내 사업에 대한 욕심으루야. 어쨌든 문제는 간단하면서두 어려운데 아버니께서 승낙을 하실지?"

마님은 단도직입적으로 이렇게 말을 꺼냈다.

"글쎄올시다. 너무 애를 써 주세서 죄송합니다."

홍식이는 고개를 숙여 보였다.

"하여간 내가 한 번 가 뵙자니! 뭐 정든 사람끼리 안 살구 어떡허나. 물론 예절과 체면은 차려야겠지만."

회장마님이 부친을 만나 보아 주겠다는 말은 고마우나

'웬, 이 마님 말수에 넘어갈 양반이기에……'

하며 홍식이는 속으로 도리질을 했다. 그러나 지금 당해서는 마지막 일루의 희망이기도 하니 반대는 아니하였다. 이 집 젊은 주인도 들어오고 인웅이도 건너오고 하여 안방에 밥상을 차려놓고 질번질번히 떠들며 명신이 시집 하나 보내기에 의론이 분분하였다.

그러나 어떻게 이 마님 영감을 초면에 만나게 할까가 문제였다. 섣불리 영감님한테 눈치를 보였다가는 두 손을 내젓고 마님한테 무안이나 줄 것이다.

"뭐, 내가 가서 명함 한 장 내놓고 수단껏 이야기하면 그만이지."

마님은 손쉽게 이야기를 하였다. 그것은 자기네 사회에서는 통하는지 모르지마는, 원호회 회장이라는 명함에 너무 기대는 만심(慢心)에서 나온 말이었다.

"그러지 말구, 시간을 맞춰 놓구, 인웅 군이 모시고 가 내 누이와는 파혼요, 하는 무언중의 선언을 하기 위해서두 인웅 군이 모시구 가야지. 어머니께서두 실상은 이편에서 파혼한다는 전갈을 맡아 가지구 가세야지. 이때껏 중매 들던 마님이 내 딸을 대신 들여앉히느라구 파혼요, 하고 그런 전갈을 하러 갈 수는 없을 거니까……."

화숙이 오라비, 이 집 젊은 주인의 의견이었다. 모두들 그럴듯하게 들었다. 저녁 밥상을 물린 뒤 마님은 젊은 애들이 놀게 내버려 두고 사돈집으로 건너갔다. 자기네는 단념한다는 다짐을 받으러 간 것이었다.

"그래 애기 혼인은 어떻게 됐어요?"

묻기 어려운 말이요, 당장 자기 집에다 두 젊은 것들을 두고 나와서,

이런 딴전을 하기가 낯이 뜨뜻한 일이기도 하였다.

"뭐, 나만 열심이지 저의들은 시시부시하구, 그것두 말이 많구면요"
하며 인임이 모친은 눈살을 찌푸렸다.

"요새 애들이란 다 그렇죠 저의끼리 어느 정도 눈이 맞아 좋다고 날
뛰게 돼야 하니……."
하며 회장마님은 웃었다.

"그러니, 방향 없이 날뛰는 어린 것들만 내맡겨 둬서 뭣들이 되는지
요"

"그런 걱정해 뭘 하세요 시대가 바뀌어가니까, 제 살대루 살겠죠. 한
데 왜 파의를 하시러 하세요"

회장마님은 시침 떼고 역습을 하였다.

"공교히두, 신랑이 중매 마님의 딸하구 어울렸으니 어거야 어쩌는 수
가 있어야죠 그나마 우리 이종사촌 형님의 딸이군요"

인임이 모친은 사정하듯이 실토를 하는 것이었다.

"네……."
하고 회장마님은 무어라 할 말이 안 나왔다.

"그러니 받은 사주단자를 돌려보내려두 중간에 나설 사람이 없군요
이때껏 중매 서시던 마님이 가져가시겠어요"

"그거야 인웅이를 시켜도 되구, 나라두 심부름을 해드리죠"

이 사돈 마님이 별안간 내라도 심부름을 해 주마는 말에 인임이 모
친은 눈이 멍했다.

명신이 때문에 이 혼담을 파의하는 수밖에 없다는 말을 분명히 들은

395

회장마님은 안심하고 돌아왔다.

이튿날 약속대로 회장마님은 인웅이를 앞세우고 홍식이 부친을 찾아 나섰다. 홍식이가 일러 주는 대로 열 시쯤을 대어서 공장으로 찾아갔다.

"응, 자네 장모님이셔?"

'금성 전몰미망인원호회 회장'이란 명함을 받아서, 채 이름까지는 못 읽고 홍식이 부친은 무슨 기부나 청하러 왔나? 하여 겁을 냈다.

"불쑥 이렇게 찾아뵈려 와 미안합니다. 이 사람이 내 사위죠. 댁 자제 와는 늘 한 집안같이 가깝게 지내구요"

꽤 수다스러운 듯한 이 마님이 이렇게 연줄을 대면서 무슨 말을 하려는가 하고 홍식이 부친은 눈이 뚱그래서 그저

"네, 네……."

하고 대꾸를 할 뿐이다.

"댁에서 혼인을 이르시던 이 사람 누이……."

하고, 마님은 인웅이를 가리키며

"나하군 사돈 간 아닙니까."

하고 안 따져도 좋을 것을 따졌다.

"네. 그러시죠. 그래서요? ……."

하며 영감은 무슨 좋은 말이 나올까 하여 반색을 하며 뒤를 기다렸다.

"헌데 연분이란 하는 수 없는가 봐요 현대 과학사상으루 보면 사주 니 궁합이니 하는 것이 미신이요 우스운 말 같지마는, 그 대신 저의끼 리 의합하여야 하지 않겠습니까."

회장마님은 정신을 차리고 차근차근 따지기 시작하였다.

"네. 그렇죠"

영감은 마지못해 헛대꾸를 하였다.

"허지만 사주니 궁합이니 하는 것을 현대과학으로 연구해 봐도 아주 터무니없는 것이라군 못 하겠더군요"

자기가 연구나 해본 듯싶이 장담을 한다.

"네. 그야 그렇죠"

하고 영감은 대거리를 하면서도 대관절 무엇 때문에 이 부인이 아침결부터 찾아와서, 남 바쁜 사람을 붙들고 한담을 하는 건가? 하고 의심이 나서 눈치를 가만히 보았다.

"그래, 저 댁에서두 궁합을 보니까 잘 맞지 않더라시구……신랑이 탐이 나서 놓치기는 아깝다시면서, 내가 딴 일로 영감님을 뵈러 온다니까, 아주 그 길에 그 말씀도 여쭙고 오라시는군요"

영감은 하도 의외의 말에 덤덤히 앉았을 뿐이다. 그러나 인웅이가 따라 온 것을 보면 이것은 틀림없는 파혼을 하러 온 것이 분명하다.

"왜, 궁합이 맞는다구, 택일까지 해 보내신다더니 그건 무슨 소리세요?"

영감은 참다못해 역정을 내었다.

"그건 마님이 욕심으루 아무쭈룩 이 혼인을 익히려구 그러신 거지, 당자끼리는 싫다는 거예요 신부두 마다는 걸 어쩝니까! 저의끼리만 좋아한다구 병통이 없는 건 아니죠마는, 이 시대에 당자들의 의사를 무시하구야 될 수 있습니까."

"그두 그렇죠만……"

397

영감은 역시 마지못해 대꾸를 하였다.

회장마님은 이 사품에 말을 꺼내나 마나 망설였다. 파혼이란 말에 상
기가 된 영감의 코를 또 한 번 찔러서 기를 올려놓으면 큰 야단이 날
것 같다. 그러나 또 한편으로 생각하면 잔뜩 화가 난 이런 때 그런 말
을 꺼내야 도리어 홧김에 선뜻 말을 들을 것도 같다.

"그런데 영감님! 전 그런 섭섭한 말씀만 드리려 온 건 아닙니다."
하고 마님은 애교로 상긋 웃으며,

"그 대신에 제일 마음에 드실 메누님을 하나 골라 가지고 왔으니 노
염을 푸시죠"
하고 마님은 소리를 내서까지 웃었다.

"사실 제 누이보다 몇 갑절 났습니다."
옆에서 불쑥 인웅이가 말참견을 하였다.

"첨 뵙는 처지에 이런 말씀을 해 어떨지 모릅니다만, 인물 곱겠다, 살
림 얌전하겠다, 그런 색시를 놓고 무슨 걱정이십니까."

회장마님은 아주 판을 차리고 중매 노릇을 단단히 하였다.

"알아듣겠습니다. 그 말씀이건 그만두시죠"
영감은 손을 내두르며 이맛살을 찌푸리었다.

"아니, 제 말씀을 잠깐 들어보세요. 저는 제 사업의 욕심으루선지, 적
어두 댁 아드님 같은 얌전한 신랑감이 한 십만 나와서 젊은 전쟁미망인
을 살려야 하겠다고 생각합니다만……."
영감은 듣고 앉았기가 지루한 듯이 말허리를 끊고

"뭐 그런 중대한 사회문제를 제게 얘기하신댔자 통치를 않습니다."

하며 냉연한 낯빛이 어서 가 달라는 눈치였다.

　"사회문제를 해결하자면 집안일부터 해결해야 하지 않겠습니까? 만일 댁 자제가 변변치 못하구 품행이 나빴더라면 책망은 자연 당신께로 돌아갈 거 아닙니까?"

　회장마님은 차차 본론으로 들어갔다.

　"책망하실 일이 있으면 듣죠."

　영감은 덤덤히 앉았다가 한마디 대꾸를 하여 맞선다.

　"책망 안 들으시게 하느라구, 이렇게 오지 않았습니까."

　마님은 슬쩍 돌려서 달래는 수작을 하였다.

　"그건 고맙습니다만 들을 책망이면야 듣고, 안 들을 책망이라면 안 듣겠습니다."

　영감은 어디까지나 뻣뻣하다.

　"과부의 수절이란 것을 남정네는 예사루 알지만 처녀보다 더한 것입니다. 결단코 한때 희롱이 아닙니다. 희롱 당할 사람두 지금 세상엔 없습니다."

　영감은 여전히 잠자코 앉아서 골통대만 쑤시며 듣고 있다. 남의 말을 무시하는 것 같아서 마님은 화를 버럭 내며,

　"이거, 내 일부러 온 거 아닙니다. 내 일은 집어치우고 댁에 좋은 메누님 얻어 드리려구 온 건데……."

　"말씀은 고맙습니다만 공연한 수고 하십니다."

　이 부인이 자기보다 학식이나 지체가 낫다는 생각에, 영감은 슬며시 또 하나의 반감도 생겼다.

"이런 사업이란 원체 고생을 사서 하는 것이니까요……"

하고 회장마님은 그 말을 깊이 탄하지 않는다는 듯이 생긋 웃어 보이면서,

"뭐 길게 말씀할 거 없이 저의끼리 살겠다는 걸 무슨 재주루 땝니까? 우리 늙은 사람은 묵은 생각 속에 문을 닫구 들어앉어서 고집을 부리지만 시대가 다릅니다. 젊은 애들은 저 살대루 살길을 뚫어 나가는 걸요……"

하고 입바른 소리를 하면서도 달래었다.

"제 멋대루 살래죠. 난 내 자식의 일이지만 모르겠습니다. 다시는 아랑곳을 안 하겠습니다."

영감은 여전히 꿋꿋하게 잡아떼는 소리를 한다.

"하죠만 성격 나름이요 없어두 호오(好惡)가 있어 싫은 것두 어쩔 수 없구, 좋은 것두 인력으루 못하는 걸 그대로 누르려만 하시면 어쩝니까."

인웅이가 옆에서 한마디 거들었으나, 그런 말이 영감의 귀에 들어갈 리 없었다.

"하여간 과부거나, 아이가 달렸거나 그 애두 한사람 몫 단단히 하는 인격자입니다. 아무의 발길에나 걸어 채우는 그런 무심한 존재가 아닙니다."

인웅이는 또 한마디 학생다운 소리를 분연히 하여 보았으나 홍식이 부친은 코웃음을 치는 것이었다.

회장마님은 부득부득 더 조르고 앉았을 일도 못 되어 좀 더 생각해

보아 달라는 부탁만 하고 일어섰다.

이날 영감은 집에 들어가서 마나님더러 지나는 이야기로 한마디 하였다.

"홍식이란 놈 별안간 올라오더니 중매를 갈아댔구려. 그 혼담은 제서 두 마대는구면. 과부댁만 모아 가지고 하는 회의 회장이란 마님인데 과부 며느리 얻으라는 설교를 한참 하고 가더라군."

"그래 뭐세랬수?"

"뭐래긴 뭐래. 홍식이란 놈 제멋대로 살랬지."

영감은 역정을 내었다. 한집안에 사는 부자라도 이렇게 되니 남을 중간에 내세워서 이야기하게 되었고 천리만리 떨어진 것 같다.

"그래두 다 자란 자식인데 제 의사두 있고 제 고집두 있으니 우리 늙은이 마음대루만 할 수 없지 않아요."

홍식이 모친의 입에서 이런 소리가 나올 줄은, 영감도 천만뜻밖이다.

"그런 어떡허잔 말이요?"

"장가두 안 간 놈이 첩 얻었다면 의문이 사납구, 어린 걸 데리구 시집왔다면 그런 걸 받아들인 우리를 나무랠 것이구……다 길러놓으니까, 참 부모 못 할 노릇두 시키지만, 이렇게 되구서야 아무려면 저의끼리 아니 살라구! 그러니 자식이나 저의 외할머니가 떼어 가게 하구 젊은 애들끼리 예식이나 하라 하구 많지 않은 일가붙이에 조용히 청해 하루 국수잔치나 하는 게 어떨까 하는 생각두 해 봤는데요……."

마님은 영감의 핀둥이가 무서워서 눈치를 보아 가며 조심조심 발론을 해 보는 것이었다.

"여보 마누라두 기막힌 소리도 하우. 아니, 예식까지 하는 꼴을 손님한테 뵈구 나더러두 보란 말이지? 우리는 폐백을 받아야 하겠구려."

영감은 펄쩍 뛰면서도 그렇게 기가 나서 마누라를 몰아대지는 않았다.

"그야 연애결혼이 하두 많은 세상에, 누가 보든 생김새라든지 인물은 똑똑하구, 이애만 하드라두 누구나 얕보지는 못할 거니 저의끼리 만난 양주래서 어울리지 않다고는 생각지 않을 거예요"

홍식이 모친은 차츰 자기 말에 자신을 가지고 영감을 설복하려 들었다.

"안 될 말야. 저대루 나가서 어느 구석에서나 끼어 살라지."

영감은 마지막 버티어 보았다.

"자식을 먹을 나이 다 먹여 가지구, 계집 하나 때문에 부모 자식 간의 의리, 정리 다 버스러지구 죄진 놈 모양으루 떠들게 한대서야 그 꼴은 또 뭐예요. 무지막지한 노는 년을 떼어 들인데도 할 수 없는 일인데, 그만큼 참하고 제 눈에 들었으니 어쩌요"

회장마님이라는 점잖은 부인이 사이에 나섰다는데도 홍식이 모친은 마음이 돌아서 이런 의견이라도 영감한테 이야기하는 것이다.

"그걸 말이라구 하는 거요"

영감은 역정을 내며 모자를 떼어 쓰고 나갔다.

그 후 영감은 한 사날을 두고 수심이 있는 사람처럼 이마에 내 천(川)자를 그리고 드나들며 눈에 거치는 것만 있으면 역정을 내고 홍식이와는 아침저녁 마주쳐도 통 말이 없다. 마누리가 홍식이 편을 든 뒤로는 안방에 들어와서도 필요 이상의 말이 없었다. 묻지 않아도 뻔한 것이, 홍식이 문제로 일문일족의 대사라고 침통히 골똘히 궁리를 하는 눈치였다. 마님은 마님대로 애가 씌웠다.

홍식이는 출장기일이 얄팍얄팍해져서 내일 모레 새에 부산으로 떠난다는 것이었다. 어떻게 하고 떠나는 것인지 영감마님에게는 물론 알 길도 없었다.

그러던 날 해질 머리에 홍식이 부친이 회장마님 집 문전에 나타났다는 것은 아무도 생각지 못한 기적이었다.

"주인 선생님 계십니까?"

하는 소리에 마침 뜰에 섰던 명신이가 문간을 내다보고 피차에 놀랐다.

"아, 여기 와 있었나요?"

"네."

명신이는 꼬박 인사를 하고 나서

"어머니 좀 나오세요."

하고 건넌방에다 대고 소리를 쳤다.

마님이 부리나케 나와서 뜰로 내려서며,

"여기를 어떻게 오셨에요?"

하고 반색을 하였다.

"일전에 좀 과히 말씀을 해서 미안하기에 인사를 왔습니다. 이 사람은 이번엔 이리로 떠나왔나요?"

하고 마님 뒤에 섰는 명신이를 가리키며 웃어 보였다.

"네. 내 딸이 됐답니다. 인젠 내가 맡았에요."

"그거 잘 됐군요. 잘 맡아두세요."

영감은 껄껄 웃었다. 마님은 눈이 반짝 띄우며

"잘 맡아 두죠마는 언제 찾아가시겠습니까?"

하고 깔깔대니까,

"인제 찾아 갈 때가 되면 찾아가겠죠"

하며 또 한 번 부드러운 웃음을 앞뒤로 섰는 의(義)모녀에게 던졌다. 좀 올라가자는 것을 영감은

"아네요, 다방 마님을 뵈러 갔더니 선생님이 지금쯤은 댁에 들어와 계시리라고 해서 잠깐 들른 겁니다. 또 다시 회관으로든 이리로든 오죠"

하고 나간다.

건넌방에 숨을 죽이고 들어앉았던 인웅이는 앞에 앉은 홍식이더러

"됐어! 염려 없어. 한 턱 내라. 신홍식 군 만세……."

하고 소리를 버럭 지르며 밖으로 후다닥들 나왔다.

작품 해설

시라카와 유타카(규슈산업대)

과부 문제의 '발견'과 모색

한국전쟁(6·25) 휴전 직후의 시기에 염상섭이 발표한 장편 「새울림」(국제신보, 1953.12.15-54.2.27, 57회로 중단) 다음에 한국일보지에 연재돼, 처음으로 완결한 장편인 「미망인」(1954.6.16-12.6)은 아직까지 널리 읽힌 바 없고, 다채로운 작품 연구도 제대로 없는 미개지 같은 작품이다. 이번에 단행본이 간행되는 기회에 여러 각도에서 소개와 검토를 시도해 본다.

1. 작품 개요(줄거리)

1953년 11월 말의 부산. 주인공 명신은 구만주에서 일본인학교 중학 2년을 중퇴하고 귀국, 미군정청에서 안내 업무를 하다 군인과 결혼했는데, 남편은 3년 전에 전사해, 미망인(과부)이 된 23세 된 여성이다. 4살 난 딸과 어머니를 모시고 부산에서 피난살이를 하던 중, 11월 말의 부산 대화재에 집을 잃고 상경하려다 부산진역 앞에서 죽은 남편 친구의 아우 되는 신홍식과 우연히 마주친다. 홍식은 부친이 경영하는 부산의 피복공장이 서울로 이전해버려, 그 잔무 정리 차 부산에 내려왔던 것이다. 홍식은 명신 모녀들의 차표 구매 등 여러모로 친절하게 도와준다. 서울에 돌아와도 생활기반이 없는 명신은 우선 홍식의 부친이 경영하는 공장의 여공으로 들어간다. 그동안 홍식은 힘껏 명신을 위해 호의를 보이는데, 명신은 자신이 아이가 딸린 과부임을 의식해, 좀처럼 마음을 허락하지 않았다. 홍식 자신도 나이는 26세쯤 됐는데, 아직 대학생이었다. 응용화학을 전공해서 공대 졸업반에 재학 중인 그에게는 군 입대 문제도 걱정거리였다.

홍식네에 너무 의존하지 않기로 작정한 명신은 고원다방의 레지로 일하기 시작해, 어머니도 그 주방을 맡았다. 그런데 다방 경영자인 박창규가 명신의 미모를 보고 자꾸 접근하는 것이었다. 한편 홍식에게는 부친이 진행시키는 다른 혼담이 있었다. 명신의 어머니마저 그 혼담의 추진역을 맡고 있는 것을 안 홍식은 더욱 명신과의 결혼을 굳게 결심해, 명신을 설득한다. 둘은 결국 비상수단을 취하기로 하고 홍식이 먼저 부산에 내려가, 명신도 그 뒤를 따라 부산행을 감행한다. 이에 홍식 부친도 둘이 결혼하는 것을 인정하는 수밖에 없는 것이었다.

2. 신문 연재의 경위와 집필 의도

이 장편은 한국일보에 1954년 6월 16일부터 12월 6일까지 모두 19장, 총 151회 연재된 작품이다. 한국일보지는 그 직전인 6월 9일에 갓 창간된

신문으로, 창간호에 이 장편의 연재 예고 광고가 나와 있다.(6월 12일, 14일에도) 거기에는 다음과 같이 소개되어 있다.

> 염상섭 씨는 이미 다 아는 우리문단의 거장, 최근에 해군(海軍) 현역을 물러나 앞으로는 오직 문학창작에만 정열을 기울이기로 한 후 그 첫 번 작품인만큼 반드시 천의무봉(天衣無縫)의 문제작(問題作)이 나올 것을 기대하여 의심치 않습니다. (<紹介의 말> 한국일보, 1954.6.14)

이렇게 기대된 연재물이었다. 사실, 위장병 때문에 건강 상태가 좋지 않던 횡보(염상섭) 집에 한국일보사 장 사장이 원고 의뢰 차 찾아왔다고 한다. 「미망인」이라는 제목 자체도 장 사장이 제안한 것이라고 한다. 그만큼 횡보 자신도 의욕을 가지고 쓰기 시작한 작품이라고 생각되는데, 그는 집필 동기를 <작자의 말>이라는 글을 통해 다음과 같이 적었다.

> 「미망인」이라는 제목으로 보면 과부 설움을 쓰라는 듯 같지마는 같은 과부 설움에도 이것은 우리가 겪은 이천만의 부작용으로 생긴 전쟁미망인이 조국부흥의 건설적 정신에 발맞추어 그 쓰라린 생활고와 싸우며 얼마나 씩씩히 살아 나가는가 그 참담하고도 아리땁고 웅건한 모습을 엿보자는 것이다. (한국일보, 1954.6.14)

이와 같이 횡보는 과부의 개인적인 고뇌 자체의 묘사보다도 한국 사회 전체의 부흥을 위해 살아가는 과부의 모습을 쓰고 싶다고 그 집필 동기를 밝힌 것이다. 여기서 작품 연재의 2일 전에 한국일보에 기고한 또 하나의 글을 아울러 대략 소개한다.

이 글을 통해 횡보는, 소설은 우선 재미있어야 한다고 하면서 그 한편으로 흥미 위주로 기울이면 문학은 그 체면을 잃게 된다고 주장했다. 그래서 참된 생활상과 시대상을 포착해 독자들에게 그것을 여실히 보여야 한다고 한다. 그리고 진실성과 예술성은 표리일체의 것으로, 참된 것은 아름다운 동시에 도덕적 가치를 가진다고 한다. (<小說과 現實-「未亡人」을 쓰면서> 한국일보, 1954.6.14.대의)

즉 횡보는 과부라는 존재를 너무 딱딱하게 다루지 않게끔 그녀들의 연애 감정 등도 곁들이면서 전체적으로는 문제 제기하면서 횡보가 생각하는 과부들의 참된 생활태도에 손뼉을 치는 이야기를 쓰고 싶었다는 것을 알 수 있다. 이로써 횡보의 집필 의도는 이해가 되는데, 여기에는 그 나름의 민족주의적인 경향과 윤리적인 판단 기준의 존재를 엿볼 수 있는 것이다.

3. 「미망인」의 특징과 연작 「화관」

이 장편의 큰 특징은 과부(미망인)라는 존재를 '발견'한 것이라고 할 수 있다. 염상섭 장편에는 해방 전에도 여러 방면의 여성이 주인공격으로 등장하는데, 과부를 중심으로 하는 이야기는 이 「미망인」 이후에 횡보가 즐겨 다루는 제재가 되었다. 실제로 6·25전쟁으로 인하여 남편이 전사하는 경우도 많고, 남겨진 아내의 삶에 초점을 맞추는 것은 당연하기도 했을 것이다. 다만 이 작품에서는 가지각색의 과부가 등장하는 것이 특징이다. 우선 주인공인 명신은 물론이지만, 그녀의 모친 역시 남편이 병사한 사람이고, 명신 모녀가 상경 후에 거처하게 된 집 여주인인 명신 모친의 이종사촌뻘 되는 안암동 조씨 부인 역시 40대 중반의 과부이다. 그녀는 미싱 하나만을 가지고 가내 봉제업으로 아들딸을 대학에까지 보낸 사람이다. 또 명신이 결혼 문제를 상의하는 미망인원호회 김 회장 역시 40세 안팎의 나이에 남편은 납북된 채, 행방불명 상태인 것이다. 게다가 홍식의 형수 되는 여인도 남편이 전사한 과부인데, 시집에서 시부모를 모시고 살고 있는 것이다.

이러한 인물 설정에 대해 횡보는 전술한 <소설과 현실>에서 이 장편에서는 종래형의 미망인형 즉, 그녀들의 심리작용이나 생리현상을 포착해서 그리려는 것은 아니라고 적고 있다. 이른바 젊은 전쟁미망인, 납치 인사의 가정부인, 수절 수십 년의 과부, 방종하게 지내는 '전전(戰前) 미망인' 등 가지각색의 과부가 존재한다는 것을 강조했다. 그리고 이 작품에서는 이러한 과부들의 생활상과 생활태도를 비교하며 관찰하면서 그리려고 한다고 하고 있다.

이와 같은 작가의 의도는 전술한 바와 같이 명신을 비롯한 과부 4명의 인물 설정과 더불어 그 외 등장인물의 배치에서도 엿볼 수 있다. 그 전형 중 한 인물이 김금선이다.

그녀는 명신이 자활하기 위해 다방 레지로 일하기 시작한 고원다방의 실질적 경영자인 박창규의 애인이다. 금선은 다방 마담격으로 있었는데, 원래는 미군부대에 근무하면서 미군인의 첩 노릇도 하는 이른바 'UN마담'이었다. 그녀는 일제시대에 결혼해서 일본에 살다가 남편이 태평양전쟁 중에 사별해, 해방이 되자 미군부대를 따라 귀국한 것으로 돼 있다. (신문연재 제26회, 1954.7.11) 즉 이 사람도 과부인 것이다. 왠지 돈이 있는 이 금선 집에서 일시적으로 명신이 기거하게 돼, 명신을 찾아온 홍식이 한때 이 금선의 매력에 사로잡힌다는 전개로 돼 있다. 이렇듯이 진지하게 살아가는 과부와 방종하게 살아가는 과부를 대조적으로 등장시켜 과부의 다면성을 엿보이는 동시에 독자들의 흥미를 돋우는 측면도 보이고 있다.

여기서 주목되는 것은 종래의 대표적인 논의로써 김윤식 교수 등이 주장하는 것처럼, 염상섭문학은 주로 중산층 사람들의 삶을 가부장적인 '집'을 그 전형으로 해서 그려 왔다는 견해의 타당성이 이 장편에도 적용이 가능할까 하는 점이다. 「미망인」에서는 과부 문제가 제기돼 있는데, 6·25전쟁으로 인해 안정적인 '중산층'이라는 계층이 바로 와해해버린 것이 아닐까. 부친이나 남편을 잃은 집에서는 그때까지의 가정 통념이 물리적으로도 성립되지 않기 때문이다. 이 장편에서 주인공 명신은 생활 자체도 어려운데다가, 대학생인 홍식과 사귀게 된다는 다소 뜻밖의 전개를 보이고 있다. 가부장인 홍식의 부친은 당연하게도 둘의 교제를 반대하지만 미망인원호회 김회장의 설득에 두 사람의 결혼을 허락하게 된다는 결말은 과부의 재혼 자체에 반대하는 분위기가 남아 있는 당시의 사회를 상상할 때 상당히 용기 있는 결구라고 할 수 있다.

이 장편의 또 하나의 특징으로 생각되는 것이 신홍식의 성격과 행동이다. 그는 진지한 공대생이지만 우유부단한 일면도 갖고 있다. 그렇게도 명신을 쫓아다니면서도 한때 금선에게 홀리거나, 자기 부친이 권하는 색싯감인 조 씨 부인의 딸 인임(21세 된 대학 약학과 2학년 학생)과의 혼담을 거절하지 못해 동요하는 것이다. 이것을 보면 횡보의 딴 장편 「취우」(1952-53)가 쉽게 연상된다. 이 작품의 주인공이 바로 신영식과 명신인 것이다. 비슷한 설정을 한 인물에 비슷한 이름을 짓는 것이 횡보의 명명법이 아닌가 한다. 물론 「취우」에서는 명신과 강순제라는 두 여인 사이에서 그야말로 우유부단한 영식은 그대로 표류하는데, 이 「미망인」에서는 홍식은 결국 명신을 택하는 것이다. 그들의 장래가 어떻게 전개되는지 독자들의 궁금증은 다음 연작 「화관」(1956-57)에서 풀리게 된다.

「화관」에서는 「미망인」에 나오는 김금선이 최봉순으로 등장해, 영숙과 이미 결혼한 진호에게 집요하게 접근한다는 삼각관계적인 통속성이 짙은 작품으로 돼 있다. 「화관」은 대중잡지인 <삼천리>지에 연재됐기 때문에 독자층을 고려한 것이겠지만, 결국 연재 12회로 중절되고 말았다. 연재가 계속되었더라면 봉순이 진호와 영숙에게 보복하는 이야기가 전개됐을지도 모를 일이다.

또 하나 주목되는 것은 홍식(진호)이 결혼했다는 것은 경사스러운 일일지도 모르지만, 그 당시 청년 남성의 고민거리였던 병역 문제가 어떻게 되는가 하는 점이다. 「미망인」에는 다음과 같은 대목이 나온다. 이것은 홍식과 같은 공대 졸업반에 있는 동기생인 친구 인웅(인임의 오빠)과의 대화이다.

> 한데 오늘 어디서 들으니까 전번 학도병에 못나간 졸업생은 올 가을엔 징병소집이 있는거라는구먼! (제124회, 1954.11.3)

인웅은 그야말로 신혼생활 중이었고, 홍식 또한 명신을 남겨놓고 훈련에 나가는 것은 곤란한 처지였다. 홍식의 모친 역시 다음과 같이 걱정한다. "회사 들어가면 제이국민병 보류된다던?" (제128회, 1954.11.8) 즉 취직하면 입대를 연기할 수 있는 것이 아닌가 하는 말이다. 이처럼 병역 문제가 골치 아픈 문제였다는 당시 실정을 잘 그려냈다고 할 수 있지만, 혹 「화관」이 중단되지 않았더라면 이 문제도 다루어졌을지도 모른다.

마지막으로 여기서 확인하고 싶은 것은 「미망인」 ⇒ 「화관」처럼 1952년 이후에 발표된 염상섭 장편 9편은 모두 4가지로 분류되는 연작이었다는 점이다. 이 4가지를 정리하면 다음과 같다.

① 「홍염」(미완, 1952-53) ⇒ 「사선」(미완, 1956-57)

② 「취우」(1952-53) ⇒ 「새울림」(미완, 1953-54) ⇒ 「지평선」(미완, 1955)

③ 「미망인」(1954) ⇒ 「화관」(미완, 1956-57)

④ 「젊은 세대」(미완, 1955) ⇒ 「대를 물려서」(1958-59)

①계열은 잡지사 사장의 전쟁 난리 와중에서의 은거 생활과 그 틈에 바람난 아내의 애욕 생활을 그리면서 좌경한 아들이 아버지의 자수 출두를 강요한다는 사상대립 상황도 그리고 있다. ②계열은 <취우> 이하 피난지 부산에서 겨우 영업하게 된 무역회사 인사들과 내한 미국인들과의 교섭 관계를 주로 그렸다. 그러니까 ①과 ②는 횡보가 즐겨 다루어 오던 중류 이상의 생활을 하는 인물군을 그리면서 그 시대의 조류를 엿볼 수 있게 하는 작품군인 것이다. 그런데 ④계열은 이혼하거나 상처한 중년 남녀들의 교제를 둘러싼 이야기와 그들의 아들딸들의 연애 상황을 대조적으로 그린 작품이라고 할 수 있다. 그러니까 본서에 수록된 ③계열 작품은 ④와 가까운 위치에 있다고 볼 수 있다. 그러나 ④에 나오는 주요 인물들은 중류 이상의 생활을 하고 있는 경우가 많다. 그 점으로 보면 ③ 특히 「미망인」의 주인공 명신 등은 중류 이하의 생활고에 시달리고 있는데 이러한 계층의 이야기는 횡보가 주로 단편소설을 통해 써 오던 것들이다. 장편소설로는 횡보가 머릿속에서 구상한 구도에 따라 인물설정을 한 느낌이지만, 단편은 주로 취재를 바탕으로 실제 서민층의 이야기를 써 왔는데, 특히 이 장편 「미망인」은 단편형 작품적인 면도 있는 점 또한 하나의 특징이라고 할 수 있다.

이들 작품에 대한 더 상세한 논의는 생략할 수밖에 없지만, 우선 중단된 작품이 많다는 점과 ④계열 연작에서도 과부가 등장한다는 점만을 아울러 지적해 둔다.

4. 같은 시기의 다른 작품에 대해서

먼저 횡보 자신이 「미망인」 연재 시에 발표한 단편소설을 열거하면 다음 3편뿐이다.

① 「흑백」(현대공론, 1954.7), ② 「비스켓과 수류탄」(자유공론, 1954.9), ③ 「귀향」(새벽, 1954.9)

②와 ③은 각기 게재 잡지의 창간호에 실렸다는 것을 보면, 원로작가 대우를 받은 염상섭에게 원고 의뢰가 있었던 모양이다. 작품 내용은 ①이 6·25전쟁 당시의 혼란상을, ③이 휴전 직후의 혼란상을 각각 서민의 삶으로 그리고 있고, ②는 인민군 치하의 비극을 다루고 있다. 그러니까 ①과 ②는 「미망인」과는 직접 관계없는 내용이었음을 알 수 있다. 단편소설로는 그 이후 아내(유부녀)의 애욕을 둘러싼 '불륜'을 다룬 작품이 많아진다. 가령 「숙명의 여인」(55.12), 「출분한 아내」(56.1), 「땐스」(56.8), 「어머니」(56.12), 「인푸루엔쟈」(57.10), 「남자란 것·여자란 것」(57.11), 「달아난 아내」(58.2?), 「의처증」(61.10) 등이다.

이것을 보면, 여성의 삶을 그린다는 점으로는 장편 「미망인」 연작과 같지만, 장편은 그 당시의 현실 문제를 직시하면서 독자들에게 호소하려고 하는 경향이 보이는데 비해, 단편소설은 횡보가 엿들은 동네 이야기를

415

재미있게 쓰려고 하는 오락성도 보이는 것이다. 다만 「미망인」과 같은 시기에 발표된 단편 3편은 아직까지 오락성보다는 현실 고발적인 요소도 짙은 것처럼 보인다.

다음에, 「미망인」 연재 당시에 발표된 다른 작가들의 장편소설에 대해 알아본다.

이 시기의 인기 장편으로는 뭐니 뭐니 해도 정비석의 「자유부인」(모두 215회, 서울신문, 1954.1.1-8.6)일 것이다. 이 작품은 잘 알려진 바와 같이, 대학교수 부인이 다른 남성과 방종한 연애행각을 즐기는 이야기로 호평을 받아, 신문 연재 후 1956년에 영화화돼, 더욱 인기를 끌었다. 휴전 후의 여성의 삶으로는 과부와 정반대의 삶이지만, 그 당시에 여성의 자유분방한 연애에 대한 숨은 욕망이 대변된 측면이 있었다고 보여진다. 이 작품은 「미망인」보다 먼저 연재가 시작돼, 3분의 2정도 진행된 무렵에 염상섭의 「미망인」 연재가 시작된 것이다. 당연히 횡보 자신도 이 「자유부인」을 의식하지 않을 수가 없었다고 생각된다. 과부 문제를 옆에 놓고 '자유부인'이란 뭔가 하는 대항 의식이 있었을지도 모를 일이다. 그런데 「미망인」이 연재 중이던 1954년 8월 10일자 신문의 같은 지면에 「자유부인」의 단행본(하권임. 상권은 이미 간행된 상태였다.) 광고가 나와 있는 것은 횡보에게는 얄궂은 지면이었으리라. 다만 같은 시기에 개봉된 영화 작품을 보면 과부 문제를 다룬 「미망인」(1955년, 박남옥 감독)이나 「동심초」(1959년, 신상옥 감독) 등이 제작돼 있으니, 영화계도 '자유부인' 일변도였던 것은 아니다.

한편 과부 문제는 1955년을 전후한 시기의 다른 작가의 장편소설에도 다루어졌었다.

예를 들면 다음과 같은 작품들이다.

김말봉 「푸른 날개」(조선일보, 1954.3-9) / 정비석 「민주어족」(한국일보, 1954.12-55.8) / 정한숙 「여인의 생태」(조선일보, 1956.4-11) / 정비석 「낭만 열차」(한국일보, 1956.4-11)

이것들을 보면 횡보의 「미망인」은 1954년이라는 비교적 이른 시기에 과부 문제를 다룬 작품이었음을 알 수 있다. 그리고 정비석이 「자유부인」 과는 별도로 과부 문제로도 많은 작품을 발표했었다는 점도 주목된다.

그 당시 신문은 연재소설의 인기도가 신문 구독 부수와 직결됐으니, 작가를 기용하는 데는 상당히 신경을 쓴 것이다. 한국일보지의 경우, 염 상섭의 「미망인」 다음에는 바로 정비석의 「민주어족」이 실렸으며, 그 후 속 장편으로는 박화성 「고개를 넘으면」 → 정비석 「낭만열차」 → 박화성 「사랑」 등으로 이어져 있는 것이 이런 상황을 상징하고 있다.

5. 장편 「미망인」에 관한 기존의 연구

「미망인」에 관한 언급으로는 우선 이 작품이 발표된 당시의 논조를 알 아보아야 되는데, 염상섭의 1950년대 장편은 통속적인 경향이 짙어졌다 는 견해와, 그저 '집안' 소설에 그친다(이어령 교수)라는 낮은 평가가 일반 적이었다. 즉 사회성이나 시대인식이 희박하다는 비판일 것이다. 이런 견 해가 과연 타당한지 그 이후의 연구를 살펴보아야 할 것이다.

1960년대 이후의 논의로는 역시 김종균 교수의 노작 『염상섭 연구』(고 려대학교출판부, 1974)부터 검토해야 할 것이다. 김 교수는 이 장편을 "전 쟁미망인 <명신>의 생활 모습과 납치미망인의 고통스러운 의식을 긍정적인 면에서 그린 작품"(p.252)이라고 평가하면서 주로 작품 소개를 하고 있다.

문제점으로는 「미망인」과 속편인 「화관」이 "완전히 같은 이야기"(p.253)라고 한 점이다. 사실 이 두 작품에서는 주요 등장인물의 이름이 서로 바뀌었을 뿐, 같은 문맥에서 이야기가 진행되지만, 「화관」은 아무래도 중절된 작품이기도 하고, 「미망인」에서의 주인공들이 결혼한 후의 이야기가 중심이다. 그리고 통속성도 많이 가미된 느낌이니, "같은 이야기"는 아닌 것이다. 김종균 교수의 지적에서 흥미로운 점은, 횡보 작품 중 단편소설에는 과부가 16명이나 등장하는데, 그 모두가 패륜과 방탕을 일삼는 여성이라(p.299)는 지적이다. 그러나 실제로는 전술한 바 「숙명의 여인」과 같이 유부녀의 행각을 다룬 작품도 있으니, 이것들은 과부의 이야기와는 구별해야 할 것이다.

김종균 교수 다음에는 김윤식 교수가 대저 『염상섭 연구』(서울대학교출판부, 1987)를 간행했는데, 「미망인」에 관한 언급은 거의 없다. 다만 염상섭은 후기 작품으로 「미망인」, 「젊은 세대」, 「대를 물려서」 등 많은 장편을 썼지만, 이 시기의 비중은 단연히 단편 작품 쪽이었다는 견해를 보이고 있다. 즉 「미망인」은 그리 중요하지 않다는 인식일 것이다. 김윤식 교수는 "작가 염상섭은 가부장제의 위대성을 처음부터 지지하고 있었음이 이로써 분명해졌다. 중산층의 윤리적 감각이란 '삼대' 이래 너무도 뚜렷한 작가의 가치관이었다"(p.817)라는 주장인데, 이 분석이 과연 「미망인」에도 적용이 가능한지 궁금하다. 왜냐하면 상술한 바와 같이, 중산층이나 가부장제가 무너져가는 전후 세상에 등장한 것이 바로 과부였기 때문이다.

이러한 연구 상황 속에서 김경수 교수의 『염상섭 장편소설 연구』(일조각, 1999)가 간행되었다.

이 연구서의 제 8장 4에서 김 교수는 「미망인」과 「화관」에 대해 두 편 모두 전후 현실을 가장 단적으로 나타내고 있는 전쟁미망인이라는 존재 를 연애소설의 구도로써 그렸다고(p.240, 대의) 지적했다. 그리고 전쟁미망 인의 '발견'은 식민지기에 있어서의 이른바 신여성의 발견과 같은 의미를 가진다고(p.249, 대의) 했다. 그러나 식민지기의 신여성은 대개가 일본 경 험을 가진 진취적인 여성이라는 계층적인 측면이 있는데, 과부의 경우, 개인마다 여러 배경이 있기에, 한 계층으로는 보기 어렵지 않을까.

한편 2000년대에 들어가, 조금씩이나마 「미망인」에 관한 연구 성과가 나오기 시작했다. 그 대표적인 연구를 소개하면 다음과 같다.

    a. 김동윤(2002) : 염상섭의 「미망인」연구
    b. 김종욱(2004) : 한국전쟁과 여성의 존재 양상
                                −염상섭의 「미망인」과 「화관」 연작−
    c. 김태진(2005) : 전후의 풍속과 전쟁 미망인의 서사 재현 양상
                              −염상섭의 「미망인」·「화관」 연작을 중심으로−
    d. 정연정(2012) : 근대화 과정 속 전쟁미망인의 존재양상과 역할변화
                              −염상섭의 「미망인」·「화관」 연작을 중심으로−
    e. 정보람(2012) : 전쟁의 시대, 생존의지의 문학적 체현
                              −염상섭의 「취우」·「미망인」 연구−
    f. 정소영(2016) : 해방 이후 염상섭 장편소설 연구

이를 보면 그 대부분이 연작인 「미망인」과 「화관」을 같이 다루는 논고 임을 알 수 있다. 그리고 그 논자는 거의 비교적 젊은 신진이 아니면 중 견 연구자들이다.

이들 중 뛰어난 분석을 보이고 있는 것은 a. 김동윤(2002)이다. 이 논고

로 「미망인」론의 중요한 몇 가지 시점이 제시되었기 때문이다. 요점을 정리하면 다음과 같다. 우선 이 작품은 염상섭문학 중에서도 가장 중요한 작품으로, 1950년대 한국소설 속에서도 간과할 수 없는 작품인데도 제대로 읽지도 않는 채 논하는 경우가 많다는 신랄한 비판이 보인다. 그리고 전쟁미망인은 시의에 맞는 중요한 주제라고 하면서, 수많은 과부를 등장시킨 것은 남녀 한 쌍의 개인적인 차원이 아니라, 횡보가 과부 문제에 대한 사회적 책임을 강조하고 싶었기 때문이라고 했다. 그다음에 UN마담인 금선을 통해 그 당시의 친미 이데올로기의 한 단면이 제시되었다고 지적했다. 넷째로는 신문사 측도 횡보 자신도 의욕적인 연재 기획이었는데도 독자들의 반응이 기대 이하였다는 점에 대해서는, 이 작품이 당시의 세태는 잘 반영했지만, 관능성 등 대중성 확보를 못했기 때문으로 보았다. 이것은 정비석의 노선과 비기면 명백하다는 것이다. 정비석은 "(과부) 개인의 성적인 갈등과 고뇌를 흥미 위주로 전개"(a. 한국언어문학 21집, p.113)했다고 하는데, 「미망인」의 홍식과 명신의 아슬아슬한 교제 역시 그런대로 재미있게 읽혔으리라 생각된다. 그렇기 때문에 작품이 중단되는 일 없이 완결될 수 있었던 것이 아닐까.

다음에 b. c. d.를 보면 이들은 모두 「미망인」과 「화관」의 연작 양상에 대해 논한 논고들이다. b. 김종욱(2004)에서는 1950년대 소설이 젊은 남성들의 전장 체험에 깊은 관심을 보이는 가운데, 후방의 일상적인 삶에 초점을 맞춘 염상섭의 자세에 주목했다.

그런데 자립된 생활을 이어나가지 못한 과부를 돕는 남성이나, 과부에 성적인 관심을 가지는 남성을 그대로 썼다는 것은 역시 횡보가 가부장적인 남성의 시선을 면하지 못했다는 증거이며 과부의 재혼 문제도 "전쟁미망인의 자기실현이라는 측면보다는 전통적인 가족관계의 유지라는 사회적 요구의 반영으로 이해할 수 있을 것" (b.한국근대문학연구 9호, p. 247)이라고 단정하고 있다. 대국적으로는 그렇겠지만, 1950년대 작품에 너무 과대한 요구를 할 수는 없지 않을까 싶다.

한편, c. 김태진(2005)에서는 홍식의 의식과 행동을 '남성정조론'으로 전개했다. 즉 미혼 남성이 명신에 대한 순애와 금선의 매력에 빠진다는 서로 모순된 심정을 가지는 점에 대해 지적하면서, 그것은 여성에 엄격하고 남성에 느슨한 설정이라고 했다. 문학작품에 대해 정조론이라는 도덕적인 관점에서 해석하는 느낌이 있다. 다만 전쟁 전의 과부에게는 조씨 부인처럼 재봉기술 등 생활능력이 있었으나, 명신에게는 그런 것이 없었다는 세대 차이에 착목한 점에는 수긍이 간다. 그러나 금선은 식민지기에 영어학원에까지 다닌 적이 있었고 명신 또한 중퇴하였지만, 중등 레벨의 교육은 받은 여성이었으니 지식이나 기술의 유무만으로 인생이 결정된 것도 아닌 만큼, 단순한 분류에는 의미가 없을 것이다.

그다음에, 「취우」와 「미망인」을 다룬 e. 정보람(2012)에서는 특히 명신의 주체성을 주목했다. 기존의 논의에서는 명신은 가부장제 이데올로기의 속박 때문에 재혼에 소극적이었다고들 하는데, 그렇지도 않다는 주장이다. 왜냐하면 명신은 고민하면서도 자신의 판단으로 홍식이 기다리는 부산행을 감행한 사람이었고, 또 자기 희망을 원호회 김회장에게 보낸 편지를 통해 당당히 쓴 사람이기도 하기 때문이다. 특기도 별로 없는 과부가 살아가기 위해서는 식모살이 아니면 유흥가 접대부 정도 밖에 없었던 그 당시 과부의 실제 상황을 생각할 때, 어린아이가 딸린 명신은 힘껏 노력해서 곤경에서 빠져나오려고 하는 것이다. 그러니까 횡보는 명신을 자립적으로 일을 하면서 연애도 성취시키는 존재로 그렸다는 것이다. 그리고 그것은 「취우」의 여주인공 강순제와도 공통성이 있다는 주장(e. p.349)

인데, 수긍이 가는 지적이다.

마지막으로 가장 최근의 논고인 f. 정소영(2016)을 소개한다. 이 글은 석사학위논문인데, 해방 후의 염상섭 장편소설을 요새 발굴된 「무풍대」(1949)까지 포함해서 모두 13편을 다룬 의욕적인 논고이다. 그중 「미망인」에 관련된 논의는 다음과 같다. 즉 염상섭이 명신이나 금선이 타락한 원인을 보호자 부재에 있다고 보고, 성적인 타락을 막기 위해 가부장제에로의 회귀를 노렸다고 해, 그것이 기존 세대 작가인 횡보의 사회 인식의 한계라고 논했다.

여기서 명신과 금선의 삶을 모두 '타락'으로 보는 데에는 위화감을 느낀다. 그리고 타락을 막기 위해서는 재혼시킬 수밖에 없다는 식의 이야기 전개야말로 가부장제에로의 회귀라고 하는데, 조금 논리의 비약이 아닐까 싶다. 왜냐하면 이 장편에는 다양한 과부가 등장하는데 재혼하게 될 사람은 명신밖에 없기 때문이다. 아무튼 해방 후 횡보 장편이 골고루 연구 대상으로 부상할 실마리가 되었다는 점으로는 환영할 만한 논고이긴 하다.

6. 나가며

이상 장편 「미망인」의 이해를 돕기 위해 이야기의 요점과 특징에 대해 쓰면서 아울러 이제까지 나온 주요 「미망인」론도 소개했다. 이 작품은 종래 많이 주목을 못 받았던 작품으로, 1987년에 간행된 염상섭전집(민음사)에도 수록되지 않았던 작품이다. 그러니 만큼 이번에 단행본으로 간행되는 의의는 크다. 이로써 앞으로의 「미망인」 연구도 활발해질 것이다. 이번 기회에 「미망인」 외에도 단행본으로 출판된 적이 없는 다른 장편들의 간행도 기대해 본다. 문호 염상섭의 또 하나의 재미있는 장편이 새로운 독자들을 맞이하는 행복을 필자도 공유하고 싶다.

염상섭(1897~1963)

한국근대문학이 계몽주의적 성격을 벗어나기 시작한 1920년대에 처녀작을 발표한 염상섭은 분단된 남한 사회에서 1963년에 작고하기 전까지 동시대 삶을 증언하면서 내일을 꿈꾸었던 탁월한 산문정신의 소유자였다. 식민지 현실과 분단 현실의 한복판에서 생의 기미를 포착하면서도 세계 속의 한반도를 읽었기에 우리의 삶을 이상화시키지도 세태화시키지도 않았다. 처녀작 「표본실의 청개구리」를 비롯하여 「만세전」, 「삼대」, 「효풍」 등은 이러한 성취의 산물로서 우리 근대 문학의 고전으로 자리 잡은 지 오래다. 제국주의적 지구화의 과정에서 동아시아 및 비서구가 겪는 다양한 문제를 천착하여 보편성을 얻었던 그의 문학세계는 이제 더 이상 한국인만의 것은 아니다.

작품 해설 시라카와 유타카(白川 豊)

규슈산업대(九州産業大) 교수

저서로는 『植民地期 朝鮮의 作家와 日本』(1995, 大學教育出版, 일본어), 『朝鮮 近代의 知日派 作家, 苦"+의 軌跡』(2008, 勉誠出版, 일본어), 『장혁주 연구』(2010, 동국대학교출판부), 『한국 근대 知日작가와 그 문학연구』(2010, 깊은샘), 일역서로는 염상섭 저 『三代』(2012, 平凡社) 등이 있음.

미망인(未亡人)

초판 1쇄 발행 2017년 3월 30일

지 은 이 염상섭
펴 낸 이 최종숙
펴 낸 곳 글누림출판사

책임편집 이태곤
편　　집 권분옥 홍혜정 박윤정
디 자 인 안혜진 최기윤 홍성권
마 케 팅 박태훈 안현진
기　　획 고나희 이승혜

주　　소 서울시 서초구 동광로46길 6-6(반포4동 577-25) 문창빌딩 2층(우 06589)
전　　화 02-3409-2055(대표), 2058(영업), 2060(편집)
팩　　스 02-3409-2059
전자메일 nurim3888@hanmail.net
홈페이지 www.geulnurim.co.kr
등록번호 제303-2005-000038호(2005.10.5)

정　가 22,000원
ISBN 978-89-6327-413-3 04810
　　　978-89-6327-327-3(세트)

출력 / 인쇄 · 성환C&P 제책 · 동신제책사

＊이 도서의 국립중앙도서관 출판예정도서목록(CIP)은 서지정보유통지원시스템 홈페이지(http://seoji.nl.go.kr)와 국가자료공동목록시스템(http://www.nl.go.kr/kolisnet)에서 이용하실 수 있습니다. (CIP제어번호: CIP2017006867)